시나리오
쓰기의
모든 것

시나리오 쓰기의 모든 것

가장 비싼
시나리오 작가 95명의
노하우와 실전연습

마딕 마틴·제임스 V. 하트·사이드 필드 외 지음
셰리 엘리스·로리 램슨 엮음 | 안희정 옮김

다른

3장   구조

6장

인물

7장 주인공

8장 고쳐쓰기

9장　계약하기

1장

소재

가장 자신 있는
이야기를 써라

배리 에빈스

뉴욕에서 가장 오래된 레스토랑인 카츠 델리에서 해리와 샐리가 식사하던 장면이 기억나는가. 샐리 역을 맡은 메그 라이언Meg Ryan은 여자들이 언제 오르가슴을 느끼는 척하는지 남자들은 모른다고 단언한다. 해리 역을 맡은 빌리 크리스털Billy Crystal은 능력을 과신해서 자신은 구별할 수 있다고 우긴다. 메그 라이언은 콘드비프와 크니시 요리를 앞에 두고 오르가슴을 완전 그럴듯하게 시연해 보인다. 그래도 영화계 사람들은 모두 빌리 편을 들 것이다. 척하는지 아닌지 구별할 수 있다고 말이다.

어떤 시나리오 작가가 좌절을 맛본 후에 마음속으로 이렇게 생각한다면 실패는 떼놓은 당상이다. '영화계가 뭐라고. 그들이 만드는 건 전부 쓰레기야. 원하는 게 그거라면 내가 갖다 주지. 나도 쓰레기 한 편을 써서 큰돈을 받아내야지.'

그는 그런 척할 뿐이다.

그의 재료는 김이 빠져 있다. 메마르다. 억지스럽다.

비록 나무랄 데 없이 말끔하다 해도 적절하지 않은 경우가 있다. '샐리가 해리를 만났을 때'라고 말하는 것과 같다. 그것만으로 술술 이어지지 않는다. 작가 스스로 흥분하지 못하면 다른 사람들을 열광시키지 못할 가능성이 크다. 척하는 작가는 성공으로 가는 비결을 무시하기 마련이다.

어린 시절 무언가가 되려고 전전긍긍하던 때가 기억나는가? 엄마가 말했다. "너 자신이 되라." 언제나처럼, 엄마가 옳았다. 작가로서 자기 자신이 되는 비법은 자신에게 정말로 중요한 게 무엇인지뿐만 아니라 가장 잘하는 게 무엇인지 아는 것이다. 잘하는 것과 잘하고 싶은 것 둘 다를 알아야 한다. 다시 말해 자신의 강점과 열정을 파악해야 한다.

이 두 요소에 내가 명명한 '낚기용 아이디어hooky idea'를 합쳐보라. 우리의 상상력에 불을 지피고 우리를 사로잡고 놔두지 않는 것, 그리고 유레카, 우리를 작가로 만들어줄 로켓 연료를 장착하라! 그러면 마법을 부르는 삼박자가 갖춰진다.

자, 다른 이야기다. 단역을 전전하며 고군분투하던 어느 작가가 권투 시합에 참가하게 되었다. 그곳에서 언더독underdog(승리할 가능성이 적은 선수나 팀. _옮긴이)이 챔피언과의 시합에서 마지막 라운드까지 기적적으로 버텨냈다. 이 시합에서 영감을 얻은 작가는 사흘 만에 시나리오를 쓰고 '록키rocky'라는 제목을 붙였다. 이 작가가 바로 실베스터 스탤론Sylvester Stallone 이다. 그는 이 시나리오를 25만 달러에 사겠다는 제의를 받았지만 거절했다. 그리고 이 시나리오를 2만 5,000달러 그리고 주인공 역할과 맞바꾸었다. 그는 강력한 아이디어에 자신의 강점과 열정을 결합해서 원하는 것을 획득했다.

시나리오 작가로서 가장 중요한 결정은 '다음에 무엇을 쓸까?'이다. 그리고 글을 쓰기 전 그 아이디어가 어떠한지 판단할 때에 작가의 강점은 귀중한 도구가 된다.

| 실전 연습 |

1. 자신의 강점 파악하기

- 시나리오를 쓸 때 무엇을 가장 좋아하는가?
- 가장 쓰고 싶은 장르와 그 이유는?
- 가장 쓰고 싶지 않은 장르와 그 이유는?
- 시나리오를 쓸 때 어떤 부분이 가장 쉬운가?
- 작가로서 다시 _____ 않는다면 아주 좋을 것 같다.
- 다음 중 글을 쓸 때 나를 가장 행복하게 하는 것은?
  액션/아이디어/개요/판타지 요소/묘사/주제/반전/

취재/대사/영상/인물 변화/플롯/인물 관계/갈등과 긴장/

'페이드아웃fade-out'이라고 쓰기/기타 등등

2. 장면을 쓸 때 나는,

- 인물이 말하는 소리를 그저 들어준다.

- 눈을 감고 무슨 일이 벌어질지 상상한다.

- 인물이 어떻게 느끼는지 생각한다.

- 플롯을 전개하는 데 집중한다.

- 관객이 원하는 감정에 집중한다.

- 인물에 대해 무엇을 어떻게 드러낼지 파악한다.

- 떠오르는 모든 것을 적은 후에, 자르고 자르고 자른다.

- 아무 생각이 없다.

- 기타 등등

3. 어떤 종류의 대사를 가장 잘 다루는가? 그다음은?

- 경쾌하고 로맨틱한 농담/진짜 어린아이의 목소리

- 요즘 십대의 채팅 용어/딱딱하고 직설적인 행동

- 시대극에 어울리는 표현/새로운 단어 만들기

- 재치 있는 말/인물을 드러내는 화법

- 교양 있는 성인들의 대화/기발하고 단서가 가득한 재담

- 환경에 어울리는 용어/비슷한 인물을 위한 독특한 목소리

- 나는 대사가 싫다/실생활의 대사가 내 머릿속에 콕 박혀 있다

- 기타 등등

4. 다음 질문을 보고 바로 떠오르는 것을 답하라.

- 가장 좋아하는 영화 속 대사는?

- 대사 없이 나를 홀린 한 장면은?

- 가장 좋아하는 두 인물의 관계는?

- 몹시 웃어서 팝콘이 코로 나올 정도로 웃겼던 장면은?

- 극장 의자에서 떨어질 만큼 놀라웠던 영화 속 반전은?

- 내 머릿속에 깊이 각인된 영화 속 영상은?

- 내 인생에서 소중한 것을 직접적으로 말해준 영화는?

- 몇 번이고 다시 본 영화는?

이 중 어떤 질문에 대해 답이 즉시 그리고 명확하게 튀어나왔는가?

5. 마술 지팡이가 있어서 당신이 상상하는 완벽한 동료 작가를 만들 수 있다고 가정하자. 뿅! 당신의 동료는 어떤 강점을 지닌 작가였으면 하는가?

6. 다음의 빈칸을 채워보라. 답은 당신이 알고 있다.

· 시나리오 쓰기에서 나의 최고 강점은 ＿＿＿＿＿＿＿ .

· 나의 두 번째 최고 강점은 ＿＿＿＿＿＿＿＿＿ .

· 나의 가장 취약점은 ＿＿＿＿＿＿＿＿＿＿＿ .

자신의 시나리오 쓰기 체력을 아는 것은 필수다. '다음에 무엇을 쓸까'에 대해 생각할 때, 가장 잘하는 것을 보여줄 수 있는 장르에서 아이디어를 고를 수 있기 때문이다.

이야기는
이미
당신 안에 있다

앨런 와트

이야기 구조는 공식이 아니다. 물론 그렇게 가르치는 일이 빈번하다. 내가 진행하는 워크숍에서는 구조를 '주인공의 변신을 탐색하기 위한 불변의 패러다임'이라고 설명한다. 이 말은 즉 모든 주인공은 여정에 나서고 그 과정을 예측할 수 없다는 뜻이다.

글쓰기는 우리가 삶에서 미처 완벽히 이해하지 못한 무언가를 전개하고 해결하고자 하는 욕구와 관련되어 있다. 우리는 이러한 미해결 질문들을 탐구하게 만드는 생각과 이미지에 자연스레 끌린다. 그리고 이 전제에 따라 우리는 '우리 이야기를 할 자격이 있는 유일무이한 존재'라는 걸 자각하기 시작한다.

때때로 우리는 두려움 때문에 멀찍이 떨어져서 이야기에 접근한다. 다음은 내가 글쓰기 워크숍에서 학생들에게 내주는 첫 번째 실전 연습이다. 이는 진짜 이야기를 위해서 이야기에 대한 '생각'을 떨쳐내는 강력한 방법이다. '두려움', 우리가 진지하게 작업을 시작하기 전에 몰아내야 하는 이 괴물은 사실 길잡이다. 그냥 이 거칠고 나약한 부분으로부터 글쓰기를 시작하면 어떨까? 우리가 느끼는 두려움의 '본질'을 탐구하거나 판단하지 말고 떠오르는 대로 쓰면 어떨까? 시나리오를 쓰기 위해 더 나은 사람이 될 필요는 없다. 우리가 알아야 할 것은 이미 우리 안에 있다.

그러니, 시작해볼까.

| 실전 연습 |

시나리오를 쓰려고 할 때 밀려드는 두려움에 대해 2분 동안 모조리 적는다. 종이 한 장에 사소한 것부터 금기시되는 것까지 망라한다. 가족이 당신에 대해 알게 될까 봐, 당신이 기괴하고 삐뚤어진 존재라는 게 '발각될까 봐' 두려운가? 아니면 당신이 실패하고, 무의미한 탐색에 인생을 허비하며, 결국에는 진짜 작가가 되지 못할까 봐 두려운가? 또는 혹여나 성공해서 책임져야 할 것이 늘고, 더 나은 인간 그리고 고귀한 인간이 되어야만 할까 봐 두려운가? 사

실 두려운 것은 오직 하나뿐이며, 바로 배우는 동안 '허비하지' 말아야 한다는 점인가? 그리고 또······ '사람들이 나를 싫어하겠지', '내 인간관계는 끝장나겠지', '상업성이 있을까' 등등.

당신이 느끼는 두려움에 대해 빠짐없이 모두 적어라.

그런데 이런 실전 연습을 왜 하는 것일까? 첫 번째 이유는 두려움의 정체를 파악해서 그 두려움에 잠식당하지 않기 위해서다. 하지만 가장 큰 이유는 아니다. '글쓰기는 발전하고 싶은 욕구와 직결되기' 때문이다. 다시 말해 작가가 이야기를 쓸 때 느끼는 두려움은 이야기 속에서 주인공이 느끼는 두려움과 '다르지 않다'.

이러한 생각에 대해 처음에는 반감이 들 수 있다. 당신은 자신의 두려움을 파악하고 있으며 주인공이 느끼는 두려움과는 아무런 상관이 없다고 말할지도 모르겠다. 더 깊이 탐구하라. 자리에 앉아 한동안 그와 대면해 당신이 보지 못하는 연결고리가 무엇인지 생각하라. 두려움을 느끼는 상황이 같다고 말하는 게 아니다. 우리가 느끼는 두려움이 주인공이 느끼는 두려움과 같은 종류라는 것이다. 예컨대 이러하다.

1. "이 시나리오를 쓰는 게 시간 낭비고, 결국 아무와도 계약하지 못할까 봐 두렵다."

   • 자문할 것: 이야기 속에서 주인공 스스로 끔찍한 실수를 저

지를지도 모른다고 믿는 부분이 있나? 주인공이 실수에 대한 두려움에 맞서거나 나아가 자신을 믿게 할 수 있을까?

2. "사람들이 나의 가장 어두운 비밀을 알게 될까 봐 두렵다."

- 자문할 것: 이야기 속에서 주인공 스스로 다르다는 이유로 내쳐질 거라고 믿는 부분이 있나? 남들에게 외면받을지도 모를 주인공의 비밀은 무엇인가?

3. "진짜 작가가 못 될까 봐 두렵다."

- 자문할 것: 이야기 속에서 주인공이 실패할까 봐 두려워하는 부분이 있나? 주인공이 실현하지 못할까 봐 두려워하는 꿈은 무엇인가?

우리가 느끼는 두려움이 아무리 절박하더라도 흔한 두려움 중 하나일 뿐이다. 누구나 두려움을 느낀다. 이야기에 대한 우리의 '생각'을 떨쳐내고 초점을 인물들의 전반적인 상황으로 옮길 때, 우리가 '파악해야 할' 것은 아무것도 없으며 우리 자신은 사실 시나리오를 위한 통로라는 점을 깨닫게 된다. 이러한 지점에서 이야기의 진정한 구조가 드러나기 시작한다.

조사를 통해
소재를
확장하자

크리스티나 M. 킴

"가장 잘 아는 것을 써라"라는 오래된 경구(곧 진부한 교훈)가 있다. 이 말은 내가 영화학교에 처음 입학해 들은 말 중 하나다. 신인 작가에게는 당신이나 당신이 잘 아는 누군가에게 일어난 일부터 써보기 시작하라는, 용기를 북돋아주는 충고다. 누구나 할 수 있는 일이니까. 그렇지 않은가? 만만하다!

우리는 모두 멋진 이야기 하나쯤은 알고 있다. 나의 괴짜 고모는 자동차 앞좌석에 죽은 애완견 '데이지'를 태우고 울면서 내리 다섯 시간을 운전하여 아들의 대학 기숙사로 가서 아들에게 제대로 작별인사를 하게 했다. 그리고 고모는 고등학교 시절 숲속에서 광란의 파티를 열다가 경찰차와 교외를 가로지르는 추격전을 벌이기도 했다. 이 두 가지 이야기가 흥미로운 건 사실이지만, "가장 잘 아는 것을 써라"라는 말은 제약이 될 수 있다. 때로는 실제 경험한 안전지대를 벗어나 '알지 못하는 것도 써야' 한다.

나는 근래 하와이에서 치열하게 살아가는 해상구조대를 배경으로 한 시나리오 아이디어를 구상했다. 그러나 하와이라는 장소는 익숙해도 드라마 〈SOS 해상구조대Baywatch〉에서 본 내용 말고 해상구조에 대해 아는 것이 전무했다. 그래서 서점에 가서 해상구조 기술에 대한 책을 한 무더기 샀고, 해변을 배경으로 한 영화는 뭐든 빌렸고, 위키피디아를 비롯해 인터넷을 샅샅이 검색했다. 이렇게 해상구조 훈련과 기본 지식에 관한 기초를 쌓았지만, 진실하게 쓸 수 있다는 느낌이 오지 않았다.

다행히 내게는 해상구조대원들이 순찰을 도는 공공해변과의 거리가 불과 몇 킬로미터밖에 되지 않는 지역에 산다는 이점이 있었다. 나는 친구들에게 수소문해 한 친구의 친구가 시간제 근무를 하는 해상구조대원이라는 소식을 들었다. 딱이네!(그리고 물어보기 전까지는 결코 알 수 없다는 교훈도 얻었다. 당신의 지인들, 페이스북 방문자들, 이웃들에게 물어보라. 사람이 자산이다) 나의 해상구조대원 친구 그레그는 흔쾌히 교대근무 기간 동안 자신을 따라다니게 해주었다. 나는 베니스 비치로 가서 최대한 모든 것을 보고 빨아들였다. 그가 근무지에 도착하자마자 최신 정보를 기입하는 '상황판'부터 바닷물을 살펴 '파도를 읽는' 방법까지, 그리고 해상구조대원들이 의견을 주고받을 때 쓰는 약어도 알아냈다. 또한 그레그가 내 눈을 보지 않는 게, 문제 신호를 찾기 위해 바다를 쉼 없이 주시하기 때문이라는 것도 눈치 챘다. 실제 구조 장면을 목격하진 못했지만 그레그와 그의 동료들에게서 구조 활동에 대한 다양한 이야기를 들었다.

나는 일화와 세세한 사항으로 가득 채운 노트를 들고 집으로 돌아왔는데 더 중요한 건 새로 발견한 정보 덕분에 쓸 수 있다는 자신감이 생겼다는 것이다. 내가 모르던 것을 찾아냈고, 상당한 경험을 얻었고, 알게 된 것을 글로 쓰고자 했다. 나는 해상구조대 감시탑에서 어떤 일이 일어나는지 더 이상 상상할 필요가 없었다. 이제 그곳이 어떤 모습인지, 어떤 냄새가 나는지는 물론 책상으로 쓰던 낡은 널빤지 위의 1980년대 전화기까지 모든 세세한 점을 알았다.

안전지대를 벗어나 모르는 것을 써보라. 자신에게 물어보라. 무엇이 나를 불편하게 하는가? 무엇이 항상 도전 정신을 불러일으키는가? 어떤 사람에게 호기심이 드는가? 자신을 제약하지 말라. 사람들은 낯선 이라 할지라도 시나리오를 쓰기 위해 몇 가지를 물어보거나 따라다녀도 되느냐고 부탁하면 대부분 마음을 연다(그리고 말이 많아진다). 일단 해보라. 글감이 생길 거라고 장담한다. 저녁이 되면 새로운 연구 내용으로 무장한 채, 당신의 안전지대로 돌아와 알게 된 것들을 글로 쓸 수 있을 것이다.

1. 자신의 흥미를 유발하는 주제나 사람을 찾아본다. '경찰서에서 일하면 어떨까?', '잘나가는 바의 도어맨이 되면 어떨까' 등 어떤 것이라도 된다. 연락처를 찾아보고, 전화를 걸고, 약속해서 하루 아니 하다못해 한 시간 동안이라도 근무 중인 누군가를 관찰한다. 인터뷰도 좋은 자료가 될 수 있지만 사람을 직접 관찰하면 온갖 군침 도는 세부 사항을 집어낼 수 있다.

2. 관찰한 내용을 모두 적는다. 그들이 입은 옷, 그들이 쓰는 용어, 점심으로 무엇을 먹는지, 버릇, 냄새, 소리 등등…….

3. 이제 그곳을 배경으로 하는 시나리오를 찾아본다. 아니면 관찰한 사람들을 전혀 다른 배경 속에 집어넣어 본다. 무슨 일이 일어나는지는 중요하지 않다.

이 실전 연습의 핵심은 장면, 인물에게 진실성과 깊이를 주기 위해 조사한 내용을 활용하는 데 있다. 그리고 누가 알겠는가. 이렇게 연구한 것을 바탕으로 죽이는 아이디어가 생각날지.

작품과
유사한 환경을
찾자

마크 에번 슈워츠

어떤 이야기가 몇 년 동안 나를 괴롭히고 있었다. 내가 자라면서 들었던 실제 사건에 관한 이야기로 영화적인 가치가 있다고 생각했다. 그 이야기는 1920년대 나의 고향인 노스캐롤라이나 피드몬트의 섬유산업 마을을 배경으로 하는데, 십 년 전에 나는 그곳을 떠나왔다.

어느 해 여름 가족을 만나러 돌아가게 되면서 마침내 이 이야기를 시나리오로 쓰기 시작했다. 나는 지역도서관에서 헤아릴 수 없이 많은 시간을 보내며 책들을 훑고, 마이크로필름 기사들을 샅샅이 뒤지고, 누군가 부모와 조부모에게 들은 이야기들을 전해 들으며 내가 이야기의 기본 골격으로 삼고 싶었던 그 폭력 사건에 대한 가능한 한 모든 것을 알았다.

곧, 나는 사실들은 충분하다고 느꼈다. 사실들로 그득한 상자가 있다고. 하지만 내 목표는 다큐멘터리가 아니었다. 극적 서사, 픽션 역사극을 쓰는 게 목표였다. 그러나 내게는 주요 인물의 성격과 인물들의 목소리, 느낌이 부족했다. 이야기를 밀고 나갈 인간관계를 발견하지 못하고 있었다. 의자에 앉아서 상상력을 활용할 수도 있었지만 더 많은 무언가, 뻔하지 않은 방식으로 창의성을 점화할 수 있는 무언가를 찾아야 했다. 그래서 그것을 발견하기 위해 밖으로 나섰다.

일주일 동안 나는 이 사건이 벌어졌던 섬유산업 마을의 가족이 운영하는 작은 식당에서 밥을 먹기로 했다. 혼자 조용히 앉아서 체리 음료수를 마시고 식초로 맛을 낸 바비큐와 양배추 그릴 샌드위치를 베어 물었다. 나는 마을 사람들을 조심스레 관찰하고 들으면서 이들이 쓰는 구문과 속어, 자세와 걸음걸이를 흡수했다. 그러던 어느 날 어린 소녀와 함께 밥을 먹던 커플이 내 시선을 잡아끌었다.

빳빳하게 다림질한 작업복을 입은 남자는 삼십 대 후반처럼 보였다. 열 살쯤 어려 보이는 여자는 할인점에서 산 듯한 꽃무늬 드레스를 입고 있었다. 열 살 남짓의 여자아이도 같은 옷을 입고 있었다. 이들 사이에 서먹함이 흘렀다. 남자는 포크와 스푼, 나이프를 만지작대다가 사냥에 대해 수줍게 말하면서 그것들을 정돈했다. 여자는 아무 말 없이 고개를 끄덕이며 재미있는 척했다. 여자아이는 따분한 기색이 역력했다. 여종업원이 음식을 갖다 주었고, 남자는 무심결에 여자아이에게 냅킨을 무릎에 올리라고 눈짓했다. 여자아이가 흠칫 남자를 쏘아보았지만, 말을 꺼내기 전에 여자가 손을 톡 치며 간결하게 말했다. "애야?" 경고로 알아들었는지 여자아이가 억지미소를 지으며 냅킨을 자기 무릎에 올렸다.

유레카. 찾았다.

이 삼각관계를 모델로 한 이야기가 내 마음의 눈에서 형태를 잡았다. 엄마 말을 잘 듣지만 엄마가 만나는 까칠한 남자가 싫고, 그 남자를 이기적으로 이용하는 음울한 열 살 소녀의 관점에서.

실전 연습

대부분의 작가가 가진 훌륭한 장점 중 하나가 바로 관찰하거나 엿듣는 능력이다. 우리는 본능적으로 원 밖으로 표류하다가 조용히 안을 살핀다. 그리고 사람과 상황을 포함하는 시나리오를 상상하는 사고방식을 가지고 있다. 이 실전 연습은 이를 정확히 해내기 위한 방법이다.

자신에게 어떤 이야기에 대한 아이디어가 있고 설득력이 있다고 가정해보자. 그럼 조사를 하고 인물들이 진짜라는 것을 밝히고 그들을 믿을 만하게 만들어야 한다.

이야기 속 인물과 비슷한 사람이 시간을 보낼 법한 장소에 가라. 도서관, 운동장, 스포츠 경기장, 법원, 대학 캠퍼스, 술집 등 어디라도. 비결은 관심을 끌지 말고 투명인간이 되어서 엿듣는 것이다.

대화를 엿듣고 그들이 주고받는 행동을 지켜보라. 주시하라. 말하는 태도, 토론하는 주제, 몸짓, 옷차림, 주변의 소음과 소리, 환경 그리고 음악을 흡수하라. 그들이 하는 모든 것을 생각하라. 머릿속으로만 기록하라. 어떤 것도 쓰지 마라. 사람들의 자의식을 만들게 될 것이다.

나중에, 재빨리 보고 들었던 모든 것을 적어라. 지켜본 사람들에 대해 상상하고 있는 것을 자세히 전기로 기록하라. 그리고 이 전기들을 개작해서 이야기의 세계로 입성시켜라.

시나리오 쓰기의 모든 것(개정판)

부정적인 경험도
좋은 소재가
된다

케빈 세실

코미디 작가가 되어 엄청 좋은 일 하나는 나를 짜증나게 하는 일 전부를 써먹을 수 있다는 것이다. 짜증은 코미디의 탄알이다.

동료인 앤디와 나는 사무실에서 만날 때 종종 그날 아침에 겪은 불쾌한 일들을 가지고 20분간 투덜거린다. 라디오에서 들은 소식이나 신문에 실린 바보 같은 내용의 기사들을 헐뜯곤 한다. 이해가 가지 않는 광고나 사회 경향을 욕하기도 한다.

또는 시나리오를 통째 다시 쓰라는 쪽지를 받을 때도 있다. 이러한 일 역시 짜증을 유발한다. 흥미로운 점은, 준비 작업을 할 때 씩씩거리며 말한 내용 중 일부가 시나리오 속의 농담이나 심지어 스토리라인으로 바뀐다는 것이다. 당시에는 일이라고 생각하지 않았지만, 사실 우리는 일을 했고 부정적인 생각의 힘을 이용하고 있었던 것이다.

그렇다. 다른 사람들에게 들은 것은 모두 그 나름의 효용 가치가 있다. 긍정적인 말을 들으면 기분이 아주 좋다. 하지만 명심하라. 부정적인 기운도 그 나름의 가치가 있다. 우리가 사는 멍청하고 부당하고 시시하고 망가진 세상에 화가 나서 맹렬히 비난하는 중이라면, 잠시 멈추고 거기에서 '개그'를 뽑아낼 수 있을지 보라. 코미디는 사람들의 잘못이나 실패에 대한 이야기고, 그것이 잘 먹히면 비논리적인 세상에 대해 논리적인 설명을 할 수 있다.

래리 데이비드Larry David와 제리 사인펠드Jerry Seinfeld가 드라마 〈사인펠드Seinfeld〉에서 만들어낸 조지 코스탄자는 역대 시트콤 속 인물 중에서 단연코 최고다. 허영심 강한 구두쇠이자 신경증 환자인 조지는 부정적인 말과 소소한 불만을 끝없이 내뱉는다.

나와 앤디가 딜런 모란Dylan Moran이 원안을 쓴 시트콤 〈블랙 북스Black Books〉를 각색할 때 우리는 런던살이에서 오는 짜증을 집어넣었다. 도심의 열기를 처리하는 문제라든가, 대형 체인 서점들의 삭막한 분위기를 고스란히 집어넣었다. 컴퓨터와 과학기술에 대한 우리의 좌절은 SF 시트콤 〈하이퍼드라이브Hyperdrive〉 속에 표현되었다. 일과 관련해서 누군가 우리를 미치게 하면, 우리는 꾹 참고 싫은 티를 내지 않는다. 하지만 그 사람의 행동과 말이 화면에 뜰 날은 반드시 온다. 우리의 일은 쓰레기를 쓸모 있게 만드는 것이다. 재활용이라는 멋진 일을 하는 것이다!

물론 우리 자신도 예외가 될 수 없다. 둘 중 하나가 일을 그르치고 바보 같은 짓을 하고 쓸데없이 문제를 일으키면, 우리는 서로에게 말하고 원고 속에 장면으로 등장시킨다. 멍청한 실수 속에 황금이 있는 법이다.

그러니 당신도 수시로 투덜대거나 푸념하거나 불평하라. 무엇이 당신을 화나게 하는가? 이런 것에 다른 사람들 역시 신경 쓸 가능성이 높다. 작가는 타인의 우울한 일들을 활용해 웃음을 만드는 일을 하는 운 좋은 사람들이다. 만일 이 일로 다른 사람들을 웃길 수 있다면 정말로 운 좋은 인생일 테고.

그런데 당신은 이렇게 말하고 싶을지도 모르겠다. 자신은 꽤나 긍정적인 사람이라서 징징거릴 일이 없다고. 자신에게 나쁜 일은 있을 수 없다고. 매일 축복을 헤아리는 데 손가락과 발가락이 모자랄 지경이라고. 글쎄, 이 교훈을 확장하면 이러하다. 당신에게 일어난 일, 당신이 들은 모든 이야기, 당신이 세상에서 알아낸 모든 것에는 글로 쓸 수 있는 잠재성이 있다. 만사가 연구 대상이다. 명심하라. 하루나 이틀만 이 점을 살짝 의식하고 그 후에는 이러한 자의식은 버리고 당신의 삶을 찾아라. 그리고 나서 이야기가 막힐 때, 당신이 겪은 일을 소송당하지 않을 정도로 각색해서 시나리오에 집어넣어라.

당신이 저지른 잘못을 모두 기록하고 시작하는 게 좋다. 솔직해야 하는데, 그럴 수 없다면 '솔직하지 못하다' 항목을 추가한다. 만일 당신이 실수를 저지르는 사람이 아니라면, 친구 하나를 골라 그에 대한 목록을 만든다. 작성이 끝나면 그 내용을 과장한다. 만약 당신이 스트레스를 받아도 약간 허둥대는 정도에 그친다면, 언제나 스트레스에 시달리며 항상 혼란 속에서 허우적거리는 누군가를 떠올린다. 먹을 것에 별로 관심이 없으면, 먹는 거 외에 다른 것은 생각할 수 없는 누군가를 만든다. 등장인물이 만들어질 때까지 결함을 섞어본다.

이제 첫 번째 인물이 진심으로 짜증스러워하는 결함을 가진 다른 누군가를 생각해본다. 두 인물이 꼭 정반대일 필요는 없다. 두 사람이 잘 지낼 수 없는 이유는 100만 1개나 된다. 그중 가장 흥미롭고 독창적인 이유 하나를 택한다. 그들이 문제를 함께 해결해야 하는 장면을 쓴다.

글을 다 썼으면 나가서 즐긴다. 당신은 즐길 자격이 있다. 다음 날 글을 보고 어떤 점이 마음에 안 드는지 살펴본다. 어떤 점이 더 웃겨질 수 있는가? 어떤 점에서 짜증이 나는가? 비판력과 불안감을 자극해 이전보다 더 웃기게, 매끄럽게, 쉽게 글을 고쳐본다. 하지만 일단 글을 썼으면 부정적인 감정은 잠시 떨쳐버린다. 글을 마무리하는 데 집중한다.

곧 반짝이는 무언가를 갖게 될 것이다. 이를 드라마로 만들고 시나리오를 써서 영화사에 보낸다. 그러고 나서 시나리오가 퇴짜를 맞거나, 고료가 바라는 액수에 못 미치거나 친구가 질투할 만큼이 아닌 현실에서 오는 좌절감을 그다음 시나리오의 연료로 삼는다. 당신도 이제 쇼 비즈니스 세계에 발을 들였다.

감정으로
이해한 것을
써라

마크 세비

SF 열성팬이자 시나리오 작가로서, 나는 "가장 잘 아는 것을 써라"라는 격언을 보면 피식 웃음이 난다. 그렇다면 체격이 꽤 건장했던 유대인 남성 작가인 아이작 아시모프Isaac Asimov는 독신 여성 과학자나 로봇의 인생을 어찌 알았을까? 그리고 노동자 계급 출신의 실직자이자 서른 살 싱글맘이었던 조앤 K. 롤링Joanne K. Rowling은 마법의 나라에 위치한 마법학교에 다니던 소년 마법사를 어찌 그리 정확하게 그려낼 수 있었을까?

　작가들은 어린아이, 노인, 남성, 여성, 외계인, 왕, 농부 등 상상할 수 있는 모든 대상을 글로 쓴다. 그 비결이 무엇일까? 치밀한 조사 덕분일까? 예리한 관찰력? 비밀의 뮤즈 불러내기? 그럴지도 모른다. 하지만 "가장 잘 아는 것을 써라"라는 말의 진짜 의미는 그게 아니다. 그것은 진실, 즉 인간으로서 아는 것을 쓰라는 뜻이다.

여성과 남성은 진짜로 그렇게 다를까? 우리는 모두 거절당했을 때의 상처, 사랑의 기쁨을 알지 않는가? 그리고 감정이라는 이 모든 무수한 변주에도 불구하고 미개간지에 사는 사람들의 삶이나 대도시에 사는 사람들의 삶은 근원적으로 같지 않을까? 오늘날 불치병의 불가항력은 백 년 전의 불치병과 다를까?

그렇다면 우리가 아는 것과 경험으로 체득한 것의 괴리는 어떻게 좁힐 수 있을까? 간단하다. 알고 있는 진실을 써라. 감정적으로 이해한 것을 써라. 직접 경험한 것일 필요는 없다. 그것이 비법이다.

나는 영웅이고 악당이고 어린 소녀이고 연쇄살인범이다. 나는 토끼 울타리를 따라 집으로 돌아온, 유괴되었던 두 소녀 중 한 명이다. 나는 테르모필레에서 엔터프라이즈호 함교 위에 서서 용감하게 싸우고 있다. 나는 스파이더맨 아이를 잃어버린 엄마다. 나는 마약 때문에 아이를 방치한 중독자 엄마다. 작가로서 나는 적어도 속으로 이렇게 말할 수 있다. "내 이름은 군대다. 수가 많기 때문이다."(마르코 복음 5장에서 인용한 말이다. _ 옮긴이)

작가가 등장인물에게 그럴듯한 삶을 불어넣을 수 있는 건 작가가 어느 정도 그 인물들이기 때문이다. 작가는 인간으로서 공유하고 공감한 경험을 풀어내는 것이다. 하지만 영향력을 발휘하고 진실하게 쓰려면 용기가 필요하다. 내면 깊숙이 들어가서 어쩌면 그렇지 않은 자신을 끄집어내야 할 때도 있다.

사람들은 의심의 눈으로 내게 묻는다. 어떻게 연쇄살인범을 실감나게 쓸 수 있는지. 나는 여주인공과도 잘 맞는다. 과연 나는 삶과 죽음에 관한 절대적인 힘을 소유하는 것에 대한 내 생각을 사람들이 의심하지 않길 바랄까? 아이를 잉태하고 생명을 키워내 엄마가 되는 것에 대한 가치를 내가 알고 있다고 알아주길 원할까? 그렇다, 그렇다, 그렇다! 출산은 기생에 가까운 공생의 경험 아닌가? 그렇다면 그건 몸속에 뭔가가 자라는 여자, 그리고 축복받지 못하는 임신에 관한 공포 영화의 토대가 될 수 있지 않을까?

작가는 두려움이 없어야 한다. 돌연 튀어나오는 폭로, 끔찍한 통찰, 어두운 감정적 전개에 결코 뒷걸음치면 안 된다. 아무리 추악하고 괴기하더라도 자신의 내면으로 들어가 진실을 찾아내고 지면 위로 옮겨야 한다. 폭로를 두려워하면 시시한 글이 나올 수밖에 없다. 나를 믿어라. 나는 이미 그런 글을 많이 써봤다.

영화 〈클루리스Clueless〉가 성공한 원인은 무엇일까? 인정을 받기 위한 소녀들의 투쟁에 모두 공감했기 때문일까? 〈슬럼독 밀리어네어Slumdog Millionaire〉는 어떠한가? 주인공 자말이 견

더낸 고통과 승리감을 이해할 수 있어서? 〈다우트Doubt〉는? 자기검열의 강력하고 끈질긴 메시지와 내적·외적 의심을 알 수 있어서? 이 영화의 작가들은 불량소녀, 인도인 노숙자, 어린이 학대 신부 혹은 엄청 권위적인 수녀였을까?

그러니까 도전하라. 자신의 진실을 자신의 작품 속에 집어넣어라. 두려워하지 말고. 필요하면 비밀 글쓰기 노트를 만들어라. 자신을 오그라들게 만들고 당황케 하는 일들을 여기에 적어라. 결코 인정한 적 없거나 단 한 번도 글로 쓴 적이 없는 아이디어와 개념 말이다. 멍청해지고 추해지고 역겨워지고 끔찍해지고 엉뚱해져라. 상상할 수 있는 형용사로 스스로를 검열하지 마라. 원한다면 나중에 모두 지워버려도 된다. 하지만 첫 단계는 두려움을 떨치고 여자이자 아이이자 살인자이자 유니콘이며 천사이기도 한, 작가가 되는 것이다.

상상을 진실하게 써라. 우리는 대개 내면 어딘가에 진실을 꽁꽁 숨겨두고 있기에 그 진실을 이해하고 말할 수 있다.

| 실전 연습 |

등장인물들과 시나리오를 진실하게 탐구하라. 당신이 남자라면 인물을 여자로 만들어보라. 당신이 어리다면 노인으로 만들어보라. 당신이 외향적이라면 내성적인 인물로 만들어보라.

나는 킬러다. 사적으로 사람을 죽이지 않는다. 일로서만 죽인다. 어느 날 밤까지는 그랬다……

나는 똑똑하고 염세적인 의사다. 나는 외로움을 인정하기 두렵다. 사람들의 의심을 피하기 위해 까칠하게 말할 것이다. 그녀가 걸어 들어오기 전까지는……

나는 나이 든 남자와 사랑에 빠진 젊은 여자다. 그가 내게 상처를 줄 게 뻔하지만 개의치 않는다. 무슨 일이 있건 그 남자와 함께 하려 했는데……

나는 마약중독 때문에 은행이라도 털어야 할 만큼 절망적이지만 끊을 수가 없다. 하지만 이런 일이 벌어지리라곤 결코 생각 못 했다……

나는 비밀이 있는 세일즈맨이다. 밤마다 나는 여장을 하고 거리로 나간다. 어느 날 밤 나는 보면 안 되는 것을 보고 만다. 이제 내가 할 일은……

좋아하는
장르를 써라

보니 맥버드

장르 게임은 UCLA 평생교육원의 시나리오 쓰기 수업에서 내가 학생들과 하는 재미있고 짧은 연습이다. 이 게임은 세 부분으로 되어 있으며 시시해 보이지만, 학생들은 그 결과가 놀랍고 심오하다고 반응한다.

　이 장르 게임은 우선순위를 매기려 드는 우리의 뇌로 인해 집필에 필요한 '흐름'이 막혀 글쓰기가 지연된다는 점을 상기시켜준다. 또한 우리가 어떤 영화를 좋아하는지에 대해 놀라운 교훈을 일러준다. 개인적으로 이 게임을 학생들과 하다가 나 역시 이따금 결과에 깜짝 놀라곤 한다. 그리고 나의 관심사가 달라졌다는 것을 알게 되어 다음에 집중해야 할 작품을 선택하는 데 도움이 된다.

게임을 진행하기 전 나는 학생들에게 무의식에 접속하기 위한 여러 기법을 소개한다. '고속으로' 쓰면서 내면의 비평가를 무장 해제시키고 편집 없이 일사천리로 글을 쓰기 위해서 말이다. 그중 하나가 내가 '라이트아웃Writeouts'이라고 명명한 자유 글쓰기 방식이다. 이 방식은 내털리 골드버그Natalie Goldberg 의 '글쓰기 습관'(《뼛속까지 내려가서 써라Writing Down the Bones》)과 줄리아 캐머런Julia Cameron의 '모닝 페이지morning pages'(《아티스트 웨이The Artist's Way》)와 방식이 비슷하다.

수업이 진행되는 몇 주 동안 학생들에게 여유롭고 자유로운 마음으로 초고를 쓰기 위해 노력하라고 가르친다. 편집자의 뇌를 나중에 꺼내기 위해서다. 똑같이 열정과 집중력을 가지고 시작하더라도 진심으로 자유로운 글쓰기를 하는 학생들이 훨씬 빨리 발전하며, 더 수월하게 초고를 작성한다.

어느 정도 수업을 진행한 후에는 심리학자 미하이 칙센트미하이Mihaly Csikszentmihalyi가 정의한 '몰입'(《몰입의 즐거움Finding Flow》)의 개념을 소개한다. 몰입은 시간을 뒤로 되돌리는 놀라운 심리 상태이고, 당면한 과제가 무엇이든 간에 모든 것을 아우르며 힘들이지 않고 만족을 준다. 몰입은 스포츠부터 예술까지 다양한 분야에서 창작 활동을 성공으로 이끌며 최고의 행위를 유도하는 심리 상태다.

몰입은 그 결과에서 보듯 다양한 방식으로 극대화할 수 있다. 그리고 마찬가지로 약화시킬 수 있다. 만일 당면한 과제가 우리의 숙련된 기술에 비해 너무 단조롭다면 우리는 지루함을 느낀다. 그리고 지루함은 부주의함을 뜻한다. 반면 과제가 너무 어려우면 우리는 불안해진다. 불안감은 집중력의 적이다.

그래서 칙센트미하이는 과제를 자신의 기술적 수준에 맞춰 조율하라고 제시한다. 불안감 때문에 극복하지 못할 정도가 아니라 서서히, 그리고 적절히 수준을 올리라는 것이다.

이를 시나리오 쓰기에 적용하면 완전히 또 다른 도전이 된다. 수많은 신인 작가가 자신의 초고가 완전하기를, '유일한 것'이기를 기대한다. 심지어 다르게 쓰라는 지시를 받거나 촬영용 대본에 색색의 표시가 된 것을 볼 때면, 그들은 '적합한 것right'에 너무 많은 강조점을 두곤 한다. 이러한 기대감은 생산성을 질식시키고 '몰입할' 기회를 줄인다.

그래서 이처럼 '적합하게 써야 해' 같은 생각이 실제 얼마나 큰 장애가 되는지 보여주기 위해 장르 게임을 개발했다. 이 게임은 여럿이 할 때 효과가 가장 좋다.

이제 게임을 시작해보자. 줄이 쳐진 종이 한 장, 연필과 지우개, 타이머, 작은 포스트잇과 그보다 더 큰 포스트잇 몇 장이 필요하다. 좋아한다면 흥겹고 빠른 음악을 준비한다. 그리고 영화 장르 목록을 아래에 첨부한다. 여럿이라면 커다란 포스트잇에 장르를 적어 사방에 붙여놓을 수도 있다.

다음의 내용을 미리 읽지 말고 해보라. 몰래 먼저 읽는다면 효과가
반감될 수도 있다.

1. 제일 좋아하는 영화 1~10위 뽑기

먼저 줄이 쳐진 종이에 1부터 10까지 번호를 한 줄씩 써라. 타
이머를 3분에 맞추어라. 이제 조용히 그리고 침착하게 좋아하
는 영화 열 편을 순서대로 적어라. 지우개를 써도 된다. 띵동.
타이머가 울리면 멈추어라. 적은 것을 보라. 목록을 보고 어떤
느낌이 드는가? 목록이 정확한가? 순위가 정확한가? 포괄적인
가? 목록을 작성하는 게 즐거웠는가?

사람들은 대개 이런 연습을 싫어한다. 그리고 영화의 순위를
제대로 매겼는지, 심지어 제대로 기억해냈는지 확신하지 못한
다. 우리가 사랑하는 것에 대해 우리가 생각하는 방식이 상반
되기 때문이다(사실 나는 30초 만에 멈췄는데, 정말로 재미가 없었
기 때문이다). 그러고 나서 자리에서 일어나 스트레칭하고 다시
의자에 앉아서 작은 포스트잇을 꺼낸다. 이제 이렇게 해보라.

2. 사랑하는 영화 목록 적기

타이머를 7분에서 10분으로 설정한다. 그다음 각 포스트잇에

좋아하는 영화의 제목을 순위나 분야에 상관없이 가능한 한 빨리 쓴다! 많이 쓰는 게 목표다. 고전 영화, 최신 흥행작, 어린 시절에 본 영화 등 어떤 것이든 괜찮다.

나의 수업에서는 학생들에게 자신이 좋아하는 영화를 큰 소리로 외치라고 하고, 다른 이가 말한 영화도 함께 적게 한다. 이 몇 분간의 과정 동안 학생들은 작은 포스트잇을 채우고 웃으면서 서로에게 영화 제목을 불러준다. 평가는 하지 않는다. 목표는 포스트잇을 많이 쓰는 것이다. 그리고 열의!

만일 혼자 연습한다면 영화 목록, 인터넷 사이트, 책의 도움을 받아 기억을 떠올릴 수 있다(한 가지 장르에 대한 목록이 아니라면). 가능한 한 빨리 작업을 마무리하고 목록이 30개쯤 되었을 때 다음으로 넘어가라.

이 연습을 하는 데 어려워하는 사람은 아무도 없다. 나는 이 연습을 통해 학생들이 초고 쓰기를 어떻게 느껴야 하는지 알려준다. 생각하고, 보고, 기억하고, 상상하고······ 쓰는 것이다. 단지 써라. 빨리.

장르 예시		
액션	블랙코미디	사극
로맨틱코미디	액션어드벤처	드라마
공포	풍자극	애니메이션
다큐멘터리	무협	SF

예술영화	가족극	뮤지컬
스릴러	코미디	판타지
로맨스	전쟁·반전	성장극
필름누아르	미스터리	서부극

3. 장르 점수 매기기

이제 빠른 속도의 음악을 틀고 학생들을 재촉한다. 영화 제목을 적은 포스트잇을 해당 장르 아래에 붙이게 한다. 여기서 흥미로운 상황이 나타난다. 학생들은 자신이 고른 영화 중 다수가 그동안 좋아하는지 몰랐던 장르의 영화라는 걸 알고 꽤나 놀란다.

혼자 작업한다면 포스트잇을 벽이나 책상 위에 장르별로 줄지어 붙여라. '좋아하는 영화가 많은 장르'는 무엇인가? 결과에 놀랐는가? 반복적으로 선택한 장르는 무엇인가?

자신이 좋아하는 장르를 써라. 학생들이 자신의 선호 장르를 보고 놀랄 때 나는 그 장르의 시나리오를 써보라고 권한다. 현재 유행하는 장르가 아니더라도 흥행 영화는 이따금 '유행에 뒤처진' 장르에서 나온다. "오래된 것은 모두 다시 새로워진다"라는 말이 있지 않은가. 유행은 순환한다. 그리고 어느 글쓰기 교사가 말했듯이, 작가에게 주어진 최고의 기회는 자신이 보고 싶은 영화를 쓰는 것이다.

자신이 무엇에서 영감을 얻는지 파악하라. 그리고 '우리가 좋아하는 것'을 연상할 때 앞서 첫 번째 방식인 '제일 좋아하는 영화 1~10위 뽑기'처럼 딱딱한 형식에 맞춰 목록을 떠올리는 것보다 두 번째 방식인 '사랑하는 영화 목록 적기'가 얼마나 더 쉬운지 생각해보라. 이 두 가지 방식의 과제가 어떻게 느껴지는지 그 심오한 차이를 생각해보면, 우리가 초고를 쓰는 동안 완벽해지려고 할 때의 내적 긴장감이 어떤지를 알 수 있다.

우리가 진실로 사랑하는 영화를 생각하는 동안 '몰입'은 활성화된다. 이는 글쓰기 과정을 북돋아준다. 이 글을 읽는 독자도 나의 학생들처럼 많이 즐길 수 있기를 바란다.

카드 세 장으로 콘셉트를 만들 수 있다

브래드 리델

시나리오 작가 지망생에게 전방위에서 싸우는 방법을 익히는 것은 엄청나게 중요하다. 프로 작가들은 대개 한 번에 한 가지 작품을 작업하는 일이 드물고, 다양한 단계에 놓인 여러 가지 이야기를 동시다발적으로 진행한다. 시나리오 쓰기를 새로 시작하는 사업의 스타트업startup 과정이라 생각하고, 부단한 연구와 개발 없이는 성공할 수 없다는 걸 명심하자. 작가의 R&D(연구개발)란 시간을 쪼개서 생산 라인을 계속 돌아가게 하고, 다음 작품으로 재빨리 전환할 수 있도록 하며, 그리고 대성공을 거둔 작가라 할지라도 회의 때 항상 듣는 다음 질문에 대답을 단단히 준비하는 것이다. "그러니까 또 다른 기획은요?"

학생들의 컨베이어벨트를 작동시키고 이들의 아이디어 저장소에 블록버스터 실탄을 비축시키기 위해, 나는 서던캘리포니아 대학에서 '이야기 터트리기'라는 수업을 한다. 이 수업을 위해 실전 연습법 하나를 개발했다. 원래는 영화사의 작업 방식을 본뜬 것이었는데, 작가의 R&D가 지연되고 저장소가 고갈될 때 새로운 아이디어를 떠올릴 수 있는 유용한 도구로 발전했다.

완벽한 백지 상태, 가능성이 활짝 열린 캔버스 위에서 요행수를 바라며 글을 쓰기란 작가에게 어려운 도전이다. 너무나 많은 선택권 때문에 망설이게 되면서 영감과 추진력이 급격히 떨어질 수 있다. 하지만 몇 가지 변수를 고정하면 시작하기가 쉬워진다. 내가 가르치던 학생 중 몇몇은 다음 실전 연습에서 이끌어낸 작품을 장편영화 시나리오로 바꾸었다. 최근에는 학생 중 하나가 서던캘리포니아 대학의 우수졸업논문 발표자로 선정되었는데, 그도 다음의 실전 연습에서 시작해 그 장편 시나리오를 발전시켰다.

| 실전 연습 |

1. 기록 카드 15장을 준비한다.

2. 이 카드를 5장씩 세 뭉치로 나눈다.

3. 첫 번째 뭉치의 카드에 한 명씩 특출한 배우 이름을 적는다.

4. 두 번째 뭉치의 카드에 하나씩 장르 이름을 적는다.

5. 세 번째 뭉치의 카드에 한 곳씩 관심이 가는 촬영지를 적는다.

6. 세 뭉치를 뒤집어서 쓴 내용이 보이지 않게 한다.

7. 각 뭉치를 마구 뒤섞는다.

8. 각 뭉치의 맨 위에서 카드를 한 장씩 뽑는다.

9. 이 카드 세 장을 뒤집기 전에 책상을 손바닥으로 두드려라.

10. 이제 이 카드들을 활용해서 영화 트리트먼트를 만들어라.

다시 섞어서 뽑지 못하게 하는 게 중요하다. 한번 뽑은 카드는 낙장불입이다. 도전은 물론 재미도 엄격한 제약 안에서 태어나는 법이다. 이러한 무작위 변수들은 소중히 여기는 것으로부터, 망설임으로부터 벗어나게 해 창의성에 출발점을 제공한다. 이렇듯 무작위로 뽑은 카드는 평범한 안전지대 밖의 아이디어로 글을 쓰도록 선 밖으로 밀어내는 역할을 한다. 그리고 최고의 이야기는 때때로 예상치 못한 조합에서 나온다.

예컨대 '덴절 워싱턴', '시대극', '일본'이 적힌 카드를 뽑은 학생은 이 조합을 제2차 세계대전에 대한 흥미진진한 트리트먼트로 바꾸었다. 또 다른 학생은 '내털리 포트먼', '액션', '라스베이거스' 카드를 뽑아 장편 길이의 시나리오를 훌륭하게 써냈다. 이 학생은 처음에 이 세 요소를 모두 싫어했다. '케이트 허드슨', 'SF', '뉴욕' 카드는 로맨틱코미디로 발전했고 '샤이아 러버프', '드라마', '아프리카' 카드는 앞서 언급한 서던캘리포니아 대학의 우수졸업논문 등급을 받은 학위 논문 파운데이션의 기초가 되었다.

기록 카드에서 끌어낸 이야기들이 언제나 홈런, 곧 장편 시나리오로 끝날 수는 없지만 향후 작품에서 새로운 인물, 세계, 줄거리를 탐구하는 데 반드시 도움이 될 것이다. 가장 중요한 것은 작가의 R&D 공장이 전속력으로 윙윙거리며 계속 돌아가야 한다는 점이다.

시장성 없는
콘셉트는
버려라

챈두스 잭슨

내가 할리우드에서 배운 교훈 중 하나는, 시나리오는 콘셉트에 의해 즉시 심판을 받는다는 것이다. 혹자는 그건 공정하지 않다고, 제작자나 에이전트가 최종 원고를 읽는다면 블록버스터 기대작이나 오스카상 후보감인 걸 알아볼 거라고 말할지도 모르겠다. 그 말이 맞을 수도 있다. 하지만 누군가가 자신의 각본을 검토하게 만드는 것, 이는 작가 대다수가 거치는 첫 단계다. 이때 검토 욕구를 촉발시키려면 콘셉트가 확실해야 한다.

그렇다면 여기서 콘셉트는 무엇일까? '빅 아이디어', 아니 '하이 콘셉트high concept'라고 해야 맞겠다. 영화계에서는 이렇게 부르기를 좋아 한다. 나는 '스티킹 포인트sticking point'(발목을 잡는 요소, 걸리는 지점)라고 부른다. 이는 흥미를 유발하는 한 줄짜리 줄거리 요약을 뜻한다. 검토자에게는 어떤 시나리오를 주말에 읽을 뭉치 위로 올릴지, 아니면 바닥에 내려놓을지를 선택하는 결정적인 신호가 된다. 관객인 우리도 일상생활에서 읽거나 본 것들에 대해 비슷한 선택을 한다. 텔레비전 리모컨으로 이 채널에서 저 채널로 왔다 갔다 하는 건 우리가 화면에서 읽는 것이 흥미를 자극하지 않는 까닭이다.

시나리오의 콘셉트도 마찬가지다. 탄탄한 구조와 명대사, 멋진 캐릭터라 해도 그릇된 전제나 잘못 착상된 아이디어를 덮을 수는 없다. 어떤 콘셉트는 장편소설이나 텔레비전 드라마, 단편소설 같은 다른 매체에 더 적합하기도 하다. 이야기꾼으로서 세상에 이야기를 전달할 가장 효과적인 매체가 무엇인지 파악해야 한다.

그렇다면 우리가 찾은 이야기에 앞으로 몇 달 아니, 몇 년간 노력을 쏟아도 되는지 어떻게 확신할 수 있을까? 답은 간단하다. 시장성 시험. 나는 믿을 만한 친구들에게 내 작품의 콘셉트를 '피칭pitching'(영화, 드라마 등의 콘텐츠 아이디어를 제안, 발표하는 것. _옮긴이)해서 매번 시장성을 확인한다. 만일 이들이 혼란스러워하거나 관심을 보이지 않으면 백지로 돌아간다. 제일의 목표는 시간과 자원을 쏟기 전에 이 콘셉트의 시장성을 판단하는 것이다. 수많은 시나리오가 이런 과정을 거치지 않고 보통은 '도착 즉시 사망' 판정을 받는다. '의견은 나중에 받지'라고 생각했다면, 잠시 멈추어라.

추가로 할 일이 더 있다. 작가는 작업 중인 콘셉트의 '족보'를 꿰고 있어야 한다. 코미디든 스릴러든 액션이든, 어떤 영화들이 자신의 작품과 비슷한지, 혹은 어째서 다른지 그리고 무엇이 다른지 파악해야 한다. 또한 현재의 영화 시장을 분석해야 한다. 몇 달 또는 몇 년을 보냈는데 다른 작가가 쓴 유사한 시나리오가 제작에 들어갔다는 소식을 듣는 것보다 기분 잡치는 일은 없다. 그러니 손실을 줄이려면 다른 것을 써라. 인생은 너무나 짧다. 시나리오 작가로서 성공을 꿈꾼다면 여러 콘셉트를 동시에 개발하는 법을 익혀야 한다.

| 실전 연습 |

콘셉트 개발 과정에서 유용한 간단한 실전 연습 두 가지를 소개한다.

1. 최근 작업 중인 시나리오 콘셉트의 족보를 적어라. 콘셉트가 이미 제작된 영화들과 어떻게 비슷한가? 당신의 작품이 남다르거나 독특한 점은 무엇인가? 신선한 점은 무엇인가?

2. 비슷한 콘셉트의 시나리오를 읽고 더불어 영화를 관람한다. 이

는 유사 작품이 어떤 식으로 실행되었는지 파악하는 데 탁월한 방법이다. 그런데 이 연습법은 현재 작업 중인 작품에만 해당하지 않는다. 흥미롭거나 최근에 계약된 시나리오를 발견할 때마다 그 족보를 추적해보라. 그 이야기를 연구하고 시장에 나온 다른 시나리오들과 어떻게 다른지 알아보라. 이것을 통해 작가로서 이야기를 개발하는 근육을 키울 수 있다. 작가로 성공하려면 이 연습을 진지하게 대해야 한다.

명심하라. 콘셉트가 왕이다.

아이디어를
버리는 기준을
정하자

폴라 C. 브랜카토

시나리오는 이야기 만들기에서 시작한다. 그러나 애석하게도 모든 이야기가 시나리오로 이어지진 않는다. 이러한 말을 수백 번은 들었을 것이다. "우리는 독특하고 색다른 전제, '하이 콘셉트' 이야기를 찾고 있습니다." "우리를 놀라게 할 새로운 이야기를 찾아요." "통찰력이 번뜩이는, 전에 없던 이야기를 찾습니다."

이 시대의 가장 위대한 시인에게 해마다 신작시를 어찌해서 여섯 편에서 여덟 편만 발표하는지 물었다. 시인이 말했다. "한 해에 여섯 번에서 여덟 번만 나의 통찰력이 작동하기 때문입니다." 그렇다면 성공작의 바탕이 되는, 색다른 전제를 이끌어내는 뛰어난 통찰력은 어떻게 얻을 수 있을까?

바로 순수한 작업을 통해 얻을 수 있다. 또한 사람들의 뇌리에 남는 것과 남지 않는 것에 집중할 때에도 얻을 수 있다. 이는 시인의 영역이며, 수많은 좋은 생각, 나쁜 생각을 스쳐 보내는 관찰자의 영역이다.

사실 보통의 프로 작가는 약 100개의 아이디어를 검토한다. 죽은 고양이가 신을 만난 후 자기가 개라는 걸 알게 된다거나, 런던의 어느 학교 선생이 MI5(영국군사정보국)를 무력화하는 과학박람회를 연다거나, 사이버 하우스가 그 거주자들을 공격한다거나 등등. 이 가운데 지면 위로 옮기거나 짧은 트리트먼트로 쓸 수 있는 10개를 골라낸다. 그리고 이 10개 중 시나리오가 되는 데 필수적인 알맹이가 있는 3개를 고른다. 한 50쪽 정도 쓴 뒤에 말이다.

프로 작가들은 시나리오가 될 가망성이 적은 이야기를 버리는 데 가차 없고 인정사정없다. 버려진 아이디어를 통해 획기적인 콘셉트에 더 가까워지기 때문이다. 고양이가 된 개 이야기가 흥미롭긴 하지만 잘 써내지 못할 수도 있다. 런던 학교 선생 아이디어는 반전과 비틀기가 다 떨어져 보잘것없는 슬픈 로맨스가 될 수도 있다. 그리고 사이버 하우스가 거주자들을 공격하는 흥미로운 방법은 얼마나 다양할 수 있을까? 결국 그게 쓰려는 내용의 전부라면? 사이버 하우스는 드라마 〈환상 특급Twilight Zone〉의 에피소드는 될 수 있어도, 강력한 장편영화가 되려면 더 많은 요소가 있어야 한다.

프로 작가는 이야기를 좁히며, 이야기에 집중한다. 살아 남은 세 가지 아이디어 중에서 단 1개, 100개 중 1개만이 손에서 놓지 않게 될, 통찰력을 일으키는 동시에 반드시 해야 할 이야기라는 것을 안다.

따라서 당신의 시나리오가 누군가의 마음을 흔들지 못하면 시작하기 전에 아이디어를 고려해보라. 이 이야기는 당신이 알고 있고, 또 쓸 수 있는 것인가? 재미있는가? 당신을 설레게 하는가? 당신을 뼛속까지 흥분시키는가? 관객의 두 시간을 책임질 만큼 알맹이가 있는가, 아니면 하나밖에 모르는 단선적인 이야기인가? 당신에게 다른 속셈이 없다고 확신하는가? 시나리오는 교훈이 아니라 통찰이며, 심지어 작가 자신도 모르는 어떤 것이다! 마지막으로, 아무리 지워버리려고 해도 이야기가 머릿속에서 이리저리 계속 돌아다니고 있는가? 그렇다면 써라.

'이야기 근육'을 키우기 위해서 다음 소개하는 실전 연습을 시도해 보자. 내 경우 작가의 벽을 넘고 상상력을 키우는 데 효과가 있었다. 작가의 뇌리에 남는 것과 남지 않는 것을 익힐 수 있었으므로.

1. 준비 운동

늦은 밤 당신은 혼자 침대에 잠들어 있다. 잠에서 깬다. 창문 근
처에서 들리는 소리 때문이다. 누군가 침입하려 한다. 맥박이
마구 뛴다. 불과 몇 발자국 거리에 침입자가 있다. 집에 총이 있
던 게 기억나지만, 아이들 때문에 숨겨놓았다. 총을 어디에 숨
겼는지 생각나지 않는다. 그때…….

이다음에 벌어질 수 있는 일 스무 가지를 적어라. 오래 생각하
지 마라. 그냥 적어라. 몇 분 후에 목록을 다시 읽어보라. 당신
을 웃게 하거나 울게 하거나 오그라들게 하거나, 아니면 당신
에게 영감을 주는 것이 있는가? 통찰이 마음에 드는가?

2. 완성

어떤 남자가 산속에 홀로 살고 있다. 그는 짤막한 광고 음악을
만드는 일을 한다. 어느 날 밤 집 근처 주차장에 웬 자동차가 서
더니 여자의 비명이 들린다. 그는 아무 생각도 하지 않는다. 곡
을 쓰는 작업에 몰입해 있다. 화가 난 말소리가 들리고 나서, 차
는 한밤중에 거친 소리를 내며 떠난다. 그는 자신의 일에 몰두
해서 거의 듣지 못한다.

다음 날 경찰이 그의 집 문을 두드린다. 경찰이 묻는다. "지난밤

집 옆 주차장에서 일어난 일에 대해 뭐 아는 게 있습니까?" 그는 차가 선 뒤 여자의 비명이 들렸지만, 자신은 새벽 3시에 광고 음악을 만드느라 그것밖에 거의 듣지 못했다고 답한다. 경찰은 새벽 5시에 조깅하던 사람이 그 주차장에서 시체를 발견했다고 알려주며 말한다. "마을을 떠나시면 안 됩니다. 당신에게 또 물어볼 게 있을지도 모르니까요."

그날 밤 그 남자는 작업을 마친 후에 단골 술집으로 간다. 술집은 북적이고, 많은 사람이 먹고 마시고 축하한다. 바 건너 저편에서 돌연 어떤 남자가 휘파람으로 부는 곡조가 분명하게 들린다. 자신이 지난 며칠간 작업했던 바로 그 노래다.

이다음에 벌어지는 장면을 5쪽으로 써보라.

2장

초고

아이디어를
대화로 먼저
들려주자

웨슬리 스트릭

내가 하는 시나리오 쓰기 실전 연습은 간단하다. 쉽다는 말이 아니다. 쉽지 않다. 인간적 존엄성이 무너질 수도 있다. 그렇다고 해서 중단하지 마라. 결국에 이 실전 연습이 앞으로의 수많은 문제로부터 당신을 구원할 것이다. 나는 너무 늦게 이 연습을 시작했다. 자의식이 너무 강했던 탓이다. 괜찮은 지름길, 요령, 비법, 전문용어 따위에 기대기보다는 아이디어를 낚아채 구조를 짜는, 기본적이고도 자연스러운 방법으로 기분 좋게 시나리오를 쓰는 방법을 사용하길 바란 것이다.

중요한 반전이 있다. 이 실전 연습에는 글쓰기가 포함되어 있지 않다. 당신은 단 한 글자도 쓰지 않을 것이다.

지금쯤 당신은 머릿속으로, 혹은 공책에 개요 형식으로 시나리오를 잘 정리해놓았거나 하다못해 플롯과 인물을 생각해두었을 것이다. 나와 비슷하다면 줄거리 아이디어나 장르, 주제 한두 개, 등장인물 노트 조금, 형식 한 줄 또는 영감을 준 대상에 대해 두서없이 적은 종이 네댓 장이 있을 것이다. 이제 당신은 장면을 쓰기 시작하면서 이 재료들을 어떻게 살릴지 감을 잡으려 안달하고 있다.

그런데 하지 마라. 아직 때가 아니다. 대신 좋아한다고 믿는 누군가와 함께 시간을 보내라. 남자친구, 여자친구, 절친한 친구, 형제자매, 배우자 등. 이들을 당신의 관객이라 부르겠다.

그다음 조용하고 아늑한 곳을 물색하여 그 사람과 둘이서 얼굴을 마주 보라. 소파, 뒤뜰, 침대, 욕조 등(형제자매라면 욕조는 피한다). 당신의 관객에게 어떤 이야기를 들려주겠다고 알려라.

만일 당신의 관객이 더 많이 알려달라고 보채면 새 영화의 아이디어라고 시인하라. 문제될 것 없다. 아마 당신도 짐작했을 것이다. 좋은 일이다. 하지만 새로운 영화 아이디어에 대한 '홍보'가 목적이 아니란 걸 명심하라. 들려주는 게 중요하다. 아주 재미있는 이야기를 들려줄 때나, 과거에 경험한 일 혹은 최근에 겪은 일을 말할 때처럼. 아니면 당신이 아는 누군가에게 말하듯, 어디선가 들어본 누군가에게 말하듯.

이 연습을 하는 동안에는 영화 아이디어라는 사실을 잊어라. 상업성은 고려할 필요가 없다. 번득이는 콘셉트를 잊어라. 장르도 잊어라. 발단도, 전개와 위기도, 중심점도 잊어라. 어떤 것도 지금은 중요하지 않다. 오직 순수하고 단순하게 이야기를 들려주면 그뿐이다(그리 간단하진 않을 수 있지만, 작가는 그렇게 해야 한다).

명심할 것. 자신에게 과도한 압박감을 주지 마라. 당신의 관객이 몰두하는 정도면 족하고, 정신을 빼놓을 필요까지는 없다. 당신은 오슨 웰스Orson Welles(미국의 영화감독이자 작가, 배우. 대표작은 〈시민 케인Citizen Kane〉. _옮긴이)가 아니다. 작가일 뿐이다. 물론 이야기를 살짝 과장하면 안 된다는 뜻은 아니다. 윤색하고 꾸미고, 인물의 목소리를 낼 수 있다면 그렇게 하라. 즐겁고 흥미롭고 흥겹게 하라. 하여간 이야기를 시작하라.

이 과정은 30분에서 길어야 45분 안에 끝나야 한다. 그러려면 (시나리오 작법 교사인 사이드 필드Syd Field의 고전적인 '패러다임'을 적용하면) 1막은 10분, 2막은 20분, 3막은 10분 안팎이어야 한다. 수다를 떨기에는 조금 긴 시간이지만 시간을 지켜라. 긴장을 풀고 유연함을 잃지 마라. 카페인이나 알코올을 섭취하면서 틈틈이 쉬어라. 과도한 역추론이나 역주행을 하지 말고, 어떤 질문이 들어와도 간략히 대답하고 묵묵히 앞으로 나아가라. 질문은 중요하다. 플롯의 약점과 모호한 내용 그리고 발전 가능성 있는 장치를 지적해주기 때문이다. 당신의 관객이 보이는 표정과 신체 언어에서 지루함, 혼돈, 불신의 신호를 포착하라.

또한 스스로를 점검하라. 다시 말해 더듬었거나 해설, 변명을 했거나 합리화를 시도했던 지점들을 살펴라. 만일 자꾸 얼버무리고 있다는 생각이 들면 그 마음도 기록하라. 이 이야기 콘셉트에 근본적인(치명적이지 않더라도, 해결해야 할) 약점이 있다는 뜻이니까.

이야기의 변화와 리듬에 주목하라. 자연스러운가 아니면 억지스러운가? '당신 자신이' 혼란스러운가? 이야기는 제 궤도에 올랐는가? 앞으로 가면서 계속 속도를 올리는가? 아니면 궤도를 이탈하는 듯한가? 설상가상 교착 상태에 빠지는가?

휴, 마침내 이야기를 다 했다. 당신의 관객이 미소를 짓는가, 고개를 끄덕이는가? 아니면 당황한 듯 보이는가? 특정 부분에 대해 자세히 '설명'해주기를 원하는가?

괜찮다. 숨을 길게 내쉬어라. 당신의 관객에게 고마움을 표하고 당신만의 평화롭고 안락한 장소를 찾아서 상처를 핥고 인간적 존엄성을 회복하라. 그러고 나서 모호한 부분, 부실한 부분에 집중해 이야기를 다시 생각해보라. 허약한 지점들을 보강하고 때우기 시작하라.

그런 후 새로운 희생자를 찾아 이 이야기를 전부 다시 한번 들려주어라. 다시? 진짜로?

진심이다. 내 말을 들어라. 다시 마음을 다잡아라.

이번에는 이야기의 핵심을 조절할 수 있으니 마음껏 들려주라. 공기를 좀 더 집어넣고 빛을 좀 더 들여라. 인물들, 인물들의 샛길, 또 다른 이야기를 탐구하라. 서사를 풀어내서 오래된 정교한 농담처럼 다루어라.

농담은 영화와 똑같이 셋업setup(준비), 확장, 페이오프payoff(절정에서 감정과 궁금증을 풀어주는 것)를 갖춘 매우 특별한 이야기다. 페이오프는 웃기지는 않아도(코미디가 아닌 이상) 놀라움을 안겨줘야 하고, 힘이 있어야 좋다. 그러니 익숙하고 여유롭게(하지만 복잡하지는 않게) 털복숭이 개 이야기(말하는 사람은 신이 나지만 듣는 사람은 지루한 이야기. _옮긴이)를 하듯 이야기를 들려주어라.

자, 이야기가 좀 더 나아졌는가? 더 선명하고 자연스럽고 설득력이 생겼는가? 이야기를 끝까지 다시 들려줘도 마법, 생명의 불꽃이 꺼지지 않는가, 아니면 죽은 말에 채찍질하듯 헛수고하는 것 같은가? 그럼에도 이 이야기를 쓰고 싶은 욕구가 여전히 불타고 있는가? 아직도 이 아이디어가 좋은가?

장하다. 이제 하룻밤을 자고 나서 생각하라. 내일 노트북을 열어라. '페이드인fade-in'(영상이 점점 밝아지는 장면 전환 기법. 반대는 페이드아웃. _옮긴이)을 타이핑할 시간이다.

초고를 쓰기 전에
자유롭게
써 보자

킴 크리전

나는 의식의 흐름, 다시 말해 어지럽고 거칠고 비논리적이고 껄끄러운 글쓰기의 효능을 일말의 의심 없이 믿는 사람이다. 언젠가는 그 글이 세상에 빛을 발할 날이 있으리라 생각한다. 이 글을 쓰는 지금도 의식의 흐름을 따라 브레인스토밍을 하고 있는데, 이 글이 수천만 명이 읽을 책이 되리라고 믿는다. 진지한 학생들과 학식 있는 전문가들, 지적인 시민들, 아마도 동방박사와 하느님까지. 이들이 읽고 나서 평가하려 들 거라 상상한다. 우리가 글을 쓸 때 두려운 마음이 드는 건 이 사람들 때문이다. 바로 비평가들.

하지만 진짜 비평가는 '우리 안에' 살고 있다. 우리의 자유롭고 유쾌하고 창조적인 자아는 어린 시절 어느 시점에 발현해서 좌뇌가 발달시킨 자아에 의해 파국으로 치닫게 된다. 좌뇌가 키운 자아는 타인을 기쁘게 하고 타인과 어울리는 법을 알게 하지만, 그저 재미로 어떤 일을 하고 무언가를 만드는 기쁨을 앗아가 버린다. 이 내면의 비평가는 최종 결과에만 관심을 보인다. 면밀히 조사를 거치고 검열을 통과하게 될 결과 말이다.

내면의 비평가가 억압하는 듯 느껴질 때도 있지만 사실 과제를 기한 내에 제출하고, 세금을 내고, 찻길로 뛰어들지 않으려면 없어서는 안 되는 존재다. 그러나 유감스럽게도 이 비평가는 우리가 글을 쓰는 데에는 도움이 되지 않는다. 이 비평가는 '비판적'이라서 우리가 하는 일 대부분을 '완전 쓰레기'라고 믿기 때문이다. 당신이 윌리엄 셰익스피어William Shakespeare와 샤를 보들레르Charles Baudelaire, 쇠렌 키르케고르Søren Kierkegaard 전부를 합친 수준에 오르지 못하면, 글을 쓰기 시작하자마자 득달같이 와서는 가망이 없으니 전부 중단하고 치즈케이크나 먹는 게 낫다고 믿게 한다.

나는 모든 작업을 혼란스러운 의식의 흐름에 따르는 브레인스토밍으로 시작한다. '옳다', '좋다'를 따지거나, 누군가 읽을까 봐 두려워하지 않아도 되기 때문이다. 이러한 브레인스토밍은 씨앗을 심고, 공을 굴리며, 유기적으로 작품의 형태를 잡아가게 만들고, 비평적 자아의 독재적 압제로부터 우리를 구원한다.

　나는 학생들에게 다음의 실전 연습을 반드시 시킨다. 이 연습을 통해 셰익스피어나 보들레르 또는 누군가가 되지 않아도 자기 안에서 좋은 이야기를 재빨리 끄집어낼 수 있다. 이 연습법은 기본적이며 독창적이어서 '글감'을 정할 때 이른바 전문가들의 만족에 얽매이지 않고 훨씬 다양한 이야기를 할 수 있도록 유도한다. 그리고 마지막으로 글쓰기를 훨씬 재미있게 느끼게 한다.

│ 실전 연습 │

종이 한 장과 필기구를 준비한다. 종이에 필기구를 올려놓는다. 생각을 기록한다. 그렇다, 개인적인 생각들을. 떠오르는 생각들을 따지지 말고 그냥 받아적는다. 글씨체와 철자법, 문법, 구두점, 특히 내용은 걱정하지 마라. 어떤 것이라도 마음껏 쓴다. 손이 생각을 따라잡진 못하겠지만, 최선을 다한다. '세계 완전 정복' 계획이라든가, 나를 언짢게 하는 사람들이라든가, 하다못해 이 실전 연습이 바보스럽다느니 같은 불평이라도 적어라. 말하자면 머리에 떠오르는 어떤 것이라도 된다. 적어도 20분에서 30분간 쓴다.

　이 실전 연습은 그날의 부담감을 잠재우고, 글쓰기를 가로막는

잡생각을 줄여준다. 또한 내면에 묻힌 감정과 생각에 접근할 때에도 매우 유용하다. 무엇보다도 내면의 비평가를 밀어내고 자유롭고 창조적인 자아를 끌어들이게 도와준다.

만약 이 실전 연습을 시작하기 어렵거나 당신이 남다른 야심가라면, 평소에 잘 쓰지 않는 손으로 써보라(이 연습에 불만이 많던 학생들이 이 방법으로 나중에 큰 깨달음을 얻었다고 한다). 이렇게 하면 글씨의 가독성이 떨어지면서 오히려 단어 조합에 몰두하게 되어 창의적 두뇌를 쓸 수 있다.

이렇게 쓴 글을 아무도 찾을 수 없는 안전한 곳에 꽁꽁 숨기는 것을 잊지 마라. 이 글은 대중에게 보여주기 위한 게 아니다. 선정적인 내용을 썼다면 더더욱 멀리 치워버려야 한다. 이 실전 연습의 핵심은 글쓰기 준비 운동을 하고 물꼬를 터서 품평이나 비평에 대한 두려움 없이 글이 흘러나오게 하는 것이다.

이 실전 연습을 주기적으로 해보라. 글을 쓰려고 앉을 때마다 해본다. 노래 부르기 전에 목을 푸는 가수나 춤추기 전에 몸을 푸는 무용수처럼. 의식의 흐름을 따른 글쓰기를 통해 '본격적인' 글쓰기를 준비할 수 있다. 그러면 본격적인 글쓰기가 훨씬 쉽고, 훨씬 재미있어질 것이다.

초고는
논리적일 필요가
없다

콜먼 허프

형식은 이야기가 발견되는 번뜩이는 순간을 제압한다. 이야기가 자신만의 속도로 타오를 수 있게 놔두라. 아이디어가 살아 있는 유기체라는 사실을 믿지 않는 탓에 이야기가 빠져나가는 경우가 많다.

아이디어가 무엇인가? 그것의 어떤 부분을 알고 있는가? 일관성이 적을수록, 설익을수록 더 좋다. 그 아이디어를 앞에 두고 앉아라. 당신이 쓴 것에서 단서를 찾아보라. 아직은 이야기에 못을 쳐 고정할 필요가 없다. 당신이 떠올리려 애쓰는 꿈이라고 생각하라. 세부 사항이 선명하게 떠오를 것이다.

여기, 머릿속에서 자신을 꺼내 이야기 속으로 더 깊이 들어가게 할 준비 운동이 있다. 한번 시도해보라. 그리고 그냥 생각을 풀어놓으라. 그러면 이야기 속에서 이미 알고 있는 것으로부터 멀어져 다른 다양한 리듬으로 들을 기회가 생긴다. 이 실전 연습은 로스앤젤레스의 한 창작 워크숍에서 작가이자 교사인 아이린 보거Irene Borger에게 배운 방법을 수정한 것이다. 나는 이 방법을 글쓰기 수업에서 이야기 나무를 흔들어 불필요한 것들을 떨어뜨리기 위해 활용한다.

│ 실전 연습 │

당신의 이야기 또는 당신의 이야기에 대해 아는 만큼 몇 문단으로 적어라. 쓴 것을 읽어보라. 다른 언어로 쓴 것같이 느껴질 때까지 읽고 또 읽어라. 원래 이야기의 논리로부터 멀어져라.

첫째, 당신은 감정적 언어를 사용하는 번역자다. 감정의 언어로 이야기를 다시 써보라.

둘째, 당신은 부조리한 언어를 사용하는 번역자다. 부조리한 언어로 이야기를 써보라.

셋째, 당신은 수수께끼 같은 언어를 사용하는 번역자다. 당신이 좋다면 계속하라.

마지막으로, 이야기를 모국어로 써보라. 어떻게 변하는가? 무엇을 발견했는가?

작품과
유사한 분위기의
음악을 듣자

대니얼 캘비시

여러 영화사에서 시나리오 검토자로 근무하면서 나는 그 영화만의 강렬한 분위기를 만들어내야만 최고의 시나리오가 될 수 있다는 것을 깨달았다. 작가들은 처음 몇 쪽의 묘사와 대사에서 명료하고 결정적인 목소리로 자신을 증명하려 한다. 나는 시나리오를 읽으면서 영화가 보여 주는 분위기를 통해 머릿속으로 미래의 관객층을 제대로 판단할 수 있었다.

검토자에게 가장 강력하지만 자아내기 어려운 감정 중 하나가 공포감이다. 정말로 오싹한 영화를 볼 때 올라오는 그 으스스하고 불안한 감정 말이다.

공포 영화나 스릴러 영화를 보고 진심으로 겁을 먹었던

때가 언제인가? 그날 밤 한밤중에 들리는 기괴한 소리에 잠 못들지 않았는가? 요즘의 공포 영화에서 그런 반응은 기대하기힘들다.

일 때문에 읽었던 작품 중 가장 오싹했던 것은 샘 레이미Sam Raimi와 이반 레이미Ivan Raimi가 쓴 〈저주The Curse〉라는 제목의 시나리오였다. 지옥에서 영원히 고통받을 것이라는 집시 노파의 저주를 막기 위해 분투하는 젊은 여성의 이야기였다. 시나리오 속의 쪼글쪼글한 집시는 죽은 후에도 그 손아귀에서벗어날 길이 없을 것만 같은 무시무시한 존재였고, 그 저주가몰고 온 사건들에 주인공만큼 나도 안절부절못했다. 흥미로운게 그 시나리오는 웃기기까지 했다. 이런 시나리오를 쓰는 건효과 면에서 이중의 어려움이 있다! 그러나 그 시나리오는 공포와 웃음 사이에서 균형을 잘 잡았고, 난 엄청난 상업 영화가될 물건이란 걸 단박에 알아보았다.

이 시나리오가 영화로 제작되는 데는 10년이 걸렸고, 〈드래그 미 투 헬Drag me to Hell〉이라는 제목으로 2009년에 개봉했다. 영화는 재미있었지만, 제대로 섬뜩했다고는 평할 수 없겠다. 영화는 잔인하고 충격적인 컷과 역겨운 순간이 연속되면서 가슴을 졸이게 만들었고, 다음에 벌어질 일을 전혀 짐작하지 못하게 했다. 또한 웃음과 공포가 잘 버무려졌지만 시나리오 초고를 읽었을 때의 소름은 느껴지지 않았다.

내 생각에, 이 영화가 시나리오만큼 소름 돋지 못했던

원인 중 하나는 음악이다. 이 영화의 음악은 기능적이었지만 기억에 남을 정도는 아니었다. 섬뜩한 공포 영화의 분위기를 잘 살리지 못했다. 영화 〈샤이닝The Shining〉, 〈엑소시스트The Exorcist〉, 〈할로윈Halloween〉이나 하다못해 〈데어 윌 비 블러드 There Will be Blood〉에 흐르는 음악을 생각해보라. 〈데어 윌 비 블러드〉에는 영화사상 가장 잔혹한 악당 한 명이 등장하고(대니얼 데이루이스Daniel Day-Lewis가 연기한 악당 대니얼 플레인뷰), 뒷목의 머리카락을 쭈뼛 곤두서게 하는 영화 음악이 흐른다.

나는 시나리오를 쓸 때 음악을 들으면서 장면과 순간에 대한 아이디어를 많이 얻는다. 이따금 오디오 볼륨을 최대로 올리거나(뉴욕의 비좁은 아파트 아래층에 사는 내 이웃들에게는 고역일 것이다), 헤드폰을 쓴다. 동시대 음악이건 클래식 음악이건 간에 시나리오를 쓰기 전에 위대한 음악이 자아내는 감정을 느끼면, 비슷한 감정을 일으키는 영화의 극적 상황을 생각하기가 훨씬 수월하다. 그리고 좋아하는 영화의 사운드트랙을 듣다 보면 우뇌와 심장을 자극해 시나리오를 쓸 때 여러 생각이 잘 떠오른다.

나는 중고 레코드 가게에서 보석 두 개를 발견했다. CD 두 장인데 하나는 제목이 〈아널드 슈워제네거: 위대한 영화 테마음악!Arnold Schwarzenegger: The Greatest Movie Themes!〉이고, 다른 하나는 스티븐 스필버그Steven Spielberg의 영화에서 선곡한 작곡가 존 윌리엄스John Williams 모음집이다.

〈코난 바바리안Conan: The Barbarian〉의 테마곡이 쾅쾅 울리는 곳에 있거나, 존 윌리엄스가 작곡한 〈레이더스Raiders of the Lost Ark〉의 테마곡을 헤드폰으로 들으면서도 액션 시퀀스를 떠올릴 수 없다면 미안하지만 이렇게 이야기할 수밖에 없다. 노트북을 접고 좋은 작가가 되는 건 진즉에 포기하라고.

요즘 나는 작업 중인 시나리오에 맞추어 아이튠스에 믹스앨범을 만들어 놓는다. 초자연적 스릴러 믹스앨범에 록 밴드인 나인 인치 네일스Nine Inch Nails, 데드 캔 댄스Dead Can Dance의 음울한 대중음악과 필립 글래스Phillip Glass, 한스 치머Hans Zimmer의 사운드트랙을 같이 넣었다. 심지어 이가 덜덜 떨리는 장면을 만들기 위해 믹스앨범에 메탈 밴드인 콘Korn과 디오Dio도 집어넣었다. 하지만 이 음악들은 심장이 약한 허약자나 솜털같이 경쾌한 로맨틱코미디에서 '운명적 만남'이 일어나는 장면에는 어울리지 않는다.

│ 실전 연습 │

장르와 내용, 속도감, 분위기의 측면에서 지금 쓰려는 시나리오와 유사한 영화 세 편을 고른다. 이 영화들의 사운드트랙을 구입해 듣는다. 그중에서 독자, 관객에게 전달하고픈 감정을 불러일으키는 트랙들을 골라낸다. 플레이 리스트에 시나리오의 분위기와 속도감을 가장 잘 표현하는 순서대로 음악을 배열한다(가사가 있는 경우 집중을 방해할 수 있어서 연주곡만으로 넣고 싶을 수도 있다. 그건 당신 마음이다).

이 믹스앨범을 헤드폰으로 들으며 완전히 도취한다. 그리고 '반복'으로 재생을 설정하고 영화의 세계로 더 깊이 빠져들어 시간을 잊어버리는 놀라운 경험을 하길 바란다. 문득 글쓰기 시간에서 '깨어나' 몇 시간이 흘렀고 믹스 앨범은 수차례 반복되었다는 걸 깨달을지도 모른다.

이 믹스앨범을 많이 들을수록 시나리오의 배경에 더 깊게 스며들어 빛나는 등장인물과 대사를 만들 수 있다. 위대한 영화의 위대한 사운드트랙처럼.

행운이 함께하고 행복한 글쓰기가 되기를!

초고를 쓸 때
무의식을
활용해 보자

니컬러스 카잔

| 실전 연습 |

바닥에 등을 대고 눕는다. 눈을 감는다. 머릿속으로 쓰려고 하는
장면이나 시퀀스를 떠올린다. 걸러내지 않는다. 유도하지 않는다.
아름답고 풍만한, 있는 그대로의 뮤즈를 불러낸다. 아이디어가 나
타나면 더 깊이 파고든다. 혹은 그냥 그대로 둔다. 더 이상 참을 수
없어서 컴퓨터 앞으로 뛰어갈 때까지 가만히 있는다.

작가가 저지를 수 있는 가장 끔찍한 실수, 시나리오 작가

의 가장 치명적인 잘못은 관객을 지루하게 만드는 것이다. 관객을 지루하게 만드는 가장 확실한 방법은 그들이 기대하는 걸 보여주는 것이다. 예컨대 영화의 공식을 지킨다든가, 전형적인 3막 구조를 따른다든가. 이를테면 23쪽에 반전이 나오고, 100쪽에 위기가 오고, 모든 인물의 성격이 변화해야 한다 등등.

그래서 이른바 규칙이나 패러다임을 간파하는 것이 중요하다(나는 사실 그런 게 있다고 믿지 않지만, 그건 또 다른 이야기다). 그리고 더 중요한 건 이것을 '깨뜨리는' 것이다. 독자의 눈을 계속 초롱초롱하게 만들려면 말이다(하이든의 〈놀람 교향곡〉을 생각해보라).

나는 이 글로 그 시범을 보이려고 했다. 이 글은 원래 에세이로 시작해 나의 작품을 이야기하고 실전 연습으로 마무리하기로 되어 있었다. 그러나 그 대신 나는 실전 연습으로 시작했다.

내가 제시하는 실전 연습은 의도가 분명하다.

- 최고의 글쓰기는 무의식에서 나온다.
- 최고의 시나리오 쓰기는 시각화 작업이므로, 눈을 감은 채 이미지를 찾아내는(혹은 드러내는) 게 더 쉽다.
- 최고의 대사는 '그냥 들린다.' 서두르지 않고 작가가 재미를 느껴야 들린다.
- 만약에 어떤 장면을 쓸지, 등장인물이 다음에 무엇을

할지 가늠하지 못하겠다면 다음 두 가지 중 하나가 원인일 가능성이 있다.

1. 영화에 불필요한 장면(또는 시퀀스)을 쓰려는 중이다.
2. 그 장면(또는 시퀀스)이 있어야 할 합당한(논리적인, 또는 알 수 없는) 이유가 있다.

이러한 기술(또는 '실전 연습')은 빈번히 활용할 수 있다. 장면마다 시도할 수도 있다. 그렇게 하면 깜짝 놀랄 것이다. 무의식이 뜻밖의 독특한 해결책을 거의 언제나 찾아주기 때문이다. 논리적인 의식은 우리를 장례식에 데려다놓지만, 무의식은 그 시신을 관에서 떨어뜨려 언덕을 구르게 만든다. 또는 시체가 일어나서 말하는 모습을 볼 수도 있다(무의식은 자극의 원천일 뿐만 아니라 믿을 수 없는 개념이다). 아니면 과부가 발작적인 웃음을 터뜨릴 수도 있고. 아니면 어디선가 나타난 낯선 남자에게 고인의 가족이 어찌 감히 얼굴을 들이밀 수 있는지 비난을 할 수도 있다. 이 경우에 물론 작가, 독자, 관객을 즐겁게 만들기 위해 이 미스터리한 남자가 누군지, 어떤 뒷이야기가 있는지, 왜 모두 그에게 욕설을 퍼붓는지(아니면 두려워하거나 칭송하는지) 알아내야 한다.

여기서 주의할 점이 있다. 방금 이야기한 대로 무의식은 매력적이며 극적인 아이디어와 이미지가 담긴 귀중한 저장고인 반면, 또한 쓰레기더미이기도 하다. 그러니 키친 싱크kitchen sink(문제를 해결하기 위한 모든 방법을 다 쓴 상황. _옮긴이)를 염두에 두고 과정 중에 드는 감정을 고려한다.

이 실전 연습으로 만들어지는 장면들이 근원적인 것, 건드리면 안 되는 것으로 여겨질 수도 있다. 하지만 그렇지 않다. 머릿속에 있는 것들일 뿐이다. 조심히 이용하라. 시나리오를 훨씬 시각적이며 더욱 놀랍고 정교하게 만들어줄 것이다. 보석처럼 다루어라. 독자와 관객을 초대해놓고 적절하지 않은 보석에 눈이 멀었었다는 사실을 깨달을 것이다.

나는 이 기술을 정신과 상담을 받으면서 생각해냈다. 정신과 의사는 꿈을 꺼내놓으라고 보채다가 내가 꿈을 잘 기억하지 못하자 실망하려던 참이었다. 나는 사람들을 실망시키는 걸 좋아하지 않는지라 불쑥 말이 튀어나왔다. "선생님께서 원한다면 제가 여기서 당장 꿈을 꾸겠습니다." 의사가 그러라고 했다. 나는 눈을 감고 훨씬 정교하고 무서운 이미지들의 시퀀스를 꺼내놓았다. 그리고 내가 원하면 언제라도 똑같이 할 수 있음을 깨달았다. 당신도 똑같이 해보시라. 시각적인 상상력이 있다면 아마 효과가 클 것이다. 없다면, 시나리오를 쓰는 데 엄청 고달픈 시간을 보낼지도 모른다.

초고를 쓸 때 자유연상을 활용해 보자

윌리엄 M. 에이커스

글을 쓸 때면 무언가 부족하다는 느낌이 내 어깨를 내리누르곤 했다. 종이에 글을 적을 때마다 괜찮은 것보다 안 괜찮은 게 많으면 어쩌지 하는 두려움이 든다('천재적인' 면모 같은 건 생각조차 할 수 없다. 그런 건 여섯 살짜리 애들을 키우는 부모들이나 생각할 일이다). 그래서 나는 작품이 더 좋아질 수 있는 방법을 생각했다. 내게 재능이나 기술, 상상력, 뻔뻔함이 부족한 게 지극히 분명하지만.

내가 이렇듯 안달복달하는 것은 재미로 글을 쓰지 않기 때문이다. 나는 돈을 벌기 위해 글을 쓴다. 내 아이들이 망가뜨린 자동차의 수리비를 갚기 위해 할리우드에 글을 팔아야 한다. 그래서 할리우드가 원하는 글을 써야 한다.

장면 쓰기는 재미있다. 개요 작성은 고역이다. 나는 개요 작성이 싫다. 일단 시나리오를 쓰기 시작하면 개요는 다시 건드리기 싫다. 앞으로 나아가고 싶을 뿐이다!

내 영혼에 눌어붙어 떠날 기미가 없는 이 교활하고 당황스럽고 강력한 약점을 물리치기 위해 나는 본격적으로 글을 쓰기 전에 자유연상 버전을 따로 하나 만들어둔다. 마음껏 창작하고 싶은 자유는 레이저프린터로 뽑은 말끔한 개요를 마주하는 순간 원자 크기로 산산조각 날 수 있기 때문이다.

| 실전 연습 |

종이 맨 위에 장면 타이틀을 써라. "장면 42. 남자화장실에서 총을 들고 있는 아티." 특정한 장면, 프로덕션 디자인, 인물, 갈등, 계기 등 이야기의 모든 면에 대해 무작위로 생각을 던진다.

나는 음악을 크게 틀어놓고 일하는 것을 좋아한다. 음악은 생각을 자극하기 때문이다.

이제 주제와 관련 있는 것을 쓴다. 어떤 종류의 내용도 좋다. 멍청한 것, 영리한 것, 바보 같은 것, 결코 어울리지 않는 것…… 코앞의 주제와 부분적으로 관련이 있다면 무엇이라도 좋다. "장면 42. 남자화장실에서 총을 들고 있는 아티"에 관해 모든 측면에서 닥치는 대로, 생각나는 대로 적는다. 의상, 대사, 인물 그리고 나중에 동기, 농담, 플롯과 결부될 수도 있는 물건 등 집어넣고 싶은 어떤 것이라도 된다. 지금은 키친 싱크 시간이다.

이때 적은 내용 중에 쓰레기가 얼마나 섞여 있는지는 중요하지 않다. 그 일은 형광펜에 맡긴다. 쥐어짤 수 있을 때까지 자신을 쥐어짜서 이 장면에 대한 멋진 아이디어를 생각해내라. 아름답게도, 어떤 생각이 떠오르면 꼬리에 꼬리를 물어 생각이 다섯 개로 불어난다. 그것도 순식간에! 당신은 10분 전에 결코 꿈꾸지 않은 생각의 바다에 있을 것이다. 쓴 것 중 몇몇은 당연히 쓰레기지만 어떤 것은 장대하고 새롭고 황홀하고 유용하다.

이 방법은 구조에도 적용할 수 있다. 줄거리 속을 종횡무진하며 아이디어를 쏟아내라. 막을 구분하기 위해 아이디어를 떠올릴 때는 이야기가 어떤 새로운 방향으로 나갈 수 있을지 생각하라.

이 방법은 인물에도 적용할 수 있다. 그는 왜 그럴까? 음악을 바꾸고 닥치는 대로 생각을 던져보라.

이 방법은 갈등에도 적용할 수 있다. 장면 42에서 주인공 아티는 겁쟁이 킬러로 공공화장실에 가서 숨겨둔 권총을 회수한다. 마치 〈대부The Godfather〉에서처럼. 나는 아티에게 닥칠 수 있는 온갖 갈등을 생각하다가 난데없이 '총과 씨름하는' 아이디어가 떠올랐다. 이 아이디어는 아티와 권총 사이에 다른 부류의 갈등을 불러일으켰다. 총알을 장전하다가 허둥대는 모습도 포함되었다. 그러다가 아티가 총알을 떨어뜨리고 총알은 테이블 밖으로 굴러 싱크대 쪽으로 가고…… 나는 이다음에 누구의 발치로 굴러갈지 궁금했다. 경찰의 발! 갑자기 그 장면은 열 배 더 흥미진진해졌다. 처음의 "남자화장실에서 총을 든 아티" 아이디어를 계속 이어가던 것보다 훨씬 더 갈등이 커지기 때문이다.

초안 A에 대한 자유연상을 적은 개요를 끝냈다면, 이것을 초안 B로 저장하고 출력한다. 그리고 형광펜을 꺼내서 계속하고 싶은 것에 동그라미를 표시한다. 껍질을 깎아내고, 이것 봐라, 시나리오에 쓸 수 있는 자세하고 창의적인 개요가 생겼다!

이렇게 하려면 오랜 시간이 걸릴 수 있다.

글쓰기는 과정이다. 이 방법은 그 과정 중 한 걸음이다. 이 때문에 이야기가 지연되지 않을까 걱정하지 마라. 그러지 않을 것이다. 작업 초반에 이렇듯 '압박에서 벗어난' 창의적인 시간을 보내면 다시 쓰기 과정이 단축된다. 처음에 개요를 더욱 철저히 작성하게 되기 때문이다.

자유연상 단계는 진을 빼게 하지만, 자유연상으로 찾을 수밖에 없는 놀라운 재료를 만든다. 늘 마음에 새겨라. '그들이' 원하는 건 놀라운 작품이다.

초고를 쓸 때
시각 이미지를
활용해 보자

샘 잘루츠키

나는 열혈 엽서 수집가다. 박물관, 공항, 갤러리, 특이한 관광지를 가리지 않는다. 흥미로운 엽서가 있으면 어떻게든 그것을 찾아서 갖고 만다. 이러한 수집벽은 어린 시절 미술을 공부하고 여행을 좋아해서 시작되었지만, 영화 프로듀서로 살아가는 지금도 이어지고 있다. 영화는 결국에 수백만 장의 그림엽서가 연결된 게 아닌가?

이 어마어마한 엽서 컬렉션에 손을 댄다는 건 추억의 골목길을 따라가는 것 이상의 의미가 내게 있다. 엽서들은 내 머릿속의 새로운 장소로 나를 이끌며 모든 시나리오의 본질로 돌아가게 한다. 바로 인물, 프로타고니스트(주인공), 안타고니스트(적대자), 욕구, 욕망, 장소다. 작품이 막힐 때, 새로운 아이디어를 떠올려야 할 때, 시나리오 쓰기 수업을 할 때, 나는 이 실전 연습을 활용해 콘셉트를 강화한다.

이 연습은 머뭇대지 않고 자신의 상상력을 따라 멀리 갈 수 있게 해 준다. 또한 너무 과도하게 상상을 할 때에는 현실로, 구체적인 인물이 있는 구체적인 장면으로 이끌기도 한다. 이 연습은 눈앞에 처한 문제에 맞춰 조정할 수 있다.

나의 첫 장편영화인 심리스릴러물 〈위험한 소유You Belong to Me〉는 프랑스 화가인 발튀스Balthus의 그림엽서 〈방La Chambre〉에서 처음 영감을 받았다. 젊은 여성이 나이 지긋한 여성에 의해 방에 감금된 듯한 이미지에서 나는 영화를 위해 찾고 있던 심리 성적psychosexual으로 위험한 분위기를 끌어냈다. 시나리오와 씨름하던 몇 년 동안 나는 그 그림엽서를 책상 위 벽에 핀으로 찔러두었다. 그리고 글이 막힐 때면 그 엽서를 쳐다보고 머릿속에 떠오르는 것을 모두 적었다. 이따금 그 이미지 속의 인물들이 나오는 장면들을 쓰기도 했다. 또 어떨 때는 시나리오 속 주인공을 바꾸기도 했다. 소녀 대신 집주인에게 갇힌 이십 대 후반의 뉴요커 남성 건축가를 장면 속에 넣는 것이다. 그런 게 항상 말이 되지는 않았다. 그렇게 쓴 글 중 시나리오에 들어간 건 극히 일부이기도 하다. 그러나 이 연습은 내게 영감을 주고 집중력을 키워줬으며 올바른 마음을 가질 수 있게 했다.

당신의 눈을 사로잡는 이미지 엽서를 한 장 찾아라. 아무것이나 괜찮다. 초상화, 두 사람, 앙리 카르티에 브레송Henri Cartier-Bresson의 '결정적 순간', 모험 사진, 르네상스 시대의 프레스코화, 유명한 이미지나 알려지지 않은 이미지 등. 그림 설명이나 출처는 무시하라. 그 이미지를 탐구하라. 이미지에 대해 생각하라. 상상력이 마음껏 날뛰게 하라. 이 이미지를 장면에 어떻게 결합할 수 있을까? 핵심적인 극적 갈등은 무엇인가? 프로타고니스트는 누구인가? 안타고니스트는? 각자 무엇을 원하는가? 장르는 무엇인가? 이 이미지 직전이나 직후에 어떤 일이 벌어질까?

다음은 내가 예전에 활용한 이미지 중에서 좋아하는 것들이다.

독일의 화가 리하르트 게르스틀Richard Gerstl이 1908년에 그린 〈웃는 자화상Self-Portrait Smiling〉은 제목부터 자신이 행복한 사람임을 강조한다. 하지만 환하게 웃는 그의 모습은 위태로워 보인다. 당신도 자신에게 물어보라. 그는 누구인가? 그는 무엇을 원하는가? 왜 그리 행복한가? 그의 얼굴에 행복감이 불길처럼 퍼져 있는가?

영국의 다큐멘터리 사진가 마틴 파Martin Parr의 〈영국United Kingdom〉은 어딘가 불안한 가정 내 갈등을 보여준다. 어머니는 모히칸 헤어스타일을 한 딸 옆에 무릎을 꿇고 딸의 눈을 애절하게 보는 반면, 딸은 먼 곳을 바라보고 있다. 이들 뒤로 난로 위에 걸린 라이플총 한 자루가 어렴풋하게 보인다. 이 장면에서 당신은 누구를 프로타고니스트로 택하겠는가? 안타고니스트는? 왜 딸이 어머니를 보지 않으려 한다고 생각하는가? 어머니는 딸을 왜 그리 애절하게 보는가? 둘 중 한 사람이 원하는 것을 이루기 위해 라이플총을 사용하려 들까? 그 모습은 어떤 것 같은가? 장면을 시작해보라.

이 이미지를 미국의 미술가 캐리 매 윔스Carrie Mae Weems가 1990년에 제작한 '식탁 연작' 중 〈무제Untitled(딸과 화장하기Makeup with Daughter)〉와 비교해보자. 한 여성이 식탁의 짧은 쪽에 앉아 작은 원형 거울을 앞에 두고 화장을 하는데, 여인의 왼쪽에서 어린 딸이 똑같은 동작을 취하고 있다. 누가 이 이야기의 주인공인가? 당신은 누구를 안타고니스트로 고르겠는가? 이 장면을 로맨틱코미디로 써보겠는가? 스릴러? 액션?

매리 엘런 마크Mary Ellen Mark의 사진 〈사우스 브롱크스, 뉴욕 1987년South Bronx, New York 1987〉에는 젊은 연인이 등장한다. 스웨이드 코트를 입은 남자는 꽃다발을 쥐고 있고 여자는 허공을 바라보는데, 이들 뒤로 공터가 보인다. 이것은 로맨틱코미디인가, 아니면 불행한 로미오와 줄리엣 이야기인가? 이 이미지 직전에 무슨 일이 있었는가? 직후에는 무슨 일이 있을까? 두 사람은 각자 무엇을 원하는가?

래리 술탄Larry Sultan이 1992년에 찍은 사진 〈골프 스윙을 연습하고 있는 아빠Dad Practicing Golf Swing〉를 보자. 실내에서 나이 지긋한 남자가 골프 스윙을 연습하고 있다. 그는 사각 팬티와 폴로셔츠를 입고 실내의 두툼한 녹색 섀기카펫 위에 서 있는데, 그 뒤 속이 비치는 커튼으로 햇빛이 쏟아진다. 그 남자 옆의 텔레비전 속에서 여성이 말을 하는데, 주가에 대해 이야기하는지 모르겠다. 이 남자의 이름을 지어보라. 직업도. 가계도도. 이 남자가 원하는 게 무엇일까? 야외로 나가고 싶은 걸까? 당신이라면 이 이야기를 드라마로 만들까 아니면 코미디로 만들까?

이 실전 연습이 만족스럽고 수월한 이유는 정답이 없기 때문이다. 그러니 그냥 답을 '써라.' 15분을 할애하라. 머릿속에 떠오르는 것을 모조리 적어라. 이 사람들이 누구인지는 당신이 결정한다. 그들이 사는 곳. 그들이 원하는 것. 그것을 지어내라. 당신의 마음을 바꾸어라. 즐겁게 하라. 창작의 수액이 흘러가게 하라. 만일 두 사람이 있다면 갈등을 일으키는 욕구나 욕망을 상상해보라. 둘은 얼마나 오래 서로를 알았는가? 누가 이 장면에서 승리하는가? 누가 자신이 원하는 것을 갖게 되는가? 괴상한 생각들을 쏟아내라. 가만있지 말라. 그 프레임 안에서 본 것은 중요하다. 그러나 그 너머는 어떠한가?

이 연습을 마치고 나면 시나리오에 대한 새로운 아이디어가 생겼을 것이다. 어쩌면 오래된 인물에 대한 신선한 관점이 생겼을 수도 있다. 아니면 15분간 그저 시나리오 작업을 회피한 정도일 수도 있다. 여하튼, 비평은 금물이다.

작업을 위해 '창의적인' 어떤 것을 지속적으로 생각해내려 애쓰는 작가이건, 학생들에게 영감을 주고 도전하게 하려는 교사이건, 당신의 압박감을 이 실전 연습이 덜어줄 수 있다.

교사로서 위험을 회피하는 학생들에게는 충격적인 이미지를 배당하거나, 자신의 아이디어에 집중하기를 거부하는 학생들에게는 차분한 이미지를 제시할 수도 있다. 똑같은 이미지를 보여주고 브레인스토밍으로 함께 이야기를 만들게 해서 협업 능력을 키울 수도 있다. 또는 학생들이 똑같은 이미지에 대한 자신만의 이야기를 상상하게 해서 하나의 이미지에 대한 무한한 가능성과 각자의 독특한 관점을 드러내게 할 수도 있다. 학생들이 자신의 이미지를 가져와서 교환하게 할 수도 있다. 또는 스스로를 묵묵부답이거나 불안정한 학생처럼 대할 수도 있다. 새로운 장르를 요구하는 이미지, 두려워하는 이미지를 골라라. 우스꽝스러운 이미지를 골라서 공포물을 써라. 가능성은 끝없이 놀랍고, 놀랍도록 끝없다. 한번 시도해보라.

특정 배우를
염두에 두고
써 보자

헤스터 셸

어떤 배우가 등장인물 속으로 완벽하게 녹아드는 모습을 볼 때면 경외감과 찬탄이 저절로 우러나온다. 그 연기는 우리를 새로운 차원으로 이끌어간다. 이러한 마법 때문에 우리는 배우의 연기력과 탁월한 각본의 접점을 갈구하는 것이다.

대니얼 데이루이스는 〈나의 왼발My Left Foot〉에서 잊지 못할 연기를 선보였다. 〈소피의 선택Sophie's Choice〉과 〈줄리 & 줄리아Julie & Julia〉에서의 메릴 스트리프Meryl Streep도 그에 버금간다. 잭 스패로우 해적 선장을 연기한 조니 뎁Johnny Depp, 작가 트루먼 커포티Truman Capote를 연기한 필립 시모어 호프먼Philip Seymour Hoffman, 〈솔로이스트Soloist〉와 〈레이Ray〉에서의 제이미 폭스Jamie Foxx, 〈몬스터 볼Monster's Ball〉의 핼리 베리Halle Berry. 이 배우들은 내면 깊숙이 침잠해서 스크린에 인간의 조건과 의식을 날것 그대로 생생히 표현해냈다.

이 영화 시나리오들의 공통점은 느낌을 묘사하기보다 배우들에게 맡긴다는 것이다. 좋은 시나리오는 상세하게 액션을 묘사해서 액션이 스스로 말하게 한다.

액션의 단어들은 지면에서 이륙해 상상력과 시각화 속으로 들어가 독자에게 먼저 감응을 불러일으킨다. 액션은 리액션을 유도한다. 영화배우들은 이 비범한 순간을 연기하고 싶어 한다. 그래야 상을 타니까.

앞에 언급한 영화들의 시나리오를 읽고서 작가들이 그 순간들을 어떻게 묘사했는지 연구하라. 〈몬스터 볼〉에서 두 주인공이 집 뒤 문간에서 이야기를 나누는 엔딩 장면을 떠올려보라. 아직까지 두 사람의 관계가 이어질지 확신할 수 없다. 그런데 그가 그녀의 손을 잡으면서 모든 것이 변한다. 안도의 한숨 소리가 객석에서 퍼진다. 그녀는 괴로운 듯한 얼굴로 그의 선택을 기다린다. 이 순간이 베리에게 아카데미 여우주연상을 안겼다. 다음으로 영화 〈언페이스풀Unfaithful〉에서 다이앤 레인Diane Lane이 한낮의 밀회를 위해 시내에 갔다가 집으로 돌아가는 기차에서의 모습을 떠올려보라. 그 장면이 어떻게 쓰였는지 읽어보라. 배우들은 시나리오를 읽을 때 이처럼 엄청난 순간을 기대한다. 그러니 장면을 쓸 때는 동사로 묘사되는 액션으로 시작해 액션으로 끝맺어라. 배우들은 동사에서 감정을 끄집어 낸다. 동사는 행동을 나타낸다.

샐마 헤이엑Salma Hayek이 프리다 칼로Frida Kahlo의 전기 영화 〈프리다Frida〉에서 한 것처럼 스타들은 원하는 배역을 위해 직접 제작에 참여하기도 하고, 시나리오가 탈고된 후에 캐스팅을 결정하기도 한다. 영화가 제작되는 방식은 무수히 많기 때문에 상황별로 알아둘 필요가 있다. 헤이엑은 자신의 환상을 실현하기 위해 멕시코에서 로스앤젤레스로 이주했으며 십 년 동안 연줄을 찾고 인간관계를 쌓고 투자자와 감독, 프로듀서, 디자이너 적임자를 물색했다.

시나리오에 위대한 순간들이 있다면 이름이 알려진 배우들도 흥미를 보일 것이다. 매끈하고 완벽한 상태의 시나리오를 제출하라. 에이전트를 통해 제출하고 기다려라. 계속 기다려라. 결과를 확인하라. 다시 제출하라.

시나리오가 영화 제작으로 이어지기란 점점 어려워지고 있으며 경쟁은 날로 치열해지고 있다. 그러니 흥미로운 인물들이 흥미로운 상황에서 흥미로운 일을 하는 멋지고 탄탄한 이야기를 만들 도리밖에 없다. 그 관문을 넘어선다면 이 질문이 닥칠 것이다. 특정 유명 배우를 위해 글을 써야 할까?

답은 한 마디로, 그렇다. 그렇고 말고. 'A급' 배우를 위해 글을 쓰면 기회가 더 늘어날 수 있다. 대형 제작사에서 만든 영화들에서 벌어지는 일, 곧 〈아바타Avatar〉가 몇 주 만에 2억

달러(약 2,300억 원)를 벌었다는 등의 일과는 별개로 스타 배우들은 늘 새로운 작품을 갈구한다. 작가의 일은 이러한 기대에 부응하는 것이다. 불황기라는데 어떡하냐고 반문할 수도 있다. 영화사들은 매입 예산을 줄이는 한편, 낮은 가격의 시나리오로 저예산 영화의 제작을 늘리고 있다. 좋은 소식은 옵션option 계약(영화화 가능성을 타진하기 위해 정해진 기한을 두고 시나리오를 검토한 후 정식 계약 여부를 결정하는 것. _옮긴이)이 있다는 것이다.

옵션 계약을 직접 따내려면 다음과 같이 해보자.

관심을 끌어라. 잘 아는 배우에게 구애한다. 그 배우 이름을 시나리오에 첨부해 관심을 끈다. 천천히 필수 요소들을 한데 모은다.

프로듀서들과 인적 네트워크를 형성하라. 작가만큼이나 시나리오를 사랑하는 누군가는 투자자를 끌어들이고, 투자자는 유명 배우를 끌어들일 것이다.

감독을 찾아라.

배우 소속사에 가능성을 타진하라.

유명 배우 소속사에 가능성을 타진할 수 있는 에이전트나 엔터테인먼트 관계자에게 발탁되라.

팀을 짜라.

배우 소속사의 어시스턴트에게 연락하라. A급 배우의 소속사를 확인하고 웹사이트를 찾아본다. 여기에서 제안 지침이나 문의할 수 있는 연락처를 찾아본다. 필요한 정보를 웹사이트에서 확인할 수 있더라도 항상 전화를 거는 게 좋다. 그러면 어시스턴트의 연락처를 알 수 있다(음성메시지는 남기지 말아야 한다. 연결될 때까지 전화를 계속 걸어야 한다. 음성메시지를 다시 듣는 사람은 없다). 사람을 정말 진심으로 대해야 한다. 진심은 관리자에게 존중을 받고 환영을 받는다. 결코 다른 사람의 시간을 허투루 하면 안 된다. 본론만 말하자. "○○○에게 저의 대본을 보내고 싶습니다." 제출 지침을 정확히 확인하라. 배우의 출연 스케줄이 언제쯤 정해지는지 알아야 한다.

그 배우가 시나리오를 마음에 들어 하면, 아니 대단히 좋아하면 배우에게 직접, 그리고 빨리 소식을 들을 수도 있다. 누구나 다음 작품을 기다리고 있기 때문이다. 배우도 마찬가지다. 투자를 받은 다음 작품이 줄지어 대기하는 것만큼 달콤한 일은 없다. A급 스타에게 대본을 보내면 서너 편, 예닐곱 편이 대기 중일 수도 있다. 몇 년 뒤에나 차례가 올 수도 있지만, 그래도 괜찮다. 그 사이에 투자를 받기 위해 노력할 수 있으니까. 그리고 프로듀서들과 인적 네트워크를 쌓기 시작해야 한다. 유명 배우를 잡는 가장 확실한 방법은 투자이기 때문이다.

작가가 제출하는 시나리오는 일반적으로 아직 투자가 결정되지 않은 경우가 많다. '검토 중이며 아직 계약이 되지 않았고, 감독이나 배우가 정해지지 않았다'는 뜻이다. 혹은 감독이 정해진 시나리오도 있는데 이 경우 감독의 경력이 포함된다. 시나리오를 제출하면 배우 앞에서 시나리오에 대해 제안, 발표하는 피칭을 요청받게 된다. 그전에 피칭 요령에 대해 지도를 받아두자. 전문가를 고용하는 것도 방법이다.

시나리오를 배우의 손에 올려놓을 수 있는 또 다른 방법은 누군가를 통하는 것이다. 6단계 분리 이론(인간관계에서 여섯 명만 거치면 서로서로 모두 연결된다는 이론. _옮긴이)에 따르면, 우리가 아는 누군가는 그 배우에게 시나리오를 전해줄 수 있는 누군가를 알고 있는 누군가와 아는 사이다. 시나리오를 그 배우의 손에 올려놓을 수 있는 누군가를 찾아서 인적 네트워크를 꾸준히 형성해가라. 결코 포기하지 마라. 배우의 관심을 끌어서 잡을 수 있다면 감독, 프로듀서, 나머지 배역을 사냥하기 쉬워진다. 그러니 한번 시도해보라. 자신의 장르와 스타일을 고려해 함께하고 싶은 배우와 더불어 글을 쓰도록 하라.

공모전을 통하거나 시나리오의 로그라인log line(영화의 주제나 줄거리 등 작품을 한 문장으로 요약한 것. _옮긴이)을 웹사이트에 올리는 방법도 있다. 하지만 일반적으로 영화 대부분은 주요 당사자 간의 직접 대면에 의해 계약이 성사된다. 누군가가 "이건 읽어야 해!"라고 말하면 시나리오가 적역인 배우에게 전해지고, 빙고, 다음 작품이 탄생한다. 이런 일은 매일 벌어진다. 그런데 여기에 결정타가 있다. 작가가 서명한 서류와 담당 에이전트 없이는 배우 소속사에 전달할 수 없다는 것이다. 그러니 우선 좋은 에이전트에게 발탁되어야 한다.

간절히 쓰고 싶었던 영화, 조금이라도 기회가 있었다면 썼을지도 모르는 영화 열 편을 적어보라. 이 영화들의 공통점은 무엇인가? 당신에게 최고의 장르는 무엇인가? 자신의 장르, 그 장르를 형성하는 요소들을 분명히 알고 있는가?

지금 우리의 과제는 가장 쓰고 싶은 영화 장르와 스타일에 적역인 배우를 찾는 것이다. 우선은 자신에게 가장 어울리는 장르와 스타일을 찾아라. 이를 3막 구성의 단편 내러티브로 확장하기 전에 트리트먼트 여러 편을 써보라. 그 이야기를 들려주라. 그 이야기를 자신이 속한 글쓰기 그룹과 함께 생각해 보라. 제대로 하라.

글을 쓰는 동안 내내 마음속에 품고 모든 애정을 쏟았던 배우의 소속사에 시나리오를 보내기 전에, 시나리오의 교정을 보았고 제대로 마무리했는지 확인하라. 제출 형식을 갖춘 전문가다운 표지를 덧붙여라. 그리고 결코 포기하지 마라.

경찰에 진술하듯 사건을 서술해 보자

브래드 슈라이버

나는 《무엇을 보고 웃을까?What Are You Laughing At?》라는 제목의 책을 썼다. 그 책에 산문뿐만 아니라 익살이 넘치는 시나리오 쓰기를 위한 실전 연습법을 실었다. 이 연습법 대다수는 드라마 쓰기에도 응용할 수 있다. 그중 가장 어렵고, 가장 보람 있는 과제는 내가 명명한 '경찰 수사police investigation'라는 연습법이다.

타인에게 거짓말을 하거나, 자신을 속이며 두려워하거나, 제한된 정보를 가진 인물들이 어떠한 영향력을 발휘하는지에 대한 이야기는 늘 나를 매료시킨다. 그래서 작가이자 글쓰기 교사로서 구로사와 아키라黑澤明의 〈라쇼몽羅生門〉과 크리스토퍼 놀런Christopher Nolan의 〈메멘토Memento〉 같은 영화들에 특히 관심이 갔다. 그러던 어느 날 신문 기사에서 다음과 같은 실화를 읽었다.

프랑스 벨포르 지방의 한 실직 중인 택시 운전사가 침 멀리 뱉기 대회에 참가했다가 머리뼈와 양 다리, 손목에 골절상을 입었다. 그 운전사는 "지상에 있는 여러분 모두에게 침을 뱉을 수 있다"라는 호언장담을 증명하기 위해 친구네 집 2층 침실에서 도움닫기를 해서 발코니에 서서 침을 뱉을 계획이었다. 하지만 운전사는 발코니에서 멈추지 못했고 거리로 떨어졌다.

나는 속으로 생각했다. 내가 침 뱉기 대회에 나간 그 택시 운전사이고 경찰에게 사고 경위를 추궁당하면, 나는 자신이 얼마나 바보 같은지 인정하기보다 차라리 거짓말을 할 것 같다고. 그리고 목격자가 이 택시 운전사를 알고 있으며 그를 좋아하거나 싫어한다면 경찰 진술 시 사고 과정을 윤색했을지도 모른다고.

무슨 일이 벌어졌는지에 대한 이야기를 세 가지로 다르게 만들어서 내용과 인물, 시점, 배경, 대사를 동시에 탐구해보자.

세 인물이 하나의 사건에 연루되고 세 명 모두 경찰에게 진술하는 상황을 만들어보라.

각 진술을 1인칭 시점으로, 세 인물마다 다른 발화 양식과 어휘를 사용해서 써보라. 각 진술은 한두 문단 정도로 짧아도 되지만, 사건 해석은 달라야 한다. 급격히 다르면 더욱 좋다.

연습용으로 창문에서 떨어진 침 멀리 뱉기 참가자, 그리고 그와 만나고 헤어지기를 반복하는 애인, 침 뱉기 참가자의 이웃에 사는 깐깐한 부인을 활용해보자.

추가로 동일한 경찰 수사를 두 가지 버전으로 써보자. 하나는 코미디 버전, 다른 하나는 드라마 버전으로.

전체 이야기를
DVD 개요로
작성해 보자

짐 스트레인

시나리오 작가라면 누구나 대사에 전전긍긍하고, 경쾌하면서도 마음을 울리는 산문과, 충격적인 이미지를 만들고 싶어한다. 하지만 결국 시나리오에서 가장 중요한 요소는 이야기 구조다. 이게 없으면 나머지는 허튼짓에 지나지 않는다.

　작가들이 참고하는 이야기 구조는 다양하고, 각기 나름의 장점이 있다. 내게는 발단(도발적 사건), 1막의 갈등 고조, 중심점 사건, 2막의 위기, 해결로 이루어진 구조가 가장 편하다. 하지만 어떤 구조를 선호하는지와 무관하게, 이야기에 어울리는 드라마의 갑옷을 입혀야 한다는 걸 이해하는 게 중요하다.

　이 갑옷을 완성하는 이야기 구성을 만드는 건 차후의 일이다. 어떤 작가들은 곧장 시나리오를 집필하기 시작하고 작업하는 도중에 세부 사항을 만들어낸다. 또 다른 작가들은 개요나 트리트먼트를 먼저 작성하는데 이는 또한 매우 길어지고 복잡해질 수 있다.

장면의 세부 사항 속에서 길을 헤매다 보면 전체 이야기에서의 역할을 놓치기 십상이다. 아무리 아름다운 장면이라 해도 시나리오 전체에 도움이 되지 않으면 아무 소용없다. 요령은 더 큰 그림을 항상 염두에 두는 것이다.

이상하다 생각하겠지만, 나는 DVD에서 유용한 도구를 발견했다. '챕터 제목chapter heading'이라고도 불리는 장면 인덱스가 그것이다. DVD에 삽입되는 장면 인덱스는 사실 한 쪽짜리 개요도다. 때로는 아리송한 이 제목들을 플롯 구성으로 전환하면 영화의 대략적인 내용을 알 수 있다. 다음은 내가 좋아하는 영화로 늘 꼽는 〈우리에게 내일은 없다Bonnie and Clyde〉 DVD에서 가져온 것이다.

- 챕터 제목: 거리에서 벌어지는 일들
  줄거리 요약: 보니가 클라이드의 차를 훔치려다 두 사람이 만난다.
- 챕터 제목: 집에 틀어박힌 사람들
  줄거리 요약: 휴가 중인 배로 부부. 보니와 블랑슈의 갈등이 고조된다.

- 챕터 제목: 벨마 데이비스와 유진 그리자드

줄거리 요약: 패거리들이 장의사와 그의 여자친구를 납치한다. 죽음의 그림자. 집에 말썽이 일어난다.

이를 통해 간략히 요약한 이야기 36개와 큰 그림을 얻을 수 있다. 이러한 형식 안에서는 구조를 떠받치는 주요 골조를 구분하기가 상당히 수월하다.

물론 챕터 제목이나 장면 인덱스는 대부분 나중에 정해진다. 하지만 시나리오 개요를 이런 방식으로 생각하는 게 나에게는 도움이 되었다. 몇 년 전부터 나는 UCLA 시나리오 쓰기 과정의 학생들에게 초고를 시작하기에 앞서 이 DVD 개요를 제출하도록 요구하고 있다. 이는 힘들지만 그만큼 결실도 큰 과제다. 큰 그림의 개요가 있어야 하는 데다가 이야기를 핵심적으로 압축해야 하기 때문이다.

다음의 실전 연습은 쉽지 않지만, 문제가 있는 지점과 흐릿한 생각을 즉각 찾아준다. 키 작은 나무들을 제거하여 시나리오 숲 전체의 맥락에서 장면과 시퀀스의 기본 목적을 정하게 한다. 그 결과로 나온 구성 목록이 이후의 글쓰기 과정을 구속한다는 말이 아니다. 어떤 작가라 할지라도 인물들이 생기를 찾고 세부 사항들이 등장해야 작업을 진전할 수 있다. 철학자 앨프리드 코집스키Alfred Korzybski가 말한 대로 "지도는 영토가 아니다." 하지만 DVD 개요가 구조의 기준은 될 수 있다.

1. 좋아하는 DVD 하나를 고르고 챕터 제목이나 장면 인덱스를 간결한 줄거리 요약으로 바꾸자. 요약은 한 줄짜리 문장으로 제한한다. 각 챕터에서 뽑을 수 있는 이야기 요소가 많겠지만 가장 중요한 요소만 남기고 잘라낸다.

2. 이제 다시 쓰기가 필요한 시나리오에 똑같은 작업을 한다. DVD 개요는 반짝거리는 산문이나 활기찬 대사에 가려져 있던 근본적인 이야기 문제를 진단하는 데 도움을 준다. 그 결과 기초가 튼튼해지며 인물이나 장면의 세부 사항에 초점을 맞출 수 있다.

3. 마지막으로 새로운 시나리오를 위해 DVD 개요를 쓴다. 개요를 36개 줄거리 요약으로 제한한다. 모르는 것은 공백으로 남긴다. 발단, 1막 구분, 중심점, 2막 위기 지점을 정한다. 모든 부분을 정할 수 없다고 해도 그것 때문에 단념하지 마라. 초고를 완성하기 전까지는 많은 문제가 해결되지 않을 것이다. '완전한' 개요가 없다는 걸 글을 쓰지 못하는 구실로 삼지 마라. 참고할 도구를 만드는 것이지, 불변의 설계도를 만드는 게 아니다.

훑어보기 쉽게
수직적으로 써라

찰스 디머

나는 이따금 시나리오 공모전의 심사를 부탁받는 나이가 되었고, 그 경험은 나에게 많은 것을 일깨워주었다. 시나리오 작법을 가르치는 교수로서 나는 신인 작가에게 흔한 문제들을 오랫동안 보아왔다. 작가 지망생들은 대체로 자신이 가장 나쁜 적이라는 걸 파악하지 못한다. 이는 불행한 일이다. 왜냐하면 이러한 실수는 너무나 쉽게 교정될 수 있기 때문이다. 그런데 이러한 일들이 애초에 왜 발생했을까? 상당한 오해에서 비롯된 것임은 분명하다.

신인 작가들은 계약을 위해 '스펙 스크립트spec script'(제작사에 소속되어 쓴 시나리오가 아닌, 프리랜서 작가가 판매 목적으로 쓴 시나리오. _옮긴이)를 먼저 쓰는데 여기에 문제의 원인이 있다. 출간된 시나리오는 대부분 '슈팅 스크립트shooting script'라는 촬영용 대본이다. 이 두 시나리오는 동물로 치면 종이 다르다. 따라서 도서관에 구비된 시나리오를 견본으로 사용한다면 신인 작가들은 이미 스스로 두 차례 뒤통수를 치는 셈이다! 그것은 견본으로 옳지 않다.

스펙 스크립트의 성격을 이해하려면 그게 실제로 어떻게 읽히는지를 생각해야 한다. 스펙 스크립트는 재미로 읽는 게 아니다. 사업을 위해서 읽는다. 스펙 스크립트를 읽는 사람들은 평가를 위해서 제작사가 고용한 이들이고, 이 검토자들은 시나리오 편당 돈을 받는다. 이 말을 어떻게 이해하는가? 검토자가 시나리오 한 편을 읽는 시간이 길수록 시나리오의 언어가 복잡하다는 뜻이고, 이건 즉 그가 받을 돈이 줄어든다는 뜻이다. 다시 말하면 검토자의 눈에 긍정적인 편(그리고 공모전 심사에서 좋은 쪽)으로 분류되려면 빨리 읽히고 쉽게 이해되는 형식으로 써야 한다는 뜻이다.

이러한 형식은 보통 문학적 산문이 아니다. 시나리오에는 문학적 산문과 전혀 다른 수사법이 필요하다. 신인 작가 대부분이 저지르는 첫 번째 실수는 문학 작품을 쓰려 한다는 것이다. 시나리오는 문학 작품이 아니라 영화를 위한 설계도다. 따라서 단편소설이 아니라 설계도처럼 읽혀야 한다.

스펙 스크립트를 쓸 때 범하는 가장 큰 잘못은 글쓰기가 이야기를 방해하는 것이다. 어떤 종류의 글쓰기에서도 똑같이 말할 거다! 글쓰기가 이야기를 방해한다. 다시 말해 시나리오는 이야기가 끌어가는 것이지, 수사법이 끌어가는 게 아니다. 누구도 당신의 '작문'에 관심이 없다. 사람들은 이야기를 알고 싶어 한다. 당신이 '문학적 산문'을 쓰고 있다면, 독자가 이야기를 찾기 힘들게 제 발등을 찍고 있는 것이다. 시나리오는 영화를 위한 설계도이니 그에 맞추어 간결하게 써야 한다.

다음은 효과적으로 스펙 스크립트를 쓰기 위한 비결이다.

- 길고 복잡한 문장이 아니라 짧고 간단한 문장으로 써라.
- 불완전한 문장을 두려워하지 마라.
- 개괄적으로 써라. 우리는 의상디자이너도, 세트디자이너도, 배우도, 감독도 아니다. 산문에서 세부 사항은 좋은 글쓰기에 도움이 된다. 하지만 시나리오에서는 아니다! 이야기에 극적으로 필요한 세부 사항만 사용하라. 세부 사항에 극적 역할이 없다면 이렇게 개괄적으로 써라. "동물 형겊인형과 록밴드 포스터로 가득한 전형적인 십대 소녀의 침실이다." 어떤 동물이고 어떤 포스터일지는 다른 누군가가 결정할 것이다. 작가는 협업자다.
- 수직적으로 써라. 시나리오는 가로로 읽히기보다 세로로 읽혀야 덜 산문처럼 보이고 더 시나리오처럼 보인

다. 이 점은 소상하게 설명할 가치가 있다. 아래는 어느 학생의 시나리오에서 발췌한 문단이다.

한 쇼걸이 가게의 뒤쪽으로 향하는데, 자신의 등 뒤에서 지켜보는 종업원을 거들떠보지 않는다. 그녀는 눈이 저절로 따라갈 정도로 아름다웠다. 또 다른 쇼걸이 카운터로 곧장 걸어와서 그 젊은 남자에게 미소를 짓는다. 그 남자는 그녀가 진한 화장을 하고 심하게 긴 인조 속눈썹을 달고 있어서 누구인지 알아보지 못했다.

시나리오에 익숙하지 않은 사람들에게 위 글은 충분히 '간단히' 읽힐 수도 있지만, 이 단락은 과도한 오버라이팅 overwriting이고 텍스트의 밀도가 떨어진다. 검토자들은 읽히지 않는 텍스트에 퇴짜를 놓는다! 이 단락을 내가 다시 써보겠다.

한 쇼걸이 가게 뒤쪽으로 향한다.
종업원이 그녀를 지켜본다.
또 다른 쇼걸이 카운터로 온다.
그녀는 기다란 속눈썹을 달았다.
그녀가 종업원에게 미소 짓는다.

아직 읽지 말고 이 두 단락을 그저 비교해보라. 첫 번째는 산문처럼 보인다. 두 번째는 개요나 목록처럼 보인다. 이런 게 시나리오, 즉 영화를 위한 설계도의 모습이다. 책상에 시나리오 100여 편을 쌓아두고 그걸 하나씩 집어야 하는 검토자의 입장에서는 첫인상이 중요하다. 첫 번째 사례처럼 산문스러운 텍스트 밀도를 보인다면 작가가 시나리오 쓰기에 대해 많이 모른다고 짐작할 것이다. 맞든 틀리든, 이게 첫인상이다. 첫 번째 단락을 쓴 작가는 제 발등을 찍은 것이다.

시나리오를 목록이나 개요에 가까운 형식으로 여는 기법을 '수직적 글쓰기adding verticality'라고 한다. 사실 이 기법은 중요한 시각적 기능을 한다. 여기서 따라야 할 유용한 규칙 하나가 있다. '새로운 이미지를 함축할 때는 새로운 단락으로 시작하라.' 이는 내가 앞에서 다시 쓴 단락의 방식을 설명한다. 이미지 1, 여자가 가게 뒤쪽으로 걸어간다. 이미지 2, 종업원이 지켜본다. 이미지 3, 또 다른 여자가 카운터에 접근한다. 이미지 4, 클로즈업으로 인조 속눈썹과 미소가 보인다. 여기서 카메라가 스펙 스크립트에 언급되지는 않지만, 각각의 새로운 이미지를 새로운 문단으로 시작함으로써 사실상 연출하는 것처럼 시나리오를 쓸 수 있다.

이는 미묘하지만 효과가 있고 시나리오에 수직적 성격을 더한다. 그리고 시나리오를 더욱 읽고 싶게 만든다(그리고 검토자들은 종종 찬찬히 읽기보다 쓱 훑어보므로, 우리의 시나리오 쓰기 방식은 훑어보기에 용이해야 한다).

시나리오를 전체적으로, 단락별로, 한 문장씩 순서대로 검토하라. 그 문장이 스크린에서 새로운 이미지를 나타낸다면 줄을 바꾸어 새 단락을 시작하라. 이러한 식으로 시나리오에 수직적 성격을 얼마나 부여했는지, 개요나 설계도와 얼마나 더 비슷해졌으며 '문학적' 산문과 얼마나 더 멀어졌는지 살펴보라.

문체를 점검하라. 길고 복잡한 문장들은 모두 두세 개의 간략한 문장으로 바꾸어라. 비문非文을 쓰는 걸 두려워하지 마라.

묘사를 점검하라. 세부 사항에 극적 기능이 있는지 확인하라. 그렇지 않으면 더욱 개괄적으로 써서 의상디자이너와 세트디자이너 등에게 여지를 남겨 주라. 좋은 협업자가 되라.

무엇보다 글쓰기가 이야기를 방해하지 않게 하라. 시나리오는 영화의 설계도이지 문학적인 글이 아니라는 걸 결코 잊지 마라. 시나리오는 글쓰기 능력을 과시하기에 적절한 형식이 아니다. 스토리텔링 능력을 과시하기에 적절한 형식이다.

단락마다
다른 숏을 나타내게
써라

글렌 M. 베네스트

숱한 시나리오를 검토하고 분석하면서 내가 가장 자주 본 문제는 지루하고 생기 없는 영화 서사(곧 묘사 단락)다. 이 일을 오래하면 할수록 시나리오 작가에게는 '읽히는 게 전부'라는 사실을 깨닫게 된다. 이 말은 무슨 뜻일까?

영화 서사는 스타일이나 생동감 없이 그저 현학적이고, 너무 장황하거나 혼란스럽기 쉽다. 모든 지문을 수정처럼 명료하게 다듬기보다 지나치게 서술하는 작가들이 있다. 이러면 장면의 전체 분위기가 어떠한지, 장소가 어떤 모습인지, 인물이 누구인지 금세 파악하기 어렵다.

그렇다면 무엇이 잘 읽히지 못하게 방해하는 것일까? 바로 서사 덩어리다.

모든 단락이 다른 숏을 나타내게 만들어라. 그러면 단락을 읽으면서 숏의 변화를 파악할 수 있다. 이를테면 여기에 빌이 있고, 그는 과녁을 겨냥한다. 다음 단락에는 메리가 나오고, 그녀는 도망친다. 그다음 단락에는 메리의 어머니가 나오고, 그녀는 메리에게 엎드리라고 비명을 지른다.

서투른 내러티브 구절들은 이렇게 흐른다. "성난 불이 건물 전체에서 타오르고 불길을 잡으려 애쓰는 소방관을 환하게 비춘다." 나쁘지는 않지만 어색하고 시각적으로 명료하지 않다. 이것을 읽기 쉽게 다시 써보자. "성난 불이 건물 전체에 타오른다. 불은 하늘을 환하게 밝혀 밤을 낮으로 바꾼다." 시나리오에서 내러티브 구절은 소설 속 산문과 비교될 수 없다. 우리는 간결하고 함축적인 이미지를 제시해야 한다. 시를 쓴다고 생각해야 한다.

다음 예시를 보자.

"놀이공원의 놀이기구들이 밝고 푸른 하늘을 배경으로 반짝거리고, 날씨는 아주 좋다.

더 가까이 접근. 롤러코스터를 탄 십대들이 비명을 지르고, 비키니를 입고 롤러브레이드를 타는 여자들, 미드웨스트에서 온 관광객들은 핫도그를 물고 눈이 휘둥그레진다—지금이 3월이라니 믿기지 않는다.

시나리오 쓰기의 모든 것(개정판)

큼지막한 하와이안 셔츠를 입고 머리가 살짝 벗겨진 관광객 한 명이 들어온다. 그는 돌아다니다가 망원경 쪽으로 간다. 레이더 화면에 깜빡 신호도 안 들어왔는데 25센트를 집어넣는다. 우리의 시야에 또 다른……."

어느 봄날 산타모니카 항구의 모습을 묘사한 것이다. 기운과 속도감, 커다란 이미지가 그려진다.

다음의 실전 연습은 활기 넘치는 영화 서사를 쓰는 요령을 터득하게 도와준다.

| 실전 연습 |

시나리오의 시작 부분에서 배경과 등장인물들을 묘사할 때 참고하라.

1. 구체적인 행동을 나타내는 동사를 택해서 훨씬 더 강렬하고 시각적으로 표현하라. "그가 바닥에 넘어진다"라는 문장 대신 더 강렬하게 표현할 방법을 강구하라. 예를 들어, "그가 바닥에 넘어지면서 흙물이 튄다."

2. 주인공(영웅)을 소개할 때, 어떤 사람인지 단번에 정의할 수 있

는 멋지고 간결한 대사 한두 줄을 찾아보라. 평범한 단어로 묘사하지 말고 잊을 수 없는 인상을 심어라. 영화 〈페이스 오프 Face Off〉의 사례를 보자. "조 아처는…… 나이보다 늙어 보이고…… 수염이 덥수룩하고…… 피곤해 보이지만…… 그의 눈은 집념에 사로잡힌 남자를 드러낸다." 다음은 드라마 〈덱스터 Dexter〉 대본에 나오는, 덱스터 여동생에 대한 묘사다. "전형적인 싸구려 매춘부처럼 차려입은 데브라(스무 살)의 모습이 보인다. 그녀는 늘씬한 몸에 핑크색 네온튜브톱, 미니스커트, 그물 스타킹과 하이힐을 걸치고 휴대전화에 대고 말하는 중이다."

3. 액션을 숏 단위로 쪼개라. 큼직하게 뭉쳐진 단락들을 멀리하라.

4. 흥미롭고 시각적인 이미지를 제공하라. 시나리오 작가는 시각적 이미지로 써야 한다. 장면이 시각적으로 어떤 모습일지 파악하고 그 장면의 이야기를 말해주는 핵심적인 시각 이미지를 찾아라. 이를 제대로 하면 장면은 저절로 써지고 대사는 쉽게 나올 것이다.

5. 서사에 어울리는 리듬을 찾아라. 하드보일드 탐정 이야기라면 액션을 짧고 거칠게 서술하라. 독특한 코미디라면 시나리오 첫

장에서 독자들을 웃기거나 하다못해 미소라도 짓게 하라.

6. 쉽게 읽히고 따라갈 수 있게 만들어라. 첫 장면에 등장인물을
   서너 명 이상 보여주지 마라. 주인공이 누구이고 어떤 장르인
   지 분명하게 알려라. 이것은 액션인가? 코미디인가? 블랙코미
   디인가? 나라면 이를 시나리오 첫 장에서 알고 싶을 것이다.

이 실전 연습에서 중요한 점은, 자신을 위해 시나리오를 쓰지
말고 검토자를 흥분시키고 즐겁게 만드는 글쓰기에 집중하는 것
이다. 모든 문장, 모든 단어가 그 때문에 존재한다. 시나리오의 첫
장이 생기와 기술로 요동친다면 검토자는 좋은 첫인상을 받는다.
모든 글쓰기 능력을 이 첫 장면에 몰아넣어라. 제대로 하면, 성공
으로 가는 길이 열린다.

지문과 서술은
작가가 쓰는
카메라다

주디 켈럼

시나리오 쓰기의 비법이자 가장 힘든 점은 대사의 행간에서 '태도'와 '시각적 보조장치'를 활용하는 것이다. 인물들의 목소리 사이사이에 끼어드는 서술과 지문을 통해 작가는 시나리오 안에서 언어로 연출자와 카메라의 역할을 한다. 이 요소들은 시나리오 검토자의 감정과 내면의 시선을 이끌며, 인물들이 말할 때 어떠한 세부 사항에 주목해야 하는지 알려준다. 이를테면 방구석에 있는 총 한 자루, 은밀히 탁자 아래에서 움켜잡은 손, 의미심장한 비난이 실린 찬사 등. 모두 이야기와 기분, 분위기, 서브텍스트를 구축하는 도구들이다.

하지만 많은 작가가 이러한 기법들을 구사하는 데 어려

움을 느낀다. 어떤 작가들은 감독과 배우에게 극적인 세부 사항을 전해야만 한다고 여기며, 자신의 시나리오가 지나치게 애매하다고 생각하기도 한다. 그런가 하면 불필요한 세부 사항을 너무 많이 보여주어 소설처럼 굼뜬 속도로 이야기를 전개하는 작가들도 있다. 위대한 시나리오 쓰기의 핵심은 균형 맞추기다. 세부 사항을 제대로 집어넣어야 연출자 같은 묘사, 카메라 같은 묘사가 천재적인 시나리오의 일부가 될 수 있다.

나는 〈대부〉를 다시 보는 동안 이러한 개념을 되돌아봤다. 이 영화의 중심에는 알 파치노가 연기한 마이클에 대한 인물 탐구가 있다. 그는 정직한 시민으로 살아가겠다는 극 초반의 의지에도 불구하고 인생이 꼬이면서 결국 마피아가 된다. 그의 성격 변화는 이따금 고요 속의 북소리를 통해 극적으로 표현된다. 이 소리를 통해 우리는 그를 바라보고 그의 내면이 어떻게 무고한 사람에서 살인자로, 막강한 범죄자로 변화하는지 지켜본다. 나는 이 과정이 얼마큼 시나리오에 쓰여 있는지, 연출에 의한 것인지 아니면 연기의 힘인 것인지 궁금해서 시나리오를 훑어보았다. 시나리오에는 지문[마이클(냉랭하게), 서니(눈물을 글썽이며) 등]과 서술["마이클은 겁에 질린다. 재빨리 한 부씩 집고 1달러를 던지고 허겁지겁 신문들을 읽는다. 케이는 안다는 듯 아무 말도 하지 않는다"]이 폭발하고 있었다. 작가는 이러한 주요 요소들을 압축적으로 활용해서 전체 이야기를 묶어낸 것이다.

시나리오를 쓸 때에는 검토자에게 이야기를 극화하기 위

해 알아야 할 주요 사항이 무엇인지 보여줄 책임이 있다. 작가의 특권은 언어로 만든 연출자, 카메라라는 보조도구를 발전시키고 완벽히 활용하는 것이다. 이 귀중한 도구들을 세심하게 활용하면 우리가 단순히 '읽는' 것과 우리가 실제로 경험하는 것의 차이를 확연하게 드러낼 수 있다.

| 실전 연습 |

이미 써놓은 장면을 읽거나 쓰고 싶은 장면에 대해 생각해보자. 그 장면에서 말하지 않은 어떤 세부 사항이 필요한지에 대해 초점을 맞추어라. 예를 들어 주인공의 아내가 '사랑해'라고 하는데 왠지 건성으로 말하는 듯하다. 여기에 세부 사항을 부여하자. 대화는 '의미'를 드러내지 않고, 그녀에 대한 성격 묘사만으로는 이를 '추정하기' 어렵기 때문이다. 극화劇化는 지문을 통해 이루어지는 법이다.

아내: (건성으로) 사랑해.

또는 서술을 이용한다.

아내: 사랑해.

그가 그녀의 얼굴을 살핀다. 그녀의 눈 속에서 진심이 아님을 알 수 있다.

또 다른 예로 주인공이 어린 아들을 학교로 데려다주며 부드러운 미소로 아들과 이야기하면서도 자살을 생각하는 장면이 있다고 하자. 여기에 지문을 통해 이 중요한 이야기 요소를 보여줄 수 있는 방법이 있다.

아들: 오늘 과학 시간에 개구리를 해부한댔어.
주인공: (통렬하게) 운 좋은 개구리네.

또는 서술을 이용한다.

아들: 오늘 과학 시간에 개구리를 해부한댔어.
주인공이 아들에게 정다운 미소를 짓고 나서, 마치 그 개구리가 되고 싶은 듯 차창 밖을 고통스러운 표정으로 바라본다.

핵심은 이것이다. 풍부하고 간결한 산문 속에 삽입한 매력적인 세부 사항은 작가가 펼쳐 보일 수 있는 이야기의 생명력 중 일부라는 점을 기억하라.

효과적인 산문은 작품의 색깔을 드러낸다

빌리 프롤릭

1980년대에는. 이런 게 유행이었다. 글쓰기. 시나리오 묘사. 이런 식.

이렇게 딱딱 부러지는 스타카토 문체 경쟁을 누가 주도했을까? 배우인 윌리엄 샤트너William Shatner(〈스타트렉〉에서 커크 선장을 맡은 배우. 스타카토로 딱딱 끊기는 연기 스타일로 유명하다. _옮긴이)이었을까? 실은 작가이자 감독인 셰인 블랙Shane Black도 이 방면에서 명성이 높다(비난받기도 한다). 적어도 〈리셀 웨폰Lethal Weapon〉 같은 '모던누아르 영화'에서 셰인 블랙은 이 하드보일드 스타일을 능숙하게 구사했다.

드물게 예외는 있으나, 장면 묘사에서 불완전한 문장

은 멀릿mullet 스타일(앞과 옆은 짧고 뒤는 긴 헤어스타일), 치아 펫 Chia Pets(점토, 돌, 나무 등으로 만든 작은 동물 입상)과 레그워머leg warmers(무릎 아래 다리를 감싸는 니트)의 뒤를 이어 사라져야 한다.

우리는 집단적으로 주의력이 결핍된 시대를 살고 있는지도 모르겠다. 하지만 온전한 문장이 거북해지는 시대가 오면 문자 해독력은 공식적인 사망을 선포해야 할 것이다.

묘사 단락은 영화계에서 자주 평가절하되거나 불필요한 노력으로 여겨지기도 한다. 그럼에도 묘사 단락은 작가의 상자에서 중요한 도구다. 대학에서 작성하던 에세이와 비슷해야 한다는 뜻이 아니다. 하지만 효과적인 산문, 곧 탄탄하면서 다채롭고 경쾌한 산문은 세부 사항과 분위기를 상기시키고 이야기의 색깔을 잡는 데 필수다. 모든 시나리오는 영화 관객이 아니라 검토자나 친구, 스토리 컨설턴트, 에이전트나 프로듀서가 먼저 읽는다. 그리고 작가의 일은 이들의 관심을 얻고 그 관심을 명확하게 경제적으로 유지하는 것이다.

대개의 검토자들은 서투른 작법에 대한 인내심이 낮다. 수련과 집중력이 부족하다고 판단되면 일찌감치 2, 3쪽에서 이 작가는 구제불능이라고 결론을 낸다(내 말을 믿어라. 나는 검토자로 영화 일을 시작했다). 스스로 영화를 보면서 얼마나 빨리 지루해하는지 생각해보라. 그러니 속도를 배로 올려라.

아무 생각이 없이 쓴 듯한 산문은 불필요한 반복이 되기 쉽다. 이 말을 한 번 더 하면 천 번은 되겠다. '쓰러져가는 주유소'에 대한 더욱 자세한 묘사가 무슨 필요가 있겠는가? 사건을 함께 목격한 사람에게 인물이 또다시 말로 설명을 해줘야 하는가? '뚱뚱하다'고 소개된 남자를 '살쪘다', '퉁퉁하다', '과체중'이라고 또 한 번 확인해야 하는가? 하아암. 내게 베개를 갖다 주라!

소설, 희곡, 시와 달리 시나리오 쓰기에서는 오류가 어느 정도 허용된다. 멋진 대사를 잘 쓰는 타고난 스토리텔러라 해도 문법과 구두점, 구문을 무시하면 재능을 외면당할 수 있다.

"짧은 편지를 쓸 시간이 없어서 긴 편지를 보냈다"라고 소설가 마크 트웨인Mark Twain은 말했다. 시나리오에 관해서는, 최고로 잘 쓰고 싶다면 그만큼 시간을 들여라.

그런 다음. 긴 각본을 써라. 그리고. 성공하라.

| 실전 연습 |

동경하는 영화의 시나리오 하나를 고른다. 읽어보지 않은 시나리오가 좋겠다. 코엔 형제의 〈파고Fargo〉라고 해보자(이 영화를 좋아하지 않는 작가가 과연 있을지 모르겠다). 이 시나리오를 읽기 전, 5분에서 10분간 영화 장면 하나를 관람한다. 시나리오 형식으로 쓸 수 있을 만큼 여러 번 영화를 본다. 대사를 받아 적을 필요는 없다. 프로 작가 수준에 도달했고 스크린에 나온 장면을 충분히 묘사했다

시나리오 쓰기의 모든 것(개정판)

고 느낄 때까지 쓴 글을 반복적으로 읽고 고친다. 그 영화의 장면을 다시 한번 보더라도.

그리고 출간된 시나리오에서 그 장면을 찾아 읽고 비교해본다. 당신은 어떤 세부 사항을 빼먹었는가? 어떤 불필요한 장면을 집어넣었는가? 실제 시나리오의 장면은 당신이 쓴 장면과 비교했을 때 얼마나 명확하고 매력적인가? 스크린 속 분위기를 떠올리게 하는 구체적인 단어가 있는가?

출간된 시나리오가 촬영 대본이거나 완성한 영화를 옮긴 대본일지라도, 이러한 실전 연습은 산문 쓰기에서 유려함과 자신감을 찾게 하는 데 도움이 된다.

나에게
맞지 않는 방법은
과감히 버려라

알렉산더 우

개인적으로 나는 작법서를 신뢰하지 않는다. 대학원의 문예창작 과정도 마찬가지로 믿지 않는다. 물론 나는 이 두 가지에 모두 일조했다.

작법서는 작가에게 체계와 방법론에 대한 부담을 과하게 안길 위험성이 있다. 여행 가방을 잔뜩 지고 사막을 건너는 낙타처럼. 작법서는 작법(그리고 그것을 가르쳐서 버는 돈)에 대해 말할 뿐, 작가의 개성을 만드는 기발함을 약화시키는 것에 대해서는 언급하지 않는다. 두 작가의 작업 과정은 눈송이와 팬케이크 만들기처럼 똑같을 수가 없다. 유일한 방법은 있을 수 없다. 우리는 이야기꾼이지 회계사가 아니다.

누구한테나 권할 수 있는 방법 하나를 들라면 이것이다. 다른 사람에게 효과가 있다고 따라하지 말고, '나에게 효과 있는 방법'을 알아내라. 나보다 더 나를 잘 아는 사람은 없다. 개요 없이 걸작이 나온다면 개요는 필요 없다. 작가 노트를 꾸준히 작성하는 게 지치게 한다면 치워도 된다. 글을 쓰기 위해 매일 아침 6시에 잠에서 깨는 고문을 자신에게 하고 있다면 휴식을 줄 수도 있다. 이건 당신 자신의 과정이다. 재충전을 위해 한 시간쯤 쉬면서 잡지를 읽는다고 해도 누구도 당신에게 그게 잘못이라고 말할 수 없다.

이 일은 생각보다 더 어렵다. 우리의 의식과 무의식에는 수년간 들어온 잘 쓰는 법에 대한 충고들이 아로새겨져 있다. 복음 구절처럼 되뇌었기 때문이다. 솔직히 말하면, 좋은 글을 쓰겠다는 압박감보다 더 큰 장애물은 없다. 이따금 우리는 좋다고 생각하는 것을 흉내만 내다가 끝나기도 한다. 이미 있는 무언가와 비스무리한 모조품을 만들다가 말이다. 아무리 훌륭하게 모방해도 그것은 결국 다른 누군가의 독창적 아이디어에서 나온 파생물일 뿐이다.

극작가 맥 웰먼Mac Wellman은 '상상할 수 있는 최악의 쓰레기 만들기'라는 멋진 실전 연습법을 창안했다. 게다가 장면 안에 쥐 샌드위치, 에메랄드그린 빛깔을 띤 발굽이 있는 인물, 작가가 직접 고른 7음절 단어 스물세 개를 포함해야 한다. 웃기게 들리겠지만(사실 웃기다), 정말로 좋은 글을 써야 한다는 부담에 마비되지 않으면 아주 쉽게 글쓰기 연습을 할 수 있다. 쥐 샌드위치, 발굽, 그리고 7음절 단어가 무엇이냐고? 당신의 손가락을 괴롭히는 작법서와 워크숍 강사들의 목소리를 모두 밀어내기 위한 기분전환 거리다. 궁극적으로, 지면 위에 쓰는 것보다 실전 연습의 경험 자체가 더 중요하다. 이 실전 연습은 열려 있고, 자유롭고, 글쓰기 측면에서 드물게 '재미있다.' 물론 궁극적인 목표는 스스로 즐기면서 쉽고 편하게 글을 쓰는 것이다. 여기에 결코 도달하지 못할 수도 있지만, 웰먼의 실전 연습은 우리가 규칙을 던져버리면 앞으로 더 나아갈 수 있다는 것을 알려준다.

충고의 위험성을 무릅쓰고 마지막 충고를 하겠다. 큰 그림에 대한 걱정으로 작은 그림을 망각하는 일이 비일비재하다. 요리에 비유하면 이러하다. 만일 요리사 열 명에게 수플레를 만들라고 한다면, 열 개의 다른 수플레가 만들어질 것이다. 요리사 모두에게 똑같은 양의 달걀, 우유, 버터, 밀가루, 설탕을 제공해도 열 개의 다른 수플레가 만들어질 것이다. 요리사들에게 똑같은 요리 과정을 제시해도 여전히 열 개의 다른 수플레가 만들어질 것이다. 요점은, 똑같은 콘셉트와 재료, 레시피가 있어도 요리를 하는 손에 따라 결과는 달라지고 독특해진다는 것이다. 구조 때문에 세부 작업을 대충 하지 마라. 세부 작업이 글쓰기를 당신 것으로 만든다. 그러기 싫으면 맥너겟이나 만들든가.

시나리오 쓰기의 모든 것(개정판)

자신의 글쓰기 과정을 정의하는 습관과 특징을 전부 적는다. 다음
은 불완전한 질문 목록이니 직접 만들어도 된다.

- 어느 시간대에 작업하는 것을 가장 좋아하는가?
- 스스로 마감 시한을 정하는 편인가?
- 오랜 기간 앉아서 쓰는가, 아니면 단기간에 쓰는가?
- 사람들과 완전히 떨어져서 작업하는가, 아니면 사람이 많은
  장소에서 작업하는가?
- 처음에는 손으로 쓰는, 아니면 키보드로 쓰는가?
- 개요를 활용해서 작업을 풀어나가는가?
- 개요를 활용한다면 얼마나 자주 개요에서 벗어나는 편인가?
- 글을 함께 쓰는 동료가 있는가?
- 아이디어들을 자주 꺼내 타인의 반응을 살피는 편인가?
- 항상 도입부에서 시작하는가?
- 작가 노트를 꾸준히 작성하는가?
- 글에 자전적인 요소가 많은가?
- 끝까지 생각하고 개요에 있는 장면들만 쓰는가?
- 작품 두 개를 동시에 작업한 적이 있는가?
- 휴식 시간에는 무엇을 하는가?

- 자료를 수집해서 작업하는가?
- 글이 막힐 때에는 헤치고 나아가는가, 다른 것으로 건너뛰는가, 아니면 포기하는가?
- 계속 나아가기 전에 문장들을 재편집하고 다시 쓰는가?
- 글을 쓰지 않을 때 작품에 대해서 얼마나 많은 시간 동안 생각하는가?
- 맨 정신에 글을 쓰는가?

이 결과는 글쓰기 과정에서 개인의 타고난 특성을 보여준다. 다음 단계는 한 번에 하나씩 각 특성을 고려해 그것이 작가로서 내게 필수적인지 아니면 나를 괴롭히는 일인지를 파악하는 것이다. 만약 스스로 마감 시한을 정하지 않는다면, 한 시간 단위로 마감 시한을 정해놓고 하루에 8시간을 보내보라. 언제나 첫 장에서 시작한다면 중간에서 시작해보라.

여러 실험을 통해 자신의 일과가 글쓰기에 도움이 되는지 여부를 확인할 수 있다. 스스로에게 놀랄지도 모른다. 목표는 당신에게 효과가 있는 방법을 찾는 것이다. 도착점이 없는, 계속 이어지는 과정이다. 우리는 모두 작가로서 끊임없이 진화 중이며, 우리의 작업 과정 또한 진화 중이다. 자신에 대해 더 많이 알수록 자신의 개성이 지면에 더 많이 드러나는 법이다.

3장

구조

장면 단위로
개요를
메모해 보자

짐 허츠펠드

고백하겠다. 나는 시나리오 작법서를 읽어본 적이 없다. 그리 드문 일은 아니다. 내가 아는 동료 작가 가운데에는 작법서를 읽어본 적이 없다고 자랑스레 말하는 이가 무척 많다. 그들은 인기 작법서는 모두 하나같이 형식적이며 너무 뻔한 스토리텔링을 유도한다고 말한다. 그들이 맞을 수도 있다. 하지만 나는 잘 모르겠다. 나는 읽은 적이 없으니까.

　왜냐면 내가 작가 일을 시작했을 때는 그런 책들이 없었다. 더구나 나는 UCLA 영화학교에서 공부를 시작했는데 거기서는 영화가 곧 책이었다. 읽어야 할 필수 도서들도 없었다. 봐야 하는 영화들만이 있었다. 그리고 내가 대학에 다니던 1980

년대 초는 가정용 비디오 기기, DVD, 넷플릭스, 인터넷과 휴대전화로 영화를 보는 기술이 나오기 전이다. 우리에게 영화 보기란 교내 극장 좌석의 어둠 속에 앉아 한 편씩 관람한다는 의미였다.

공부에 관심이 없는 학생에게 교실이 아닌 캄캄한 극장은 긴장을 풀고 영화를 즐길 수 있는 구실이 되는 곳이었다(그래서인지 많은 비전공생들이 영화 수업을 들었다). 하지만 나는 영화를 보기 위해 극장에 앉을 때마다 손에는 볼펜을 한 자루 쥐고 무릎에는 노란 무선 수첩을 올려놓았다. 영화가 버스터 키턴Buster Keaton의 〈제너럴The General〉이든, 앨프리드 히치콕Alfred Hitchcock의 스릴러이든, 프랑수아 트뤼포François Truffaut의 〈400번의 구타 The 400 Blows〉이든 상관없었다. 그리고 오프닝의 자막부터 엔딩의 페이드아웃까지 가난한 속기사처럼 가능한 한 빨리 스크린 위로 펼쳐진 모든 것을 읽기 쉽게 적어 내려가곤 했다.

'보거나 들은 것'이 아니라 '펼쳐진 모든 것'이라고 한 것은, 내가 장면을 묘사하기보다 장면 안에서 일어난 것들에 집중했기 때문이다. 그렇다고 시각적인 내용이나 대사를 전혀 적지 않았다는 게 아니다. 어떤 이미지나 대사가 그 장면을 묘사하거나 요약한다면 그걸 적었다(〈졸업The Graduate〉의 대사 한 줄, "플라스틱이야Plastics"를 생각해보라). 분명한 건, 학생으로서 내게는 이 방법밖에 도리가 없었다는 것이다. 극장은 학생들로 복작거렸고, 영화를 정지시키거나 뒤로 돌리거나 다시 보기를 할 수 있는 능력이 내게는 전혀 없었다. 그래서 나중에 그 영화를 복기하거나 '공부'하려면(논문을 쓰거나 시험공부를 하기 위해서) 내가 기록한 것밖에 의지할 게 없었다.

약 두 시간 후 영화가 끝나고 극장 안에 불이 켜지면 마라톤 속기록의 결과가 드러났다. 술 취한 여덟 살짜리가 요동치는 배 위의 갑판에서 휘갈긴 듯 엉성하고 꼬불꼬불한 글씨로 가득한 메모지가 18장에서 20장에 달했다. 그런 것은 중요하지 않았다. 나는 내 글을 언제나 읽어낼 수 있었고, 공부를 하기 위한 목적으로 충분했다.

그런데 당시 내가 미처 깨닫지 못한 것이 있었다. 배움의 '과정'이 내용 자체보다 훨씬 중요하다는 사실이다. '영화를 보면서 글을 쓰는 습관'을 수년간 일주일에 몇 번씩 반복하는 동안, 무엇을 적을지 선택하는 일은 점점 까다로워지고 효율적으로 변했다. 그리고 각 장면의 핵심에 집중하면서 내가 본 모든 영화의 시작부터 끝까지 '개요'를 작성하게 된 것이다.

사람은 무언가를 따라 적다가 배우게 된다고 한다. 저명한 각본가이자 감독인 노라 에프론Nora Ephron은 할리우드 최고의 시나리오 닥터이자 작가인 윌리엄 골드먼William Goldman의 시나리오를 '타이핑하면서' 글 쓰는 법을 익혔다고 말했다. 나는 영화학교에 다니는 동안 고전 명작 수십 편의 개요나 우수작 목록을 재분석하고 재창조하면서 영화 구조의 요점을 터득했다.

영화나 드라마를 볼 때 펜 한 자루와 수첩을 꺼내 스크린이나 텔레비전 화면에 펼쳐지는 일을 장면 단위로 적어보자. 이미 본 영화나 최신 영화를 대상으로 할 수도 있다. 그것은 중요하지 않다. 이 연습을 극장에서 하려면 조명이 내장된 펜을 구해보라. 적는 동안 시나리오 용어와 대사를 섞어도 된다. 장소(INT./EXT.)나 장면전환(CUT TO:) 같은 용어는 되지만 과도한 대사 인용은 피하라(앞에서 언급한 대로 장면 묘사가 핵심이다). 서사에서 중요한 부분만 받아 적으려고 노력해야 한다는 걸 명심하자.

또한 영화를 DVD로 본다면 모든 것을 '포착하겠다고' 장면을 멈추거나 일시정지하지 말라. 선택적으로 각 장면의 '무엇'과 '왜'(다시 말해 플롯라인)에 집중하면 많이 적을 필요가 없다. '능동적으로' 영화를 보라. 스크린에서 무슨 일이 벌어지는지, 그리고 그것이 받아 적을 만한지 심사숙고하라.

예시로 〈오즈의 마법사The Wizard Of Oz〉를 본다면 도로시가 오즈에 도착한 이후의 장면을 이렇게 쓸 수 있다.

EXT. 색채가 다채로운 장소

도로시와 토토는 집 밖에 있다. 수풀 속에 숨은 난쟁이들. 점점 커지는 비눗방울이 도로시 앞에 이른다. 착한 북쪽 마녀 글린다.

글린다가 도로시에게 도로시네 집이 무너져서 동쪽의 못된 마녀가 깔려 죽었다고 말한다. 먼치킨들이 나와 축하하고 노래를 부른다. 또 다른 마녀 카오스가 도착한다. 사악한 서쪽 마녀다. 죽은 동쪽 마녀와 자매지간이다. 사악한 서쪽 마녀가 구두를 내놓으라고 한다. 착한 마녀가 그 구두를 도로시의 발에 신긴다. 사악한 마녀가 도로시를 겁준다. 도로시는 집에 돌아가고 싶어 한다. 착한 마녀가 사악한 마녀에게 제안한다. 도로시에게 오즈로 가는 노란 벽돌길을 따라가라고 말한다.

EXT. 노란 벽돌길

도로시와 토토가 갈림길에 이른다. 허수아비가 도움을 준다.

영화가 끝나면(캔자스로 돌아온 도로시가 다시는 집을 떠나지 않겠다고 맹세하면서) 개요가 완성된다. 영화를 보는 동안 타이핑을 했다면 이를 정리해서(자질구레한 것은 삭제하고) 출력하라. 손으로 적었다면 다시 타이핑하면서(에프론 감독이 그랬듯이) 압축할 수 있는 이점이 있다. 그러고 나서 개요를 분석하고 다음 질문 중 유용한 몇 개를 자문하는 시간을 가져라.

3막이 구분되는 지점은 어디인가? 각 막마다 장면이 몇 개인가? 어떤 장면이 다른 장면의 성취를 위한 발단이 되는가? 장면들 간에 서사나 연결고리(한 장면이 다른 장면을 이끌어내는)가 있는가?

반전이 있는가? 어떤 갈등이나 인물의 욕망이 각 장면, 또는 각 막

을 몰아붙이고 있는가?(예컨대 〈오즈의 마법사〉에서 3막은 도로시를

시켜 마녀의 빗자루를 가져오게 하려는 마법사의 욕구에 의해 나아간다)

각 장면에서 각 인물이 하는 선택 중 어떤 것이 다음 장면으로 플

롯을 이끄는가?

　성공한 영화를 '엄격한' 개요로 나눠 보면(막 구분과 명확한 시퀀

스로) 시나리오를 쓰기 위한 깔끔하고 날렵한 개요를 쓸 준비가 된

것이다. 그리고 성공한 영화의 개요를 작성하면(내가 캄캄한 영화학

교 극장에서 했던 것처럼) 이야기와 등장인물에 대해 본능적으로 인

지할 수 있게 된다. 누가 아는가? 당신이 미래의 작가 지망생들이

공부할 고전 영화를 쓰게 될지.

개요는
결말까지 가는 길을
알려준다

마이클 아자퀴

압박이 심해서 혹은 쓸 기분이 아니라서 잘 쓸 수 없다면, 그런 작가는 아주 오랫동안 성공하기 어려울 수 있다. 시나리오를 끝낼 수 있다는 확신을 얻기 위한 최고의 방법은 바로 집필 전에 개요를 작성하는 것이다. 영화에 나오는 장면 전체를 몇 개의 문장이나 단락으로 요약하고, 어떤 상황이 벌어지는지 그리고 그 장면에 어떤 인물이 등장해 무슨 역할을 하는지 설명해두는 것이다. 개요를 작성할 때 철저하게 조사하면 할수록 세부 사항이 더 많이 포함될 가능성이 높다. 어떤 개요는 속기한 시나리오를 읽는 느낌이 드는데, 이는 개요 작성에서 정말로 중요한 요점이다. 이 점이 시나리오 쓰기를 훨씬 수월하게 만든다.

개요 작성을 반기지 않는 작가들이 있다. 시나리오를 두 번 쓰는 이중 작업처럼 여겨져서란다. 개요가 구속을 한다고 말하는 작가들도 있다. 창의성을 꼼짝 못 하게 만드는 느낌이 들어서란다. 개요 작성이 지루할 수 있다는 건 나도 인정한다. 나는 개요를 두고 시나리오를 써봤고, 개요 없이도 시나리오를 써봤다. 내게는 개요가 있는 글쓰기 과정이 훨씬 부드럽고 훨씬 효율적이다. 개요는 해볼 만한 작업 그 이상이다. 그리고 개요의 제한적인 면은 작가가 허용하는 바에 따라 달라진다. 개요에 인질로 잡혔다고 느낄 이유는 전혀 없다. 작가는 개요를 위해 일하지 않는다. 개요가 작가를 위해 일한다.

여기, 개요 잡기 과정을 멋지게 설명하는 은유가 있다. 당신이 특별한 무언가를 찾고 있다. 그것을 얻으려면 숲으로 들어가야 한다. 당신은 차에 줄을 묶고 그 줄을 잡고서 조심스럽게 수풀로 뛰어든다. 얼마나 멀리 가고 있는지, 어느 길로 가고 있는지는 염려하지 않아도 된다. 그 줄이 있는 한 당신은 황무지를 빠져나가는 길을 찾을 수 있다. 이것이 개요가 작가를 위해 하는 일이다. 개요는 시나리오를 쓸 때 이야기를 추적해서 구조가 작동하고 있다는 것을 확인시켜줌으로써 작가가 길을 잃지 않도록 한다. 기억할 점은, 이야기를 120쪽짜리 시나리오보다 20쪽짜리 개요로 쓰는 게 훨씬 쉽다는 것이다.

개요가 있으면 작가의 벽에 막힐까 봐, 진척이 없을까 봐 걱정할 필요가 전혀 없다. 그때마다 개요를 참조해서 경기장으로 돌아오면 되기 때문이다. 개요는 시나리오를 마무리할 때, 정신적으로 진이 빠졌을 때, 마감 시한이 코앞에 닥쳤을 때 특히 효력이 있다. 이렇게 초조한 순간에 개요는 사실 가장 고맙기 그지없다. 그 순간 개요는 시나리오를 마무리하게 해주는 생명줄이기 때문이다.

| 실전 연습 |

시나리오에 관한 아이디어가 있다면 30분간 1막에서 보게 될 장면 전부를 각 세 문장으로 써보자. 이야기를 앞으로 밀고 나가는 장면 위주로 간략하게 적는다. 이 과정을 다음 날에도 반복하는데, 한 시간 동안 2막에서 보게 될 장면 전부를 짧은 문단으로 적는다. 셋째 날도 같은 일을 하는데, 30분간 3막 개요를 작성하자.

이 초안을 일주일 동안 치워두었다가 다시 꺼내서 깨끗이 정리하자. 이번에는 한 시간 동안 문장을 문단으로 확장해 쓰며 1막에 살을 붙인다. 다음 날은 두 시간 동안 2막에 똑같은 과정을 하며 시간을 보낸다. 셋째 날에는 한 시간 동안 3막에 대해 똑같이 한다.

2주 동안 쓸모 있는 개요를 만들어서 시나리오 초고를 공략할 준비를 하자. 이 일을 하는 데 하루 여덟 시간이면 충분하다!

6가지 질문으로 구조를 설계하자

제임스 V. 하트

작가 여러분께.

이 변화무쌍하고 살벌한 업계에서 오랫동안 작품을 쓰기 위해 저는 극도로 제한된 시나리오 포맷을 통해 글을 쉽게 쓸 수 있는 생존 전략을 발전시켜야 했습니다. 시나리오 쓰기라는 과제를 좀 더 기술적인 측면에서 접근했던 것입니다. 기술자가 컴퓨터를 수리하거나 수리공이 자동차를 손볼 때의 방식 말입니다. 저는 글을 쓰기 위해 '시동을 거는 과정'을 개발했습니다.

만약 여러분이 글을 쓰기 전에 영감을 기다린다면 다른 일자리를 찾아보시기를. 잭 런던Jack London이 말했습니다. "영감 이라고? 영감은 기다릴 필요가 없다. 당신이 찾을 수 있는 가장 큰 몽둥이를 들고 쫓아가 방해하는 것을 모두 쳐내야 한다."

선댄스영화제와 에키녹스(유럽의 젊은 작가 후원 단체. _옮긴이)에서 글쓰기 워크숍을 진행하고, 컬럼비아 대학과 뉴욕 대학에서 글쓰기를 가르치고 나자 동료와 학생들은 제게 글쓰기 전략과 연습법, 인생을 통틀어 늘 사용하는 시동 걸기 비법이 있는지 물었습니다.

저의 도구 상자는 간단하며 고급 세미나 회원들이나 미등단 작가들이 열광하는 대단한 작법서도 들어 있지 않습니다. 제 도구 상자는 생존을 위한 것입니다. 제게 효과가 있는 도구들이 들어 있지요. 저는 이 도구들을 매일 사용합니다. 여러분은 자신에게 맞는 도구, 가장 빈번히 사용할 도구들을 선택할 줄 알아야 합니다. 그래야 성공할 수 있습니다. 어쩌면 제 도구 상자가 여러분에게도 맞을지도 모르겠습니다. 저에게는 제법 효과가 있었습니다.

부디 여기서 제안하는 도구와 기술, 전략이 불변의 법칙이 아님을 명심하기 바랍니다. 이것들은 작법을 개선하기 위한 지침일 뿐입니다. 여러분은 이 법칙들을 깨기 전에 시나리오 작법에 대한 주도권을 잡고 접근해야 합니다.

제가 일상적으로 사용하는 글쓰기 도구 중 하나를 건네준 프랜시스 포드 코폴라Francis Ford Coppola 감독에게 특별한 존경을 표합니다. 그리고 저와 함께 작업했던 감독들과 제작자들에게 경의를 전합니다. 이들이 준 불가능하고 도전적인 과제가 저를 낮이고 밤이고 글을 쓰게 만들었으며, 다시 낮 동안 글을 쓸 수 있도록 단련시켜 주었습니다. 고맙습니다.

| 실전 연습 |

도구 상자: 다음 세 가지 질문이면 백지 공포를 100퍼센트 벗어날 수 있다.

다음은 동방박사 3인에 관한 나의 스토리텔링이다. 시나리오를 쓰기 전 이 세 질문에 관한 답을 생각해야 한다. 나는 코폴라 감독과 함께 〈드라큘라Bram Stoker's Dracula〉 작업을 마무리하고 1년 후에 이 실전 연습을 하게 되었다. 나는 그때부터 줄곧 이 방법을 활용하고 있다. 매일 글쓰기에서 활용한다. 이 세 질문과 추가 질문들에 답할 수 있다면 시나리오 쓰기 준비 과정에서 다음으로 넘어갈 준비가 된 것이다.

다음 질문에 답하라.

1. 주요 인물은 누구이고 인물들이 원하는 건 무엇인가?(인물에게 필요한 것과 다르다. 다음을 참조하라)

2. 인물들은 누구이고 주요 인물은 자신이 원하는 것을 얻기 위해 어떤 장애물을 극복해야 하는가?

3. 결국 주요 인물은 자신이 원하는 것을 얻는가, 그렇지 않은가? 얻는 것과 얻지 못하는 것이 그 주요 인물에 좋은가 또는 나쁜가, 이를테면 그 인물이 자신에게 필요한 것을 얻었는가?

4. 필수 추가 질문: 왜 우리가 관심을 가져야 하나? 내가 내 인생의 두 시간을 포기하고 당신의 이야기를 읽거나 봐야 하는 이유는 무엇인가?

5. 중요 추가 질문: 주요 인물에게 필요한 것이 무엇인가? 그것은 인물이 원하는 것과 어떻게 다른가?

   욕망want = 물질적인 것, 자아가 이끌어가는 욕망

   욕구need = 내부적 욕망과 갈등, 정신적인 성장

   참고로 롤링 스톤스The Rolling Stones는 완벽하게 알고 있었다. "언제나 원하는 것을 가질 수는 없다. 하지만 노력하다 보면 언젠가 알게 될지도 모른다. 필요한 것을 갖게 되었음을."

6. 추가 질문: 왜 지금인가? 인물들에게 이 일이 왜 일어나고 있는가? 어떤 사건, 어떤 조건이 현재 이 이야기를 일어나게 하는가? 왜 어제나 내년이 아닌가?

   이 연습에 답하면 인물이 이끄는 시나리오를 쓸 준비가 된 것이다. 이 연습을 모든 주요 인물에게 해보고 그들이 어떻게 상호작용하는지 보자. 추가 질문들에 답하려면 등장인물들과 이야기에 대해 심도 깊게 이해해야 한다.

작가는 작곡가다!

감독은 지휘자다!

그리고 이 점을 기억하고 적어두자. 우리의 직업 현장에서는 누구도 일자리를 갖지 못한다(감독, 의상디자이너, 무대디자이너, 조명감독, 촬영감독, 프로덕션디자이너, 음향감독, 스턴트감독, 특수효과감독, 도장공, 운전기사, 개인비서, 인턴 그리고 배우조차). 우리가 '끝'이라고 타이핑하기 전까지는.

무엇을 기다리는가?

절대 철들지 마라!

절대 포기하지 마라!

신문 기사는
3막 구조 연습에
유용하다

린다 시거

글쓰기는 예술이면서 기술이다. 각본가들 중에는 한 편씩 써가면서 시나리오 쓰기를 익히는 이가 많다. 하지만 시나리오 쓰기의 예술과 기술을 좌우하는 요소는 많다. 따라서 이 요소들을 개별적으로 연습한 뒤 숙련된 기교를 결합해 나중에 시나리오에 통합할 수도 있다.

신문을 읽고 빈칸을 메우는 과정을 통해 이야기 구조를 구성하고 등장인물을 입체적으로 만드는 기술을 익히고 연습할 수 있다. 작가는 자신의 이야기를 두 시간 분량으로 구성하는 법을 이해해야 한다. 또한 3막 구조를 이해하고 이야기를 시작(1막), 중간(2막에서의 이야기 전개), 끝(3막에서의 이야기 결과)

으로 나눌 수 있어야 한다.

신문에 실린 기사를 읽으면서 시작이나 중간, 끝을 파악하는 연습을 통해 이야기 구성 방법을 익힐 수 있다. 이를테면 '공원에서 살해되었는데 살해범에 대한 단서가 전혀 없는 어떤 남자'에 관한 기사라면, 살인 사건이 이야기의 시작 즉 촉매가 될 수 있다. 그리고 그 이야기의 나머지를 채운다면 단서 찾기와 탐문(2막) 그리고 살인자 찾기(3막)를 포함할 수 있다. 반대로 만일 '체포된 남자'에 관한 기사라면, 그것이 이야기의 끝이 될 수 있고 1막과 2막을 재구성할 수 있다.

이때 범죄를 연구하고 극적 포맷을 입히는 법을 파악해 이 실전 연습을 심화 발전시킬 수도 있다. 무엇을 포함시킬지 그리고 무엇을 덜어야 할지 살펴보라. 이야기를 더욱 영화적이고 극적으로 만들려면 어느 부분에 극적 자유dramatic liberties를 적용해야 할까?

'어린 자식이 부모에게 소송을 건 사건' 같은 사회 문제라 해도 주제뿐만 아니라 이야기가 담겨져 있을 수 있다. 아마도 소송을 하는 게 2막의 액션이 될 것이다. 여기에도 탐구할 아이디어나 쟁점은 존재하기 마련이다. 아울러 1막과 3막에 어떤 이야기가 있을지 파악하는 연습도 할 수 있다. 또한 아이디어들을 시각적 형태로 통합하는 법도 연습할 수 있다. 그리하여 어린이의 권리에 대해 장황하게 늘어놓지 않아도 되고 말 대신 이미지를 통해 쟁점을 보여줄 수 있다.

한편 신문 기사는 등장인물 전개를 연습하는 데에도 활용할 수 있다. 인물 정보로 그득한 긴 부고 기사를 읽어보라. 부고 기사에는 고인이 생전에 한 일뿐만 아니라 그 인물을 총평하는 멋진 세부 사항들이 더해진다. 예를 들어 이런 부고 기사가 있다고 하자. "매들린, 향년 67세, 오스틴 블러프스 중학교에서 30년간 스페인어를 가르쳤다. 고인은 열혈 열기구 조종사이기도 했다."

인물에 대한 뜻밖의 세부 사항이 드러난다. 하지만 인물의 흥미로운 특성 위에 또 다른 특성을 얹는 것만으로는 만족하기 어렵다. 이러한 특성들이 '결과적으로' 이야기 안에 통합되는 게 좋다. 다시 말해 스페인어 교사와 열기구 조종사를 하나의 이야기로 창의적으로 연결하는 방법을 연습하는 것이다. 고인은 생전에 스페인이나 남아메리카 대륙에서 열기구 조종 모험을 했을까? 아니면 남아메리카 대륙의 독재자로부터 열기구를 타고 피신해야 했을까? 아니면 열기구를 타고 대양을 횡단해서 쿠바에서 마이애미까지 갔을까? 여기서 핵심은 일반적으로 함께 엮이지 않는 두 가지 다른 특성을 결합하는 법을 익히고 이를 이야기 안에 통합해서 본업뿐만 아니라 부업도 성과를 내게 하는 것이다.

신문 기사를 보다가 이야기나 등장인물에 관한 아이디어가 떠오르면 이 기술을 사용하는 영화들을 생각해보고 그 영화를 여러 번 봄으로써 어떤 식으로 이야기를 전개하는지 공부할 수 있다. 예를 들어 〈나의 사촌 비니My Cousin Vinny〉에서 비니의 여자 친구가 증인석에 섰을 때, 그녀는 가족 모두가 자동차 수리공인 덕에 차와 타이어에 대해 빠삭하게 알고 있어 곤경에서 벗어난다. 만약 '어린 자식이 부모에게 소송을 건 사건' 이야기를 궁리 중이라면 〈노마 레이Norma Rae〉나 〈에린 브로코비치Erin Brockovich〉 같은 사회적 쟁점을 다룬 영화를 보고서 그것이 영화에서 어떻게 다루어지는지 파악하자.

좋은 각본가가 되기 위해 필요한 기술들을 연마하면서 작가들은 상상력을 펼치는 연습을 할 뿐 아니라, 배움의 과정을 단축하고 창작 과정을 심화 발전시킬 수 있다.

인물을 이해하면 2막 전개가 쉬워진다

메릴린 호로비츠

나의 첫 소설을 시나리오로 각색해달라는 요청을 받았을 때 나는 도저히 그 일을 할 수 없을 것만 같았다. 내가 영화학교 졸업생이고 이전에 단편영화를 케이블 방송사와 계약한 적이 있음에도 말이다. 좌절에 빠진 나는 시나리오 작법 전부를 내 시나리오에 적용해보기로 작정했다. 모든 책을 읽었고 온갖 작법을 시도했고 많은 수업을 들었다. 그런데도 시나리오 쓰기는 내가 잘하지 못하는 수학처럼 여겨졌다. 프로듀서들이 다른 작가에게 각색을 넘기려던 전날 밤, 돌연 머리가 맑아지면서 어떤 기법이 나를 찾아왔다. 이 기법은 시나리오를 완료할 수 있게 도와주었으며 나의 기본 작업이 되었다.

아리스토텔레스Aristoteles의《시학Poetics》은 드라마 구조의 고전으로 여겨진다. 이 책은 좋은 드라마란 3막 구조를 따른다고 제시한다. 아리스토텔레스는 모든 이야기가 시작(1막), 중간(2막), 끝(3막)을 갖추어야 한다고 믿었다. 영화 역사상 초기부터 3막 구조는 시나리오 구조의 전형으로 자리 잡았다. 작가들은 언제나 1막과 3막에 해당하는 30분에 비해 분량이 많은 2막, 즉 60분 때문에 고군분투한다.

나의 삶은 이 2막을 두 부분 곧 1부와 2부로 쪼갤 수 있다는 사실을 깨닫고 변했다. 돌연 글쓰기가 감당할 만해지고 파악하기가 훨씬 더 수월해졌다.

변호사, 철학과 교수였던 부모님 덕에 나는 질의응답이라는 확실한 기법을 통해 해법을 찾았다. 시나리오의 각 부분에 대해 구체적인 질문을 하면서 인물의 동기를 명료하게 이해했고, 그 결과 플롯을 구성할 방법이 직관적으로 떠올랐다! 이 돌파구는 '시나리오 쓰기에 대한 필살 질문 4'로 귀결되었다.

1. 주요 인물은 무슨 꿈을 꾸는가?
2. 주요 인물이 꾸는 최악의 악몽은?
3. 주요 인물은 누구 또는 무엇을 위해 '죽는가'?
   (말 그대로 또는 비유적으로)
4. 이 꿈의 해결 또는 새로운 꿈의 시작은 무엇인가?

영화 〈대부〉의 주인공인 마이클 코를레오네와 악당인 돈

에밀리오 바지니를 활용해서 필살 질문 4개를 적용할 수 있는 지 살펴보자.

다음은 〈대부〉의 간략한 시놉시스다.

전쟁 영웅이자 뉴욕 5대 마피아 조직의 수장 중 가장 영향력 있는 돈 코를레오네의 아들 마이클 코를레오네는 가업과 연관되고 싶지 않다. 하지만 마이클은 아버지가 습격을 당하자 복수를 위해 아버지를 죽이려는 사람들에게 총을 쏜다. 마이클은 시칠리아 섬에 도피해 있는 동안 아폴로니아와 사랑에 빠지지만, 아버지의 상대 조직이 신부를 살해한다. 상심하고 무정해진 마이클은 미국으로 돌아오고, 광란의 폭력에 휘말리며 가업을 물려받고 가족을 새로운 세상으로 인도할 준비를 한다.

1. 마이클의 꿈은 마피아와 거리를 두고 자유롭게 사는 것이다.
2. 마이클의 악몽은 가업에 휘말리는 것이다.
3. 마이클은 아폴로니아를 위해 죽을 수도 있었지만 기회를 놓친다.
4. 마이클은 자신의 꿈을 빼앗기고 새로운 대부의 자리에 오른다.

다음은 악당인 바지니에 대한 필살 질문 4개의 답이다.

1. 바지니의 꿈은 코를레오네 조직을 장악하는 것이다.

2. 바지니의 악몽은 코를레오네 조직을 장악할 수 없게 되는 것이다.

3. 바지니는 코를레오네 조직을 장악한다면 죽어도 좋다.

4. 바지니는 코를레오네 조직을 장악하지 못하고 죽음을 맞는다.

| 실전 연습 |

1. 주요 인물에 대한 필살 질문 4개의 답을 적어라.

   1) 주요 인물의 꿈은 무엇인가?

   2) 주요 인물의 악몽은 무엇인가?

   3) 주요 인물은 누구 또는 무엇을 위해 (말 그대로 또는 비유적으로) 죽어도 좋다고 생각하는가?

   4) 인물은 자신의 꿈을 깨닫는가 아니면 새로운 꿈을 찾는가?

2. 악당 또는 적대자에 대한 필살 질문 4개의 답을 적어라.

   1) 악당의 꿈은 무엇인가?

   2) 악당의 악몽은 무엇인가?

   3) 악당은 누구 또는 무엇을 위해 (말 그대로 또는 비유적으로) 죽

어도 좋다고 생각하는가?

4) 악당은 자신의 꿈을 깨닫는가 아니면 새로운 꿈을 찾는가?

3. 이야기의 간략한 시놉시스를 적어라.

기본적인 이야기를 정한 후 앞의 〈대부〉처럼 플롯을 요약해서

써라.

4. 거리를 두라.

시놉시스를 쓰고 난 후에는 한동안 멀리 두었다가 마치 지금

극장에서 상영 중인 영화인 것처럼 다시 읽는 것이 가장 좋은

방법이다. 작가가 시놉시스에 바탕을 두고 영화를 볼 수 있다

면 시나리오를 쓸 준비가 된 것이다. 만일 아니라면 돌아가서

분명해질 때까지 실전 연습을 반복해야 한다.

빠뜨리기 쉬운
10가지 기본 요소를
확인하자

바버라 시프먼

"가장 두려운 순간은 언제나 시작하기 바로 직전이다." 스티븐 킹Stephen King이 한 말이다. "그 순간이 지나면 상황은 차츰 나아질 수밖에 없다."

나는 할리우드의 대형 영화사와 케이블 방송사에서 1만 편이 넘는 시나리오를 검토해왔다. 그러나 기본 요소들이 빠진 시나리오를 볼 때마다 항상 깜짝 놀란다. 대개 이러한 요소들은 작가의 머릿속에 있다가 최종적으로 지면에 옮겨지지 못한 것이다. 이렇게 되면 검토자들 곧 에이전트, 프로듀서, 감독, 배우 그리고 시나리오 검토서를 작성하는 스토리 애널리스트는 이야기가 언제, 어디, 누구에 대해 말하는 건지 힘들게 파악해야 한다. 예상했겠지만, 이런 일은 작가는 물론 시나리오 자체에 대한 관심을 떨어뜨린다.

검토자들이 궁금해하는 이야기의 주된 요소가 시나리오 속에 있다는 것을 나타내려면 이러한 요소들이 무엇인지 먼저 알아야 한다. 글을 쓰기 전에 다음의 질문에 답해보자. 주제, 플롯과 구조, 웃음과 긴장, 대사와 인물 구축 등 이야기의 또 다른 중요한 측면에 집중해 시나리오를 다듬고 퇴고할 때에도 유용하다.

| 실전 연습 |

다음은 작가들이 시나리오에서 자주 빼먹거나 명확하게 드러내지 못하는 기본 요소들이다.

1. 주요 인물은 누구인가?

프로타고니스트나 안타고니스트, 그 외 주요 인물이 처음 등장할 때에는 인물의 이름, 나이나 연령대, 성별, 인종이나 민족, 더불어 독특한 신체적 특징이나 성격에 대해 몇 마디 집어넣어라.

2. 어디서 그리고 언제 이야기가 벌어지는가?

검토자들이 작가의 마음속에 있는 이야기를 눈으로 '볼 수' 있

게 두 가지 모두 가능한 한 구체적으로 정하라. 비가 오는 시애

틀이 배경이라면 화창한 마이애미에서 일어날 때와 달리 보이

고 느껴질 것이다. 세상은 그 일이 1976년이나 2006년에 일어

났을 때와 1776년에 일어났을 때를 각각 달리 느끼고 바라본

다. 관객들은 인물들이 하는 행동과 입는 옷, 말하는 내용과 어

법, 그리고 그들 주변에서 일어나는 일을 통해 이야기의 시간

과 장소를 경험한다.

3. 시나리오가 어떤 장르에 속하는가?

이 점은 첫 장부터 이야기의 분위기와 속도를 결정한다. 블랙

코미디 또는 슬랩스틱코미디, 스릴러, 범죄 또는 필름누아르,

공포, SF 또는 판타지인가? 각 장르는 특징적인 분위기가 있다.

시나리오가 코미디인지 드라마인지 파악할 수 없다면 검토자

들은 인물이 무엇을 하든 웃지도 울지도 않는다.

4. 주요 인물의 동기나 목표는 무엇인가?

더불어 인물의 목표를 방해하는 것은 무엇이고, 성공하지 못하

면 어떤 일이 벌어지는가? 시나리오가 앙상블 스토리(주인공 중

심이 아닌 모든 인물의 종합적 이야기. _옮긴이)라면 각 주요 인물에

대해 자세히 알아야 한다.

5. 안타고니스트는 누구이고, 그의 목표는 무엇인가?

안타고니스트는 '집단'이나 개념보다 한 사람의 개인인 경우가
적절하다. 안타고니스트가 사람이 아니라면 〈트위스터Twister〉
의 토네이도나 〈죠스Jaws〉의 상어처럼 구체적이어야 한다. 안타
고니스트의 목표는 가끔씩 프로타고니스트의 목표와 충돌해야
한다. 이로부터 긴장감과 장애물이 만들어진다.

6. 이야기의 교훈은 무엇인가?

관객은 주요 인물의 경험을 통해 무언가를 배우거나 눈앞에 펼
쳐지는 이야기를 보면서 재미를 느껴야 한다. 이 이야기는 왜
중요하며, 왜 쓰고 싶은가? 작가 스스로 이야기의 교훈을 알지
못하거나, 이야기가 작가의 감정을 건드리는 부분이 없다면 당
연히 검토자나 관객 누구도 감응을 받지 못할 것이다.

7. 이야기의 촉매와 결론은 무엇인가?

도입부의 발단은 이야기가 어디로 갈지 암시해야 한다. 그래야
언제 끝에 다다를지 짐작할 수 있다. 이는 주요 인물의 목표에
장애가 되며, 위기와 결과를 증폭함으로써 갈등과 긴장을 조성
한다.

8. 어떻게, 언제 이야기가 끝날지에 영향을 끼치는 요소는 무엇인가?

주인공에게 주어진 시간과 선택지가 얼마나 부족한지에 따라 속도감, 분위기, 사건 그리고 스크린에서 보게 될 것과 보지 못할 것이 결정된다. 예를 들어 〈48시간48 Hours〉에는 시한이 정해져 있다. 한편 〈미드나이트 런Midnight Run〉에서는 선택지가 제한되어 있다. 이를테면 마피아 회계사에게 비행공포증이 있어서 현상금 사냥꾼은 그를 버스와 기차, 자동차로만 호송해야 하고 이로 인해 여정은 멀고 복잡해진다.

9. 관객층은 누구인가?

그들이 누구인지 그리고 왜 이 영화를 보기 위해 표를 사거나 채널을 고정하는지 알지 못하면 검토자는 이를 머릿속에 그리기 어렵다. 관객층은 주요 인물이 누구인지, 이야기의 교훈이 무엇인지에 따라 정해진다.

10. 영화의 가장 큰 시장은 극장인가, 텔레비전인가 아니면 둘 다인가?

만일 극장용 장편이라면 엄청난 제작비가 들어가는 특수효과가 있는가? 아니면 인물이 이야기를 끌어가는 독립영화나 영화사 프로젝트에 적합한가? 텔레비전용 영화라면 어느 방송국에서 방송할 수 있을까? 긴 시리즈 영화라면 케이블 방송사에서 시즌제 드라마나 미니시리즈로 방송할 수 있을까?

이 질문들에 대한 답은 시나리오 속의 액션과 묘사, 대사를 통해 분명하게 드러나야 한다. 그래야 검토자들은 작가의 의도대로 이야기를 받아들이고 시나리오를 열심히 볼 가능성이 커진다. 특히 시나리오 쓰기에서 첫인상은 언제나 중요하다.

구조는
긴장감의 연속이다

크리스 소스

시나리오 작법에 대해 가르칠 때 그 누구도 빠뜨리지 않는 중요한 것 두 가지가 있다. 나는 어릴 적에 위대한 영화를 볼 때면 언제나 넋이 나가곤 했다. 이 영화는 어떻게 이다지도 위대한 것일까? 왜 이 영화가 좋은 것일까? 고전인 〈카사블랑카 Casablanca〉, 〈멋진 인생It's A Wonderful Life〉뿐만 아니라 〈다이하드 Die Hard〉, 〈레이더스〉와 〈유주얼 서스펙트Usual Suspects〉까지. 나는 대학 시절에 지그문트 프로이트Sigmund Freud의 초기 논문 〈쾌락 원칙The Pleasure Principle〉에서 그 단서를 찾았다. 프로이트는 말했다. "모든 쾌감은 긴장이 이완되면서 온다."

먹는 데서 오는 쾌감은 배고픔의 긴장을 이완시킨다. 수면의 쾌감은 피곤과 피로의 긴장을 이완시킨다. 그리고 성적 쾌감은 성적 긴장의 강화 및 이완에서 온다. 마사지를 받아본 적이 있는가? 쾌감이 어마어마하다! 긴장된 근육을 이완시키기 때문이다. 특히 가장 경직된 근육에 마사지를 집중할 때가 최고다. 긴장이 클수록 이완도 커지고 그와 비례해 쾌감도 커진다.

이제 이 단어가 머릿속을 맴돌고 있을 것이다. '극적 긴장감.' 내가 앞서 말한 영화들을 좋아한 것은 그 영화들이 내 안에서 긴장을 강화하고 이완했기 때문이 틀림없다. 나는 극적 긴장감의 강화와 이완에서 쾌감을 느낀 것이다. 좋은 영화는 모두 긴장을 강화하고 이완하는 법을 안다. 그래서 우리가 그 영화들을 즐기고 좋아하는 것이다.

이제 알았으니 위대한 시나리오를 쓸 수 있을까?

아직 아니다. 영화에서 쾌감을 자아내는 원천이 긴장감이라는 건 알지만, 사실 긴장감이 무엇이고 어떻게 조성하는지 그 방법 역시 알고 있는가?

아직 아니다. 지금부터 드라마에서 쾌감을 어떻게 만들어내는지 그 방법을 일러주겠다. 긴장감은 두 가지 요소가 역동적으로 충돌하고, 싸우고, 서로 밀고 당겨 어느 한쪽에서 해결될 때까지 우리를 그 사이에 잡아두면서 발생한다. 이 두 가지 요소가 무엇일까?

희망.

두려움.

모든 영화에서는 한 가지 결과를 희망하면 다른 두려운 것이 생기기 마련이다. 기억하기 쉽도록 모든 영화의 시퀀스와 장면에서 긴장감을 조성하는 방법을 간단한 공식으로 만들었다.

긴장감Tension = 희망Hope vs 두려움Fear

즉, T = H vs F

바로 이것이다. 모든 시퀀스, 장면과 액션, 대사가 우리를 움직이게 한다. 희망에서 두려움으로, 두려움에서 희망으로, 희망에서 더 강렬한 희망으로, 두려움에서 더 큰 두려움으로……. 이 공식을 이용하면 지루한 영화, 장면, 시퀀스는 더이상 쓰지 않게 될 것이다. 긴장을 조성하고 이완하면 모든 장면과 영화에서 독자, 관객에게 엄청난 쾌감을 선사할 수 있다.

나는 방송 강의, 세미나, 전자책과 DVD를 통해 미니영화 창작론을 가르친다. 단조로운 3막 구조를 시퀀스, 릴reel 또는 내가 명명한 미니영화 6개에서 8개로 쪼개는 것이다. 왜 미니영화일까? 미니영화 위에 영화가 만들어지기 때문이다. 어떻게? 어떤 면에서 영화라고 정의할 수 있을까?

바로 희망 대 두려움이다. 긴장감이다.

미니영화는 그 자체로 긴장감이 있고, 영화의 주요 긴장감은 소설의 한 장Chapter처럼 미니영화에 의존한다. 그리고 미니영화의 긴장감은 각 장면이나 속도의 긴장감을 필요로 한다. 따라서 구조는 긴장감의 연속이다. 간단해 보이는가? 간단할 수 있다.

| 실전 연습 |

영화 속의 주요 긴장감(희망과 두려움)이 무엇인지 정하라. 이야기를 6개에서 8개의 미니영화로 쪼갠다. 이때 각 미니영화는 주요 긴장감을 떠받치는 그 나름의 긴장감이 있어야 한다. 미니영화를 쓰기 시작할 때에는 미니영화의 긴장감을 떠받칠 수 있도록 희망과 두려움이 있는 장면, 사건 목록, 상호작용에 대해 브레인스토밍을 하라.

의도와 결과가
어긋날 때
플롯 전환이 일어난다

리처드 스테퍼닉

이야기는 관객에게 재미를 안겨주어야 한다. 작가에게 일어날 수 있는 최악의 사고는 예측 가능하고 지루한 작품을 만드는 것이다! 인물들에게 어떤 일이 나타날지 짐작된다면 관객은 흥미를 잃을 것이다. 이것이 바로 예측 불가능한 플롯 전환, 관객이 짐작하지 못할 놀라움을 시나리오에 담아야 하는 이유다. 그러면 작가는 어떻게 해야 할까? 어떻게 하면 놀라움으로 가득한 이야기를 구상할 수 있을까? 작가는 플롯 전환을 몰고 올 하위 목표를 구상함으로써 이야기를 예측 불가능하게 만들 수 있다.

하위 목표(곧 하위 과제)는 인물이 자신의 일차적 목표를 위해 해내야 하는 작은 목표를 가리킨다. 하위 목표와 플롯 전환은 긴밀하게 연결되어 있다. 관객은 인물들이 계획과 전략을 논의할 때 하위 목표와 일차적 목표의 관계를 알아차린다. 플롯 전환은 '인물이 하위 목표를 달성함으로써 일차적 목표를 이룬다'는 예측 가능한 결과를 얻지 못할 때 일어난다. 이 플롯 전환 기술은 놀라움과 불규칙성을 만들어내는데, 이는 많은 대중 영화에서 발견된다.

이 구조를 채택한 영화가 〈레이더스〉다. 인디애나 존스의 일차적 목표는 언약의 궤다. 이것을 찾기 위해 존스는 태양신 라의 지팡이 장식을 찾아야 하는 하위 목표가 있다. 존스는 그 장식을 이용해서 또 다른 하위 목표, 곧 영혼의 우물 위치를 알아내야 한다. 영혼 우물을 찾아낸 후 나치에게 빼앗기기 전에 언약의 궤를 되찾아서 이집트 카이로에 돌려놓아야 하는 것이다. 이 모든 것은 하나의 일차적 목표, 곧 언약의 궤 차지하기와 연결되어 있다.

〈오즈의 마법사〉에서 도로시의 일차적 목표는 말썽에 휘말리지 않을 장소를 찾는 것이다. 이를 위해 도로시는 온갖 하위 목표를 달성하려 애를 쓴다. 도로시는 걸치 아줌마로부터 강아지 토토를 구하기 위해 집에서 도망친다. 도로시는 '아픈' 엠 숙모를 돕기 위해 집으로 돌아오지만 회오리바람을 타고 오즈로 떨어진다. 이것이 플롯 전환이다. 오즈로 간 도로시가 캔자스 집으로 돌아가려면 마법사의 협력을 얻어야 한다. 이것이 오즈의 나라에서 도로시가 해내야 할 첫 번째 주요 하위 목표다.

마법사는 사악한 서쪽 마녀의 빗자루를 가져오기 전까지는 도와주지 않는다고 한다. 이 예측하지 못한 결과는 또 다른 플롯 전환을 만들어낸다. 도로시는 빗자루를 가져오지만 마법사는 여전히 도로시가 집에 갈 수 있도록 도와주지 않는다. 이 플롯 전환은 하위 목표 성공에 대한 예상치 못한 결과로 인해 발생한다. 도로시의 다음 하위 목표는 마법사와 함께 열기구를 타고 날아서 캔자스로 돌아가는 것이다. 하지만 이 목표는 열기구가 도로시 없이 이륙하면서 실패한다. 또 다른 플롯 전환이다. 마지막 하위 목표는 루비 슬리퍼 뒤꿈치를 세 번 부딪혀서 집으로 돌아가는 것이다. 그 후 도로시는 캔자스 농장 침대에 돌아온 자신을 발견한다.

〈스파이더맨Spider-man〉에서 피터 파커는 메리제인을 원한다. 피터는 그녀의 마음을 얻기 위해 멋진 스포츠카를 구입할 계획을 세운다. 큰돈이 있어야 한다는 의미다. 피터는 3,000달러를 얻기 위해 레슬링 시합에 나가기로 한다. 피터는 시합에서 우승하지만 상금을 100달러밖에 받지 못한다. 이것이 플롯 전환이다.

계획이나 전략은 인물이 자신의 일차적 목표를 달성하기 위해 의도적으로 하는 액션의 연속으로 드러난다. 인물은 잠재적인 장애를 예측한 후 극복할 전술을 세운다. 이 계획은 보통 관객에게 설명 장면으로 전달된다. 인물이 조력자들과 전략, 전술을 논의하는 것이다. 계획에 대한 이러한 설명은 관객에게 앞으로 벌어질 사건에 대한 기대감을 자아낸다.

그런데 상황이 계획한 대로 일어나지 않을 때, 이야기는 예측할 수 없게 된다. 짐작하지 못한 새로운 방해꾼이 나타나거나 계획된 전술이 예상했던 장애를 극복하지 못하는 것이다. 인물들이 이러한 예기치 못한 전개에 의해 위험에 빠질 때 관객은 흥분하게 된다. 시나리오 검토자가 다음 상황에 대해 기대하게 만들려면 계획과 전략에 대해 설명을 해야만 한다.

예를 들어 〈스타워즈Star Wars〉에서 반란군의 전략가들은 죽음의 별을 공격하고 파괴할 계획을 세우지만 일이 계획대로 풀리지 않는다. 루크는 결국 포스를 사용하여 죽음의 별을 파괴한다. 〈반지의 제왕The Lord Of The Rings〉에서 반지원정대는 절대반지를 운명의 산에 가져가서 파괴할 계획을 세운다. 그러나 프로도는 반지를 펄펄 끓는 용암 속에 던져버리지 못하고 만다. 결국 마지막 결전에서 골룸이 프로도의 손가락에서 반지를 낚아채다가 용암 속으로 떨어지고, 이로 인해 골룸과 반지는 파괴된다.

말하자면 예측 불가능한 이야기를 쓰는 가장 효과적인 방법은 플롯 전환을 일으키는 계획과 하위 목표를 설정하는 것이다. 그럼 이야기는 놀라움으로 가득 차 독자를 즐겁게 할 것이다!

주인공이 일차적 목표를 이루기 위해 완수해야 할 하위 목표 세 가

지를 만들자. 그가 이 하위 목표를 하나하나 완수하기 위해 계획을

짜는 모습을 묘사하자. 그 후 계획대로 되지 않는 모습을 묘사해

이 하위 목표들이 이루어지지 않고, 플롯 전환이 일어나고, 이야기

가 예측 불가능하게 흘러가도록 한다.

인물·액션 그리드로
구조를 점검하자

데이비드 트로티어

꼼짝할 수 없었다. 초고를 다섯 번 고치고 난 후 나는 큰 그림을 놓치고 말았다. 이야기가 어디로 가고 있는지, 아니 이야기가 있기는 한 건지 자신할 수 없었다. 그리고 곰보 자국처럼 울퉁불퉁해진 벽 위에 시나리오 속 장면별로 엽서만 한 카드를 붙이던 오랜 습관에도 신물이 났다. 그래서 이 카드들을 공중에 뿌려 마루 위로 던져버렸다. 바로 여기에서 나의 새로운 글쓰기 도구가 생겨났다.

나는 책상에 앉아서 인물·액션 그리드를 최초로 개발했다. 이를 통해 이야기의 구조와 인물 전개에서 효과가 있는 것과 효과가 없는 것을 가늠할 수 있었다. 애초에 이야기가 강처럼 흘렀으면 했는데, 이제 한눈에 흐름과 정체 그리고 물길이 끊어진 곳을 파악할 수 있었다.

곧 그 시나리오를 완성했지만 계약은 하지 못했다. 하지만 그 시나리오로 인해 일자리를 얻었고 월트디즈니 픽처스와 면담할 기회를 얻었다. 이후 시나리오 열 편을 계약한 뒤에도 나는 여전히 이 인물·액션 그리드를 사용하고 있다. 나의 여러 학생과 클라이언트도 마찬가지다.

사실 인물·액션 그리드는 여러 시나리오와 출간 예정인 소설을 다듬는 데에도 활용한다. 나는 인물·액션 그리드를 시나리오의 개요를 잡는 데 사용하고, 퇴고를 할 때 다시 사용한다. 당연히 퇴고를 하기 전에 그리드를 다시 작성한다. 그렇게 하면 집중할 수 있다.

인물·액션 그리드란 무엇일까? 이 그리드에는 구역이 두 개다. 하나는 인물과 내용, 다른 하나는 액션을 나타낸다.

| 실전 연습 |

1. 인물과 내용

인물과 내용 구역에 주요 인물을 서술할 수 있다. 그리드의 모든 칸을 채울 필요는 없다. 사실 여기서 각 범주는 스스로 만들어야 한다. 더 좋은 것은 나만의 그리드를 만드는 것이다.

그리드의 맨 아래는 각 인물의 시점에서 주요 전환점을 생각할 수 있게 공백으로 둔다. 모든 인물이 각 전환점에 참여할 수는 없다. 전환점 각각에 대해 간략하게 설명하겠다.

- 촉매catalyst: 발단을 가리킨다. 처음 10쪽 안팎에서 일어나 이야기의 평형 상태를 깨고 앞으로 나아가게 만든다.

- 대사건big event: 주요 인물의 인생을 바꾸어놓는 사건이다. 이사건은 인물의 인생을 제어할 수 없게 만든다. 전통적인 3막구조에서는 1막 끝에 일어나는 사건을 가리킨다.

- 위기crisis: 주요 인물이 중대한 결정을 할 수밖에 없는 최악의상태 또는 사건을 가리킨다. 이는 영화 속 최후의 결전이나절정으로 이어진다.

- 실현realization: 3막에서 등장인물이나 관객, 또는 등장인물과관객 모두가 변화를 인지하거나 극적 전환점을 파악하게 되는 순간이다.

- 대단원denouement: 느슨해진 결말(서브플롯)을 매듭짓는다.

이제 인물·액션 그리드를 작성해보자. 중간점midpoint을 추가해도 된다. 중간점은 주요 인물에게 돌이킬 수 없는 지점이나 동기를 부여하는 사건을 가리킨다. 다음은 그리드 사용법을 알려주기 위해 예시로 구상한 것이다. 여기서는 등장인물을 3명만 만들었고, 이야기 전체를 그리드로 작성하거나 개요를 짜지 않았다. 이 그리드를 마음대로 변형하라. 이야기의 시작부터 끝까지 주요 인물의 주요 액션 전부를 목록으로 만들어도 된다.

인물·액션 그리드(인물과 내용)		
인물	짐	샐리	맥스
역할	중심인물, 주인공	애정 상대, 제2의 적대자	주요 적대자
직업	탐사전문기자	동물보호운동가	서커스 단장
목표	기삿거리를 찾아서 코끼리 블림포 탐사하기	학대받는 코끼리 블림포 구하기	미국에서 최고의 서커스 배우 되기
동기	일자리 지키기	블림포가 그녀의 생명을 구함 (나중에)	패배자가 아님을 증명하기
요구	좀 더 다정하기	짐을 믿고 사랑하기	동물 존중하기
단점	기삿거리라면 뭐든 함	동물만을 신뢰함	비인간적임

2. 액션

종이 한 장에 시나리오 플롯을 전부 적기란 어렵다. 두세 장이 필요할 수 있다. 표의 맨 윗줄에 주요 인물 5명의 이름을 적어라. 그런 후에 나머지 줄과 칸에 인물이 취할 액션을 하나씩 적어라. 대사가 움직임을 구성하거나 유발할 때는 액션으로 간주할 수 있다.

이 그리드를 통해 종이 몇 장으로 이야기 전체를 파악할 수 있다. 또한 등장인물이 정체되어 있는지, 등장인물이 액션에 관여하지 않는지, 아니면 액션이 보강되지 않고 반복되는지 파악할 수 있다. 다시 말해 갈등이 고조되는지, 이야기가 정체되는지 더욱 쉽게 파악할 수 있다.

이 그리드는 속도 조절과 간격 조절에도 도움을 준다. 주요 반전이 얼마나 자주 나와야 하는가? 메인플롯을 떠받치는 서브플롯이 있는가? 극 전체를 관통하는 인물의 액션이 있는가? 다른 주요 인물도 빠짐없이 이야기에 참여하고 있는가? 이야기 중반까지 등장하지 않는 인물이 있는가?(이것은 이야기에 따라 좋을 수도, 나쁠 수도 있다)

초고를 쓴 뒤나 글쓰기가 교착 상태에 빠질 때 이 그리드를 활용해보길 추천한다. 하지만 어디까지나 배의 선장은 당신 자신이다. 스스로 원할 때 활용하라. 안 써도 상관없다.

등장인물들의 마지막 액션까지 개요로 작성하라. 그리드가 완성되면 이야기 전체를 단 몇 쪽으로 파악할 수 있다. 구조와 속도감, 동기, 플롯 쓰기가 더욱 쉬워진다. 행운을 빈다. 글을 계속 써라.

인물·액션 그리드(액션)		
짐	샐리	맥스
해고당하지만 마지막 기회를 얻음	동물만을 신뢰함	
샐리에게 버림받음	짐을 믿지 못하고 버림	블림포를 매질함
	블림포를 납치해 쫓기게 됨	샐리를 뒤쫓음
	블림포를 짐의 집 마당에 숨김	
다음 날 아침 블림포를 발견함		

21가지 질문으로
구조를 강화하자

닐 랜 도

나의 '돌파구'는 영화학교를 졸업하고 1년쯤 지났을 때 찾아왔다. 나는 젊고 자신만만했으며 각본가로 살아가겠다는 꿈을 향해 나아가고 있었다. 이야기 구조에 대한 이해가 빈약하다는 비밀에도 불구하고. 그 당시에는 모든 것이 본능에서 나왔다. 심지어 각 장면의 개요를 짜면서 시나리오 한 편의 최종 원고를 마무리하곤 했다. 무언가가 빠졌다는 막연한 느낌을 감지한 채. 그게 뭐 어때서?

그로부터 몇 년 후 나는 무엇이 위대한 영화를 만드는지 깊게 고민하기 시작했다. 손에 닿는 모든 시나리오 작법서를 닥치는 대로 읽어나갔다. 정보를 얻고, 깨우치고, 결국 압도되었다. 모든 저자는 고전적인 시나리오 구성법에 그 나름의 '의견'이 있었다. 하지만 그들의 고귀한 충고를 나는 내 글쓰기(그리고 내 학생들의 작품)에 적용하지 못했다.

나는 견본과 '규칙' 이상을 원했다. 그래서 그 정보 뭉치를 한데 통합한 질문지를 만들었다. 이 질문지는 학생들이 면밀한 계획과 발판을 갖춘 채 빈 종이를 마주할 수 있도록 도와주었다.

실전 연습

다음 질문 21개는 작가의 약점을 드러내게 만들어 허약한 뼈대를 고치고(또는 해체하고) 그 자리에 단단한 뼈대를 다시 세우기 위해 고안한 것이다.

시작하기 전에 충고 몇 마디를 하겠다.

- 이 질문들은 시나리오 구조에 관한 계획을 세우거나 완성된 초고의 문제점을 진단하고 해결하는 데 도움을 주기 위한 실전 연습으로 만들어진 것이다.
- 질문에 1번부터 21번까지 번호가 매겨 있지만 이 순서를 따를 필요는 없다. 역순으로 작업하거나 아니면 먼저 알고 싶은 것부터 해도 된다.

- 각 질문에 대한 답은 무한하다. 스스로 가장 신선하고 대담하고 공감이 가는 접근법을 찾아 도전해보라. 명백한 것을 넘어서라.
- 이 모든 질문에 답하려다가 화가 나는 경험을 해도 절망하지 마라. 이것은 지극히 어려운 과제다. 명심할 것은 당신 자신이 세계를 창조하고 있다는 사실이다. 인내심을 가져라. 느긋한 마음을 가져라. 이것은 경주가 아니다.
- 이 질문들은 시나리오를 구축하고 정제하기 위한 지침일 뿐, 절대적인 공식을 의도하지 않는다.

1. '함정'이 무엇인가? 다시 말해 이야기의 '미끼' 또는 주요 갈등이 무엇인가? 이것이 이야기에서 '그런데'의 중심이 될 것이다.

- 〈에린 브로코비치〉: 어느 싱글맘이 거대 기업을 상대로 소송하지만, 그녀는 교육을 받지 못한 데다가 무일푼이다.
- 〈리틀 미스 선샤인Little Miss Sunshine〉: 어느 콩가루 집안이 어린이 미인대회에 모든 희망을 걸지만, 우승으로 가는 길에는 불운이 깔려 있고 대회에 나갈 딸에게는 가망이 없다.
- 〈본 아이덴티티The Bourne Identity〉: 어느 자객이 쫓기는데, 과거를 전혀 기억하지 못한다.

- 〈사고 친 후에|Knocked Up〉: 어느 게으름뱅이가 아버지가 될 준비를 해야 하는데, 여전히 미숙함 그 자체다.

- 〈아메리칸 뷰티|American Beauty〉: 삶에 의욕이 없던 한 남자가 욕정에 빠지지만, 상대는 십대인 딸의 가장 친한 친구다.

각 아이디어에서 중심 갈등을 파악하라. 시나리오를 쓰기 시작하기 전에 '미끼'를 명확하게 규정해야 한다! 여기서 '그런데'가 2막의 토대와 서사적 원동력을 제공한다.

2. ① 구상 중인 작품의 장르와 분위기가 무엇인가? ② 이야기의 주요 배경은 어디인가? 배경을 시나리오 속의 또 다른 인물로 생각하는 게 좋다. ③ 이야기의 주요 시대는 언제인가? 현재인가? 시대극인가? 미래인가? 구체적으로 정하라. ④ 이야기의 시간 단위는 무엇인가? 다시 말해 이야기 전체가 며칠, 몇 주, 몇 달, 몇 년 또는 몇 시간 동안 벌어지는가? 조언하자면, 가능한 한 가장 짧은 시간 단위 동안 긴장감을 지속하는 것이 '더 쉽다.'

3. ① 프로타고니스트, 즉 주인공은 누구인가? ② 그(그녀)는 영화 전반부에서 몇 살인가? ③ 그(그녀)의 뒷이야기와 가장 연관된 것이 무엇인가? ④ 그(그녀)는 1막에서 어찌하다가 벼랑 끝에

몰리는가? ⑤ 그(그녀)의 이야기는 왜 오늘 시작되는가?

4. 그(그녀)가 '일상'에서 가장 귀중하게 여기는 것은 무엇인가? 조
언하자면, 주인공이 1막 끝의 위기에서 실패할 경우 잃게 되는
가치가 적절하다. 이것이 2막과 3막에서 이야기의 감정적·시
각적 관련성을 마련한다.

5. 주인공의 주요 약점은 무엇인가? 조언하자면, 이 약점은 '일상'
에서 그(그녀)를 제약하는 것이자, 그(그녀)가 이야기 전개 과정
에서 극복해야만 하는 어떤 것이 된다.

6. 이야기의 '발단'이나 관련성의 한계는 무엇인가? 조언하자면,
이 한계는 1막 중간에서 드러나고 주인공이 모종의 위험을 감
수하게 만든다.

7. 안타고니스트는 누구(무엇)인가? 안타고니스트는 프로타고니
스트가 목표를 이룰 수 없게 직접 방해하는 사람이나 세력이
다. 실존적인 차원에서 프로타고니스트는 언제나 스스로의 안
타고니스트다. 그러나 외부의 존재도 필요한 법이다. 플롯에
극적 긴장감이나 갈등이 없다면 안타고니스트를 더 강력하게

만들어야 한다. 1막과 2막에서 안타고니스트는 프로타고니스보다 더 강력해 보여야 한다. 그리고 프로타고니스트는 자신을 위협하는 세력을 극복하기 위해 3막에 이르러 더욱 강력해져야 한다.

8. ① 첫 번째 구성점plot point(1막 끝)에서 일어나는 특별한 사건은 무엇인가? 구성점 1을 1막의 절정이라고 생각하라. 이 특별한 사건이 주인공의 인생에서 위기를 마련해줄 것이다. ② 이 위기는 무엇인가?

9. ① 이 위기를 맞아서 주인공은 어떤 행동을 취하는가? 이 능동적 목표를 계획 1이라고 생각하면 좋다. 주인공에게는 긍정적 목표와 부정적 목표가 둘 다 있는 게 바람직하다. 이 플러스극과 마이너스극이 극적 긴장감(또는 열기)을 일으켜 이야기의 엔진이 계속 돌아가게 된다. ② 이 목표를 달성하지 못하면 어떤 일이 벌어지는가? 다시 말해 무엇이 위기에 처하는가?

10. 플롯에서 중심 미스터리가 무엇인가? 영화가 끝날 때쯤에 어떤 숨겨진 진실 또는 모호한 진실이 밝혀지는가?

11. ① 플롯의 중간점은 어디인가? ② 예기치 못한 어떤 일이 진행되고 있는가? ③ 이 예기치 못한 사건이 주요 인물을 어떤 '실존적 딜레마'에 빠지게 하는가?

12. 두 번째 구성점(2막 끝에서 일어나는 2막의 절정)은 어디인가? 조언하자면 이 구성점은 주인공이 새로운 계획 2를 위해 원래의 계획(1막 끝에서 설정된 계획 1)을 버리거나 극적으로 변경하는 또 다른 사건이 된다. 어떤 특정한 사건이 이러한 목표 변경을 자극하는가?

13. ① 주인공이 미래에 대해 새로운 선택을 하면서 자신의 인생에 대해 어떤 에피파니epiphany(통찰, 각성)를 깨닫는가? 이것은 인물을 갈림길 위에 세울 것이다. ② 두 가지 길(선택)은 무엇인가? 이 에피파니로 인해 위기들은 얼마나 강력해지는가?

14. 어떤 길로 들어설지에 대한 주인공의 결단이 3막 도입에서 새로운 목표를 자극할 것이다. ① 이 새로운 목표(계획 2)는 무엇인가? ② 계획 2는 계획 1과 무엇이 크게 다른가?

15. 이 새로운 목표에 걸린 '마감 시한'이나 제한은 무엇인가?

16. ① 영화의 최고 절정은 무엇인가? ② 프로타고니스트와 안타고니스트가 벌이는 최후의 결전은 무엇인가? ③ 앞에서 말한 인물의 약점은 어떻게 극복되는가? 주인공의 삶에서 어떤 진실이 밝혀지는가?

17. 중심 미스터리는 어떻게 해결되는가?

18. 영화의 '끝'은 어떠한가? 얼마나 많은 것이 마무리되는가?

19. 작품의 주제는 무엇인가? 즉 무엇에 관한 시나리오인가?

20. ① 이 이야기가 감정적으로 끌리는 이유가 무엇인가? ② 왜 이 이야기를 쓸 수밖에 없었는가? ③ 관객이 영화에 대해 어떤 인상을 갖기를 바라는가? ④ 무엇 때문에 관객이 인물들에게 관심을 보이는가?

21. 영화의 가제는 무엇인가? 이유는?

4장

주제

개인적인 체험에서
보편적인 주제를
끌어내자

젠 그리산티

보편적인 주제란 무엇일까? 그것은 대중의 마음을 휘어잡는 경험을 뜻한다. 관객이 이야기와 등장인물들에게 어떻게 공감하는가에 대한 것이다. 나는 이러한 주제들을 제대로 구현할 줄 아는 성숙하고 노련한 작가가 좋다.

　2007년 5월 CBS·파라마운트에서 해고된 후 나는 통한의 세월을 보냈다. 한편으로는 완전한 희열도 맛보았다. 매우 낯선 경험이었다. 완벽한 자유가 좋았는데 안정적이지 못한 게 싫었다. 동이 틀 무렵 일어나지 않아도 되는 게 좋았는데 동이 틀 무렵 일어나 가야 할 목적지가 없는 게 싫었다. 나는 대학을 졸업하고 17년간 회사라는 세계에서 일했다. 스펠링과 CBS·파라마운트는 자매회사이므로 사실상 15년간 한 회사에 있었던 셈이다. 나는 어떻게 살아가야 할까?

나는 캘리포니아 빅 서에 있는 에솔렌 인스티튜트(유명한 대안교육기관이자 명상센터. _옮긴이)로 차를 몰았고 '완료와 전환' 과정을 등록했다. 9년 전 이혼한 후로 나는 일과 재혼한 것이나 마찬가지였으므로, 해고는 내게 두 번째 이혼이었다. 내가 이 이야기를 털어놓을 수 있게 된 것은 에솔렌의 교육 과정에서 받은 수련 덕분이다. 이 과정은 《지금이 바로 그때! 누구도 당신을 구하지 못한다It's Time! No One's Coming to Save You》를 쓴 매리 골든슨Mary Goldenson 박사가 가르쳤다. 골든슨 박사는 태어나서부터 현재까지의 인생 그래프를 만들게 했다. 지금까지 우리의 삶에서 오르막과 내리막을 모조리 그래프로 그리고 꼬리표를 붙이라고 했다. 그리고 나서 지금부터 죽을 때까지의 삶의 굴곡을 예상해 그래프로 그리게 했다. 또한 예상 수명을 고르게 했다. 그런 후 한 명씩 일어나서 자신의 이야기를 동료 수강생들에게 털어놓게 했다.

이 과정은 끔찍한 수련법이었지만 해볼 만한 가치가 있었다. 골든슨 박사의 수업이 시작되었을 때 나는 낯선 사람 14명과 한방에 있었다. 처음 그들의 이야기를 들었을 때는 그중 몇몇이 겪었거나 겪고 있는 고통에 비할 만한 게 내게는 없어 보였다. 하지만 이야기를 들을수록 우리 모두가 너무나 비슷한 사람이라는 사실을 깨달았다. 우리 이야기는 어디까지나 우리 이야기일 뿐이다. 우리 이야기에서 조금 떨어져 허구를 거쳐 다른 사람들에게 이야기의 아름다움을 전달할 수 있어야, 다른 사람의 마음을 훔칠 수 있을 뿐 아니라 우리 자신도 치유할 수 있다. 이것이 보편적인 주제를 찾는 방법이다.

| 실전 연습 |

보편적인 주제는 어떻게 찾을 수 있을까? 나는 자신의 이야기에서 찾아낼 수 있다고 가르친다. 자신의 삶을 되돌아보라. 첫 경험들을 생각해보라. 자전거를 처음 탄 순간, 엄마나 아빠를 찾지 않고 처음으로 학교에서 하루를 보냈던 때, 운동 경기에서 처음으로 제법 잘했을 때, 처음 좋은 점수를 받았던 때, 처음 벌을 받았던 때, 처음 고독감을 느꼈던 때, 첫 키스의 순간, 처음 사랑에 빠졌던 때, 처음으로 마음이 무너졌던 때, 부모님의 이혼 소식을 처음 들었던 때, 처음으로 친구나 연인에게 배신당했다고 느꼈던 때 등등. 목록은 끝이 없다. 표면적으로, 우리는 대개 이러한 경험을 모두 해보았다. 그럼에도 우리가 경험한 기쁨과 고통은 모두 똑같지 않다. 이 독특한 개인적 해석을 통해 우리는 그토록 찾던 우리의 목소리를 알게 된다.

우리가 어떤 시나리오에 끌리는 것은 보편적인 주제 때문이다. 〈스타트렉Startrek〉은 이성과 감정의 대립이라는 주제를 아름답게 탐구한다. 〈내 남자의 아내도 좋아Vicky Cristina Barcelona〉는 사랑을 알아차리고 선택을 해야 할 때의 혼돈과 안전이라는 주제를 탐구한다. 〈프로스트vs 닉슨Frost / Nixon〉에서는 권력자에게 닥친 몰락을 선명하게 그린다. 닉슨이 프로스트를 불러서 둘 다 승리의 연단으로 돌아갈 방법을 찾자고 말하지만, 승자는 한 명뿐이다. 〈타인의 삶The Lives of Others〉은 충성심을 아름답게 추적한다. 이 순간들을 공략하는 것이 작가의 목표다.

영화는
감정 체험을
사고 파는 것이다

칼 이글레시아스

지금부터 내가 소개할 시나리오 쓰기 실전 연습법은 '정서적 충격을 위한 글쓰기' 수업을 듣는 UCLA 학생들에게 내가 내주는 개요 쓰기 과제로, 스토리텔링에서의 불변의 진리 하나에 초점을 맞춘 것이다. "이야기는 지면 속 인물들에게 일어나는 일에 대한 게 아니다. 시나리오를 읽는 사람들의 머리와 마음에 일어나는 일에 대한 것이다." 다른 말로 하면, 이야기는 오직 독자의 정서를 자극하는 것을 다룬다. 그것이 작법이 하는 일이다. 작가는 독자들을 유혹해 다음에 무슨 일이 일어날지 궁금해하게 만들어 책장을 넘기게 해야 하고, 작가가 만든 세계의 포로로 만들어 그들 자신을 '없애게' 해야 한다. 독자들이

지면의 글을 읽고 있다는 사실을 잊어버리길 바라는가? 그러려면 독자가 흥미를 보이고 감정적으로 관여할 수 있도록 자신의 이야기를 들려주어야 한다.

만일 시나리오 작법서들을 읽었고 세미나를 들었고 규칙과 원리를 알았다면, 절반쯤 도달한 것뿐이다. 구조가 탄탄하거나 구성점이 제자리를 잡고 있거나 주인공이 영웅의 여정에 나선다는 것만으로는 시나리오가 훌륭해질 수 없다. 내가 검토했던 시나리오들 중에는 탄탄한 구조를 비롯한 모든 규칙을 지켰는데도 지루해서 하품 나는 것이 말할 수 없을 정도로 많았다. 우리는 누구나 좋은 이야기를 나쁘게 말하는 작가들과 제작자들 때문에 지루했던 경험이 있다.

작가는 시나리오 단계에서 독자의 감정적 반응을 책임지는 유일한 사람이라는 걸 결코 잊지 마라. '기대하는' 반응이 나오지 않고 독자가 지루해한다면, 그것으로 끝이다. 게임 오버.

나는 수업 중 학생들에게 자신의 최종 원고를 영화 촬영을 위한 110쪽짜리 계획표가 아니라 강렬하고 만족스러운 감정 체험을 위한 약속으로 바라보라고 한다. 장소, 묘사, 대사가 안배된 형식으로 110쪽을 쓰기는 쉽다. 하지만 독자의 흥미를 끌어 지속적으로 마음이 동하게 하기는 쉽지 않다.

이는 감정 체험이 스토리텔링의 핵심일 뿐만 아니라 영화계가 사고 파는 게 바로 그것이기 때문이다. 영화계는 감정 유통업을 하는 곳이다. 제작사는 인간의 감정을 취급하고, 영화나 텔레비전 드라마로 조심스럽게 포장한 감정 체험을 거액을 들여 전달한다.

이 말을 믿지 못하겠다면 영화사들이 예고편과 지면을 통해 그들의 '감정 상품'을 어떻게 광고하는지 살펴보라. 다음에 영화 예고편을 볼 때는 감정을 배제하고서 냉철하게 분석해보라. 하나의 장면에서 꺼낸 찰나의 이미지들 또는 짧은 순간이 어떻게 그 즉시 특정 감정을 불러일으키는지 보라. 그리고 그 모든 이미지의 합이 관객에게 관람료를 낼 가치가 있는 환상적인 감정 체험을 어떻게 약속하고 있는지 보라.

신문광고와 영화평론가들이 하는 극찬도 마찬가지다. 그들의 말을 자세히 들어보면 "처음부터 끝까지 당신을 가만두지 않을 것이다. 어마어마하게 재미있고, 사실적이고, 강렬하고, 예측불가능하다. 충격적이고, 잊을 수 없고, 강렬한 체험이다. 심장이 마구 뛰고, 너무나 슬프고, 유혹적이고, 흥미롭고, 믿을 수 없는 여정이다. 감정적 충격으로 가득해 아주 만족스럽다"는 내용이다. '짜임새 있는 멋진 구성, 신선한 대사'를 홍보하는 영화 광고를 마지막으로 본 게 언제인지 기억나는가? 그런 광고는 없다. 우리가 흔히 보는 영화 광고는 감정에 대한 안내이자, 영화를 보면서 얻게 될 감정 체험에 대한 약속이다.

당신의 시나리오는 독자에게 이런 것을 약속할 수 있을까? 각각의 장면이 독자에게 의도된 정서적 충격을 안겨줘야 한다는 점을 잊지 말자. 다음의 실전 연습이 도움이 될 것이다.

영화 관객이나 독자로서 좋아하는 영화를 관람하거나 시나리오를 읽을 때 체험하고 싶은 감정들을 생각해보라. 공통으로 거론되는 감정은 이런 것들이다. 재미, 기대, 호기심, 로맨스, 갈등, 긴장, 놀라움, 안도감, 구원, 희망, 걱정, 충격, 두려움. 그리고 주인공에 대한 연민과 악당에 대한 증오심도 잊지 말자.

다음으로 독자 입장에서 자신의 시나리오를 읽을 때 체험하고 싶은 감정을 생각해보고, 이를 개요의 주요 플롯 사건이나 액션 끝에 추가해보자.

이 실전 연습의 핵심은 플롯 사건을 정서적 반응이라는 측면에서 바라보는 것이다. 완벽한 개요에는 앞에서 말한 다양한 감정이 담겨야 한다. 감정이 없는 사건들이나 형편없는 공포 영화의 시나리오처럼 비슷한 감정이 중언부언 반복되는 사건들이 아니라(공포, 공포, 공포, 공포 등).

다음은 〈스타워즈〉 1막에서 체험할 수 있는 감정들을 요약한 것이다.

1. 레아 공주가 다스베이더에게 쫓기다가 붙잡힌다(두려움, 레아 공주에 대한 연민, 베이더에 대한 증오, 긴장감).

2. 공주는 비밀 설계도와 메시지를 도망치는 R2D2와 C-3PO 안에 집어넣으려 한다(놀람, 긴장감, 희망).

3. 타투인 사막 행성의 농장에서 일하는 고아 소년이자 저항군의 비행기 조종사가 꿈인 루크를 만난다(연민).

4. 루크는 우연히 R2D2에게서 메시지를 받고 오비완 케노비를 찾아 나선다(놀라움, 호기심).

5. R2D2가 앞장서서 오비완을 찾고, 그 뒤를 루크와 C-3PO가 따른다(놀람, 긴장감).

6. 이들이 사막족에게 습격당한다(긴장감, 공포, 걱정).

7. 하지만 이들은 오비완에 의해 구조된다(놀람, 구원, 기대).

8. 오비완은 루크에게 포스와 그의 아버지 제다이 기사에 대한 진실을 처음으로 말해준다(통찰, 기대).

9. R2D2는 레아 공주의 메시지를 투사한다. 오비완은 루크에게 함께 원정을 가자고 하지만 루크는 거절한다(긴장감, 실망).

10. 루크는 집으로 돌아와서 제국군이 농장을 불태우고 삼촌 부부를 죽인 사실을 알게 된다. 루크는 오비완의 요청을 받아들이고 얼데란 행성으로 떠날 수밖에 없게 된다(충격, 기대).

체험에서 나오는
유머는
힘이 있다

폴 치틀릭

코미디 쓰는 법을 가르치기란 쉽지 않다. 코미디 작가에게 가장 필요한 자질인 유머 감각은 가르칠 수 있는 게 아니다. 그러나 상황을 더 웃기게 만드는 기술, 웃음을 이끌어내는 상황 설정법, 그리고 입증된 '규칙'(글쓰기에 진정한 규칙은 없지만 '방법'은 있다)을 가르쳐서 재미있는 부분을 쓸 수 있도록 도울 수는 있다.

로욜라 매리마운트 대학과 UCLA에서 시나리오 쓰기를 가르치고 텔레비전 드라마 대본을 쓰면서 내가 깨달은 바가 있다. 사람들에게는 누구나 직접 경험한, 글로 쓸 수 있는 웃음 보따리(특정 상황부터 한 문장까지)가 있지만 어디서부터 쓰기 시작할지 모른다는 것이다. 아래의 실전 연습에는 두 가지 목적이 있다. 하나는 웃음의 재료인 기억들에 접근하는 것이다. 또 다른 하나는 이와 완전히 다른 일로, 긴장을 풀고 아무것이나 말할 수 있도록 하는 것이다.

왜 무엇이든 말하는 게 중요한 걸까? 제약이 없을수록 내부 검열이 느슨해지면서 웃기는 글감이 더 쉽게 수면 위로 올라오기 때문이다. 앞으로 코미디 작가들로 꽉 찬 '자리'(많게는 스무 명 정도이고 적으면 두 명 정도)에 가게 된다면 2~3초 안에 웃기는 무언가를 내놓는 게 좋다. 만일 머릿속에서 웃기는 발상이 떠오르는 부분에 접근하는 법을 안다면 이 자리에서 훌쩍 앞설 수 있다. 알지 못한다면, "근데 'ㅋ'로 시작하는 단어들이 좀 웃기지"라고 말을 꺼내기도 전에 접어야 한다.

그러면 유대감을 형성하고 잠재의식에 접근하는 비법은 과연 무엇인가?

| 실전 연습 |

1. 유대감을 형성하고 잠재의식에 접근하는 비법은 세상에서 가장 쉬운 일이다. 인생에서 가장 웃긴 경험을 떠올리기만 하면 된다. 이런 경험 하나면 족하다. 그리고 이 경험을 5쪽 이내의 장면으로 써라. 나는 보통 이것을 과제로 내주고 학생들에게 자신이 쓴 장면을 수업 시간에 큰 소리로 읽게 한다. 열두 명의

발표를 다 들을 즈음이면 우리는 무슨 이야기든 박장대소하게 된다. 서로에 대해서도 더 많이 알게 된다. 생각해보라. 한 시간도 안 되는 시간 동안 열두 명의 인생에서 가장 웃기는 경험을 듣는다니. 웃기지 않은가? 웃긴다. 이 과정은 또한 수업을 듣는 학생들 간의 단결을 강화하고 그들에게 믿음과 자신감을 심어주며 발표하는 일의 두려움을 덜어준다.

2. 심화 과정이 있다. 이것이 두 번째 실전 연습이다. "나한테 일어나면 비극이고, 남한테 일어나면 희극이다." 우리는 이와 비슷한 말을 종종 듣는다. 나는 그다음 수업 시간에 학생들에게 자신의 인생에서 가장 슬픈 순간을 써보라고 한다. 효과는 비슷하다. 학생들은 더 친해지고 각자 자신의 인생을 글감이라는 측면에서 접근하며 비극 속에서 웃기는 것을 찾는 법을 배운다.

물론 효과를 항상 장담할 수는 없다. 하마터면 눈물샘이 터질 뻔한 위태로운 수업도 있었다. 웃기는 부분을 전혀 찾기 힘든 수업도 있었다(그리고 금붕어의 죽음에서 부모의 죽음을 거쳐 실연까지 모든 것을 들었다). 하지만 눈물을 통해서도 자신에게 도움이 되는 것은 언제든 찾을 수 있는 법이다. 아니면 학생들에게 시트콤 〈매리 타일러 무어 쇼The Mary Tyler Moore Show〉에서 광대 처클스의 죽음을 그린 에피소드를 떠올리게 한다. 고전적이면서 상당히 웃긴 에피소드다.

결국 내가 작가인 당신에게 해주고 싶은 말은 이거다. 이 실전 연습을 한 후 당신 자신과 당신의 독자들이 크게 웃는지 보라. 성공한다면 당신은 웃기면서도 신랄한 장편영화를 쓸 수 있다. 자전적인 이야기는 말할 것도 없다.

플롯 이야기와
인물 이야기를
구분하자

대니 루빈

시나리오 작가들은 완전한 '플롯' 이야기가 아닌, 반대로 '인물' 이야기를 쓰라는 말을 자주 듣는다. 하지만 플롯 이야기에도 인물은 당연히 있으므로 가끔은 쓰고 있는 이야기가 어떤 종류인지 구분하기 어렵다.

인물 이야기에는 시련을 겪는 인물의 본성에 대한 특별한 무언가가 있다. 특별한 인물이 특별한 상황에서 시련을 겪는 이야기이므로, 다른 인물을 똑같은 상황에 대입하면 긴장감이 생기지 않는다. 예를 들어 바텐더가 막 금주를 맹세한 인물에게 술을 권할 때에는 비음주자에게 권할 때는 없을 긴장감이 즉각적으로 생긴다.

시나리오 쓰기의 모든 것(개정판)

장면 만들기에 고군분투하는 작가들은 종종 머리를 쥐어짜서 긴장감을 높이거나 주인공이 함정에서 벗어나는 플롯을 찾아내곤 한다. 주인공이 때마침 걸려온 전화를 받는다거나, 무기를 감춰두고 있었다거나, 비밀번호를 알아낸다거나. 이 모두가 플롯 고안이다.

하지만 문제가 생겼을 때의 바람직한 선택은 등장인물의 성격을 깊이 생각해보는 것이다. 주인공이 스트레스를 받으면 말을 더듬는다거나, 우유부단해서 결정을 못 내린다거나, 어두운 곳을 무서워한다거나. 플롯을 복잡하게 꼬기보다는 인물에 더 깊이 파고들어서 이야기의 문제를 해결하고 더욱 강력한 장면을 만들면 관객을 논리적이면서도 감정적으로 설득할 수 있다. 또한 배우에게 좋은 배역을 많이 제시할 수도 있다.

이 교훈은 현실 세계에도 울림이 있다. 군인이든, 정치가든, 사업가든, 부모든 우리를 구하는 것은 인물이다. 외부의 사건이 상황을 바꿔주길 기다리거나, 아니면 인물 내면에 다가가서 용기, 희생, 고요, 재치, 리더십 또는 사랑을 불러낼 수도 있다. 또한 인물은 강력한 힘을 가진 존재일 수도 있다. 최고의 이야기를 쓰는 작가는 중심 갈등으로 인해 도전 상황에 놓인 특정 인물에게서 특별한 무언가를 찾아내는 법이다.

흙더미를 상상해보자. 이 흙더미를 옮겨야 하는 등장인물이 있고, 그 일은 그가 여태 한 일 중 가장 어렵다.

1. 어떤 상황인가?

2. 어떤 인물인가?

3. 흙더미를 옮기기는 왜 그렇게 어려운가?

플롯 때문에 흙더미를 옮기기 어려운 상황을 만들어보자. 그리고 등장인물 때문에 흙더미를 옮기기 어려운 상황을 만들어보자.

- 등장인물이 이유인 예: 장례식 장면이다. 어느 어머니가 하나뿐인 아들을 땅에 묻고 있는데 마음이 찢어진다. 이 흙더미를 옮기지 못하는 모습을 통해 어머니의 감정적 고통이 어느 정도인지 드러난다. 흙을 뜬 삽이 천근만근 무겁게 느껴질 것이다.

- 플롯이 이유인 예: 흙더미 아래에 폭탄이 묻혀 있다. 폭발물 제거반 요원은 폭탄을 터뜨리지 않고 흙더미를 제거해야 한다. 까딱하면 어린아이와 멸종위기동물로 가득한 주요 구역이 깡그리 사라질 수도 있다. 이때 누가 파내느냐와 상관없이

흙을 한 삽씩 뜰 때마다 보는 사람의 가슴은 조마조마할 것이다. 이것이 플롯 아이디어로 적합한지 파악하는 한 가지 방법이 있다. 물론 인물 이야기로 만들 수도 있다. 이를테면 그 폭발물 제거반 요원이 과거 업무 중 당황하는 바람에 사람이 열 명 넘게 죽었고, 그래서 그 요원에게 삽질이란 하나하나 자신의 기술과 자신감, 복귀를 시험하는 일이다.

이 연습을 해보자. 플롯 이야기와 인물 이야기를 구분할 수 있는가?

갈등을 쌓으면
주제를
끌어낼 수 있다

마딕 마틴

시나리오를 쓸 때 가장 큰 함정은 출발점에 있다. 장편영화 시나리오 한 편을 쓰는 데 대략 1년이 걸린다는 사실을 잊지 말아야 한다. 그러니 이야기를 주제나 전제(가정), 교훈으로 시작하지 마라. 갈등을 쌓아가는 게 훨씬 수월하고 효과도 크다.

친구가 당신의 영화를 보고서 이런 말을 했다고 치자. "그 영화 정말 좋던데. 완전 주인공이 된 기분이었어."

이건 헛소리다. 그 친구는 영화 속 주인공이 된 기분을 느꼈을 리가 없다. 주인공의 갈등에 감정을 이입한 것뿐이다. 관객은 영화 속 인물이 되기보다는 인물의 갈등과 문제, 상황을 체험할 가능성이 크다. 당신의 친구가 영화를 마음에 들어 한 것도 바로 이 때문이다. 그를 이야기에 몰입하게 만든 건 등장인물이 아니라 갈등이다.

그러니 이야기를 만들 때는 등장인물의 갈등을 시나리오 출발선의 맨 앞에 세워라. 다시 말해 레이조스 에그리Lajos Egri(헝가리 출신 극작가. _옮긴이)가 《드라마 쓰기의 기술The Art of Dramatic Writing》에서 역설한, 말하고 싶은 주장이나 주제에 집착하지 마라. 에그리는 '사랑은 모든 것을 이긴다' 또는 '바보는 가난한 법이다'와 같은 전제로 이야기를 시작해야 한다고 주장한다. 하지만 전제를 출발점으로 삼을 때는 주제를 이야기로 만들기 위해 억지스러운 상황과 인물을 지어내려 한다는 문제가 생긴다. 이러한 경우는 대개 가짜 같거나 어색하게 끝나기 마련이다. 현실이 아닌, 작가가 말하고 싶은 주장을 전제로 관객에게 인상을 주려 하기 때문이다.

실생활에서 관찰하거나 영감을 얻은 출발점이 훨씬 더 바람직하다. 에피소드를 끌어모아라. 당신은 아마 실제로 주변에 있는 사람들을 관찰하고 싶을 것이다. 그런데 이럴 때는 사람들의 문제, 상황, 갈등을 관찰하는 게 더 중요하다.

말썽 피우는 사람들을 면밀히 관찰하라. 이러한 문제 유발자들을 영화 용어로 '안타고니스트antagonist'(적대자, 악역)라고 한다. 프로타고니스트protagonist(주인공, 영웅)와 안타고니스트를 과학자처럼 공정히 대하고 똑같이 연구해야 한다. 당신은 심판관이 아니다. 이들 인물이 주제를 전달하는 도구로 그치기를 원하지도 않을 것이다. 그러니 객관적인 과학자가 되어 인간적인 행동을 연구해 실제 사람과 똑같은 인물을 만들어야 한다.

| 실전 연습 |

먼저 주변 사람들을 살피고 그들의 문제를 관찰해 '갈등' 유발자를 골라내자. 절친한 친구가 어머니와 함께 사는 말썽꾼일 수 있다. 혹은 여동생이 사랑하지 않는 부자와 결혼했을 수도 있고.

과학자처럼 객관적으로 갈등을 관찰하고 그것을 장면scene으로 상상하라. 기록할 때에는 그 인물에게 자신의 의견을 주입하지 않도록 주의하라. 실제 본 것과 일어난 사실에 집중하라.

이 시점에서 심혈을 쏟아야 하는 존재는 안타고니스트다. 신인 작가는 주인공을 자기 자신, 즉 자신의 분신으로 만들기 십상이다. 하지만 드라마를 사실상 끌어가는 것은 안타고니스트, 즉 갈등 유발자다. 그러니 현실을 관찰하고 연구·기록할 때에는 '안타고니스트의 행동과 동기, 욕망'을 정확히 짚어내라.

그런데 안타고니스트는 '나쁜 사람'이라는 뜻이 아니다. 친구의 어머니가 안타고니스트일 수도 있다. 그녀가 세상에서 가장 상냥하고 친절한 사람일지라도 같이 사는 이들에게는 고역일 수 있다.

그러니 현실 속 어머니가 아들에게 문제를 일으키는 모습을 관찰하라. 더 좋은 방법은 여러 어머니의 면모를 결합하는 것인데,

그들 각자의 특성을 섞어 갈등을 만드는 것이다. 여기에 약간의 상상을 더하면 도움이 된다. 위대한 작가는 등장인물과 그들의 상황을 창조적으로 결합한다.

이를 쉽고 분명하게 보여주는 사례로 007 시리즈를 생각해보자. 제임스 본드는 언제나 매력적이며 멋진 남자의 모습으로 임무를 완수한다. 그러나 본드도 안타고니스트가 없었다면 지극히 따분하고 고리타분한 인물에 그쳤을 것이다. 007 시리즈에 등장하는 안타고니스트는 모두 본드가 뛰어넘어야 할 방해물을 만드는 역할을 한다. 안타고니스트가 만들어내는 방해물이 흥미로울수록 본드의 극복 과정은 더욱 기발해 보인다. 그러니 이야기의 실마리를 제공하는 인물은 '골드핑거'(《007 골드핑거007 Goldfinger》의 악당. _옮긴이) 또는 '골드멤버'(《오스틴 파워: 골드멤버Austin Powers In Goldmember》의 악당. _옮긴이) 같은 안타고니스트다.

주인공에게 문제를 안겨주는 안타고니스트를 출발점으로 삼아 이야기를 써보자. 관찰과 상상을 결합한 장면들을 만들어보라.

갈등을
드러내기 위해
소품을 활용하자

시나리오는 스크린을 위한 글이고, 인물들의 행동을 통해 이야기를 시각적으로 들려준다. 현실에서와 마찬가지로 시나리오에서 행동은 말보다 울림이 크다. 인물이 하는 말은 보통 인물스스로 진실이라고 믿는 것이거나 그 장면 속 다른 인물들이진실이라고 믿어주길 바라는 것이다.

좋은 이야기에는 내면의 악마와 맞붙어 두려움을 극복하고 갈등을 풀어내는 인물들이 있어야 한다. 인물의 갈등을 자막이나 내레이션 없이 어떻게 스크린에 내보일 수 있을까? 감정과 생각을 어떻게 보여줄 수 있을까?

인물의 생각과 감정을 스크린에 내보이는 기술은 십여 가지가 넘지만, 나는 '트위치twitch'('씰룩거림, 경련'을 뜻한다. _옮긴이)라고 명명한 방법을 사용한다. 아마도 〈옛날 옛적 서부에서 Once Upon A Time In The West〉와 〈핑크 팬더The Pink Panther〉를 동시상영으로 보고, 소품을 이용해 인물의 머릿속에서 들끓는 혼란을 상징할 수 있다는 걸 깨달은 후부터였을 것이다.

〈핑크 팬더〉 원작 영화에서 클루소 경위는 드레퓌스 경감 주변에서 자기 이름이 언급될 때마다 자기도 모르게 씰룩거리는데, 우리는 이를 통해 그의 기분과 생각을 쉽게 상상할 수 있다. 〈옛날 옛적 서부에서〉에서 찰스 브론슨Charles Bronson이 맡은 인물은 목에 하모니카를 걸고 다니는데, 악당인 프랭크의 총잡이 부하가 나타날 때만 하모니카를 분다. 그 하모니카는 영화의 끝에 이를 때까지 숨은 의미를 드러내지 않는다.

트위치는 갈등이나 해결되지 않은 문제를 상징하는 소품이다. 그런가 하면 터치스톤touchstone은 더 평화로운 시간의 기억들을 보여주기 위해 사용하는 소품이다. 모든 군인이 죽기 전 참호 장면에서 바라보는 가족사진은 진부한 터치스톤이다. 같은 사진이라도 그 군인의 가족이 적의 공격으로 죽었고 그의 참전 동기가 복수라면 트위치가 될 수 있다. 가족사진을 보고 평안을 느끼는 대신 분노를 느끼고 있었을 테니.

사진의 문제점은 너무나 피상적이고 이차원적이고 명확하다는 것이다. 개성이나 의미가 있는 다른 소품을 찾는 게 낫다. 로버트 로댓Robert Rodat이 시나리오를 쓴 〈패트리어트: 늪 속의 여우The Patriot)에서 멜 깁슨Mel Gibson이 맡은 인물 벤자민은 참전하기 위해 가족을 떠나는데, 이때 그의 아들은 자신이 모은 납으로 만든 병사 인형 세트를 준다. 전쟁이 계속되면서 벤자민은 이 인형을 하나씩 녹여서 자신의 머스킷 총의 탄알을 만든다. 병사들로 불룩했던 봉투는 비어가기 시작한다.

그는 인형을 하나씩 녹일 때마다 가족에 대한 그리움뿐 아니라 자신의 인간다움이 사라져간다고 생각한다. 그는 자신을 좋은 아버지와 남편으로 만들었던 인형들을 녹여서 군인이 되어간다. 적군을 살상하는 총알로 변하는 병사 인형은 가족사진보다 훨씬 좋은 소품일 뿐 아니라 주제와도 어울린다.

나는 시나리오에서 결혼반지와 머니클립, 컴퍼스, 은퇴기념 시계, 아이들의 장난감 그리고 허쉬 초콜릿 바를 사용했다. 아들이 납치되기 전에 아버지와 아들은 초콜릿 바를 나눠 갖는다. 시나리오에서 인물이 이 초콜릿 바의 여섯 조각을 하나씩 먹을 때마다 우리는 그의 생각과 느낌을 알 수 있다. 그리고 초콜릿 바를 먹을수록 남은 시간이 다 되어간다는 사실도 알 수 있다.

비결은 인물, 이야기, 주제에 어울리는 소품을 찾아내는 것이다. 그리고 나서 그 소품을 아버지와 아들이 간식으로 나누어 먹는 모습처럼 의미가 있는 장면 속에 넣는 것이다. 아니면 이탈리아 영화감독 세르조 레오네Sergio Leone의 스파게티웨스턴Spaghetti Western 영화(1960~1970년대에 기존의 정형화된 서부 영화의 틀을 깬 이탈리아의 서부극. _옮긴이)처럼 소품을 미스터리로 바꾸어서 마지막에 의미를 드러내라. 인물이 주머니에서 그 물건을 꺼내어 볼 때마다 우리는 그가 무슨 생각을 하고 있으며 기분이 어떤지 정확히 알 수 있다. 성가신 대사가 없어도!

| 실전 연습 |

인물이 고군분투하는 감정적 문제는 무엇인가? 시나리오에서 주인공은 일반적으로 물리적 갈등을 해결하기 위해 감정적 문제를 극복해야 하는 상황에 놓인다. 햄릿은 아버지의 살인자에게 복수해야 한다는 책임이 있었다. 〈다크나이트The Dark Knight〉에서 정의로운 인간 하비 덴트는 얼굴에 불이 붙어 심한 화상을 입은 후에 자신의 분노와 고군분투한다. 〈업Up〉에서 주인공 칼 프레드릭슨은 아내가 살아 있을 때는 결코 하지 못했던 대모험을 계속하면서 아내에 대한 상실감을 감당해야 한다.

이제 이러한 갈등을 상징적으로 보여줄 수 있는 소품 목록을 만들어보자. 최고를 고를 수 있게 브레인스토밍으로 가능한 한 많이 생각해내라. 또한 이야기의 주제와 연관된 사물, 관객이 크게 공감할 만한 사물을 찾아보자.

이제 그것을 역으로 해보자. 무작위로 사물을 골라서 어떤 갈등을 드러내는 상징이 될 수 있을지 알아보자.

감정이 실린
아이콘을
활용하자

캐리 커크패트릭

글을 쓸 때면 항상 나 자신에게 물어보는 질문이 있다. "말하지 않고 어떻게 보여줄 수 있을까?" 등장인물은 액션을 통해 가장 잘 정의되므로, 시나리오를 쓸 때는 인물을 시각적으로 전달할 방법을 찾는 것이 중요하다. 보이스오버voice over(내레이션)를 제외하고는 인물이 머릿속으로 무슨 생각을 하는지 알려주기가 매우 어렵기 때문이다.

그래서 나는 영화학교에서 배운 기술 중 마음에 들었던, 감정이 실린 아이콘을 적용한다. 감정이 실린 아이콘은 특유의 상징성으로 인해 감정적 공감을 불러일으키는 소품보다 훨씬 더 많은 의미를 품는다. 이를 잘 보여주는 사례가 죽은 연인의 사진이 담긴 로켓locket 목걸이다. 목걸이의 주인이 돌연 멍한 표정을 짓다가 목걸이를 쓰다듬으면, 우리는 그가 오래전 헤어진 연인을 생각한다고 짐작한다. 이것은 인물의 심리 상태를 빠르게 엿보게 하는 환상적인 방법이다.

감정이 실린 아이콘 중에서 내가 가장 좋아하는 것은 영화 〈펄프 픽션Pulp Fiction〉의 손목시계와 〈쇼생크 탈출The Shawshank Redemption〉의 하모니카다.

먼저 손목시계를 보자. 〈펄프 픽션〉에서 브루스 윌리스 〈Bruce Willis〉가 연기한 버치는 도망칠 기회를 버리고 고통을 참아서(새디스트적인 '중세' 고문실을 비롯해) 자신의 시계를 돌려받는다. 값비싼 금시계라서? 아니다. 이 아이콘에 감정이 실려 있기 때문이다. 쿠엔틴 타란티노Quentin Tarantino 감독은 이 시계에 감정적 가치가 실리는 장면과 독백(크로스토퍼 워컨Christopher Walken이 전하는 아름다운 기억)을 붙인다. 이 시계는 버치의 아버지가 할아버지에게서 물려받은 것이다. 아버지는 버치에게 이 시계를 물려주기 위해 하노이 감옥이라는 아주 열악한 곳에서 몇 년이나 간직한다. 그 후 이 시계는 아버지에 대한 추억을 존중하는 상징이 된다. 시계를 잃는다는 건 자신의 과거와 연이 끊어지는 것이며, 아버지가 전쟁포로로 잡혀 있는 동안 자신을 위해 했던 모든 일을 부끄럽게 만드는 것이다.

영화 〈쇼생크 탈출〉의 주제는 희망이다. 감옥이라는 영혼을 파괴하는 가망 없는 곳에서도 희망을 버리지 않는 법에 대해 말한다. 앤디(배우 팀 로빈스Tim Robbins)가 자유에 대한 희망을 내비칠 때 레드(배우 모건 프리먼Morgan Freeman)가 말한다. "이런 곳에서 희망은 위험한 거야." 레드가 감옥에 오기 전(자유로웠던 시절에) 하모니카를 불었다는 걸 알게 된 앤디는 그에게 하모니카를 선물한다. 이 하모니카는 희망의 상징이 된다. 레드는 그 선물을 받자마자 화를 내고 치워버린다. 나중에 앤디가 집요하게 도서관 설치를 주장해 마침내 레드가 도서관에서 일하게 만들었을 때(레드의 이전 일자리보다 훨씬 나은), 레드는 상자에서 그 하모니카를 꺼내 한번 불어본다. 한 음, 한 음을 조심스럽게 불어본다. 이제 우리는 이 아이콘에 감정이 실리고 상징성이 생기면서 레드가 희망을 품게 되리라는 것을 안다. 앤디가 탈옥한 후 가석방 선고를 받은 레드는 소지품 몇 가지를 챙겨 나오는데 그중 하나가 이 하모니카다. 이제 레드는 더 자주 하모니카를 분다. 그는 멕시코에 있는 앤디와 재회할 때 이 하모니카를 들고 가고, 마침내 영화의 마지막 대사는 다음과 같은 레드의 말이다. "나는 희망한다, 나는 희망한다."

나는 이 장치를 자주 활용한다. 내가 쓴 〈치킨 런Chicken Run〉에서 성미가 고약한 영국 공군장교 출신의 수탉 파울러는 양키 수탉 록키가 사기꾼임을 믿어 의심치 않는다. 그건 사실이다. 하지만 나중에 마음이 풀린 파울러는 록키에게 용기를 주기 위해 자신이 받은 훈장 하나를 건넨다. 이 아이콘에 감정이 실리게 되면서, 이제 누구보다 록키를 의심했던 파울러가

록키를 믿게 되었다는 점이 암시된다. 록키가 닭들에게 사실을 털어놓지 못하고 떠날 결심을 하며 그 훈장을 파울러의 베개 위에 둘 때, 우리는 그가 무슨 생각을 하는지 안다. 자신은 용감하지도 않고, 그런 칭찬을 받을 가치가 없다고 여기는 것이다. 아이콘은 이렇듯 시각적인 내용 전달에 활용할 수 있다. 이 시퀀스 전체는 대사 없이 전개된다.

감정이 실린 아이콘을 제목으로 사용하는 작가들도 있다. 〈레드 바이올린Red Violin〉, 〈유리 동물원The Glass Menagerie〉, 〈펠리칸 브리프The Pelican Brief〉, 〈몰타의 매The Maltese Falcon〉가 그 예다.

| 실전 연습 |

15분을 들여 집 안 또는 잡동사니를 한데 넣어두는 서랍장을 살펴보자. 곁에 쓰레기통을 두고 물건을 버리기 시작하자. 버리지 못하는 것들에는 감정이 실려 있기 때문이다. 왜 그것을 버릴 수 없는지, 그것이 어떤 의미인지, 누가 그것을 주었는지 등을 적는다. 그러고 나서 현재 작업 중인 이야기가 무엇이든 그 안의 인물들을 생각하고 그들의 감정에 뚜렷함과 깊이를 더해줄 아이콘을 생각해본다.

전체 이야기를
한 문장으로
줄여 보자

스티븐 리벨

최근까지도 나는 시나리오 작법서를 전혀 읽지 않았다. 물론 시나리오 작법에 관한 토론에는 간혹 참여했다. 그러던 중 지난여름 시나리오 작법서를 한 권 샀다. 솔직히 내가 그 책에서 발견한 것은 끔찍했다. 그 책의 저자가 말한 핵심은 이러하다. 시나리오는 메커니즘 형식이므로, 확실한 공식에 따라 바른 순서대로 부속품들을 조립하면 아름다운 전체가 되고 부의 원천이 될 것이라고.

내 머리로는 이런 주장이 납득되지 않았다. 그 책은 지금까지 내가 글쓰기에 대해 믿거나 생각하거나 직관으로 알아낸 모든 것을 부정했다. 시나리오는 기계가 아니고, 그 부분들도 기계 부속품과 같지 않을 뿐더러, 그 부분들을 조립해 전체로 만들어내는 공식은 없다. 내가 보기에 시나리오는 유기체다. 살아 있다. 시나리오를 쓰기란 아이를 키우는 것과 마찬가지로 절대 기계적으로 접근할 수 없는 일이다. 살아 있는 것들을 길러내는 일은 상상, 생각, 감정, 희망, 절망, 창안, 영감, 주의, 통찰, 진실함, 그리고 사랑과 더 관련되어 있다. 어떤 부분이 어디로 가고, 60쪽에서 구성점이 어떻게 떠오르는지 그런 것보다.

작가는 그 무엇보다도 먼저 콘셉트를 알아야 한다. 극적으로 강렬한 관심사나 기발하고 웃긴 발상은 수백만 명의 낯선 사람들이 공감할 수 있는 것이어야 한다. 게다가 자신만의 특별한 언어로 말할 수 있는 어떤 것, 관객이 꼭 봐야 한다고 열정적으로 믿는 어떤 것이어야 한다. 중요하고 보편적인 것이어야 한다. 진실이어야 한다.

영화는 모든 아이디어를 구현할 수 있는 만능의 매체가 아니다. 그러므로 이야기를 가장 잘 전달할 수 있는 형식이 시나리오가 맞는지 결정해야 한다. 자신의 아이디어가 과연 영화 어법에 적합한지 스스로에게 물어야 하는 것이다. 만일 아니라면 다른 매체로 써라. 스타 배우와 함께 밥을 먹는 헛된 희망에 사로잡혀 실패할 시나리오에 일생을 매달리느니, 위대한 시나소설 또는 훌륭한 희곡을 쓰는 편이 낫다.

아이디어를 가장 잘 구현할 형식으로 시나리오를 결정했다면, 다음 과제는 아이디어를 간결한 문장으로 압축하는 것이다. 다음 질문에 두 문장이 넘지 않게 답할 수 있어야 한다. "이 시나리오는 무엇에 관한 것인가?" 한 문장으로 답할 수 있다면 더 좋고, 만일 한 단어로 답할 수 있다면 훨씬 더 좋다. 만약 답할 수 없다면 그저 영상을 통해 보여주는 것 외에 시나리오의 진실성은 부족할 수밖에 없다. 시나리오의 중심 아이디어, 곧 이야기의 의미란 작품 이면에 있는 영상을 뜻하며 어떻게 하면 그 영상을 영화라는 매체를 통해 가장 잘 전달할 수 있는가를 뜻한다.

나의 작품 〈닉슨Nixon〉은 러브스토리를 비튼다. 〈알리Ali〉는 신의 뜻을 찾는 남자 이야기다. 〈카핑 베토벤Copying Beethoven〉은 전설이 되어가는 남자와 사랑에 빠진 젊은 여자 이야기다. 〈마일스 어헤드Miles Ahead〉는 음악을 연주할지 죽을지를 선택하는 남자에 관한 이야기다.

모든 전환점에서, 모든 장면 변화에서, 모든 인물 등장에서 이렇듯 간결하게 진술된 아이디어는 길잡이가 된다. 아이디어는 누구에 대해 쓸지, 무엇을 쓸지, 그리고 시나리오에 어떤 가치가 있는지 결정한다. 중심 아이디어를 표현하기 위해 장면과 등장인물을 선택하기 때문이다. 나는 이 점이 언제나 진실이라는 것을 알게 되었다. 어떤 장면으로 바꾸어야 할지, 이야기가 어디로 가야 할지, 어떤 인물에 초점을 맞추어야 할지 확신이 들지 않을 때마다 나는 중심 아이디어를 요약한 한 문장으로 돌아가서 물었다. 이 장면이 나 등장인물, 대사는 내가 전달하려는 의미를 명확하게 하는가?

이 과정에서 많은 젊은 작가가 길을 잃는다. 일반적인 시나리오 작법서에는 사건이 반드시 있어야 하며, 심지어 이 사건들이 시나리오의 특정 지점에서 일어나야 한다고 쓰여 있다. 나는 앞서 말한 대로 이는 당치 않다고 생각한다. 하지만 시나리오가 사건들, 즉 앞으로 일어나게 될 일들의 틀이라는 점은 사실이다. 그러니 작가는 그 진실, 독자에게 전달하려는 그 진실이 우리를 자유롭게 쓰게 하며 작품을 살아 있게 한다는 점을 알아야 한다.

열 쪽 안에
주제를 함축하는
대사를 써라

배리 브로드스키

영화사의 문을 두드리기 위해 시나리오를 쓰고 마케팅해야 하는, 이처럼 경쟁이 치열한 업계에서 처음 열 쪽 안에 검토자를 낚지 못하면 당신은 끝이다. 당신의 시나리오는 부서진 꿈들과 휘어진 제본철들이 산처럼 쌓인 더미 위로 던져질 테고 다시는 빛을 보지 못하게 될 것이다. 읽는 이를 사로잡을 열 쪽. 이들을 낚기 위해서는 무엇을 미끼로 써야 할까?

물론 흥미롭거나 별나거나 호감 가는 주인공은 필수다. 강렬한 시각적 배경도 도움이 된다. 경쾌하고 설득력 있는 대사도 좋다. 시나리오를 펼치는 사람은 누구나 이러한 특성을 찾으며, 어떤 작가들은 이 미끼들 대부분을 끼는 데 성공하기

시나리오 쓰기의 모든 것(개정판)

도 한다. 그런데 여기, 독자와의 첫 대면에 이용할 수 있는 또 다른 도구가 있다. 독자를 사로잡으면서 이야기의 중심을 분명하게 가리키는 표시판이 되는 도구다. 이 도구는 독자의 주목을 이끄는 깜빡이 신호 역할을 한다. 이 영화는 이렇습니다! 바로 '주제를 함축하는 대사'다.

주제를 함축하는 대사는 첫 열 쪽 안에 독자에게 무엇에 관한 영화인지 알려주는 대사다. 시나리오 컨설턴트인 비키 킹ViKi King은 자신의 책《21일 만에 시나리오 쓰기How to Write a Movie in 21 Days》에서 (보통 3쪽이나 4쪽에 나오는) 대사 한 줄이 영화의 "핵심 문제를 물어봐야" 한다고 말한다. 작가는 문제를 제기할 뿐만 아니라 독자에게 시나리오의 주제를 더욱 직접적으로 보여주기 위해 노력해야 한다는 것이다.

성질이 고약한 멜빈 유돌은 방금 귀여운 강아지 버델을 아파트 복도의 쓰레기 투입구에 던졌다. 강아지의 주인인 사이먼이 자신의 집에서 복도로 나와 강아지 이름을 부른다. 그가 멜빈에게 버델을 보았는지 묻는다. 멜빈은 사이먼에게 동성애 혐오증적 발언과 사이먼의 친구인 프랭크에 대한 인종차별적 발언을 내뱉는다. 이때 프랭크가 복도로 나와서 합류한다. 프랭크가 멜빈에게 주먹을 날리려 하자 사이먼이 그를 막아서며 집 안으로 데려간다. 바로 이때 멜빈과 사이먼은 그 장면의 마지막 대사를 나눈다.

멜빈: 개를 찾았으면 좋겠소. 나도 그 개를 좋아해.

사이먼: 당신은 어떤 것도 좋아하지 않아요, 유돌 씨.

사이먼의 이 대사는 영화 〈이보다 더 좋을 순 없다As Good As It Gets〉의 주제를 요약해서 전달한다. 이 대사는 시나리오 4쪽의 첫 줄에 적혀 있다. 독자는 이제 이 영화가 괴팍한 남자 멜빈이 사랑을 찾아가는 이야기라는 걸 안다. 그리고 멜빈에 대해 본 내용을 토대로, 이야기가 전개되면서 이 주제가 정확히 어떻게 실현되는지 확인한다.

갤빈은 술에 취한 앰뷸런스 체이서ambulance chaser(구급차를 쫓아다니며 소송을 부추기는 변호사. _옮긴이)로 시나리오 1쪽에 등장한다. 그는 장례식장 대표에게 돈을 지불하기 전 바짝 긴장한 과부의 손에 자신의 명함을 밀어 넣는다. 그 여자의 남편은 사고로 죽은 게 분명하다. 몇 장면 뒤에 갤빈은 또 다른 장례식장에서 똑같은 작전을 펼치다가 죽은 이의 아들에 의해 정체가 탄로 난다. 그 아들은 갤빈이 죽은 이를 알지도 못하며 단지 가족을 잃은 사람들을 상대로 일을 따내려는 부도덕한 변호사라는 것을 폭로한다. 장례식장 대표가 갤빈을 밖으로 끌어낼 때 그 아들은 이 영화의 주제를 함축하는 대사를 외친다. "도대체 당신은 자신이 어떤 사람이라고 생각해?" 이 대사는 시나리오 3쪽 하단에 있다.

1982년 작 〈심판The Verdict〉은 자신이 누구인가 생각하는 인물 프랭크 갤빈에 관한 영화다. 그는 한때 법의 정의로움을 믿었던 이상적인 변호사였을까? 아니면 현재와 마찬가지로 단지 눈 먼 돈을 찾아다니는 형편없는 주정뱅이였을까? 갤빈의 옛 변호사 동료인 미키는 또 다른 주제를 함축하는 대사를 던진다. 그는 자신의 사무실 바닥에서 기절한 갤빈을 끌어내고 책망하며 말한다. "자네는 결코 변하지 않을 거야." 이로 인해 6쪽에서 독자는 시나리오가 진짜 자신의 모습을 알게 되면서 변화하는 한 남자의 이야기라는 것을 알게 된다.

싱글맘인 새미는 여덟 살 난 아들 루디에게 외삼촌 테리가 한동안 같이 지낼 거라고 말한다. 우리는 시나리오 5쪽에서 새미의 가족과 테리 남매의 뒷이야기를 알 수 있다. 두 사람의 부모는 남매가 어릴 적에 자동차 사고로 죽었다. 부모의 장례식에 참석한 두 아이의 모습은 우리의 눈물샘을 자극한다. 남매가 2년 가까이 서로 만나지 않았다는 사실도 알게 된다. 그러고 나서 테리가 누나를 보러 가기 위해 여자친구인 실라에게 돈을 얻는 모습이 나온다. 실라가 돈을 주자 테리는 돈을 더 달라고 요구한다. 테리는 그녀의 오빠에게 가서 돈을 더 얻어 오라고 하지만, 실라는 그러고 싶지 않다("그러려면 내가 오빠에게 말을 걸어야 하잖아"). 테리는 결코 안정적인 사람이 아니다. 10쪽에서 그는 이 영화의 주제를 함축하는 대사를 내뱉는다.

"나는 모든 사람이 말하는 그런 종류의 사람이 아니야."

〈유 캔 카운트 온 미You Can Count On Me〉는 성실한 싱글맘 새미와 빈둥거리는 그녀의 남동생 테리의 어려운 관계에 대한 이야기다. 그녀에게 남동생은 몇 년에 한 번씩 나타나 돈을 가져가고 끝없이 말썽을 피우는 그런 존재다. 독자는 두 사람의 대비된 성격을 처음의 열 쪽에 걸쳐 본다. 또한 테리의 대사를 통해 앞으로 테리가 '모든 사람'이 말하는 패배자인지 아닌지 보여주길 기대한다.

마일스는 결혼을 코앞에 둔 친구 잭을 데리고 캘리포니아 지역의 와이너리 기행에 나선다. 여행 전 자신의 집에서 잭은 약혼녀와 부모님에게 마일스의 소설이 곧 출간된다고 말한다. 이제 두 남자는 차 안에 있고, 독자는 그 책이 작은 출판사에서 검토만 했을 뿐임을 알게 된다. 마일스는 자신의 소설에 관해 과장한 잭을 꾸짖는다. 둘은 잭이 그걸 말했어야만 했는지를 두고 다툰다. 그러고 나서 시나리오 8쪽 상단에 다음과 같은 마일스의 대사가 나온다. "나는 노력하지 않을 거야. 그뿐이라고. 노력하지 않을 거라고." 독자는 〈사이드웨이Sideways〉 시나리오의 주제가 마일스가 다시 '노력'할 수 있을지 탐구하는 것임을 알 수 있다.

다음 장에서 마일스는 어머니 집에 들러 자신의 비밀 장소에서 돈을 약간 꺼낸다. 그는 자신이 여자와 함께 있는 결혼

사진을 바라본다. 독자는 이미 마일스가 혼자 살고 있으며, 좋게 표현해서 게으른 편임을 알고 있다. 10쪽을 보면 시나리오를 이끄는 것이 바로 인물이라는 것을 알 수 있는데, 무엇 또는 누가 마일스를 '노력'하게 만드는지에 관한 궁금증이 시나리오를 계속 읽게 한다.

| 실전 연습 |

1. 자신이 쓴 시나리오를 보자. 처음 열 쪽 안에 주제를 함축하는 대사가 있는가? 없다면, 대사를 생각해보자. 그런 후에 그 대사가 시나리오 전체에 울려 퍼질 수 있게, 필요하다면 다시 쓰기를 한다.

2. 영화 〈카사블랑카〉, 〈델마와 루이스Thelma & Louise〉, 〈차이나타운Chinatown〉, 〈데이브Dave〉, 〈죽은 시인의 사회Dead Poets Society〉, 〈홀랜드 오퍼스Mr. Holland's Opus〉, 〈아프리카의 여왕The African Queen〉, 〈올모스트 페이머스Almost Famous〉, 〈매버릭Maverick〉을 보거나 시나리오를 읽어보자. 도입부의 10분 내에 주제를 요약한 대사를 찾을 수 있는가?

3. 아직 보지 않은 영화 열 편을 관람하자. 도입부의 10분 내에서

주제를 함축하는 대사를 찾을 수 있는가? 만일 찾을 수 없다면,

자신이 그 영화의 작가라고 가정하고 시나리오의 처음 열 쪽

안에 그러한 대사를 적어 넣는다.

시나리오 쓰기의 모든 것(개정판)

5장

장면

작가로서의
자기이해는
창작을 돕는다

토미 스워들로

알코올의존자의 재활을 돕는 모임인 AA Alcoholic Anonymous에서 발간하는 '빅 북The Big Book'(원제는 모임명과 동일한 《익명의 알코올의존자들Alcoholics Anonymous》이다. _옮긴이)에는 다음과 같은 강력한 문구가 실려 있다. "자기이해는 아무 쓸데가 없다." 이 말은 의존증과 싸우는 이들에게는 사실이지만, 시나리오를 쓰는 작가에게 자기이해는 필수 불가결하다!

나는 시인이자 배우로서 시나리오와 드라마 대본을 쓰기 시작했다. 연기자로서 목소리와 대사를 듣는 귀가 있었고, 스스로 어떻게 말하기를 좋아하는지 알고 있었다는 말이다. 나는 광기가 흐르고 비밥bebop(자유분방하며 다채로운 리듬, 복잡한 멜로디 등이 특징인 재즈. _옮긴이) 음악처럼 소리가 툭툭 울리는 대본을 썼다. 다양한 대중문화를 융합해 난해하고도 새로운 것을 만들려 했다. 그 대본은 두 남자가 마리화나를 말면서 자신들의 여자친구에 대해 말하는 내용이 큰 줄기였다. 매일 치르는 이 마리화나 '의식'은 그들의 '바이블$_{bible}$'에 기재되었다. 나와 연기를 함께했던 배우가 자신의 친구 마이클 골드버그$_{Michael\ Goldberg}$를 연출자로 소개했는데, 그가 대본에 대해 해준 충고 몇 가지는 나를 민망하게 만들었다. "갈등도 이야기도 없고⋯⋯ 내 말을 오해하지 말아요. 나는 이 작품이 좋아요. 하지만 더 좋아질 수 있습니다."

그날 30년간 이어질 파트너십이 탄생했고 우리는 썩 괜찮은 작품 여러 편을 함께 만들었다. 이 작품들로 우리는 어찌되었건 세상에 '알려졌다.' 그게 무슨 의미가 있는지 모르겠지만(내 말을 오해하지 말기를. 나도 내 작품들이 자랑스럽다. 하지만 자아$_{ego}$는 창조성의 진정한 적이고, 작가는 자아가 아주 큰 존재들이다). 마이클이 극적 갈등과 위기를 물어보면서 작가를 향한 나의 여정은 비로소 시작되었다. 그로부터 21년이 지났고, 나는 마침내 이야기와 구조를 제법 이해하게 된 것 같다(물론 이해가 결코 과정을 대신할 수는 없다. 컴퓨터 앞에 앉아서 묵묵히 시간을 견디는 과정을 거쳐야 한다).

이러한 지식은 좋을 수도 있고 나쁠 수도 있다. 내가 쓴 최고의 시나리오는 (내 생각에) 첫 시나리오다. 〈유토피아 파크

웨이Utopia Parkway〉라는 제목의 작품으로 그간 몇 번 계약이 성사될 뻔했다(나는 여전히 제작되기를 바라며 끊임없이 첫 시나리오를 고치고 있다). '최고의 시나리오'라고 한 것은 자전적 요소가 가장 많았다는 의미다. 불행히도 이 '개인적인' 이야기의 주인공은 병세가 위중한 75세의 남자다(파킨슨병을 앓았던 내 아버지 이야기에 바탕을 두었다). 이 이야기는 상업적이지 못한, 심지어 독립영화계에서도 기피하는 내용이며 해가 갈수록 상황은 더욱 힘들어지고 있다.

오늘날 급변하는 할리우드의 분위기를 보면 이 시나리오가 영화로 제작될 가망은 더더욱 낮아진 듯하다. 하지만 나는 여전히 누군가의 첫 시나리오는 개인적인 이야기가 되어야 한다고 믿는다. 다른 누구도 할 수 없는 이야기니까(하지만 발표 즉시 블록버스터가 될 시나리오를 쓰고 싶어 죽겠다면, 건투를 빈다).

〈쿨 러닝Cool Runnings〉이라면 내게 할 말이 있다. 무슨 말인지 알 것이다. 몇 년 동안 이 시나리오(그리고 영화)를 진행하면서 시간이 갈수록 〈유토피아 파크웨이〉와는 다른 종류의 만족을 느꼈다. 둘 다 잘못된 것은 없다. 모든 시나리오는 그 나름의 아름다움과 목적이 있다. 하지만 스스로 무엇을 쓰고 있는지, 누구를 위해 쓰는지, 그리고 그가 무엇을 기대하는지 알면 놀랄 만큼 도움이 된다. 우리는 이것을 '작품에 대한 이해'라고 한다.

그러나 직업상 영향을 끼치는 점들도 있다. 창작과 자기

이해라는 주제에 대해 생각해보자. 작가는 자신이 어떤 성향인지 파악해야 한다. 체계적이고 분석적이고 조직적인 작가라면, 개요 없이 글쓰기를 시작할 때 최고가 나올 수 있다. '순수한 목소리'를 더 많이 낸다면(나 자신도 처음 글을 썼을 때 이런 성향이라고 생각했는데), 즉 즉흥적으로 인물을 통해 웃기고 강렬한 생각들을 분출하는 작가라면 먼저 개요를 쓰고 조직하라.

최대한 자신의 장점, 단점에 정직해지자. 그리고 자신의 작품을 읽어줄 누군가를 항상 찾아라. 신선한 시각을 가진 다른 누군가가 필요한 순간은 언제나 있기 마련이다. '어려운 것, 자연스럽지 않은 것'을 할 때야말로 글쓰기와 창작 과정 그 자체에 들어서게 된다고 나는 굳게 믿는다. 내게 글쓰기는 고통스럽고 노동집약적으로 시간을 보내는 방식이다. 잘 쓰인 대사, 장면, 시나리오는 지극히 만족감을 안겨주는데도 말이다.

│ 실전 연습 │

1. 한 장면의 개요를 꼼꼼하고 자세히 작성하라(작업 중인 시나리오에서 가져오거나 이 실전 연습을 위해 새로 만들어도 된다). 그 장면에 누가 있는가? 어떤 일이 벌어지는가? 장면은 어디에서 바뀌는가?(즉, 어디서 주요한 정보나 놀라운 일이 벌어지는가) 이 장면이 일어났으면 싶은 해당 쪽수를 구체적으로 선택하라. 쓰고

있는 시나리오에서 가져온 장면으로 연습한다면 이렇게 자문해보자. 어떻게 하면 전체 시나리오에 들어맞을까? 여기에 심어놓을 만한 주요 플롯 요소나 콜백callback이 있는가?(콜백은 나중에 결실을 맺을 수 있도록 시나리오 안에 심어놓는 어떤 것을 가리킨다. 예를 들면 이런 것이다. 주인공이 장면의 초중반에서 큰 재채기 소리를 내며 놀란다. 그리고 나중에 자신의 '진짜' 아버지라고 의심되는 남자도 말을 걸자 똑같이 발작적으로 재채기를 한다. 이것은 매우 기초적인 사례다. 창의적으로 콜백을 활용해보자)

2. 개요나 기대감 없이 한 장면을 써라. 그냥 써라. 어떤 내용도 될 수 있다. 등장인물들이 전에 없던 새로운 성격을 보일 수도 있다. 횡설수설하거나 방언을 하거나, 정교하고 미묘한 억양을 구사할 수도 있다. 자유롭게 정한다. 그냥 입 밖으로 내라. 뱉어내라.

3. 두 장면을 한 장면으로 만들어라. 이것은 연습이니까 결과에 연연하지 마라. 두 장면을 공평하게 반반씩 섞을 필요는 없지만 한 장면에 대한 상반된 방식 두 가지를 새롭게 섞을 때 어떤 일이 일어나는지 보라.

다음 장면이
궁금할 때
긴장감이 생긴다

새러 콜드웰

좋은 스토리텔링은 독자나 관객이 다음에 무슨 일이 일어날지 궁금해하게 만든다. 공포 영화는 다음에 무슨 일이 벌어질지를 두고 독자나 관객을 놀라게 한다. 이것이 긴장감의 핵심이다. 알려진 것들과 알려지지 않은 것들을 뜻밖의 것들과 조합하는 것이다.

공포 영화는 익숙하지 않은 세계, 곧 이성이 작동하기 어려운 세계를 만든다. 우리가 진실이라고 믿는 것들의 기반이 흔들리고, 유령과 대안의 세계, 진흙으로 만들어진 생명체와 사악한 힘을 지닌 악의 근원 같은 것들이 공존하는 어두운 세계 속에서 인물들은 예기치 못한 사건들에 공포를 느끼며 자제력을 잃어간다.

완전한 공포의 순간이 불쑥불쑥 끼어드는, 긴장감이 넘치는 상태가 속된다면 우리는 일상을 살아가기가 힘들 것이다. 우리의 나날은 제법 체계가 있고 예측이 가능하다. 이 형식을 깨고 여행이나 특별한 행사에 가거나 낯선 활동을 시도할 때조차, 우리는 여전히 예전의 경험들을 참조해 짐작하고 연구하거나 다른 사람의 이야기를 들어서 파악할 수 있다. 때때로 자동차 배터리 방전부터 실직까지 예상하지 못한 일들이 느닷없이 일어나지만, 아무리 고통스러워도 우리는 이런 상황을 헤쳐나가는 기술들을 연마해왔다.

하지만 문제가 생긴 비행기에 타고 있다든가, 낯선 도시에서 길을 잃는 것처럼 예기치 못한 놀라운 일들도 있다. 이때 우리의 시각과 청각은 즉각 곤두서며 모든 감각은 위험을 감지하기 위한 경계 태세에 돌입한다. 마찬가지로 시나리오 속 인물들도 계속 경계를 하느라 닭살이 돋은 상태에 있어야 하며, 경계가 심할수록 좋다.

어쩌면 당신은 이런 무시무시한 순간을 몸소 경험했을지도 모르겠다. 앞에서 말한 사례 두 가지는 모두 내가 경험했던 일이다. 나는 승무원이 모든 승객에게 이륙을 해야 하니 앞으로 달려가라고 소리 지르던 바로 그 비행기에 타고 있었다(무게 불균형으로 인해 비행기 꼬리가 주저앉았던 것이다). 또한 열 살이 되던 해에 나는 외국의 낯선 도시에서 길을 잃었는데, 어느 영국인 부부가 겁에 질린 나를 보고 어머니를 찾아줄 때까지 울면서 거리 곳곳을 갈팡질팡했다. 이 두 가지 경험은 모두 나를 경계 태세에 빠뜨렸기 때문에 나는 당시를 완전히 그리고 분명하게 기억한다. 그 상황이 나빴던 만큼, 이 기억들은 '다음엔 무슨 일이 벌어질까' 하는 긴장감을 만들어내는 데 유용하게 활용되었다.

두 상황에서 나의 기대감은 예기치 못한 일들에 의해 산산이 깨졌고, 그것 때문에 소름이 끼쳤다. 다음엔 무슨 일이 벌어질까? 비행기는 수평을 찾을까 아니면 추락하게 될까? 나는 엄마를 찾을까 아니면 유괴되거나 해를 입게 될까? 두 상황 모두 무사히 종료되었지만, 나는 다른 결과를 상상할 수 있다(그리고 했다). 이러한 순간들을 기억하고 '만일'의 경우를 생각해 인물에게 닥친 끔찍한 상황에 적용한다면, 관객을 놀라게 할 예상 밖의 방법을 찾는 데 도움이 될 것이다.

| 실전 연습 |

인생에서 가장 소름끼쳤던 순간에 일어난 일을 적어라. 겉모습과 소리 같은 세부 사항을 집어넣어라. 어떤 기분이 들었는지 묘사하라. 가장 소름이 끼쳤던 순간, 심장이 마구 뛰어서 터질 것 같았던 지점에서 중단하라. 그리고 나서 일어날 수 있는 최악의 가능성을

모두 고려해보라. 어떤 것이 가장 무섭고, 그 이유는 무엇인가? 이 시나리오들이 죽음보다 훨씬 무서운가?

그 두려움이 계속된다면 어떡할 것인가? 이 사건이 일을 더 심각한 지경으로 몰고 간다면 어떤 일이 될 것인가? 예컨대, 외국의 낯선 도시에서 울고 있는 나를 친절한 노파가 자신의 집으로 데려간다. 내가 그 집으로 들어가자, 그 노파는 내가 부엌 식탁 위에 놓인 고문 도구들을 미처 보기 전에 문을 얼른 잠가버린다. 상상을 계속하면 한계를 뛰어넘을 수 있다. 그것이 터무니없어 보일지라도. 일단 끝에 이르렀다고 생각이 들면, 동일한 과정을 등장인물에게 적용한다. 처음에는 절대적인 공포부터 쌓아가고 그 단계를 서서히 증폭한다. 자신의 두려움을 가상의 두려움과 결합하면 장르적 상투성을 훌쩍 넘어서 기대치 않은 놀라움을 발견하고 아이디어를 확장하는 데 큰 도움이 된다.

뻔한 동사는
장면을 지루하게
만든다

베스 세르린

우리는 모두 힘 있는 시나리오를 쓰고 싶어 한다. 우리 뇌는 전제와 반전, 등장인물, 어수선한 구조로 착란을 일으킨다. 빈곤한 작가의 머리는 터지기 직전이다. 단어는 작가의 도구 상자에서 가장 효과적인 기본 도구이지만 가장 빈번히 간과되고 있다. 자, 내가 당신을 위해 '만능 동사'를 내리겠다.

영화의 내용을 떠올릴 때 우리는 액션을 생각한다. 동사는 액션을 쓸 때 무대 가운데를 차지하는데, 여기서 동사란 목표, 정확히 말해 인물의 목표에 따른 움직임을 설명한다. 그런데 어째서 왜 이렇게 많은 작가가 가장 밋밋한 동사들을 선택하는 것일까? 아무리 완벽하게 멋진 장면도 "그는 주머니에서 총을 꺼내서 세븐일레븐 안으로 들어간다"라는 표현 때문에 맥이 빠질 수 있다. 일상적인 장면도 합당한 동사를 장착하면 인물을 드러내면서 잊히지 않는 시각적 순간으로 변할 수 있다. "그는 주머니에서 총을 더듬거려 꺼내고 세븐일레븐 안으로 비틀대며 들어간다." 이제 이 남자의 미숙함과 내키지 않은 심정이 감지된다. 그러니 일이 벌어지기 전부터 자연스레 긴장감을 조성할 수 있다.

게다가 이때 우리는 '읽는 사람을 지루하게 만들지 마라'라는 시나리오 쓰기의 유일무이한 불변의 법칙도 지킬 수 있다. 누군가 지문을 읽지 않고 책장의 먼지를 털고 있다면, 우리는 '영화'가 시작되기도 전에 '시나리오'를 놓치고 말 것이다. 독특한 인물들과 흥미진진한 대사를 독창적인 아이디어와 함께 끝까지 밀고나가 놓고선 이 모든 노력을 가장 진부하고 낡은 서술어 '~이다'로 하찮게 만들고 싶은가?

그렇다면 어떻게 독자들을 사로잡고 주의를 끌 수 있을까? 다음에 무슨 일이 벌어질지 궁금한 나머지 독자들이 전화를 해대길 바라는가? 답은 믿기지 않을 만큼 간단하다. 감정을 함축하고, 수식하는 부사 없이도 홀로 설 수 있는 동사들을 찾아내라. 그러면 인물의 내면 풍경을 탁월하게 겉으로 드러낼 수 있다. 주인공이 방을 가로질러 쏜살같이 달릴 때, 으스대며 걸을 때, 스르르 나아갈 때 우리의 머릿속에는 각기 다른 그림이 그려진다. 구체성을 띤 동사는 힘이 있기에 훨씬 효과적이다.

시나리오에서는 모든 단어가 이야기를 앞으로 밀어내야
한다. 나는 내 학생들(그리고 나 자신)에게 언제나 상기시킨다. 그
림이 수천 마디의 말을 압축한다고. 만능 동사들은 이를 가능하
게 한다. 자신만의 작가 동의어 사전을 만들어서 활용해보자.

| 실전 연습 |

만능 동사를 이용하려면 집중하는 연습이 필요하다. 바로 자신만
의 작가 동의어 사전을 만드는 것이다. 이 중요한 참고 서적이 따
분한 동사를 반짝이는 동사로 바꿔줄 것이다. 가장 진부한 동사
10개를 떠올리는 것으로 시작해보자. 내가 요즘 잘 써먹는 동사는
다음과 같다. '들어가다, 나가다, 보다, 걷다, 앉다, 치다, 서두르다,
얻다, 서다, 생각하다.'

구체적인 감정을 불러일으키는 자신만의 만능 동사 10개를 찾
아보라. 흥미로운 동사를 볼 때마다 목록에 집어넣어라. 이 단어들
을 활용해서 연습하면 머지않아 그 목록은 제2의 특성이 될 것이다.

어떠한 이야기를 엮고 있든지 간에 매혹적인 시나리오를 창작
하는 여정은 잠의 세계로 빠져들 수 있다. 작가 동의어 사전을 만
들어 응급 상자에 넣어 두면, 글쓰기를 '깨워' 독자가 시나리오의
다음 장을 계속 넘기게 할 수 있다.

시나리오 쓰기의 모든 것(개정판)

모든 장면에는
의도가 있어야 한다

크레이그 켈럼

시나리오 세계에서 '콘셉트'는 일반적으로 영화 전체의 아이디어를 가리킨다. 일단 콘셉트가 정해지면 다음으로 이야기를 보여주는 장면들을 만든다. 작가는 재미있는 장면을 가능한 한 많이 떠올리려 애쓰는데, 이야기를 밀고나갈 뿐 아니라 작가 자신도 즐겁기 때문이다. 하지만 이러한 작업 방식은 이례적인 일이 되어가고 있다. 이 탁월한 태도를 저버리고, 한 장면 뒤에 다른 보조적 장면 즉 '전환' 장면을 거쳐감으로써 굉장한 것을 보여주려고 하는 것이다.

영민하지 못하다!

프로 작가는 모든 장면의 귀중함을 안다. 그리고 영화 전반에 걸쳐 우수한 장면 사이를 메우거나 가교 역할을 하는 장면을 만들지 않는다. 각 장면은 그 나름의 마법과 존재 이유, 진실성, 위력이 있어야 한다.

이러한 문제에 효과적으로 대처하기 위한 방법은 장면마다 콘셉트를 생각하는 것이다. 본격적인 장면 이전의 장면들을 이와 같은 태도로 대하면 중요한 장면에 도달하기까지 이야기가 아주 풍성해진다. 〈굿바이 뉴욕 굿모닝 내 사랑City Slickers〉에서 주인공 로빈스와 친구들이 목장으로 말을 타고 돌아오는 장면은 이것을 잘 보여준다. 이 장면은 '귀환'을 보여주기 위한 '메우기용'으로 끝날 수 있었지만, 인물들이 각자 인생에서 최고와 최악을 이야기하면서 잊을 수 없는 영화 시퀀스로 격상했다. 단순히 A에서 B로 가는 여정이 아니라, 엔딩 크레디트가 올라간 후에도 한참 여운이 남는 장면이 되었다.

'사소한 것'으로 관객을 즐겁게 하기로 유명한 코엔Coen 형제의 영화에 대해 생각해보자. 〈위대한 레보스키The Big Lebowski〉에서 제프리 레보스키, 일명 '두드The Dude'가 슈퍼마켓에서 우유를 사는 모습을 어찌 잊을 수 있을까. 그는 턱수염에 우유를 묻힐 뿐 아니라 우윳값 69센트를 수표로 계산한다!

최종 원고에 최대한 빨리 도달하는 것을 미덕으로 아는 우리 사회의 고질병은 창작에 그리 도움이 되지 않는다. 그러니 '그럭저럭 괜찮은' 시나리오에 안주하고 싶은 충동에 저항하기를 바란다. 시간을 느긋하게 갖고 크든 작든 여분의 손질을 시도해보라. 이렇게 하면 서서히 때로는 조용히 엄청난 차이를 만들 수 있다. 장면은 분위기와 목소리의 주요 소득원이고, 이야기의 감정적 지급 수단이다. 그러니 모든 프레임, 모든 대사에 진실과 상상력, 영혼이 고취된 영감을 한 방울씩 떨어뜨려라.

| 실전 연습 |

크고 작은 장면 아이디어 10개를 적어보라. 각 장면을 전체 이야기와 관련된 '기능적' 필요성과 별개로 생각하라(이를테면 주인공은 어쨌든 어딘가에서 모습을 보여야 하고, 어느 부분에서 누군가를 만나야 한다 등). 때가 되면 밝혀지는 더 거대한 서브텍스트나 인물의 성격 묘사가 있는가? 그 장면에서 어떻게 하면 '필요한' 호흡을 제공하는 기능 말고 또 다른 역할을 할 수 있을까?

예컨대 주인공이 길을 잃어서 방향을 물으려 주유소에 정차한다면, 주인공과 답하는 사람 사이의 대화(아주 짧은 순간이라도)에 어떤 부가적인 면을 집어넣어서 주인공에 대한 무언가를 드러낼 수 있을까? 아니면 재미나 깊이를 더하거나 더 거대한 이야기의 전조를 덧붙이면 어떨까? 어떻게 하면 '여보세요, X에 가려면 어떻게 합니까?'라고 방향을 묻는 것으로 그치지 않을 수 있을까? 어떻게 하면 잠시 주유소에 차를 세우는 행위를 인물을 위한 극적 경험으로 부드럽게 격상할 수 있을까?

외로운 주인공이 타이어가 교체되기를 기다리는 동안 다른 차에 탄 젊고 잘생긴 부부가 아기와 놀아주는 장면을 탐이 나듯 훔쳐보는 장면처럼 간단하게 만들 수 있다. 아니면 방향을 물은 뒤 차에 기름을 넣는데 주유기 위에 올려놓은 영수증이 날아간다. 그러자 주인공은 주유소 직원의 걱정을 헤아리고 그 둘은 쓰라린 시선을 주고받을 수도 있다.

이 실전 연습을 통해 모든 장면을 조금 더 중요한 장면으로 바꾸어보라. 그러고 나서 이미 좋은 장면은 어떻게 더 좋게 만들 수 있을지 고심하라. 이 여분의 손질이 결국 엄청난 보답으로 돌아오리라는 걸 믿어보라.

데이비드 앳킨스

나는 잘 만들어진 장면이 좋다. 섬세하게 공들인 장면들이 제 역할을 하는 것이 좋다. 조용하고 효율적으로 이야기 속으로 들어가서 몇 분 만에 멋진 조직으로 변하는 그 방식이 좋다.

시나리오 작가로 갓 데뷔했을 때에는 위대한 시나리오는 대사가 만든다고 확신했다. 말장난 개그, 짧고 강렬한 유머, 펀치라인punch line(동음이의어를 사용한 중의적 표현. _옮긴이) 이런 것들 말이다. 하지만 시간이 지나면서 인물 간의 대화가 필요하긴 하지만 가장 중요한 구성 요소는 아니라는 걸 깨닫고 살짝 분한 마음이 들었다. 정말 중요한 건 대사의 수면 아래에 흐르는 것이었다.

오해하지 마라. 나는 여전히 대사가 좋다. 좋은 대사는 무슨 일이 벌어지기 전까지 그 일을 전혀 짐작할 수 없게 한다. 이런 대사는 종횡무진 튀다가 그 자체로 뱅뱅 돌며 재기 발랄함을 뽐낸다. 여기에는 아둔한 순간이나 잘못된 생각이 사이사이에 섞여 들어간다. 이게 사람들이 진짜로 말하는 방식이기 때문이다. 그래서 어떤 일이 벌어졌다는 것을 별안간 깨닫는 장면의 절정에 이르러서야 비로소 그 장면에 진짜 어떤 속셈이 있었는지 이해할 수 있다. 모든 인물이 단어를 고르고 난삽한 문장 속에서 횡설수설하는 듯하지만, 사실 이들은 각자의 주제를 꾸준히 좇고 있었던 것이다.

다음 실전 연습을 하는 이유는 바로 대사와 행동을 진실하고, 충실하고, 가볍고, 쉽고, 경쾌하고, 자연스럽게 보이게 할 뿐 아니라 특별한 목적을 위해 열성적으로 노력하는 인물의 갈등과 초점을 장면으로 구현하기 위해서다. 이 실전 연습은 작가가 작가로서 할 일에 집중하게 만드는 동시에, 인물이 인물로서 할 일에 초점을 맞추게 한다.

좋다. 먼저 이 말을 해야겠다. 글쓰기는 너무 힘들다. 다른 사람은 어떨지 모르지만 나는 아침식사 전에 가뿐히 20쪽을 써내는 경지에 있지 못하다. 나는 빈 종이를 보면 주눅이 든다. 백지를 채울 수 있는 도구가 있다면 나는 매번 그 도구를 쓸 것이다.

이것이 내가 장면을 쓰기 전에 앞서 늘 두 가지를 준비하는 이유다. 첫째, 장면에는 의도가 있어야 한다. 그 장면이 시나리오에서 딱히 역할이 없다면 즉시 버려라. 둘째, 각 인물이 장면에서 하는 일, 즉 인물의 극적 행위가 무엇인지 알아야 한다. 의도가 없는 장면처럼 핵심적인 행동이 없는 인물은 쓸모가 없다. 인물이 장면에서 하는 일이 없다면 그 인물을 즉시 빼버려라.

나는 좋은 장면이란 칼싸움과 같다고 생각한다. 찌르기와 막기가 교차하는 싸움 말이다. 싸움에 임하는 두 검객에게는 상호배타적이고 잘 정의된 목적이 있다. 상대를 칼로 찔러야 한다. 상호배타적이라고 한 것은 둘 중 한 명만이 자신의 목표를 이룰 수 있는 까닭이다. 다른 인물은 져야 한다. 둘 다 이기면 긴장감은 없다. 검객의 실력이 대등할수록 겨루기는 더욱 훌륭해진다. 기술을 다양하게 구사할수록 액션은 더욱 정교해진다. 마찬가지로 인물들은 장면 안에서 자신의 목표를 이루기 위해 능숙히 다룰 수 있는 도구라면 뭐든지 사용해야 한다(이때 인물이 고르는 도구가 그 인물을 규정한다).

| 실전 연습 |

가장 먼저 이야기를 진전시키기 위해 그 장면에서 해야 할 일을 정한다. 한 문장으로 명확하게 서술해야 한다. 그 장면의 목적을 '프

레드가 윌마에게 완전히 빠졌다는 걸 보여주기'라고 정했다고 하자. 이제 그 장면의 과제, 그 장면이 시나리오에 들어가야 할 이유가 생겼다.

다음으로 그 장면에서 인물이 달성할 목표를 정한다. 각 인물이 영화 속에서 할 일을 명확하게 서술한다. 종이 맨 위에 이렇게 적고 시작하라. "프레드가 하고 싶은 일은……" 그리고 인물이 '해야 할 일' 여섯 가지를 자유롭게 생각해낸다. 이때 동사를 각별히 주의해서 선택하라. 연기할 때처럼 인물의 목적을 몰아붙이는 액션 동사가 있어야 한다.

〈예시〉

- 꼬리를 무는 거짓말로 적수 쓰러뜨리기
- 일찍 퇴근하기 위해 상사에게 사탕발림하기
- 내가 말하는 나를 믿는, 속이기 쉬운 사람 유혹하기

단어 선택에 주의하라. 쓰러뜨리다, 사탕발림하다, 유혹하다. 이런 단어들은 배우들이 좋아하는 단어이므로 작가로서 쟁여두면 좋다. 인물을 '쓰러뜨릴' 온갖 방법을 상상해보라. 속이거나, 교란하거나, 궁지에 몰아넣거나, 조르거나, 믿게 만들거나, 거짓말하거나, 현혹하거나, 혼란에 빠뜨리거나, 엉뚱한 방향으로 보내버릴 수

시나리오 쓰기의 모든 것(개정판)

도 있다. 아래는 인물에게 적합한 목표를 정할 때 고려할 지침 몇 가지다.

1. 장면 속 인물의 목적이 시나리오 전체에서의 욕구와 일치하는지 확인하라.

   만일 베티가 바니를 되찾고 싶어 한다면 '쓸모없다며 몰아붙여 바니를 비난하기' 같은 목표를 베티에게 주지 마라. 그렇게 해놓으면 나중에 베티가 바니에게 아무리 많은 사랑을 표현해도 바니는 베티에게 돌아오지 않을 것이다. 인물이 전체 이야기에서 무엇을 원하는지를 먼저 생각하고 난 후 각 장면의 특별한 목표를 설정하자. 이 각각의 목표 달성이 전체 목표를 이루기 위한 단계가 되는지 확인하라.

2. 목표에 제약을 걸라.

   '세상을 악으로부터 구하기' 같은 방대한 목표는 효율적이지 못하다. 인물이 자신의 목표를 언제 달성했는지 확인할 도리가 없기 때문이다. 제약이 분명한 목표를 만들고 그것을 완결 지점으로 정하라. 예를 들어 '거들먹거리는 비서에게 아부해서 약속 받아내기'는 장면에 특별한 제약을 가한다. 그리고 약속을 받아내면 그 장면은 완결된다. 이제 다음 장면으로 넘어갈 수 있다.

3. 재미나 매력을 느끼게 목표를 설정하라.

인물이 목표를 이루기 위해 자신이 가진 모든 것을 쏟아부을 만큼 재미를 느껴야 한다. 만일 인물이 '메시지 전하기' 같은 따분한 심부름을 억지로 수행한다면 엄청 지루한 장면이 된다. 그보다는 예컨대 '폭탄선언하기'라는 확실한 목표가 훨씬 더 재미있다. 뭐니 뭐니 해도 재미난 게 좋지 않은가. 재미나게 써야 재미있게 읽히고, 그래야 배우도 재미나게 연기하고, 그래야 극장에서도 재미있게 볼 테니.

4. 목적이 또 다른 인물에게 시험대가 되는지 확인하라.

역동적인 장면이 되려면 인물들이 서로 교감해야 한다. 이는 하나의 장면 안에서 갈등의 핵심이다. 인물들은 상호작용을 하며, 각자 자신의 목표를 달성하려 노력하는 한편 다른 인물이 자신을 방해하지 못하게 막는다. 장면 안에서 한 인물의 문제가 다른 인물의 문제와 무관하다면 상호작용이란 있을 수가 없다. 상호작용이 없으면 장면에 갈등이 안 생기고, 갈등이 없으면 드라마도 안 생긴다.

자, 이제 종이에 옮길 시간이다. 종이 맨 위에 "인물이 원하는 것은……"이라고 적고서 인물들의 목표를 자유롭게 상상하기 시

시나리오 쓰기의 모든 것(개정판)

작하라. 너무 열심히 생각하지 마라. 재빨리, 인물이 그 장면에서 시도할 가능성이 있다고 상상할 수 있는 것은 무엇이든 그냥 적어라. 생각나는 온갖 행동을 많이 적어라. 별 이유 없는 나쁜 행동도 몇 개 집어넣어라. 아무도 모를 일이다. 그리고 액션 동사를 잊지 마라. 생각하지 마라. 그냥 써라.

글을 다 쓰고 나면 최소 6개 이상의 잠재성 있는 목표가 마련된다. 이제 쓸 수 없거나 재미없거나 인물의 정체성과 어긋나는 것들에 줄을 그어라. 남아 있는 목표들의 가능성을 탐색해보라. 어느 것이 가장 효과가 클까? 관객은 어느 것을 가장 재미있어 할까? 가장 중요하고, 가장 쓰고 싶은 것은 무엇인가? 아마도 가장 쓰고 싶은 것이 늘 최고의 선택이 될 확률이 높다.

정했다면 그 옆에 별표를 표시하라. 바로 이것이 이 장면에서 인물이 해내야 할 목표다. 이 과정을 모든 인물에게 반복하라. 아무리 작은 배역이라도 해야 한다. 명심하라. 모든 인물은 장면 안에서 무언가를 해야 한다. 아니면 장면 안에 있을 이유가 없다. 각 인물의 목표를 마련했다면 시나리오를 쓸 준비가 된 것이다. 이 실전 연습은 면도날처럼 예리하고 노는 것처럼 재미있게 장면을 쓰기 위한 방법이다.

리듬이
최고의 장면을
만든다

마이클 제닛

오래전 아직 작가가 아니던 시절, 나는 배우로서 코네티컷 워터포드에서 개최된 유진 오닐 컨퍼런스에 참가했다. 그곳에서 이 시대의 가장 훌륭한 작가, 감독 몇몇과 자리를 함께하는 영광을 얻었다. 예일 대학 명예교수였던 고故 로이드 리처즈Lloyd Richards 같은 감독과 아카데미상을 수상한 존 패트릭 섄리John Patrick Shanley, 퓰리처상을 수상한 오거스트 윌슨August Wilson 같은 극작가 말이다.

그중 오거스트와는 대배우인 제임스 얼 존스 James Earl Jones 가 출연한 그의 연극 〈울타리Fences〉의 막이 오른 둘째 날에 예일 레퍼토리 극장에서 처음 만났다. 연극이 끝나자 오거스트는 술자리를 제안했고 우리는 세 시간 동안 이야기를 나누었다. 그는 술집에서 자신의 다음 작품 〈조 터너의 왕래Joe Turner's Come and Gone〉에 들어갈 한 단어 한 단어, 한 줄 한 줄, 시작과 끝과 중간을 읊어주었다. 주위가 시끄러워서 그가 말한 내용의 절반을 가까스로 알아들었던 것으로 기억한다. 하지만 그건 중요하지 않았다. 오거스트의 이야기를 들으면서 모차르트, 바흐, 브람스 음악을 들을 때보다 멋진 리듬이 느껴졌다. 그가 '말할' 때는 모타운(소울 음악으로 유명한 레코드 제작사. _옮긴이) 클래식 특유의 드럼 소리나 재즈 가수 엘라 피츠제럴드Ella Fitzgerald의 명품 스캣Scat(의미 없는 소리로 연주하듯 노래하는 것. _옮긴이)을 듣고 있는 듯했다. 당연히 나는 그에게서 강렬한 인상을 받았다.

그해 여름 우리는 지역 대학의 기숙사가 숙소로 지정된 유진 오닐 컨퍼런스에 참가했다. 어느 날 새벽 두 시경 우리는 각자의 방으로 가려고 홀을 지나가다가 마주쳤다. 가다가 멈춰서 내가 오거스트에게 위대한 작가의 비결이 무엇이냐고 물었다. 아둔한 질문인 줄 알았지만 그와 잠시라도 이야기를 나눌 방법을 찾고 있었기에…… 뭐라도 상관없었다! 놀랍게도 그는 내 질문을 아둔하다고 생각하지 않았다. 오히려 그 질문에 달려들었다. 그리고 기숙사 복도 한복판에서 내 인생에서 가장 뜻 깊은 말을 들려주었다. "자네가 어디에 앉아서 글을 쓰든, 늘 적절한 경외심을 품고 대하게."

이 간단한 구절은 칼처럼 나를 베었다. 나는 얼어붙었다.

꼼짝할 수 없었다. 그 말에 너무 충격을 받아서 우리가 두 시간 동안이나 복도에서 있었다는 걸 깨닫지 못했다. 방으로 돌아오니 새벽 네 시였다. 오밤중에 두 시간이나 글쓰기에 대해 이야기했던 것이다. 그리고 나는 선물을 받았다. "자네가 어디에 앉아서 글을 쓰든, 늘 적절한 경외심을 품고 대하게."

그래서 키보드 앞에 앉아 글을 써보자고 결심했을 때 나는 오거스트의 이 말이 떠올랐고, 경외심을 품고 글에 접근했다. 그 후 내가 생각하는 모든 작가가 갖추어야 할 두 번째 중요한 요소를 찾아 나섰다. 바로 리듬이다.

리듬은 향신료다. 리듬은 근본적으로 작가의 목소리다. 모든 시나리오에는 리듬이 있어야 한다. 모든 장면과 인물, 대사가 작가의 리듬으로 팔딱거려야 한다. 리듬이 없는 시나리오는 읽히지 않는다. 리듬이 없는 영화는 보기가 힘들다.

그럼에도 시나리오에 리듬을 넣기란 보는 것처럼 쉽지 않다. 리듬은 작품마다 다르다. 리듬은 조작될 수도, 흉내 낼 수도, 강제할 수도 없다. 이야기가 리듬을 정한다. 영민한 작가들은 자신이 조력자일 뿐임을 절감한다. 왜냐하면 모든 시나리오에는 인물들이 어쩔 수 없이 이야기를 전달받아 자기 생각을 말하기 시작하는 시점이 있다. 물론 이 시점은 작가가 자신의 이야기를 적절한 경외심을 품고 접근했을 경우에만 찾아온다.

배우로서 나는 내가 등장하는 장면을 1단계에서 10단계까지 평가한다. 10단계는 그 장면에 나의 최상의 연기를 끌어내서 최대한 배역을 구현했다는 뜻이다. '좋은' 배우는 주기적으로 6단계나 7단계에 이른다. 위대하고 헌신적인 배우들은 어떤 배역을 맡아도 9단계 아래로 내려가지 않는다. 그리고 이 배우들이 특별한 영화나 드라마, 연극에 오랫동안 출연하면 시시때때로 10단계에 이르기도 한다. 그렇게 되면 수군대는 소리가 들린다. "올해 오스카상은 떼놓은 당상인데……."

그래서 여기서 우리가 할 실전 연습은 작가로서 똑같이 해보는 것이다. 쓰고자 하는 이야기가 있다면 각 장면을 풍부함의 정도에 따라 10단계로 나누고, 얼마나 많은 단계에 이를 수 있는지 살펴보자. 이렇게 하려면 시나리오 또는 이야기의 리듬을 찾아내야 한다. 인내심과 결단력 그리고 '안주하지 않기'가 최고의 시나리오를 쓸 수 있는 비법이다. 수많은 작가가 특히 시나리오를 쓸 때 아주 기초적인 장면 묘사나 대화에 쉽게 안주하곤 한다. 하지만 어떤 지점을 파기 시작했는데 1센티미터만 더 파면 반짝이는 금덩이를 발견할 수 있다고 한다면 어떨까. 우리는 분명 이 지점을 계속 팔 것이다. 그렇다면 묻겠다. 당신은 그 금덩이를 찾은 걸로 만족할 것인가? 아니면 더 크고 더 좋고 더 반짝이는 금덩이를 찾을 때까지 계속 파 내려갈 것인가?

그것이 이 실전 연습의 핵심이고, 시나리오에 적절한 경외심을 품고 접근하여 결국 그 리듬을 찾기 위한 핵심이다.

장면 하나를 써보자. 서너 줄 정도로 짧아도 되고 5쪽이 넘어도 된다. 장면을 썼으면 살펴보자. 장면을 읽고 또 읽어보자. 들어보자. 찾아보자. 그리고 리듬을 느껴보자. 그리고 이 모든 걸 마친 후에 자신에게 물어보라. 이 장면은 몇 단계에 해당하는가? 1단계에서 금덩이를 찾았는가? 그렇다면 그 금덩이에 만족하는가? 아니면 몇 단계를 올려서 더 깊이 파 내려갈 용의가 있는가? 10단계로 곧장 들어가서 가장 완벽하고 풍성하고 영화사에 충격을 던질 장면을 만들고 싶은가? 내게는 이 점이 그럭저럭한 시나리오와 좋은 시나리오를 가르고, 좋은 시나리오와 반짝이는 시나리오를 가르는 기준이다.

글쓰기는 의학 연구와 비슷할 때가 가끔 있다. 세상에서 가장 위대한 치료법은 역사 속에서 인류가 육체적, 정신적으로 힘겨운 실험을 수백 번 반복한 후에야 발견할 수 있었다. 나는 내가 쓴 〈서니 로열Sunny Royal〉이라는 제목의 로맨틱코미디 시나리오 도입부에 중요한 질문을 던진 후 그 답으로 결말을 마무리하려 했다. 질문은 '여자란 무엇인가?'였다. 이것은 분명 주관적인 질문이다. 정답이 있을 수가 없다. 하지만 영화에서 질문을 던졌다면 답을 내놓아야 한다. 너무나 깊이 있고 시적으로 심오해서 시나리오를 읽거나 영화를 본 사람이라면 누구나 그 답을 마치 자신의 답처럼 느끼게 하기 위해, 나는 8시간을 꼬박 앉아서 남자 주인공이 말할 답을 생각했다. 대사 하나를 위해 그렇게 오랫동안 앉아서 생각하느라 미칠 것 같았지만, 그 대사와 장면을 10단계로 끌어올리기 위해서는 그 8시간이 필요했다. 절대적으로 필요했다.

작가는 답을 해야 할 의무가 있다. 작가 앞에 놓인 과제에 경외심을 가져라. 이야기의 리듬을 찾고 파고들어서 인물과 이야기 변화에 살을 붙일 때 자신이 도달할 수 있는 단계를 알아보라.

이 실전 연습은 하나의 방법일 뿐이다. 하지만 이러한 접근법은 예상밖의 보상으로 돌아오곤 한다!

시각적인 요소로만
장면을
표현해 보자

래리 해머

나는 만화가와 스토리보드 작가로 일을 시작했기에 모든 이야기를 쓸 때 먼저 시각적 측면에서 접근한다. 처음으로 시나리오를 쓰기 시작했을 때는 키보드 앞에서 대사만 생각했다. 그 결과 초기 시나리오에는 말이 너무 많았고 움직임이 전혀 없었다. 그래서 액션을 먼저 작업하기로 순서를 다시 정하자 모든 것이 제자리를 잡아갔다.

이 경험은 액션 연출에만 적용되지 않는다. 나는 모든 장면을 무성영화처럼 시각화하는 작업을 착수했다. 인물 전개, 주요 구성점(플롯 포인트), 인물의 목표 등을 모두 시각으로 표현하면서 해설에 전혀 기대지 않았다. 그러자 맥거핀

MacGuffin(플롯 기교 중 하나로, 초반에 중요한 실마리인 것처럼 등장하지만 후반에 아무 의미가 없는 것으로 밝혀지는 속임수. _옮긴이) 같은 구성점을 설명해야 하는 부담이 없고, 논리적 결함을 숨겨야 하는 부담도 없는 간결한 대사 쓰기에 집중할 수 있었다.

영화와 드라마를 쓰기 위해 스토리보드를 그려본 적이 있는데, 그래도 스토리보드로 이야기를 말하는 데 가장 유용한 분야는 역시 광고였다. 시간이 제한적이어서 정보를 명확하고 효율적으로 고루 배분해야 하는 까닭이다. 스토리보드 작가는 이 먹이사슬 피라미드에서 가장 아래에 있기 때문에 마감일이 항상 촉박하다. 그래서 즉각적으로 문제를 해결해야만 한다.

몇 년 전 모스크바의 한 영화학교에서 비주얼 스토리텔링에 대한 세미나를 진행한 적이 있었다. 나는 참가자들에게 각자의 시나리오에서 짧은 장면 하나를 뽑아 '스토리보드를 작성'해보라고 했다. 잘 그릴 필요가 없다. 간단히 선과 원으로 인물을 그려도 되고, 축구 전술판처럼 인물의 위치와 움직임을 보여줘도 된다. 가장 기본적인 표처럼 보이는 스토리보드도 인물에 대한 새로운 해석, 동기, 시각적 해설을 드러낸다.

나는 세르게이 예이젠시테인Sergei Eizenshtein, 구로사와 아키라보다 더 세심한 감독 겸 작가를 생각해낼 수 없다. 두 작가는 모두 종이에 자신의 상상을 스케치한 것으로 유명하다. 이들의 스케치는 때로는 아주 방대했다. 이들에게 예지력이 있어서 머릿속으로 전체를 미리 파악한 게 아닐까 하고 생각할 수도 있다. 그러나 그들은 그저 카메라 앞에다 자신의 아이디어를 펼치기 전에 2차원적으로 생각해보는 작업의 유용성을 알았던 것뿐이다.

이 말은 숏을 그림으로 그려보라는 의미가 아니다. 숏을 가능한 한 모든 각도에서 보려고 노력하라는 뜻이다. 사건들을 결합하고 응집하는 시각적 내러티브를 만들기 위해서 말이다. 시나리오에 자세히 묘사하지 않더라도 이렇게 근저에 깔린 순차 논리를 알고 있으면 시각적 내러티브에 도움이 된다.

이 시각적 내러티브는 관객에게 보이지 않는 제4의 벽(연극에서 무대와 관객 사이에 놓인 가상의 벽. _옮긴이)을 드러내거나, 데우스 엑스 마키나deus ex machina(고대 그리스의 극작술. 초월적 힘으로 문제를 해결하는 결말을 뜻한다. _옮긴이)를 노출시키기도 한다("어머, 실험실에 있었을 때 내가 호주머니에 독약을 넣는 걸 당신이 보지 못한 줄 알았는데?").

| 실전 연습 |

식당이나 거실에서 벌어지는 일처럼 움직임이 주가 아닌 장면을 하나 골라라. 두세 명의 인물이 함께 있고 상호작용이 있는 장면. 이 장면이 대사로만 이루어지더라도 대사는 생각하지 마라. 그림으로만 전달하되 무성 영화식 과장된 감정은 피하라. 오랜 침묵이

나 정지 상태의 리액션은 때때로 말로 하는 설명보다 낫다. 웃는 얼굴을 그리기 어렵다면 동그라미를 그리고 표기하라. "그녀가 어색하게 웃고서 고개를 돌린다." 인덱스카드에 장면을 그리면 재배열하고 재분류하기 쉽다. 혹은 액션 피겨action figure(관절 부분이 자유자재로 움직이는 캐릭터 인형. _옮긴이)로 포즈를 취하게 해서 디지털 사진을 찍을 수도 있다. 작가의 목적은 연출이 아니라는 걸 명심하라. 이 실전 연습은 이야기를 더 잘 이해하기 위해서 시각적 토대 위에 이야기를 세워보는 것이다.

비언어적 소통을
효과적으로
사용하자

앤드류 오스본

위대한 대사는 무無의 상태에 있지 않다는 걸 명심하자. 인물들이 하는 말은 탄탄한 플롯, 명확한 동기, 효과적인 시각 묘사, 그리고 좋은 시나리오의 모든 요소가 충족되었을 때에만 감응을 줄 수 있다.

그리고 대사는 등장인물이 정보를 전달하는 유일한 방식이 아니다. 1975년 작 스릴러영화 〈죠스〉에 이러한 장면이 나온다. 힘들게 모인 세 사람이 거대 백상어를 잡기 위해 작은 보트에 함께 탄다. 무뚝뚝한 늙은 어부(퀸트 선장)와 젊은 해양생물학자(후퍼 박사), 물을 무서워하고 사실상 해양 경험이 없는 마을의 경찰서장(브로디)이다. 이들 패거리는 가까스로 추적한 거대 백상어를 실수로 놓쳤고, 브로디는 돌아가는 상황을 도무지 마음에 들어 하지 않는다. 음식도, 주변 환경도, 상어를 어설프게 상대하다가 자신이 입은 찰과상까지. 한편 퀸트 선장에게는 말로 드러나지 않는 끈끈한 동료애가 감돌고 있다. 그는 조금 전까지 다투던 후퍼 박사에게 집에서 담근 술을 나눠 주고, 왕년의 웃긴 이야기를 꺼내서 찰과상쯤은 별것 아니라고 브로디의 기분을 풀어주려 애쓴다. 이 장면을 보자.

(퀸트가 허리를 굽히고 정수리 언저리를 보여주려 머리카락을 옆으로 쓸어내린다.)

퀸트: 별거 아니네. 여기를 보게. …… 보스턴 노코 놀런이라는 도시에서 패트릭 성인의 날에, 웬 망할 놈이 내 머리 위로 재털이를 날렸어.

(브로디가 공손히 바라본다. 후퍼는 몸을 부르르 떤다.)

후퍼: 여길 보세요. (팔을 뻗어 내민다) 스티브 케이플런이 쉬는 시간에 저를 물었어요.

(퀸트가 즐거워한다. 그는 자신의 건장한 팔을 내보인다.)

퀸트: 줄에 데었지. 돛대 받침줄이 내 머리 가죽을 벗기려는 걸 막으려다가.

후퍼: (옷소매를 걷으면서) 곰치 짓입니다. 젖은 옷을 뚫고 제대로 물었어요.

브로디는 피식 웃고 만다. 퀸트와 후퍼는 병째 술을 들이

켠다.

비언어적 소통이 어떻게 언어적 소통과 대비를 이루며 활용되는지 살펴보라. 브로디는 여기서 아무 말도 하지 않지만, 이 대화로 기운을 차리고 이 장면에 적극적으로 가담한다. 흉터에 대한 후퍼와 퀸트의 과시는 브로디가 찰과상을 '남성다움'으로 자랑스레 여기도록 만든다.

한편 간단한 행동 묘사는 신체적으로 대사를 뒷받침할 뿐만 아니라(후퍼가 몸을 떨고, 퀸트가 팔을 내미는 동작), 비언어적 정보를 전달하고(퀸트와 후퍼가 술병을 주고받으며 서로 편해진다) 내가 '라디오극 신드롬'이라 불리는 것도 피해간다. 너무 많은 대사, 너무 적은 묘사는 장면을 시각화하기보다 단지 '듣게' 할 뿐이다. 그럼 우리는 이제 무엇을 해야 할까.

| 실전 연습 |

감정이 드러나지 않는 대사로 대화를 써보라('안녕하세요', '만나서 반가워요' 등). 그리고 장면의 진짜 의미를 비언어적으로 전달한다.

그리고 두 명 이상의 인물이 극적인 상황에 처하는 장면을 시각적 묘사와 바디랭귀지 즉 동작, 외모, 표정을 비롯한 비언어적 표현만으로 써보라.

서브텍스트는
장면을 흥미롭게
만든다

콜린 맥기니스

미국 남성 듀오 홀 앤드 오츠Hall & Oates의 앨범에 〈어떤 건 말하지 않는 게 좋다Some Things Are Better Left Unsaid〉라는 노래가 있다. 시나리오 작가가 암기하면 유용할 경구이기도 하다. 각 장면에 질감과 깊이를 부여해서 인물이 말하는 것과 달리 진짜로 원하는 것을 관객이 알게 만드는 일. 바로 작가가 해야 하는 일 중 하나다. 인물은 무엇을 숨기려고 하는가? 서브텍스트subtext(대사 속에 숨어 있는 감정, 믿음, 동기, 입 밖에 내지 못한 생각. _옮긴이)는 무엇인가? 무엇을 말하려 들지 않는가?

　내가 첫 시나리오를 썼을 때 믿을 만한 친구 하나가 읽어보고는 서브텍스트에 대해 칭찬했다. 친구에게 고맙다고는 했지만 그 말이 무슨 뜻인지 잘 몰랐다. 서브텍스트라고? 그게 뭔데? 내가 진짜 그걸 시나리오에 담았다고? 나는 어떤 서브텍스트를 덧붙일 의도가 없었다. 이야기는 인물이 끌어가고, 당연히 인물은 자신이 원하는 것을 대놓고 말하지 않는다. 나는 내가 서브텍스트를 활용한 건 초짜 작가의 순전한 운이었을 뿐이라고 단정했다. 그럼에도 다른 시나리오들을 쓰는 동안 초기에는 필수적인 플롯과 사건에 초점을 두었지만 시간이 갈수록 서브텍스트를 어디에, 어떻게 포함시킬지 의식하게 되었다. 내가 쓴 장면에 두 가지 이상의 색깔이 있다는 확신을 갖고 싶었다. 장면에는 사건이 늘 있기 마련이지만 때로 가장 중요한 건 바로 그 이면에 있기 때문이다.

시나리오 속에 서브텍스트를 넣는 방식은 다양하다. 먼저 대사를 통해서 할 수 있다. 사람은 본심과 다른 말을 하기 때문이다. 아니면 배경을 이용할 수도 있다. 인물들이 말을 많이 하지 않아도 그들의 주변 환경이 모든 것을 말할 수 있기 때문이다. 그럼에도 대부분의 서브텍스트는 행동으로 드러난다. 인물은 자신의 진짜 속내를 드러내는 어떤 행동을 하고 있는가?

이렇듯 한 장면은 세 가지 방식으로 볼 수 있다. 첫째, 장면의 사건은 무엇인가? 둘째, 서브텍스트는 무엇인가? 셋째, 서브텍스트는 어떻게 이루어지며 구체화되는가?

내가 가장 좋아하는 영화인 〈핑크빛 연인Pretty in Pink〉에서 간단한 사례를 찾아보자. 영화에서 블레인이 앤디가 일하는 레코드 가게로 들어가는 장면이 있다. 이 장면의 사건은 블레인이 앤디에게 레코드를 사는 것이다. 여기서 서브텍스트는 블레인이 앤디를 좋아하고 데이트하고 싶어 한다는 것이다. 더 나아가서 블레인이 앤디 곁에서 장난을 치고 싶어 한다. 앤디를 편안하게 해주기 위해 혹은 그녀에 대해 더 많이 알기 위해. 이 장면의 후반부에 이르러 더키가 화재경보기를 울려(장면의 사건) 앤디와 블레인을 떼어놓는다. 이 장애물로 인해 블레인은 대화를 미처 끝내지 못하고 가게를 나선다. 이 두 사건에서 캐널 서브텍스트는 더 많아진다. 블레인이 자리를 떠난 것은 확신이 없거나 앤디에게 향하는 마음을 정하지 못했다는 뜻인가? 블레인이 이 두 세계 사이에서 갈등하고 있는 것인가? 반면 이 장면에서 자신이 누구인지 확신하는 앤디는 의자에 단호히 앉아 주변을 뒤적인다. 이제 앤디는 긴급해 보이는, 자신의 보살핌이 즉시 필요한 어떤 일 때문에 자리를 떠난다. 이 행동은 그녀의 삶에 드리운 문제와 가까운 사람들의 곤경을 돕는 그녀의 역할을 상징하는가?

서브텍스트를 시나리오에 심어 넣으려면 작가는 실생활에서 이것이 어떻게 이루어지는지 알아야 한다. 작가는 인간의 행동에 대한 예리한 관찰자가 되어야 한다. 잠시만 생각해보면 사람들 대부분이 자신의 진짜 감정을 숨기려 한다는 걸 알 것이다. 우리는 누군가 자신을 제치고 고속 승진을 한다면, '저 자리는 내 거여야 했어! 질투가 나서 미칠 것 같아!' 대신 '축하한다'라고 말하는 훈련을 받는다. 술에 취한 사람은 취하지 않은 척하려 애쓴다. 반년 동안 사귀던 사람과 헤어졌다면 눈물을 참거나, 우리 관계는 '어차피 잘되지 않았을 거야'라고 말하려고 애쓴다. 사실은 진심으로 잘되기를 바랐고, 그래서 눈이 붓도록 펑펑 울 거면서도.

삶이 그러하듯 영화나 드라마 속의 장면에도 사건이 있고 서브텍스트가 있다. 그리고 후자인 서브텍스트가 더 흥미로울 때가 있다.

| 실전 연습 |

1. 한 시간, 하루, 한 주처럼 특정 시간을 정해놓고 사람들이 무언가 진짜 원하는 것이 있을 때 딴짓을 하거나 딴말을 하는 방식을 지켜보라. 사람들은 자신의 행동을 어떻게 숨기려 하는가? 부모님, 형제, 애인, 직장동료, 이웃, 친구, 식료품점에서 가까이 있는 사람들과의 상호작용에는 어떤 서브텍스트가 있을까? 현실에서 흥미로운 서브텍스트 사례 10개를 생각해보라.

2. 가장 좋아하는 영화를 보며 모든 장면에서 사건과 서브텍스트를 찾아보라. 내가 앞에서 〈핑크빛 연인〉을 두고 한 것처럼 간단할 수도 있다. 앨프리드 히치콕의 〈현기증Vertigo〉이나 밀로시

포르만Miloš Forman의 〈아마데우스Amadeus〉 같은 복잡한 영화라도 괜찮다. 하지만 잘 알고 있으며 서브텍스트가 명료한 영화로 시작하라. 서브텍스트를 공부하기에는 〈보통 사람들Ordinary People〉 같은 영화가 좋다.

3. 나는 개요, 인덱스카드, 칠판을 신뢰한다. 어떤 것을 사용하든 간에 이야기의 개요를 구체적으로 작성하는 동안 모든 장면의 다층적 의미를 확실하게 파악해야 한다. 카드에 각 장면을 쓸 때에는 사건을 먼저 적어라. 그리고 나서 서브텍스트를 적어라. 세 번째로 이 서브텍스트를 전달할 방식을 선택하라(행동, 배경, 의상, 분위기 등). 이 모든 것이 의도한 서브텍스트, 즉 숨겨놓은 사건을 지탱할 수 있도록 배열되었는가? 이 부분을 말로 설명하지 않음으로써 어떤 점이 이야기되는지 확인하라.

서브텍스트는
장면에 깊이를 준다

앨리슨 버넷

평범한 영화 장면과 위대한 영화 장면의 가장 큰 차이는 서브텍스트에 있다. 보통의 연속극이나 황금시간대 텔레비전 드라마를 보면 알 것이다. 이내 등장인물들이 자신의 생각과 기분을 정확히 알고, 그걸 대놓고 말하기를 더할 나위 없이 좋아하며, 시시때때로 손가락으로 상대의 얼굴을 가리키기도 한다는 것을. 현실에서, 그리고 최고의 예술 작품에서 이런 일은 결코 일어나지 않는다.

우리의 의식 밑바닥에는 두려움, 후회, 상처, 희망, 기억, 동경이라는 더욱 거대하고 더욱 흥미로운 세계가 웅크리고 있다. 내 말을 믿지 못하겠다면 자신의 꿈속을 들여다보라. 이 비밀스러운 세계는 다른 사람의 말과 행동에서는 알아보기 쉽지만 정작 자신의 말과 행동에서는 감지하기가 어렵다. 다시 말해 우리의 행동과 말과 생각은 결코 우리의 실제 행동과 말이 아니다. 최고의 작가들은 이를 이해하고 자신의 작품에 오롯이 투영한다.

동경하는 시나리오와 좋아하는 영화의 한 장면에 대해 다음 두 질문을 스스로에게 던져보자. "이 장면은 표면적으로 무엇에 관한 것인가?", "이 장면은 심층적으로 무엇에 관한 것인가?" 그 답은 거의 언제나 다를 것이다. 그리고 전혀 동경하지 않는 시나리오를 골라 같은 질문들을 해보자. 그 답은 거의 언제나 같을 것이다.

서브텍스트는 창의적 글쓰기에서 제3의 차원에 있다. 서브텍스트는 작품에 울림과 풍부한 감정, 현실감, 시적 모호성을 부여한다. 서브텍스트가 없으면 작품은 통속극, 스케치 코미디(상황을 간략히 보여준 후 익살스럽게 이야기를 풀어 방청객의 호응을 유도하는 공개 코미디. _옮긴이), 만화, 카툰이 된다. 서브텍스트는 고대 청동기 유물의 녹처럼 만드는 데는 오래 걸리지만 없애는 데는 몇 초도 안 걸린다. 나는 영화 제작사에서 최종 작가(광내기 전문가다!)란 서브텍스트의 자취를 지우는 역할을 한다는 것을 알게 되었다. 또한 대사를 애드리브로 하는 배우들의 단점은 같은 말을 되풀이하는 것뿐만 아니라 서브텍스트를 텍스트로 만들어버린다는 것도 알게 되었다.

간단한 극적 상황 하나를 생각해내라. 예를 들어 어떤 남자 고등학생이 같은 반 여학생과 함께 방과 후 집으로 걸어간다. 둘은 여학생의 집 앞에서 1~2분간 미적댄다. 남학생이 여학생에게 토요일 밤에 만나자고 한다. 여학생이 좋다고 대답한다. 둘은 헤어진다.

먼저 남학생이 초등학교 때부터 여학생을 좋아했지만 여학생이 결코 곁을 내주지 않았다는 걸 알리는 장면을 써보자. 여기서 남학생은 만나자고 했을 때 거절당할 게 분명하다고 확신하고 있다. 이것은 서브텍스트에 대한 실전 연습이므로 남학생이 자신의 감정을 여학생에게 말하게 두면 안 되고 그 장면에 정보를 숨겨야 한다. 남학생의 사랑과 행동 아래서 팔딱이는 두려움을 느낄 수 있어야 한다.

다 썼으면 다른 방식으로 이 장면을 써보자. 이번에는 남학생이 여학생을 거들떠보지도 않았는데 최근 소문을 통해 여학생이 초등학교 때부터 자신을 좋아했다는 걸 알게 된 설정이다. 남학생은 처음으로 여학생이 예쁘다는 사실을 깨닫고 그녀를 만나보기로 한다. 대사 없이 남학생의 태도 변화를 어떻게 드러낼 수 있을까? 남학생의 행동과 어휘 선택이 달라진 것을 어떻게 표현할까? 이 장면을 가능한 한 첫 번째 장면과 비슷하게 만드는 한편, 새로운 사실을 반영할 수 있도록 어휘들을 바꾸어라.

마지막으로 세 번째 방식으로 장면을 다시 써보자. 남학생과 여학생은 어릴 때부터 친구였지만 학교에서만 친했다. 둘은 주말에 따로 만나서 함께 논 적이 한 번도 없었다. 최근 남학생은 여학생에게 좋은 감정을 느끼기 시작했다. 여학생에게 토요일 밤에 만나자고 한 것은 두 사람의 관계가 변하고 있다는 의미다. 남학생은 위험한 영역으로 발을 들이고 있다.

이제 세 장면을 믿을 만한 독자 몇 명에게 보여주라. 독자들에게 각 장면에서 인물과 상황에 대해 무엇을 알게 되었는지 물어보라. 텍스트로 전달하는 것만큼 쉬운 것은 없다. 서브텍스트로 전달하는 것은 훨씬 어렵다. 자신이 의도한 서브텍스트가 전달되었는지 확인하라. 인물의 숨겨진 삶이 독자들에게 닿았는지 확인하라.

서브텍스트는
맥락 속에서
이해된다

T. J. 린치

대사는 딜레마에 빠지기 쉽다. '자연스럽게' 들려야 한다. 또한 정보도 전달해야 한다. 이 두 가지 목적은 종종 충돌을 일으킨다. 그래서 해설을 위장하는 방법 중 하나가 '서브텍스트'를 활용하는 것이다. 서브텍스트 구현은 시나리오 쓰기에서 가장 익히기 어려운 기술로, 제대로 해내면 가장 멋진 기술 중 하나다.

서브텍스트는 말로 전달하는 게 아니다. 현실에서 사람들은 종종 자신의 생각을 밝히거나 말하지 않는다. 사람들은 얼버무린다. 속인다. 애매모호하게 말한다. 허세를 부린다. 서브텍스트는 밑에 있는 것, 누군가의 말 이면에 도사리고 있는 뜻이다. 가급적이면 시나리오 속의 인물들도 실제의 생각과 다른 말을 하게 하는 게 좋다.

　누군가는 따질지도 모르겠다. '그들이 실제 생각과 다르게 말한다면 무슨 생각을 하는지 관객이 어떻게 짐작할 수 있는가?' 그 답은 '맥락'이다. 그 장면은 무엇을 배경으로 하나? 두 인물은 어떤 관계에 있는가? 그들은 서로 어떤 관련을 맺으며 등장하는가? 무엇보다도 그들 각자는 어떤 행동을 하는가?

　우리가 하는 행동은 말만큼이나 우리에 대해 많은 것을 드러낸다. 우리가 손가락을 책상에 틱틱 두드린다면 지루한 것이다. 손목시계를 만지작거린다면 시간이 신경 쓰이는 것이다. 웃기지 않은 상황에서 미소를 짓는다면 불안한 것이다(어쩌면 거짓말을 하고 있기 때문이다). 행동은 장면에서 서브텍스트를 푸는 열쇠다. 인물이 단순히 어떤 것을 말하면 우리는 그것을 곧이곧대로 받아들인다. 하지만 인물의 행동이 말하는 내용과 상충한다면 서브텍스트가 있는 것이다. 느닷없이 관객이 해석해야 할 두 가지 별도의 방향이 생긴다. 그러면 상황은 훨씬 더 흥미로워진다. 말과 행동의 모순이 관객에게 말 이면의 의미를 안긴다.

　다음은 내가 쓴 시나리오 〈지혜의 기원The Beginning of Wisdom〉에서 가져온 서브텍스트 사례. 새로 온 가정부는 최근 사별한 목장주 할리가 죽은 아내를 잊지 못하는 모습을 바라보고 있다. 가정부가 안타까운 마음에 말한다. "정말로 부인을 사랑하셨나 보네요." 할리가 대꾸한다. "아내가 정말로 요리를 잘했거든요." 그의 대답은 언뜻 꽤나 무정해 보일 수 있다. 하지만 이전의 장면들뿐만 아니라 그 장면의 맥락을 본 우리는 그의 대답이 사실 어떤 뜻인지 알아챌 수 있다. '물론 아내를 사랑했습니다. 아내는 항상 나를 살펴주었죠. 아내는 나의 인생입니다. 하지만 아내를 잃고 너무 마음이 아파 내 사랑을 밖으로 꺼내 확인할 수가 없습니다.'

| 실전 연습 |

실전 연습 한 가지를 함께해 보자. 작업 중인 시나리오에서 장면 하나를 뽑아라. 많은 일이 벌어지는 액션 장면보다 두 인물이 대화하는 장면이 더 좋다. 대사가 딱 들어맞는가? 즉 인물들이 머릿속의 생각을 어느 정도 표현하고 있는가? 멋지다! 이제 이 장면에 서브텍스트를 주입할 기회가 왔다.

이제 그 장면을 다시 써보자. 먼저 방 안에 있는 인물들의 설정을 보라. 대화할 때 한 인물이 다른 인물에게 등을 보인다면 맥락은 어떻게 변하는가? 그가 무언가를 감추고 있으며, 그것을 들킬까 봐 두려워하는 표정을 짓고 있는가? 아니면 단순히 그는 그녀가 하는 말에 무관심한가? 그녀는 어떠한가? 그녀는 방 안에 들어가기 두려워하는가, 아니면 언제라도 뛰쳐나가려고 문간에 서 있는가?

다음으로 이들이 자신의 말과 반대되는 행동을 하게 만들자. 그가 결혼생활에 만족한다는 것을 그녀에게 이야기하는 중이라면, 왜 자신의 손가락에 낀 결혼반지를 불편한 듯 만지작거리고 있는가? 그녀는 미소를 지으며 그를 믿는다고 말하면서 왜 팔짱을 끼고 있는 건가? 왜 그녀는 동시에 자신의 손톱을 세게 물어뜯는가? 두 사람 사이의 상호작용을 구상해서 대화만큼 행동을 통해서도 드러내라.

서브텍스트는 설명을 비언어적으로 나누어 전달하는 최고의 글쓰기 도구 중 하나다. 대사에 서브텍스트를 더하면 시나리오의 독자(그리고 영화의 관객)를 더 완벽하게 사로잡을 수 있다. 게다가 인물에게는 거짓말이라는 선택지를 주고, 관객에게는 거짓말을 간파하는 능력을 줌으로써 인물을 더욱 강렬하게 만들 수 있다. 말은 때로 거짓을 전하지만, 행동은 때로 수면 아래의 진실을 드러낸다.

내면의 배우를
발견하라

에이미 홀든 존스

사람들에게 작법을 가르치는 것은 어렵기로 유명하다. 더구나 시나리오 쓰기는 독특한 기술로 극작가나 저널리스트, 소설가의 글쓰기와는 성격이 전혀 다르다. 나는 독특한 방식으로 시나리오 작법을 배웠다. 시나리오 작법에 대한 수업을 듣거나 책을 읽은 적이 없었다.

나는 작가를 꿈꾸지 않았다. 다큐멘터리 감독이 되고 싶었다. 나는 현실의 삶 그리고 카메라와 열렬하게 사랑에 빠졌다. 연극과 드라마, 장편영화는 나와는 무관한 환상처럼 보였다. 나는 어빙 펜Irving Penn(패션사진과 인물사진으로 유명한 사진작가. _옮긴이)보다 로버트 프랭크(여행사진으로 유명한 사진작가. _옮긴이)가 좋았고, 〈헤어Hair〉(평화와 반전의 메시지를 담은 뮤지컬. _옮긴이)보다 〈몬터레이 팝Monterey Pop〉(로큰롤로 유명한 몬터레이 팝 페스티벌을 다룬 다큐멘터리. _옮긴이)이 좋았다. 내가 가장 좋아했던 영화들은 시나리오 없이 즉석에서 촬영하는 시네마 베리테 cinéma-vérité였다.

내가 영화 일을 시작한 초창기에는 디지털카메라가 없었다. 비디오 카메라도 없던 시절이었다. 우리는 영화필름카메라로 촬영했는데 믿을 수 없을 정도로 비쌌다. 대학을 나오고 1년이 지났을 무렵 수많은 다큐멘터리 영화인은 물려받은 재산이 있다는 사실을 깨달았다. 나는 밥벌이를 해야 했다. 영화감독을 포기하고 대학원으로 돌아가려고 할 무렵, 난데없이 뉴욕시에 위치한 할리우드 영화 촬영장에서 어시스턴트로 일할 기회를 얻었다.

첫날부터 나는 완전히 새로운 세계에 있었다. 이전까지는 세트장이나 배우들 근처에도 가본 적이 없었다. 거기에서 처음 읽은 시나리오가 바로 폴 슈레이더Paul Shrader가 쓴 〈택시 드라이버〉였다. 그 시나리오는 마틴 스코세이지Martin Scorsese 감독과 배우들이 그날그날 작업을 진행하기 위한 설계도였다. 모든 면에서 다큐멘터리보다 연극에 훨씬 더 가까웠다.

이렇게 털어놓은 대로, 나는 영화감독이 되는 방법을 전혀 모르면서도 당시 오만하기 짝이 없게 감독이 되고 싶었다. 영화를 연출하려면 시나리오가 있어야 했지만 나는 작가가 아니었다. 5년 후에 로저 코먼Roger Corman(할리우드에서 B급 영화의 대부로 불리는 영화감독. _옮긴이)에게 고용되면서 기적적으로 장편영화를 연출할 기회가 왔다. 당시 그의 제작사인 뉴월드 픽처스New World Pictures는 익스플로이테이션exploitation 영화(마약, 폭력, 섹스 등을 선정적으로 다룬 영화. _옮긴이) 두 편을 진행하고 있었다. 그중 하나인 〈여름날 파티에서 대학살The Slumber Party Massacre〉 시나리오는 작업이 필요했다. 솔직히 이 경우에 손익분기점이 높지 않았지만, 여전히 타깃 관객층에 따라 시나리오를 수정해야 했다. 나는 다시 써야 했고, 그것도 빨리 해야 했다. 이를 가능하게 할 방법은 한 가지뿐이었다.

코먼은 자기 수하의 모든 감독이 연기 수업을 받아야 한다고 고집했다. 그는 나를 제프 코리Jeff Corey라는 뛰어난 성격파 배우에게 보냈다. 코리는 1950년대에 공산주의자 블랙리스트에 오르면서 무대를 빼앗긴 배우였다. 그는 전설적인 연기 교사였다. 나를 재능 있는 배우로 만들 교사는 어디에도 없었지만 그는 나를 작가로 만들었다.

그래서 나의 충고는 이것이다. 시나리오를 쓰고 싶다면, 연기를 배워라. 나는 코리의 수업에서 연기가 무엇인지를 배웠고, 그것은 결코 내가 예상하던 내용이 아니었다. 가면을 쓰고 다른 누군가가 되는 것이 아니었다. 어떤 인물 안에서 자신을 발견하는 것이었다. 연기하기 위해서는 인물 편에 서야 하고 그 인물의 눈을 통해 세상을 봐야 한다. 작가는 종이 위에 있는 것보다 더 거대한 인생 이력을 구성해야 한다. 자신이 말하는 단어들을 이해해야 하고 그 의미를 전달하려 애써야 한다. 모두 알다시피, 작가는 이 모든 것을 할 수 있어야 한다.

배우들이 사용하는 연기 기술이 너무 많아서 여기서는 더 자세히 들어갈 수 없다. 진지하게 생각하고 있다면 좋은 연기 선생을 찾아서 이 모든 것을 배워보라. 콘스탄틴 스타니슬랍스키Konstantin Stanislavskii가 쓴 《배우 수업An Actor Prepares》을 읽어보라. 그러고 나서 좋아하는 영화나 외우고 있는 연극의 독백을 골라라.

배우들이 왜 독백을 좋아하는지, 그리고 좋은 시나리오에는 왜 적어도 한 번은 독백이 나오는지 바로 알게 될 것이다(하지만 제발, 너무 많이는 안 된다). 독백 연기를 해보라. 관객 앞에서 자신 그대로를 드러내고 자신을 바보로 만드는 위험을 감수하는 게 어떤 기분인지 느껴보라.

연기에는 진정한 용기가 필요하다. 배우의 가장 큰 조력자는 작가다. 우리의 운명은 불가피하게 얽혀 있다. 좋은 글은 좋은 연기를 필요로 하며, 나쁜 연기는 어떤 대사도 형편없이 들리게 만든다.

연기는 또한 배우가 어떤 배역을 갈구하는지 가르쳐준다. 좋은 배우가 원하지 않으면 시나리오는 영화화될 수 없다. 연기를 배우려면 무수한 시나리오를 읽을 수밖에 없다. 그러나 학생들은 이러한 단계를 기피하고, 대신 영화 보기를 선호하는 경향이 있다. 이것은 속임수이고 효과가 없다.

마지막으로, 연기는 작가에게 서브텍스트를 알려준다. 서브텍스트는 텍스트보다 훨씬 더 중요하다. 현실에서 사람들은 자신의 마음속에 있는 것을 말하지 않는 경우가 많다. 그 외의 전혀 다른 것을 말하는 것이다. 배우들은 이를 알아내고 대사를 통해 그 아래에 깔린 감정을 전달하는 법을 배운다. 이를 이해할 수 있는 실전 연습 한 가지를 알려주겠다.

| 실전 연습 |

별 내용이 없는 장면 하나를 써라. 농담이 아니다. 단조롭고 특별하지 않은 대사를 만들어라. '잘 지냈니?', '좋아', '오랜만이지', '그거 있냐?', '바빴어', '머리 모양 바뀌었네', '여기 춥다', '나는 몰랐어' 등.

이러한 대사는 흥미를 끌지 않는 한 늘여도 된다. 이제 연기자 동료와 함께 이 장면을 여러 가지 다른 맥락에서 연기하라. 말하는 이들이 부녀지간이라고 상상해보라. 딸이 마약을 사기 위해 아버지가 평생 모은 돈을 훔친 그날 이후로 몇 년간 서로 보지 않은 부녀지간이라고 치자. 혹은 전직 강제수용소 교도관과 유대인 생존자 사이의 대화, 소녀와 함께 무도회에 가고 싶은 소년의 대화, 또는 이혼 법정 밖에서 기다리고 있는 남편과 아내 사이의 대화인 것처럼 읽어라.

오래전 연기 수업에서 사람들과 함께 이 실전 연습을 하는 동안, 나는 가장 사랑하는 일을 포기하면 안 되겠구나 하고 깨달았다. 당시 더 이상 다큐멘터리 작업을 하고 있지 않았는데도 말이다. 좋은 글쓰기와 좋은 연기란 모두 우리가 만든 인물들의 내면에서 호흡, 인간성, 결함이 있는 영혼을 발견하는 일이다.

연기 수업을 받기 전까지 나는 장편영화를 연기와 거울, 계략과 환상이라고 생각했다. 그러나 연기를 배운 후에 좋은 영화란 논픽션의 또 다른 형태라는 걸 알았다. 연기는 인간의 마음속으로 깊이 들어가서 우리의 일상 위에 벌어지는 모순과 놀라움을 발견하게 한다. 캄캄한 데 앉아 스크린 위 배우들을 보면서 얻는 가장 큰 즐거움은 그러한 인식의 충격이다. 이 진실은 시나리오 속 인물이 공장 노동자이건 흡혈귀이건, 귀신이건 슈퍼히어로건, 세인트버나드 개이건 변하지 않는다. 지면에서 생명의 진정한 숨결을 찾을 때 비로소 시나리오 한 편을 완성할 수 있다.

중요한 것은
인물이 느끼는
감정이다

매들린 디마지오

나는 배우로 영화 일을 시작했다. 그래서 배우의 연기 기술이 '인물의 내면'을 보는 데 도움이 된다는 사실을 알았다.

영화 〈어바웃 슈미트About Schmidt〉의 오프닝은 내밀한 순간에 시작된다. 슈미트가 창문 없는 사무실 안의 말끔히 치워진 책상 앞에 앉아서 그의 퇴직 시간을 향해 달려가는 벽시계의 초침을 쳐다본다. 째깍째깍 소리에 슈미트의 삶이 스러지는 듯하다. 그의 두려움이 절실하게 느껴진다. 시계 초침이 정각 다섯 시를 지나가자 슈미트는 일어나서 사무실을 한 번 둘러보고 문을 닫는다. 이제부터 슈미트는 자신의 인생에서 다른 의미를 찾아야 한다. 우리는 그를 비웃고 그와 함께 울고 그처럼 될까 봐 두려워한다. 우리 각자가 어떤 처지에 있든 간에 슈미트라는 인물의 공허한 마음에 공감하게 된다. 배우 잭 니컬슨Jack Nicholson이 연기한 슈미트는 속내를 알 수 없고 공허하고 자신의 가능성을 박탈당한 사람이기에 우리의 마음이 아프다.

혹자는 그것이 슈미트라는 인물을 생생하게 살린 니컬슨의 찬란한 연기력 덕분이라고 말할지도 모르겠다. 하지만 니컬슨의 천재성을 끌어낸 것은 슈미트라는 인물이었다. 니컬슨은 소설가인 루이스 베글리Louis Begley가 원안을 쓰고 각본가 알렉산더 페인Alexander Payne이 멋지게 다듬은 슈미트라는 인물의 내면을 깊이 들여다보았던 게 분명하다.

영화 〈내겐 너무 사랑스러운 그녀Lars and the Real Girl〉에서 작가 낸시 올리버Nancy Oliver는 주인공 라스를 결혼한 형네 집의 뒤편 차고를 개조한 집에서 사는, 상처 입은 젊은 남자로 그린다. 우리는 먼저 교회에 가기 위해 옷을 차려입고 창밖을 내다보는 라스를 만나는데, 그는 분명 세상에서 고립되어 있다. 그의 방은 살림이 단출하다. 컵 하나와 접시 하나, 어린 시절부터 사용한 낡은 가구가 전부다. 교회에서 라스는 항상 다른 사람들을 위해 무언가를 해주는 친절한 사람이다. 사람들은 그를 좋아하지만, 그는 지극히 수줍고 서투르다. 그날 밤 차고 집, 작가는 라스를 캄캄한 침대에 앉혀둔다. 그는 교회에 갔던 차림새 그대로다.

새벽 4시. 그는 조금도 옴짝하지 않는다. 그는 밤새 깨어 있다. 나중에 마트에 간 라스는 정처 없이 푸드코트를 헤매면서 가족들, 연인들만 뚫어지게 본다. 작가는 이렇게 쓴다. "그는 외로움을 자신의 몸에 든 병처럼 느낀다."

우리는 라스라는 인물에게 이와 같은 근본적인 진실이 있고, 이 진실을 인물의 내면 어딘가에서 찾아냈다고 이해한다.

멋진 등장인물은 저절로 생겨나지 않는다. 탐구해야 한다. 작가로서 우리는 감정 또는 기억을 어떻게 찾아낼 수 있을까?

| 실전 연습 |

감각 기억은 어떤 물리적 자극에 대해 감각적 특질을 떠올리는 것이다. 인물이 상처를 입었다는 말로는 충분하지 않다. 어떤 상처인가? 상처를 어떻게 느끼는가? 상처에 어떻게 반응하는가? 혼자라고 느끼거나 누군가를 부러워 한다면 어떨까? 자신의 내면에서 그 지점을 찾아보자.

오감을 사용하자. 이런 감정을 '왜' 느꼈는지 또는 어쩌다가 느꼈는지에 대한 정황은 중요하지 않다. 중요한 것은 감정이다. 그때 어디에 있었는지 생각해보라. 방 안에 있었는가? 거기에 떠올릴 만한 물건들이 있었는가? 무엇을 보고 있었는가? 그것을 만졌는가? 소리나 광경, 냄새가 있었는가? 당시의 물리적 환경을 떠올리면 그곳으로 되돌아가는 데 도움이 된다. 등장인물에게 그때와 비슷한 감정을 불러일으켜야 하거나 핵심 장면을 써야 할 때, 또는 이야기의 주요 분위기를 결정할 때에 그곳으로 돌아가자.

감각 기억은 지엽적인 '관점'과 작가 자신만의 방식으로부터 벗어나게 한다. 인물들이 스스로의 진실을 깨닫게 하기 위해 작가 자신의 진실을 활용하게 되는 것이다. 즉 작가가 인물의 내면으로 들어가는 것이다.

서브텍스트는 행동과 대사의 이면에 숨겨진 무언가다. 우리는 우리의 진짜 의도와 감정을 거짓으로 꾸며 위장하곤 한다. 훌륭한 배우는 훌륭한 관찰자다. 이들은 서브텍스트를 연구하고 그것을 가능한 한 많은 정황 속에서 확인한다. 배우들처럼 스스로의 대화와 행동 속에서 서브텍스트를 찾아보자. 이렇게 자문해보자. 여기서 나는 정말로 무엇을 말하고 있는가? 나는 정말로 무엇을 하고 있는가? 내가 뱉는 단어 아래에서 어떤 일이 벌어지고 있는가? 나는 무엇을 숨기려 하는가? 내가 정말로 원하는 것은 무엇인가? 나는 어떤 말을 듣기를 두려워하는가? 그곳에 인물들과 함께 가라. 인물들의 대화를 쓸 때 그곳에 가라.

작가가 할 일은 인물의 취약점을 파악하는 것이다. 그 취약점을 어떻게 드러내는지에 따라 좋은 작가와 위대한 작가가 구분된다. 인물의 서브텍스트를 크게 말하라. 대사는 두 가지 차원, 곧 유언有言의 차원과 무언無言의 차원으로 전달된다. 서브텍스트 쓰기를 '숨바꼭질' 놀이라고 생각하라. 인물들이 안전하다고 느끼게 만들고, 은폐를 허용하고, 그리고 가장 취약한 순간에 진짜 동기와 감정이 삐져나오게 하라. 이런 취약한 순간들은 거의 언제나 갈등의 결과로 인해 나타난다. 우리는 모두 그때 보호막을 치기 때문이다. 배우처럼 명확한 설명을 거부하면서 작업하라. 예를 들어 허약한 인물이 있다면 자신의 취약점을 숨기도록 만든다. 내면의 갈등과 서브텍스트는 언제나 효과가 있다.

인물은 내밀한 순간에 자신의 영혼을 슬며시 내보인다. 가장 힘들고 꾸밈 없는 상태일 때 드러나는 것이다. 이러한 내면의 핵에 도달하려면 작가 역시 배우처럼 먼저 자신을 활용해야 한다. 아무도 보지 않을 때 나는 어떤 사람인가? 내게 가장 취약한 점, 정제되지 않은 점은 무엇인가? 그것을 세상으로부터 숨기고 싶은가? 그것은 추한가? 나의 두려움이나 허약함을 다른 이에게 보여주는가? 이러한 인물의 성격을 영화 속에 묘사하기 위해 쓸 수 있는 최고의 영상은 무엇인가? 나는 어디에 있는가? 나는 이 비밀을 어떻게 드러낼 수 있을까? 대사 한 마디 없이 그것을 보여줄 수 있을까? 이제 인물에 대해 생각하자. 그 인물로 들어가는 문을 찾아보자.

앞에서 설명한 대로 〈어바웃 슈미트〉와 〈내겐 너무 사랑스러운 그녀〉는 이러한 내밀한 순간을 보여주는 멋진 사례다.

극적 아이러니는
긴장감을
고조시킨다

하워드 앨런

별로 놀라지 않겠지만, 시나리오 쓰기는 소설 쓰기보다 서사시나 그래픽노블에 더욱 가깝다. 최종 시나리오는 여러 협업자들, 특히 배우와 감독이 이야기를 완성하기 위한 계획안이다. 나는 배우와 감독으로 일한 경험들 덕에 시나리오 스토리텔링을 다각도로 통찰할 수 있었다.

시나리오는 관객(검토자)을 이야기에 참여시킬 수 있도록 적어도 한 가지 극적 도구를 갖추어야 한다. 바로 극적 아이러니dramatic irony다. 보통의 아이러니보다 훨씬 강력한 극적 아이러니는 관객에게 엄청난 기대감과 박진감을 선사한다. 그러면 관객은 추측하느라 자리에 느긋하게 앉아 있지 못하게 된다.

내 말을 잘못 받아들이지 마라. 보통의 아이러니도 엄청난 재미를 줄 수 있다. 이를테면 학업에는 관심도 없을 것 같아 보이는 여성도 남자친구 때문에 하버드 로스쿨을 성공적으로 졸업할 수 있다(〈금발이 너무해Legally Blonde〉). 혹은 정직하고 다정한 싱글맘이 자신의 자동차 트렁크에 불법 이민자들을 숨겨서 얼어붙은 강을 건너 밀입국시키는 위험한 범죄 세계에 빠질 수 있다. 자신과 아이들을 위해 넓은 이동식 주택을 구입할 돈을 벌 수 있다면(〈프로즌 리버Frozen River〉).

하지만 이 두 영화에서 극적 아이러니는 보통의 아이러니를 능가한다. 극적 아이러니라는 장치에는 두 개의 부품이 있다. 첫째는 관객이 한 인물에 대해 알고 있는 비밀이요, 둘째는 영화 속 다른 인물은 그 비밀에 대해 모른다는 정보다.

관객들은 작가가 확신에 차서 게임을 진행하는 영화를 좋아한다. 그 예로 금발의 매력적인 여성이 사실은 하버드 로스쿨의 모든 이에게 자신의 진짜 능력과 지적 능력을 숨기고 있다는 게 밝혀진다면 우스꽝스러운 결과를 낼 수 있다(〈금발이 너무해〉). 또한 정직한 싱글맘이 아이들과 전남편, 가족, 그리고 자신에게 관심을 보이는 지역 보안관에게조차 자신의 범죄 활동을 숨겨야 한다는 사실을 깨닫는다면 싱글맘을 응원하는 관객들은 박진감을 크게 느끼게 된다.

영화 전체가 극적 아이러니에 바탕을 두는 경우도 있다. 내가 워크숍에서 자주 활용하는 영화는 1993년 작품인 〈미세스 다웃파이어Mrs. Doubtfire〉와 〈도망자The Fugitive〉다.

〈미세스 다웃파이어〉에서 비밀은 무엇인가? 관객도, 로빈 월리엄스Robin Williams가 연기한 주인공 다니엘도, 그리고 주인공의 조력자이자 게이 동생인 특수분장 전문가도 안다. 스코틀랜드 출신의 보모 아줌마가 실은 자신의 아이들과 함께 있고 싶어 하는 다니엘이라는 것을. 그의 아내와 아이들과 샌프란시스코의 다른 모든 사람만 모른다. 이 상황은 영화 내내 엄청나게 웃기면서도 박진감 넘치게 한다.

〈도망자〉의 비밀은 무엇인가? 관객은 물론, 해리슨 포드Harrison Ford가 연기한 킴블 박사도, 의수를 단 외팔이 사내도 킴블 박사가 그의 아내를 죽이지 않았다는 걸 안다. 그러나 연방경찰과 지역경찰, 병원에 있는 박사의 동료들, 시카고에 사는 그 밖의 모든 사람은 그가 탈옥한 살인자가 아니라 무죄를 증명하려 고군분투하는 선량한 사람이라는 걸 알지 못한다. 이러한 장치는 영화 내내 어마어마한 긴장감을 만들어낸다.

| 실전 연습 |

그러니 지금 시작하자. 자신이 쓴 이야기나 시나리오 하나를 고른다. 주인공의 이름을 적는다(친구들에게 각인시켜라. 이 사람을 시점 인물point of view character이라고 부른다는 것을). 이 시점 인물이 한 장면

이나 이야기 전체에서 무엇을 하려는지 적는다. 그의 목표는 아무도 모르는 비밀인가? 그렇다면, 또는 그렇지 않다 해도, 이 비밀에서 제외할 수 있는 또 다른 인물을 적는다. 이제 그 인물과 비밀을 숨기고 있는 시점 인물이 대화를 나누는 장면을 쓴다. 이 작업이 얼마나 많은 긴장감을 부여하는지 알겠는가?

다음으로 시점 인물에게 적대자 역할을 할 인물 하나를 찾거나 만든다. 이 적대자가 시점 인물에게 정말로 나쁜 일을 계획하는 장면을 쓴다. 이제 (아직 비밀을 숨기고 있는) 적대자와 시점 인물의 대화 장면을 쓴다. 관객과 독자 사이에 돌아다니는 이러한 불꽃은 극적 아이러니에서 나온다. 이 실전 연습을 좋아하는 영화에도 적용해보자. 오스카상 수상 연설에서 내게 고마움을 표할 날이 올지도 모른다.

장면과 시퀀스의
7가지 요소를
활용하자

스티븐 V. 덩컨

영화는 본질적으로 시각예술이다. 그런데 신인 작가들은 살면서 영화를 본 경험을 자주 잊어버리는 경향이 있다. 미숙한 작가들은 장면이나 시퀀스를 쓸 때 너무나 자주, 끝없이 떠든다. 텔레비전 드라마에서는 말로 하는 대사가 장면을 이끌어간다. 하지만 장편영화에서 중요한 건 극적 효과가 있는 영화적 장면이다.

영화적 장면을 효과적으로 쓰기 위한 방법 중 하나는 '장면과 시퀀스의 일곱 가지 요소'를 활용하는 것이다. 장면의 초안을 잡을 때나 특히 재교 과정에서 활용해보라. 놀랍게도 장면이나 시퀀스의 개념을 잘 모르는 작가가 더러 있다. 시나리오 쓰기에서 이 개념을 아는 건 중요하다. 장편소설이나 단편소설과 달리 영화의 장면은 궁극적으로 감독과 제작 스태프에 의해 스크린 위로 옮겨지기 때문이다. 이 과정은 작가가 지면에 실내에서 일어나는 일인지 실외에서 일어나는 일인지 같은 특정 장소와 시간대를 나타내는 장면 타이틀을 적절한 포맷으로 구성하면서 시작한다. 한 장면은 단일 장소에서 일어난다. 한 시퀀스는 더 거대한 이야기의 맥락 안에서 짧은 이야기를 보여주는 장면들의 연속이다. 다음은 '장면과 시퀀스의 일곱 가지 요소'와 그에 관한 몇 가지 질문들이다.

- 프로타고니스트(주인공): 그 장면에서 '최고의 극적 욕구'는 누구에게 있는가? 다른 말로 하면 주인공은 그 장면에서 무엇을 원하는가?
- 안타고니스트(적대자): 그 장면에서 누가 주인공의 극적 욕구를 방해하는가? 아이러니하게도 이 점은 주인공 역시 마찬가지다. 즉 적대자는 그 장면에서 무엇을 원하는가? 주인공과 적대자는 갈등을 만들기 위해 맞서야 한다. 이들이 원하는 게 같다면 그것을 얻기 위한 방법에서 의견이 갈려야 한다. 그렇지 않으면 독자(궁극적으로 관객)가 지루해하는 장면이 될 것이다.
- 중심인물(들): 그 장면에서 누가 주인공 또는 적대자에게 찬동 또는 반대하는가? 그 장면에서 이 인물들에게

는 두 가지 목적이 있다. 주인공과 적대자를 갈등으로 계속 몰아갈 것, 그리고 그 장면의 문제에 대해 또 다른 관점을 제공할 것.

- 대사: 인물들은 서로 어떻게 소통하는가? 언어인가, 비언어(액션, 리액션이나 완전한 침묵)인가, 아니면 둘 다인가? 예컨대 한 인물이 '당신을 사랑합니다'라고 말하고 뒤돌아서서 표정으로 거짓말이라고 밝히는 것이다.
- 의도: 그 장면에 각 인물이 있는 이유가 무엇인가? 배우들은 이를 '동기'라고도 한다. 의도는 장면에서 갈등을 조장하는 원동력이다.
- 서브텍스트: 장면 아래서 어떤 감정들이 부풀어지고 있는가? 그 장면은 진실로 무엇에 관한 것인가? 이 서브텍스트는 영화의 주제 속에 그 단서가 있다.
- 맥락: 그 장면은 바로 앞에 나온 장면, 뒤에 나올 장면과 어떻게 연결되는가? 맥락을 통해 작가는 동일한 장면에서 강렬한 긴장감을 만들거나 그 장면을 다시 쓰지 않고도 재미있는 분위기를 형성할 수 있다.

이 일곱 가지 요소가 지나치게 단순해 보일 수도 있지만, 시나리오의 생사 여부는 재미있는 장면에 달려 있다. 이러한 접근법은 시나리오의 문체와 내용을 향상시키는 효과적인 방법이 될 수 있다.

한 문장 아이디어로 시작하라. 다음은 내가 장면에 대한 영감을 얻기 위해 활용했던 몇 가지 문장이다.

"연인은 다락방에서 낡은 뾰족 구두 한 켤레를 발견한다."

"애완동물은 주인의 마음에 평화를 준다."

"결혼에서의 배신 행위."

"외계의 존재와 대면하기."

"20년을 같이 산 남편이 연쇄살인범이다."

"첫눈에 반한 사랑."

여기서 목표는 영화적 장면과 시퀀스를 쓰는 능력을 향상시키는 것이다. 이 아이디어 중 하나를 고르고(또는 자신만의 아이디어를 만들고) 이것을 세 가지 다른 방식으로 써보라.

1. 첫째, 오로지 대사만 사용한다. 간단하게 두세 쪽을 적어라.

2. 둘째, 동일한 장면을 액션과 비언어적 대사로만 써보라. 언어적 대사를 시각적인 액션과 리액션으로 옮겨야 한다.

3. 셋째, 동일한 장면을 시각적 효과를 높이는 데 초점을 맞춰 다시 쓴다. 단, 이번에는 그 장면의 서브텍스트(주제)를 담은 대사

한 줄을 함께 쓴다.

이 실전 연습을 동일한 아이디어에 바탕을 두고 6~8쪽 분량으로 써서 다음 단계로 가져갈 수도 있다. 해당 시퀀스뿐만 아니라 각 장면에 일곱 가지 요소를 사용해야 한다. 첫째로 대사만을 사용하여 이 기법을 시도하고, 다음으로 주제를 규정하는 대사 한 줄을 쓰고, 마지막으로 언어적 대사와 비언어적 대사를 시각적 액션과 결합한 시퀀스 하나를 써보라.

이 과정이 끝나면 시각적 요소와 청각적 요소를 결합해 극적 효과가 있는 장면을 만드는 능력이 분명 획기적으로 향상되어 있을 것이다.

애니메이션은
현실을 과장해서
표현한다

에이드레어 월든 텐 보슈

애니메이션은 인간 현실의 경계를 넘어가기 때문에 글을 쓰기에 멋진 분야다. 의인화된 동물이 등장하는 고전적인 만화를 쓰든, 아니면 사람이 주요 인물로 등장하는 '사실적인' 만화를 쓰든 이 존재들은 우리가 할 수 없는 일을 할 수 있다. 이 존재들은 감정을 표현하기 위해서 자신의 몸을 학대하고 얼굴을 잡아당기는 등 신체적 극단까지 갈 수 있다. 그들은 중력이나 물리적 법칙에 구애되지 않는다. 경험하기에는 비극적이지만 보기에는 우스운 고통과 불편까지 견뎌낼 수 있다.

만화 시나리오는 모두 과장이다. 무엇을 하든 인물의 하는 일을 그 이상으로 만든다. 만화 속 인물들은 방 바깥으로 걸어 나가는 것 말고도 쌩 내빼거나, 질주하거나, 번개처럼 사라지거나, 살금살금 가거나, 어정거리며 나갈 수 있다. 무언가를 집어 드는 대신 원하는 것을 얻기 위해서 "아싸! 빨리 잡아" 또는 "슬쩍 해" 또는 "선반을 덮쳐라"라고 말할 수 있다.

또한 얼굴 표정으로 "슬퍼 보인다"고 표현하는 외에 많은 것을 할 수 있다. 턱짓으로도 할 수 있다. "덜컥! 눈알이 빠져 바닥을 칠" 수 있다. 그냥 "웃는다"가 아니라 "입꼬리가 천천히 올라가 귀에 걸리며 크게 웃는다"라고 할 수 있다.

애니메이션으로 제작할 시나리오를 쓸 때는 만화스러운 몇 가지를 언어에 삽입해야 한다. 화가가 그린 듯한 시나리오나 개요를 쓰는 것이다. 애니메이션 작가는 만화가의 상상력을 도와야 한다. 실사 액션 영화는 병원에 실려 가기 전까지 사람들이 직접 몸으로 연기를 해내는데, 애니메이션은 이보다 더 극단적으로 태도, 감정, 움직임을 나타내도록 소리와 묘사에 활기를 넣어야 한다.

다음 실전 연습은 인물에게 애니메이션다운 활기를 불어 넣는 글을 쓸 수 있도록 도와준다.

만약 가능하다면 직접 몸으로 하고 싶었던 것을 생각해보자. 구름 위로 높이 날아보고 싶은가? 고층빌딩에서 뛰어내리기? 제비처럼 완벽하게 공중 다이빙하기? 높은 책장에서 떨어지는 무언가를 잡으면서 다리 찢기? 발가락 끝으로 살금살금 걷기? 배를 깔고 엎드려서 스르르 미끄러져 도망치기? 인간은 이러한 일들을 할 수 없지만 등장인물들은 할 수 있다!

글을 쓸 때 자신의 마음을 인물의 몸속에 밀어 넣어라. 인물이 어떤 상황에 반응할 때 만일 자신이라면 무엇을 할지 느껴보라. 당황스러울 때면 마룻바닥에 주저앉거나 벽에 납작하게 붙고 싶지 않은가? 기분이 좋으면 누군가를 세게 끌어안아서 풍선처럼 가운데가 쑥 들어가게 하고 싶지 않은가? 추위가 느껴지면 몸을 세게 흔들어서 옷 속의 섬유들을 부르르 떨게 하고 싶지 않은가?

글을 쓸 때 일어나 걸으면서 인물이 무엇을 생각하고 느끼는지 직접 해보라. 그러고 나서 자신의 행동을 과장하면 멋진 애니메이션 시나리오를 쓸 수 있을 것이다.

6장

인물

한 쪽짜리
인물 소개서를
활용하자

밸러리 알렉산더

이 책에는 글쓰기 전에 알아야 할 것들에 대한 근사한 조언이 아주 많다. 내가 보기에 이 중 가장 중요한 것은 인물에 대해 알아가는 방법이다.

　인물의 내면과 외면 둘 다를 진심으로 알아보라. 좋아하는 것과 싫어하는 것, 개인적인 스타일, 별난 점, 도덕심, 윤리 의식, 내면 등. 인물에 대해 알면 미숙한 작가들이 흔히 저지르는 다음의 두 가지 실수를 피할 수 있다.

　1. 모든 인물이 같은 목소리로 말한다.
　2. 인물이 자신의 캐릭터와 전혀 맞지 않는 일을 하게 된다.

작가가 인물에 대해 얼마나 잘 알고 있는지 시험하는 최고의 방법은 한 쪽짜리 인물 소개서를 쓰는 것이다.

| 실전 연습 |

먼저 관객이 주요 인물에 대해 알고 싶어 하는 것을 모조리 적어라. 관객이 주요 인물에 대해 알아야 할 가장 중요한 성격 다섯 가지는 무엇인가?(이야기와 깊은 관련이 없다면 머리카락 색이나 키 같은 사항을 집어넣지 말라)

이제 이 모든 성격을 대사 없이 관객에게 전달하는 장면 하나를 써라. 우리는 아무도 실제로 이렇게 말하지 않는다. "세상에, 당신은 너무 외로워 보여." 인물의 외로움을 명확하게 보여줘라.

일단 주요 인물에 대한 이 작업을 마쳤다면 중요한 조역 두셋을 골라서 그들 각자를 위한 장면을 하나씩 써라. 이것도 모두 한 쪽을 넘지 말아야 한다.

나는 주요 인물을 위해서 조역이 나오는 장면을 영화의 첫 장면으로 삼는 것을 좋아한다. 이 장면은 영화의 뒷부분과 전혀 관계가 없을 수 있지만, 주요 인물이 누구인지를 짧게 보여주면서 궁극적으로 영화가 무엇에 관한 것 인지 알려줄 수 있다.

다음은 내가 쓴 시나리오 〈PR〉의 첫 장면이다.

페이드인:

대형 수조 너머로 물로 인해 굴절된 알렉산드라의 얼굴이 보인다. 그녀는 매력적인 사십 대 여성이고 두 딸(여덟 살 멜로디와 다섯 살 타냐) 옆에 쪼그려 앉아 있다.

세 사람은 수조를 보고 행복한 듯 킥킥 웃는다. 어린 딸들은 신나서 다른 물고기를 가리키며 이것 다음에 저것이 가장 좋다고 말한다.

딸들이 물고기를 쳐다보는 사이, 알렉산드라가 일어서서 두리번거리며 누군가를 찾는다. 그녀가 그 남자를 발견한다.

알렉산드라: 여보.

알렉산드라를 향해 듬직한 체격에 잘생긴 남편 토드가 다가온다. 완벽한 미국인 가족의 나들이 모습이다.

알렉산드라가 고개로 옆쪽을 가리키자 토드가 고개로 응답한다.

토드: 아가씨들, 디저트 사러 가자.

그가 딸들의 손을 잡고 수조에서 멀찍이 데려간다.

알렉산드라는 몸을 돌려 카운터에 있는 남자에게 손짓한다.

알렉산드라: 저거요.

그녀가 가리키는 무지개송어를 그 남자가 뜰채로 건져 올린다.

이곳은 애완동물 가게나 수족관이 아니라는 게 밝혀진다. 이곳

은 고급 식료품 가게다.

카운터에 있는 종업원은 망설임 없이 무지개송어를 철제 도마에

툭 던지더니, 휙 하고 물고기의 대가리를 내리친다.

자, 여기서 알렉산드라에 대해 아는 것을 생각해보자. 직업이

나 가족의 배경 같은 아직 모르는 것들은 빼라(장면 설명에 관한 정

보가 하나도 없는 건 우연이 아니다. 이 장면을 'INT. 식료품 가게 - 낮'으

로 시작하면 박진감을 잃는다. 그래서 나는 장면 설명을 넣지 않았고, 그

것은 결코 문제가 되지 않았다. 글이 충분히 매력적이면 사람들은 규칙을

깨도 못 본 척한다).

1. **그녀는 결혼했다.**

그녀의 결혼에 대해 무엇을 알고 있는가? 그녀의 가족은 함께

외출했다. 그녀 부부는 상대가 원하는 것을 말하지 않아도 안

다. 그들은 좋은 한 팀처럼 보인다. 전반적으로 괜찮은 결혼이

라 할 수 있고, 어쩌면 동등한 결혼이라고 말할 수 있다.

2. 그녀는 엄마다.

   좋은 엄마인가? 그녀는 아이들과 깔깔대며 웃고 함께하기를
   좋아하지만, 뭔가 충격적인 일을 할 때는 아이들을 보호하고
   있다는 것을 알 수 있다. 그녀는 아이들에게 불쾌한 행동을 보
   이지 않는다.

3. 이 가족은 가난하지 않다.

   사실 이들은 꽤 잘살고 있다. 그들은 수조에서 헤엄치는 신선한
   생선을 파는 고급 식료품 가게에서 물건을 살 만큼 부유하다.

4. 그녀는 냉정하다.

   물고기 대가리를 내리치는 것에서 알 수 있지 않은가? 이는 중
   요하다. 나는 관객이 알렉산드라를 처음부터 능력이 있는 사람
   이라고 생각하게 하고 싶었다. 관객은 또한 이 영화에서 어떤
   것(재미있는 공공 수족관)이 완전히 다른 것(무고한 물고기의 피비
   린내 나는 종말)으로 밝혀진다는 걸 알 수 있다.

5. 알렉산드라와 토드 중에서 더러운 일을 하는 쪽은 알렉산드라다.

   여기에는 더 많은 의미가 있을 수 있지만, 내가 이 장면을 쓰기

전에 전달하고자 했던 것은 그 점이다. 이 시나리오는 세 명의 프로듀서와 가계약되었고 감독 두 명과 A급 여배우가 붙었다. 그리고 내가 주로 사용하는 견본이 되었다. 수없이 많은 기획회의를 하는 내내 이 첫 장면(시나리오의 첫 쪽)은 결코 변하지 않았다. 단어 하나도.

작가는 장면을 어떻게 고정할지 알아야 한다.

그러니 시나리오를 쓰기 전에 어떤 인물의 이야기를 하는지 생각해보라. 인물의 세부 사항을 대사로 전하지 말고 이 모든 것을 한 쪽에 담은 장면, 특히 첫 장면을 써보라. 이렇게 할 수 있다면 정말로 시나리오 쓰기의 핵심을 알게 된 것이다.

대사로
인물을 구분할 수
있어야 한다

더글러스 J. 에보치

대사를 시험하는 방법 중 하나는 시나리오에서 인물의 이름을 까맣게 지우고 각 대사를 누가 하는지 알아맞혀 보는 것이다. 핵심을 말하자면 인물은 모두 독특한 목소리를 가져야 한다는 것이다. 하지만 어떻게 인물의 목소리를 발전시킬 수 있을까?

인물의 배경 이야기를 쓰면 그들의 어법에 영향을 끼친 정보들을 알 수 있다. 예를 들어 사회경제적 배경, 교육 수준, 경력이 그것이다. 또한 인물이 어떻게 언어를 구사하는지도 정할 수 있다. 장황한가 아니면 말수가 적은가? 감정적인 면이 더 강한가, 아니면 분석적인 면이 더 강한가? 자신감이 넘치는가, 직설적인가, 기만적인가, 신경질적인가, 부끄러움을 타는가, 비열한가, 냉소적인가, 친절한가?

예를 들어 내가 쓴 〈스위트 알라바마Sweet Home Alabama〉에서는 삼각관계 속의 두 남자, 제이크와 앤드루의 차이를 확연히 부각하는 게 중요했다. 앤드루는 여주인공 멜라니가 꿈꾸는, 귀티가 흐르고 세련된 남성의 표본이었으면 싶었다. 그래서 뉴욕 상류층 정치가 집안의 태생으로 정했다. 자신의 부모를 엄마 아빠가 아니라 아버지 어머니로 부르는 그런 유형의 남자다. 그는 자신의 감정에 관해서 냉정하면서도 억압적인 면이 매우 강했다. 그의 이러한 측면은 멜라니에게 거절당할 때 확인할 수 있다. 그는 고통스럽지만 결코 냉정함을 잃지 않는다. 반면에 제이크는 멜라니의 출신 성분인 남부 노동자의 과거를 대변한다. 남부 사람다운 다정함이 있지만 감정 기복이 심한 마초다. 그래서 나는 그에게 어울리는 남부의 속어와 구어적 표현을 찾았다.

이 모든 일이 도움이 되었다. 하지만 실제로 최고의 대사는 머릿속으로 인물들의 말을 '듣기' 시작하면서부터 쓸 수 있었다. 듣기 시작하면 인물들이 어떤 표현을 쓰는지 의식적으로 생각할 필요가 없다. 인물이 내 머릿속에서 진짜 사람이 되고, 나는 그들이 말하는 대로 적을 뿐이다(작가가 아니었다면 나는 이것 때문에 병원에 갈 수도 있었으리라). 머릿속으로 인물들의 목소리에 시동을 걸기 위한 최고의 도구는 바로 '인물의 일기'다.

이 기법은 간단하다. 인물의 목소리로 일기를 써라. 배우가 되었다고 생각하라. 그 인물이 되어서 보통의 날에 대해 그 냥 써라. 인물이 실제로 일기를 쓰는지 여부에 대해 걱정하지 말라. 그가 쓴다고 상상하라. 인물이 읽기, 쓰기를 못한다면 구술한 것을 정리한다고 생각하고 일기를 써라.

물론 집필 사전 단계에서처럼 백지를 무의식적으로 피하려는 작가의 벽에 부딪힐 위험이 있다. 인물의 전 생애에 대해 일기를 쓸 필요는 없다. 영화 속 이야기가 시작되기 직전, 그리고 인물의 인생에서 공백으로 남은 몇몇 순간, 중간중간의 이야기 정도를 시도할 수 있다. 가끔은 하루 일기만으로도 충분하다! 하지만 어떤 작품의 경우에는 일기 한 뭉치를 작성하는 게 기획 과정에서 지극히 유용할 수 있다.

다음은 내가 최근 시나리오에서 더 폭넓게 활용했던 방법이다. 나는 임무를 수행하기 위해 화성으로 간 NASA 승무원 여섯 명에 대한 이야기를 쓰고 있었다. 자연스레 이들의 배경 이야기가 대략 비슷해졌고, 그래서 나는 인물들을 차별화하기 위한 작업을 해야 했다. 나는 그들의 이력을 파악했고, 어떻게 우주 프로그램에 참여했는지 조사했고, 그들의 목소리가 어떤지 알아냈다. 그러고 나서 임무 수행 전 2년의 훈련 기간 동안 3개월 단위로 각 인물의 일기를 하나씩 썼다. 서로 다른 인물의 목소리를 만드는 동시에, 나는 이 임무 이야기가 시작되기 전 이들 사이의 관계와 갈등을 탐구할 수 있었다. 그 결과 첫 장면부터 이들은 오랫 동안 함께한 인물들처럼 느껴졌다. 적어도 내 머릿속에서는 그랬다.

인물의 목소리를 만드는 방법으로 내가 알려줄 수 있는 마지막 비결은 내가 다시 쓰기 과정에서 활용하는 것이다. 만약 플롯이 이야기를 이끄는 초고를 썼다면 주요 인물의 대사만을 따로 떼어 시나리오를 통독해보라. 인물의 목소리를 알고 있다면 일관되지 않은 것들이 눈에 금방 띌 것이다. 그러고 나서 주요 인물 모두를 위해 이 과정을 반복하라. 하지만 이 방법은 작가가 각 인물이 어떻게 말하는지 스스로 이해할 수 있어야만 효과가 있다.

| 실전 연습 |

자신이 잘 알고 있으며, 자신처럼 말하지 않는 누군가의 목소리를 가지고 일기를 쓰자. 자신보다 훨씬 나이가 들거나 어리거나, 성별이 다르거나 사회적·경제적 배경이 다른 누군가를 선택할 수도 있다. 아니면 독특한 말버릇을 가진 친구를 선택할 수도 있다. 그의 입장이 되어 그날 벌어진 사건들을 어떻게 서술할지 생각해보자. 내가 아닌 남의 목소리로 글을 쓰는 연습을 하면 인물들의 독특한 목소리를 바꾸는 능력을 키울 수 있다.

대사는
실제 말하는 것처럼
쓰자

제니퍼 스켈리

대화는 글쓰기에서 가장 쉬운 부분이다. 그렇지 않은가? 내 말은, 우리 작가들이 그렇게 말한다는 거다. 매일. 줄곧. 작가는 말하기 전문가이고, 대사 전문가라는 것이다. 그런데 내 생각에 사실적인 대사 쓰기는 우리 시나리오 작가들이 대면하는 가장 큰 도전 중 하나다.

작가로서 나는 관객이 본 것 그리고 들은 것을 사실로 믿게 하려고 고투한다. 관객은 공감할 수 없는 때를 정확히 안다. 객석에 앉은 모든 사람이 대화에서는 작가만큼이나 전문가이기 때문이다. 배우도 모두 그렇다. 배우가 자신이 하는 말을 믿지 않으면, 관객도 분명 믿지 않을 것이다.

배우로서 내가 좋아하는 작가는 티나 페이Tina Fey(영화 〈퀸
카로 살아남는 법Mean Girls〉과 드라마 시리즈 〈30 락30 Rock〉 등의 시나
리오를 썼다. _옮긴이), 우디 앨런, 에런 소킨Aaron Sorkin(영화 〈어 퓨
굿맨A Few Good Men〉, 〈소셜 네트워크The Social Network〉 등의 시나리오를
썼다. _옮긴이), 데이비드 마멧(마멧의 시나리오에는 언제나 재미있
는 욕설이 많다)이다. 나는 이들이 말하는 방식이 좋다. 이 작가
들은 사람들이 현실에서 껄끄럽고 곧잘 변덕스럽고 느슨하고
두서없는 방식으로 대화한다는 것을 잘 알고 있다. 이들은 예
쁜 대사를 쓰지 않는다. 어휘에 대해 말하는 게 아니다(글쎄, 소
킨의 시나리오에는 정부 용어들이 제법 많이 등장한다). 용어 선택에
대한 것도 아니다. 관객에게 재담으로 좋은 인상을 주지도 않
는다(물론 페이와 앨런은 맘껏 재기발랄함을 발휘한다). 이들은 진짜
사람들 사이에 오가는 사실적인 대사를 쓴다.

그렇다면 사람들은 진짜로 어떻게 말할까? 우리 모두 알
지만, 아는 것을 지면에 적기는 생각만큼 쉽지 않다. 다음 실전
연습은 우리의 귀를 진실한 대화의 주파수에 맞추도록(그리고
펜이 나아갈 방향을) 도와줄 것이다.

| 실전 연습 |

1. **동네의 커피숍(또는 다른 공공장소)으로 가서 휴대전화로 통화**

하는 사람 옆에 자리를 잡고 앉는다. 그런 사람을 찾기란 어렵지 않을 것이다. 보통 휴대전화를 든 사람이 주변에서 가장 시끄러운 법이다. 노트북이나 노트를 펼친다. 이렇게 해야 바빠보이고 의심도 사지 않을 테니까. 그리고 이제부터 의심스러운 행동을 시작할 것이므로 더더욱 의심을 사서는 안 된다.

2. 통화 내용을 엿듣는다. 들리는 대로 받아 적는다. 최대한 많이 적는다. 단어를 모조리 적지 않아도 되지만, 몇몇은 완전한 구절이 되도록 애써 보자(어쩌면 문장 대부분이 완전하지 않다는 걸 알게 될 것이다. 사람들은 말할 때 문법에 그리 많이 신경을 쓰지 않는다).

3. 다음으로 통화 상대방이 말하는 대화 부분의 공백을 채워 넣는다. 휴대전화 사용자는 누구와 통화 중인가?(이름을 알게 된다면 그대로 이용한다. 이름을 모른다면 지어낸다) 이들은 어떤 관계인가? 서로에게 무엇을 원하는가?

4. 통화 내용을 시나리오 형식으로 옮긴다. 그러고 나서 액션 지문으로 시나리오에 살을 붙인다. 통화 장면이 아닌 완전히 새로운 장면으로 만든다.

5. 이제 다음 장면을 쓴다. 이 두 인물은 다시 만나는가? 다음에 무슨 일이 벌어질까? 또한 이전 장면도 쓰자. 이들은 무엇 때문에 만나게 되었는가?

조언하자면, 밖에 있는 동안 가능한 한 휴대전화 통화 내용을 많이 기록하라. 사람들은 통화할 때 자신이 공공장소에 있다는 걸 곧잘 잊어버린다. 그래서 오히려 사적이고 진실한 대화를 엿들을 수 있는 가능성이 많아진다. 사람들이 실제로 말하는 방식을 기록할 좋은 기회다.

이 실전 연습을 재미있게 즐겨라! 그리고 '맞는' 일인지는 걱정하지 마라. 우리의 목적은 무작위로 커피 마시는 사람들의 인생을 정확히 서술하는 게 아니다. 진짜 대화의 핵심에 도달하려는 것이다.

대화를 적극적으로 엿듣는 것은 외국어 강좌를 듣는 것과 마찬가지다. 가장 좋은 공부법이다. 사람들이 어떻게 이야기하는지 들으면 그들의 독특한 목소리로 대화를 적을 수 있고, 그들의 독특한 목소리를 글에 적용할 수 있으며, 인물들이 사실적으로 말할 수 있게 된다.

대사에서
상투적 단어들을
걷어내자

피터 브리그스

깨져야 할 영화 산업계의 관습이 있다면, 내가 깨겠다. 내가 한때는 세상을 주름잡은 '앵그리 영 맨Angry Young Men'(제2차 세계대전 이후 기성세대에 반기를 들었던 영국의 젊은 작가들을 이른다. _옮긴이)이었다.

그런 이야기는 아무도 안 읽는다며, 쓰지 말라는 말을 들은 적이 있다. 그 말을 들은 며칠 후에 나는 바로 그 〈에일리언 대 프레데터Alien vs. Predator〉를 20세기폭스와 계약했다.

그런가 하면 장면 타이틀에 밑줄을 긋지 말고 볼드체로 하라는 혹독한 지적은 셀 수도 없이 들었다. 말도 안 되는 소리라고 하면 그들은 폭발하고 만다. "효과음 좀 대문자로 쓰지 말라니까. 만화처럼 읽힌다고." 정말로? 난 만화책을 스크린에 옮기려는 각색 중인데…… 이건 러시아 문학이 아니잖아.

나는 시나리오 쓰기 교사들을 절대적으로 혐오하는데, 그들 대다수가 가짜 약장수처럼 보여서다. 그들이 말하는 규칙들을 창밖으로 모조리 내던진다. 이런 멍청이들 때문에 영화 시나리오의 취향과 결이 마치 공장에서 만든 슬라이스 치즈처럼 똑같아지고 균일해지고 있다.

그리고 나를 짜증나게 하는 게 또 있다. '글쓰기 모임에 나가지 마라'는 말. 바깥에 당신보다 잘 쓰는 인간들이 있다는 걸 알면 영혼이 파괴된단다(반대로 바깥에 있는 인간들 대개가 스토리텔링에 재능이 없고, 진즉에 포기하고 아이스크림 가게로 돌아가야 할 인간들이라면 전혀 다른 측면에서 슬픈 일이다). 이 같은 충고는 끝도 없다.

지금 이 원고를 청탁받았을 때, 나는 독자들에게 영감을 주어 시나리오 세계의 아나키스트로 만들겠노라 생각했다. 나의 잔기술을 몽땅 알려줘서 어떤 게 '충고'인지 알릴 작정이었다. 코드 오류가 난 값비싼 시나리오 쓰기 프로그램을 쓰는 꼼수를 활용해서, 작품을 120쪽 이내로 써야만 하는 사람들에게 여분의 분량 맞춰주기. 우스꽝스럽게 큰 인덱스카드 대신 명함 크기의 인덱스카드를 활용해서, 보드판 하나로 복잡한 구조의 플롯을 작성하는 한편 전체 개요를 더 빨리 파악하기. DVD 플레이어와 노트와 타이머를 활용해서, 쓰려고 하는 것과 같은 장르의 영화 여러 편을 보며 30초 단위로 묘사를 쪼개고 각 플롯의 개요를 작성하고 이를 자신의 시나리오에 적용하기.

하지만 나는 곧 내가 청탁받은 원고의 짧은 분량을 알고 경악했다. 게다가 나는 결코 짧게 쓰기로 유명한 작가가 아니다(사실 걸작을 막 완성한 초보 작가에게 내가 해줄 수 있는 최고의 충고는 바로 '냉혹한 편집'이다. '무자비한 백정이 되는 법을 익혀라').

그래서 나는 여기에서 하나만 이야기하도록 하겠다. '영화 속의 언어가 점점 익숙해지고 있다.' 이 말은 대사가 '상투적'으로 들리다 못해 불운한 위험에 빠졌다는 뜻이다. 표현들이 우리의 공동 기억 속으로 교묘하게 배어들고 있는 것이다. 삼류 작가들이 이를 멍청하게 반복하면서 우리가 그걸 자꾸만 되새기게 만들기 때문이다.

마피아 조직원, 카우보이, 우주 용병 무리가 그들의 자동차, 말, 우주선에서 우르르 내려 자신의 부하들에게 "○○하자!"라고 소리치는 상황이 있다고 치자. 당신이라면 위의 문장을 어떻게 완성할 것인가? 아마 이렇게 쓰기 쉬울 것이다. "어서 빨리 ○○해!", "당장 ○○하지 못해!" 바로 이거다. 글쓰기의 리듬은, 단지 우리가 쓰는 말의 반복이 아니라 우리가 그것을 말하는 실제 방식 그리고 무엇에 대해 말할지에 대한 특별한 기대에 있다. 관객이 상투어의 그루브에 빠진다면(배우가 말하기 전에 이미 어떤 대사가 나올지 알고 있다면) 지루해할 게 뻔하다.

다행히도, 여기에 해결 방법이 있다.

| 실전 연습 |

이 방법을 실전 연습으로 여길 수도 있지만, 그보다는 시나리오 쓰기의 아나키스트로서 대사 쓰기의 기준으로 삼았으면 한다.

가장 먼저, 글쓰기 무기고에 최고의 동의어 사전을 구비하라. 워드프로세서 프로그램은(당신이 아직도 아날로그 타자기를 쓰는 고집스러운 디지털 러다이트Luddite가 아니라면) 어휘를 다루는 데 쓸모가 없을 것이다. 아무리 좋은 온라인 동의어 사전도 아직은 종이 사전을 이길 수 없다. 작가에게는 훌륭한 동의어 사전이 절대적으로 필요하다. 만일 일을 제대로 하고 있다면 사전은 금세 해질 것이고(이런 경우 하드커버 사전에 투자해야 할지도 모른다) 엄청난 보람을 줄 것이다.

비속어 사전 역시 하나쯤 있어야 한다(이미 국어사전 하나를 샀다는 이유로 돈을 아끼지 마라). 이러한 종류의 사전은 엄청 많고, 일부는 특정 직업에 맞추어져 있다(나는 최근 제1차 세계대전 참전 군인들의 비속어 동의어 사전을 구입했다. 아주 멋진 책이다).

그럼 이제 자신이 쓴 장면을 보고 어떻게 읽히는지가 아니라, 어떻게 들리는지 확인하라. 영화 대사는 훑어보기 위한 게 아니라 말하기 위한 것이다. 대사가 자연스러운지 알려면 속으로 중얼거리는 연습을 해야 한다. 표정이 이상해지겠지만, 작가로 성공하려면 반쯤 제정신이 아니어야 한다.

목소리가 다른 여러 인물이 제각기 내뱉는 듯 대사가 읽히는 가? 보스턴의 부두 노동자와 그가 부양하는 아이비리그 모범생의 목소리가 구별되어 들리는가? 다르게 들린다고 말할 수 없다면 이 렇게 해보라. 자신의 배우 목록을 보고 시나리오의 가장 작은 배역까지 모두 '가상의 캐스팅'을 하라. 리어나도 디캐프리오Leonardo Dicaprio와 샌드라 불럭Sandra Bullock을 섭외할 가망이 전혀 없다고 해도, 등장인물의 대사를 쓸 때는 이 특별한 배우들이 말한다고 상상하라. 그들을 구별하는 재능과 장기가 있다면 인물들이 알아서 활기를 찾기 시작할 것이다.

다음으로 지면에 단어들을 보면서 뭐라고 말을 하는지 살펴보라. 어떤 단어와 구절이 반복되는지 인지할 수 있을 것이다. 한 인물이 '오늘 밤'이라 말하는데 다른 인물들도 같은 단어를 반복해서 말한다면 값비싼 동의어 사전을 펴고 대체할 단어를 찾아야 한다.

또 다른 요령은 문장의 위치를 바꾸거나 축약형을 활용하거나 구두점을 바꾸는 것이다. 코미디 영화감독이자 각본가, 배우인 우디 앨런Woody Allen과 퓰리처상을 수상한 데이비드 마멧David Mamet 이 두 작가의 개성적인 스타일을 살펴보라. 앨런은 둘러말하는 대사를 사용해 두서없이 말한다. 마멧은 이상한 부분에서 문장을 파괴하는 구두점을 찍은 후 다른 식으로 들리게 만든다. 이들의 기법을 환상적으로(그리고 가장 바람직하게) 결합한 사람이 작가 데이먼

러니언Damon Runyon(뮤지컬 〈아가씨와 건달들〉의 원작을 썼다. _옮긴이)

으로, 그는 매우 특이한 사투리를 구사했다.

그러니 상상력을 붙드는 대사가 있어야 한다. 관객을 헷갈리게

하거나 코카콜라 광고를 보려고 채널을 돌리게 만들면 안 된다. 이

제 이 교실에서 얼른 나가라. 그리고 이 규칙들을 하나씩 깨기 시

작하라.

인물의 핵심을
명료하고 강렬하게
드러내자

빌리 머닛

알려진 대로라면 시나리오 쓰기에서 가장 중요한 세 가지는 구조, 구조 그리고 구조다. 하지만 시나리오 컨설턴트 겸 글쓰기 교사로 일하면서 나는 시나리오 작가 지망생들(그리고 많은 프로 작가)이 제대로 쓰기 가장 어려운 게 바로 인물이라는 걸 알았다. 내가 검토한 시나리오 중에 구성점이 제 위치에 안착한 작품은 많았지만, 이러한 작품에서도 작가들은 중요한 작업 즉 이야기 속 주인공의 핵심 설정을 등한시하곤 했다.

좋은 인물은 모두 분명한 목적이 있고, 믿을 만하며, 공감을 일으킨다. 그리고 위대한 인물은 모두 복합적이다. 하지만 가상의 존재를 위해 복합성을 창조하는 일은 까다로울 수 있다. 이따금 작가는 너무 많은 요소를 인물에 섞어 넣느라 다음과 같은 것들을 망각한다. 관객이 이 인물에 대해 알아야 할 가장 중요한 사항이 무엇인가? 인물의 결정적인 성격, 즉 어떤 사람인지를 정확히 규정하는 성격은 무엇인가?

명료하고 강렬하게 '인물을 정의'하는 법은 내가 글쓰기 수업에서 많이 활용하는 실전 연습이다. 보통은 시나리오 기획 초기에 하도록 하는데 고쳐쓰기를 할 무렵에 해도 유용하다. 나는 학생들에게 자신의 초고나 수정 원고로 완성한 영화의 예고편을 보고 있다고 상상해보라 한다. 그리고 관객이 그 영화의 주인공에 대해 알아야 할 가장 중요한 점을 나타내는 하나의 숏을 설계해보라고 한다.

이러한 숏들을 영화 예고편에서 많이 보았을 것이다. '그는 그런 남자다'라고 빠르게 정의하는 개그, '그녀는 이러이러하다'라고 선언하는 짧고 강렬한 극적 장면 말이다. 꾀죄죄한 은행 강도 소니가 "아티카!"라고 외쳐 은행 밖의 군중을 환호하게 하는 순간일 수도 있고(알 파치노Al Pacino가 주연한 영화 〈뜨거운 오후Dog Day Afternoon〉), 아니면 독특한 외모에 자의식이 강하고 산만하지만 사랑스러운 여인 애니가 "라디다!"라고 중얼거리는 순간일 수도 있다(다이앤 키턴Diane Keaton이 주연한 영화 〈애니 홀Annie Hall〉). 그 대사를 들어내도, 인물을 강력하게 정의한 그 장면은 여전히 공감을 부른다. 1989년 작 〈금지된 사랑Say Anything〉에서 로이드 도블러(배우 존 큐잭John Cusack)가 머리 위로 카세트를 치켜들거나, 영화 〈사운드 오브 뮤직Sound of Music〉에서 마리아(배우 줄리 앤드루스Julie Andrews)가 '음악 소리'로 활기가 가득한 언덕에 올라 팔을 벌려 빙글빙글 도는 모습보다 더 상징적인 장면이 있을까?

주인공을 위해 이러한 영화적 순간을 설계하면 훨씬 더 많이 배울 수 있다.

| 실전 연습 |

1. 첫 단계가 때때로 가장 어려운데, 성격을 규정해야 하기 때문이다. 자신의 작품 속 주인공을 '내 친구에게 짤막한 구절이나 한 단어로 어떻게 설명할 수 있을까?'라는 관점에서 생각해보자. 이러한 방식으로 숙고하면 필수적 요소들에 접근할 수 있다. 이를테면 인디애나 존스를 단 하나의 이미지로 설정해야 한다면 그가 한 말인 "난 뱀이 싫어"를 이용할 것인가? 이는 개인적 특성personality tic일 뿐이라서 안 된다. 그러니까 가죽 채찍을 잡고 누군가의 사과를 빼앗은 후에 그것을 한 입 베어 물고 씩 웃는 존스의 이미지 같은 것이 훨씬 더 낫다. 인물은 용기가 있는가? 우유부단한가? 성격이 급한가? 수줍은가? 그가 누구이고 그를 드러내는 가장 강력한 성격이 무엇인지 결정하라.

2. 이제 이야기 전체를 생각하고 주요 성격이 드러나는 한 장면을 찾는다(썼든, 아직 안 썼든). 요령은 시각적으로 생각하고, 움직이는 이미지를 떠올리는 것이다. 잘생긴 남자가 지나가는 여자를 향해 미소 짓는다. 그녀가 응대할까, 얼굴이 빨개져서 시선을 돌릴까, 아니면 무시할까? 그 여자는 유혹하는 듯한 미소를 짓고 지나가면서 그 남자의 애프터셰이브 로션 냄새를 맡고…… 그 남자의 손목시계를 훔치는 모습이 보인다고 하자. 10초 만에 우리는 그 여자가 어떤 사람인지 알게 된다. 그러니 이전까지 숏에 담긴 대사에 의지했다면 이제부터는 비언어적으로 다시 쓰도록 애써 보자.

3. 인물과 이야기에 대해 아무것도 모르는 사람에게 숏을 설명하라. 그 사람이 이해했나? 아니면 의도를 잘못 해석했나? 혼란스럽다고 답한다면 숏에 명확성과 독창성이 부족하다는 의미다. 이 실전 연습은 상상력에 좋은 시금치다. 효과적인 예고편 장면을 만들면 초고를 쓰는 내내 인물의 본질에 다가가기 위한 시금석으로 이용할 수 있다.

작품에는
인물의 일부분만
드러난다

메릴린 애틀러스

언젠가 젊고 유망한 작가의 시나리오를 옵션 계약한 적이 있다. 하지만 인물의 성격 변화가 뜬금없어 보이는 것이 마음에 걸렸다. 그 인물에게 일어난 변화가 믿기지 않았다. 그래서 그 인물이 나중에 어떻게 될지 알고 싶었고, 미래의 모습이 현재 자아에게 어떤 형태로 나타날지 궁금했다. 다행스럽게도 그 시나리오의 작가는 지금부터 소개할 실전 연습을 했고, 내가 왜 그 인물의 변화를 부자연스럽게 여겼는지에 대한 설명에 귀 기울였다.

그리고 작가는 몇 년 후 인물의 최종 목표를 뒤바꿀 완벽한 정신생활을 생각해냈다. 우리는 그 인물을 처음으로 만들었을 당시 작가의 열정을 활용했다. 내가 처음 그 시나리오에 끌린 이유는 독특한 콘셉트와 이국적인 수중 배경 때문이었지만, 나중에는 주인공과 개인적으로 관련이라도 있는 양 느껴졌다.

인물의 총체적 삶을 아는 건 매우 중요하다. 시나리오에서 그 인물의 다른 시절을 보여줄 계획이 아니어도 그렇다. 이 실전 연습을 통해 짜임새에 도움이 될 잠재적 사안을 얻어내는 한편, 그 인물이 특정한 시기에 이 사안을 다루지 않았다는 것도 알 수 있다. 이 연습의 결과 대부분이 배경에 속하고 스크린에 등장하지 않을 테지만, 이러한 정보와 이해가 없다면 인물은 평면적인 수준에 그칠 위험이 있다.

섬세하게 층을 쌓아올린 역할은 배우에게 훨씬 매력적으로 여겨지며 연기로 메울 여지를 준다. 즉 작가가 인물에 대해 많이 알수록 서브텍스트에서 또 다른 감정선과 욕망을 암시할 가능성이 커진다. 이를테면 인물의 트라우마, 판타지, 은밀한 승리 등.

또한 나중에 인물에게 중요해지는 것들의 목록을 줄이는 데도 도움이 된다. 만약 작가에게 인물의 내적·외적 문제에 관한 흥미로운 아이디어가 있다면 그 인물은 목표의 명확한 우선순위가 없어도 전력을 다할 것이다. 다음의 실전 연습에서 상상력을 발휘한다면 적절한 아이디어를 찾아낼 수 있으며, 그 결과 다른 인물의 삶에 영향을 미칠 수 있다.

3분간 특정 인물의 생애 다른 시기에 대해 써보라. 편집하지 마라. 그 인물이 신체적 그리고 심리적으로 어떤지 면밀히 주의를 기울여라. 다른 나이의 이 인물에게서 무엇이 드러나는가? 그때와 지금의 성격이 똑같다면 어떨까? 다르다면 어떻게 다른가? 다른 나이의 인물에게서 무엇이 밝혀졌는가, 알고 보니 무엇 때문인가?

인물에게는
등장하기 이전의
삶이 있다

패멀라 그레이

먼저, 털어놓는다. 내가 쓰는 시나리오 속의 인물들은 현실 속의 사람들처럼 변하고, 마감일이 다가올수록 '실제' 사람들보다 훨씬 더 현실적이 된다. 나와 인물들은 공동집필하듯 함께 이야기를 앞으로 밀어낸다. 이러한 협업은 작가인 내가 페이드 인 하기 전에 일어난 일들을 자세히 이해하지 못하면 불가능하다.

인물들은 시나리오 안에 그냥 들어서지 않는다. 그들에게는 출생부터 시나리오에 등장하기 전까지 이전의 삶이 있다. 나는 모든 시나리오를 인물의 전기로 시작하지만, 그들은 시나리오에서 말하고 행동을 취하기 전까지는 생기가 없다. 그 때문에 나는 시나리오를 쓰기 전과 후, 두 가지 모두에 대한 '배경' 장면을 쓴다. 영화 속 이야기가 시작되기 5년 전의 장면이든, 5분 전의 장면이든 이 장면은 인물과 그의 이야기에 대해 심층적으로 알 수 있도록 하는 귀중한 도구다.

이 실전 연습의 요점은 시나리오에 쓰일 장면들을 쓰는 것이 아니라(이따금 시나리오에 쓸 때도 있다) 통찰을 얻는 것이다. 이는 인물이 다음에 무엇을 할지 아는 데 그치기도 하지만 극적 변화로 이어지기도 한다.

이를테면 시나리오 초기 단계의 출발점부터. 어쩌면 시나리오에 쓰고 싶은 또 다른 이야기를 발견할 수도 있다(이러한 위험이 있더라도 이 실전 연습을 해보라). 결과가 어떠하든 이 과정은 작가와 인물들에게 페이드아웃으로 가는 여정을 안내한다.

| 실전 연습 |

등장인물을 한 명 이상 고른 후에 장면 쓰기를 통해 영화 시작 전에 일어났던 일을 탐색한다. 다음 사례들을 조정하여 시나리오에 필요한 점들을 충족하거나, 영감으로 활용하거나, 인물의 배경 이야기를 어떤 장면으로 쓸지 생각해본다.

1. 시나리오에 불행한 결혼 생활을 하고 있는 젊은 부부가 등장한

다고 가정하자.

그들이 만나는 순간을 보여주는 장면 하나를 써라.

그들의 첫 키스를 보여주는 장면 하나를 써라.

그들의 첫 다툼을 보여주는 장면 하나를 써라.

영화가 시작되기 전날 아침, 이들의 모습을 보여주는 장면 하나를 써라.

이들의 관계가 시나리오의 초점이 아니더라도, 이 두 인물이 부부로서 어떻게 상호작용하는지 더 깊이 통찰할 수 있다.

2. 주요 인물이 50세 남성이며 20년간 근무하던 직장에서 지금 막 해고되었다고 치자.

그가 20년 전 이 직장에 들어오기 위해 면접을 준비하던 때를 보여주는 장면 하나를 써라.

그 직장에서 일한 지 11년째 되던 해 일어난 장면 하나를 써라.

어린 시절, 부모가 그에게 어른이 되면 무엇이 되고 싶은지 묻는 장면 하나를 써라.

십대 시절 그가 여름방학 동안 아르바이트를 하는 장면 하나를 써라.

해고가 그 인물에게 어떤 영향을 줄지 이미 계획을 짜놓았다고 해도, 이 작업을 통해 그가 어떤 사람이고 그의 과거가 현재의 행동에 어떤 영향을 미치고 있는지 더욱 자세히 알 수 있다.

3. 영화가 은행 강도인 인물들로 시작한다고 가정해보자.

은행 강도 각자가 사건 전날 침대에서 준비하는 모습을 보여
주는 장면들을 써라. 플롯이 이끄는 시나리오를 쓰고 있더라도
배경 장면은 각 인물에게 살을 붙이고 등장인물을 차별화하는
데 도움이 된다.

강도 사건이 벌어지기 전 아침에 그 은행의 직원을 보여주는
장면 시퀀스 하나를 써라. 이 아무개 은행원은 늦잠을 자서 조
마조마하게 출근했을 수도 있고, 아니면 그날 아침 남자친구의
청혼을 받고 일터로 천천히 걸어가다가 직장 동료들을 위해 도
넛을 사 왔을 수도 있다. 강도 사건 이전에 무슨 일이 있었는가
에 따라 은행원의 반응은 다르다. 그리고 누가 아는가? 그녀가
이제부터 중심인물이 되거나, 어쩌면 강도 중 한 명이 그 도넛
상자를 집어서 먹어치운 후 도주 차량을 몰다가 인슐린 쇼크에
빠질지.

인물은
인물의 감정을
따라가게 하라

데이비드 스켈리

나는 감정을 느끼기 위해서 극장에 간다. 큰 소리로 웃고, 무서움에 떨고, 눈물을 찔끔 흘리고, 젠장!(거기는 캄캄하다. 보는 사람이 없을 것이다) 나는 감정의 행로를 좋아한다. 그리고 그런 행로가 없다면 실망한다. 당연하다. 플롯이 흥미롭고, 배경이 아름답고, 대사가 경쾌하다 해도 심장이 뛰지 않으면 모두 진부하게 여겨진다. 그리고 내 시간과 돈을 돌려받고 싶은 마음이 들 때도 있다. 그럼 어떻게 하면 관객뿐만 아니라 우리 자신도 움직이게 만드는 영화를 쓸 수 있을까?

　이야기 구조는 물론 중요하다. 하지만 형식에만 집중하면 분석적 사고에 갇힐 수 있다. 어떻게 하면 이야기의 핵심에 다

다르는 한편 관객의 마음에도 다다를 수 있을까? 가상 놀이를 하면 된다. 어린 시절 우리가 했던 대로. 한데 가만…… 시나리오 쓰기는 일이 아닌가? 이건 직업이다. 진지한 기술! 그럼 내가 말하는 가상 놀이는 무슨 의미일까? 편집하지 않는다는 의미다. 자아비판 금지. 거르기 금지. 그냥 사실인 것처럼 믿기. 재미있어 보이는가? 진짜 재미있다. 연습하다 보면 쉬워진다. 그리고 좋은 스토리텔링에 필수적이다.

다음에 나오는 실전 연습의 비결은 아이처럼 행동하는 것이다. 즉 감정적으로 반응하는 것이다. 나는 나의 감정을, 인물은 인물의 감정을 따라가게 하라.

'페이드인'이라고 쓰기에 앞서, 이 간단한 게임을 통해 주요 인물의 내면으로 더 깊숙이 들어가라. 그는 왜 그런 식으로 행동하는가? 그의 문제는 무엇인가? 그는 타인과 어떻게 지내는가? 바로 이러한 점들이 등장인물의 뼈대다.

그리고 이 뼈대는 등장인물의 뒷이야기가 아니다. 자서전이다. 인물이 자신에 대해 직접 쓰는 것이다. 자유롭게 쓰는 일이다. 인물이 1인칭으로 자신의 인생에서 벌어진 일, 주변의 다른 사람들에 대해 느낀 감상을 적는 글이다. 그리고 그 인물이 어떻게 느끼는지에 따라 이야기 안에서의 역할이 결정되며, 그 결과 관객이 어떻게 느낄지도 결정된다.

1. 종이 한 장을 준비한다. 노트북은 잠시 치워두라.

2. 먼저 이렇게 적는다. '안녕. 내 이름은 ○○○이야.' 이것은 단지 첫걸음이다. 우리가 개인적인 일기 첫 부분에 자신의 정체를 밝히지 않는다는 것은 나도 알지만, 이렇게 하면 백지를 처리하기 쉽다. 인물이 누구인가에 따라 '안녕', '이봐' 대신에 '안녕하세요', '어떻게 지내?' 등의 인사를 할 수도 있다. 한두 단어로 인물의 분위기와 목소리도 선택했다. 쉽지 않은가?

3. 이제 등장인물의 관점에서 1인칭으로 일기를 쓴다. 등장인물이 당신의 손을 이끌고 가게 하라. 머리에 떠오르는 것이 무엇이든 검열 금지. 당신은 단지 비서이며 속기사다. 알겠는가? 인물이 오늘 무슨 생각을 하고 있는가? 시작하기 위해 무언가 좀 더 필요한가? 다음 질문들을 도약대로 활용해보자.

1) 나는 누구인가? 이 질문은 다음과 같은 모든 것을 아우르는 최고의 질문이다. 나는 몇 살인가? 내 외모는 어떠한가? 나는 어떤 옷을 좋아하는가? 이러한 속성들은 피상적으로 보여도 놀라운 통찰을 제공한다.

2) 나는 어디서 왔는가? 이것은 등장인물의 과거에 대한 질문이다. 인물의 이력을 확인하는 것이다. 나는 자라면서 용돈을 넉넉히 받았는가? 아니면 살기 위해 남의 것을 훔쳐야 했는가? 그것이 나에게 어떤 영향을 주었는가? 나의 가족은 어떤 사람들이었나? 사랑이 넘치는 가족이었나? 아니면 집안에 문제가 있었나? 내가 자란 곳은 어떤 모습이었는가? 어린 시절의 꿈은 무엇이었나? 이러한 인물의 이력은 지금의 그를 만든 게 무엇인지 우리의 이해를 돕는다.

3) 나는 어떻게 느끼는가? 정치, 종교, 아침의 시리얼 등 모든 것 그리고 가장 중요한 인간관계에 대해. 나의 인생에서 그들은 누구인가? 나는 그들에 대해 어떻게 느끼는가?

이 질문에 모두 답하지 않아도 된다(이 질문들은 방향을 일러주기 위한 견본일 뿐이다). 현재 인물과 관련 있는 것들에 관해 써라. 이 실전 연습은 의식의 흐름 쓰기다. 맞고 틀리고를 따지는 시험이 아니다. 떠오르는 모든 것이 맞고, 그것이 어디로 가든지 올바르다. 인물들을 따라가라. 그들이 스스로 말해야 할 것을 말하게 하라. 인물들이 감정의 여정을 이어나가면 관객 또한 따라갈 것이다.

인물의
가짜 감정으로
진짜 감정을 감추자

데이비드 프리먼

작가 앨런 볼Alan Ball이 시나리오를 쓴 〈아메리칸 뷰티〉를 보았나? 못 봤다면 꼭 봐야 한다. 첫 번째 이유는 위대한 영화이기 때문이다. 두 번째 이유는 그래야 이 글을 더 잘 이해할 수 있기 때문이다. 하지만 그 영화를 보지 못했다고 해도 이 글은 유용할 것이다.

영화 속 리키 피츠는 모든 것 이면의 아름다움을 명상하는 듯 사는(아니 명상하는 것처럼 보이는) 십대다. 하지만 진짜 명상가들은 리키처럼 마약을 팔지 않고, 아버지가 자신을 흠씬 두들겨 패도록 두지 않는다. 명상가들은 또한 세상과 떨어져서 초연하기(모든 것을 비디오카메라를 통해서 보기)를 고집하지 않고, 죽음을 감상적으로 보면서 자주 말하지 않는다. 사실 리키의 평온함은 자신의 진짜 마음 상태, 즉 슬픔보다 더 깊은 무감정(그로 인한 죽음에 대한 환상)이 위장을 한 것이다. 우리는 리키의 무감정이 정신병원에 잘못 갇혀 약을 먹으면서 생긴 것임을 알게 된다.

인물의 진짜 감정을 가리는 가짜 감정(리키의 평온함)은 인물을 깊이 있게 만드는 수많은 방법 중 하나다. 나는 이를 등장인물 심화 기법이라고 하며, 이 특정한 기법을 '가짜 감정'이라고 부른다.

리키의 평온함이 가짜일지라도, 그에게 세상 이면의 아름다움을 유려하게 통찰하는 능력이 있는 건 사실이다. 리키처럼 인물에게 예술적 혹은 미학적 자각이 있는 경우, 이는 또 다른 등장인물 심화 기법에 해당한다(등장인물 심화 기법은 아주 많다).

가짜 감정은 고전영화 〈카사블랑카〉에서도 볼 수 있다. 주인공 릭 블레인은 멍하고 심드렁하게 사는 듯 보인다. 예기치 않게 그가 다시는 못 볼 것이라고 생각했던 전 애인 일사 런드가 카사블랑카 나이트클럽에 우연히 들른다. 그리고 릭이 술을 마구 들이켜 취하자 릭의 진짜 감정, 즉 깊은 우울감이 드러난다.

이 가짜 감정 기법에는 두 가지 요소가 있다. 하나, 보통 가짜 감정을 먼저 소개해서 관객을 '속이는' 게 최고다. 그러고 나서 뜻밖의 폭로를 통해 인물이 보이는 것만큼 낙관적이지 않다는 걸 관객이 깨닫게 된다(지루함도 그 인물의 진짜 감정이 우울이라면 '낙관적일' 수 있음을 기억하라). 둘, 인물은 대개 '위장하지' 않는다. 인물은 거의 항상 자신의 가짜 감정이 진짜 감정이라고 믿는다(누군가 리키에게 무감정하다고 했다면 그는 그 말을 부정했을 것이다. 그리고 릭은 매우 우울하다는 걸 부정했을 것이다). 이는 현실에서도 마찬가지다. 현실에서도 많은 사람이 가짜 감정을 보이며, 진짜인 더 우울한 감정 상태에 대해서는 부인한다.

등장인물이 부정하더라도 작가는 그 인물의 진짜 감정에 대한 숨길 수 없는 증거를 남겨야 한다. 관객은 똑똑하다. 단서를 포착하고 그러한 자신을 엄청 똑똑하게 여긴다.

│ 실전 연습 │

이 실전 연습에서는 짧은 장면 하나를 쓸 것이다. 인물 중 하나가 다음의 다섯 가지 가짜 감정 중 하나를 느끼는 듯 보이게 하라. 다섯 가지 가짜 감정은 냉소, 따분함, 조심스러움, 쾌활함, 평온함이다.

글쓰기 전에 인물의 진짜 감정이 무엇인지 골라라. 분노, 슬픔, 걱정, 깊은 우울, 무감함 이 다섯 가지 중 하나를 고른다. 인물의 위장은 가짜 감정(진짜 감정보다는 낙관적이다)이 진짜라고 믿겨질 만큼 충분히 그럴싸해야 한다. 하지만 같은 장면 속 인물의 입에서 흘러나오는, 적어도 한두 개의 대사(혹은 행동)를 통해 독자가 그의 감정이 가짜라는 것을 느끼거나 파악할 수 있게 해야 한다.

독자가 이 장면을 읽고 인물의 가짜 감정(더 밝은 것)과 진짜 감정(더 어두운 것)을 파악할 수 있다면, 제대로 작업한 것이다. 독자가 인물의 명확한 감정이 가짜라는 걸 파악한 것만으로도 성공한 것이다. 비록 인물의 진짜 감정이 무엇인지 정확히 집어내지 못할지라도.

인물 전기로
등장인물에게
구체성을 부여하자

사이드 필드

등장인물 창작은 영화의 시작부터 끝까지, 페이드인부터 페이드아웃까지 줄곧 작가를 따라다니는 과정이다. 또한 평생학습 발달 과정이고, 인물들의 삶 속으로 깊숙이 들어갈수록 계속 확장하는 경험이다.

등장인물에게 접근하는 방식은 무수히 많다. 인물들에 대해 오래 생각하다가 '안다'는 느낌이 오면 집필로 돌진하는 작가들이 있다. 그런가 하면 인물에 관한 설정을 목록으로 자세히 작성하는 작가들도 있다. 개중에는 손바닥만 한 인덱스카드에 인물의 일생에서 주요 사건들을 정리하는 작가들도 있다. 또 개요 확장판을 쓰거나 행동 일람표를 그리는 작가들도 있다. 잡지와 신문에서 사진을 가져다가 자신이 만든 인물이 어떤 모습인지 눈으로 확인하는 작가들도 있다. "내 인물입니다"라고 하면서 말이다. 작업실 벽에 사진을 붙여놓고 글을 쓰는 동안 인물들과 '함께하기도' 한다. 그런가 하면 잘 알려진 배우들을 등장인물의 모델로 삼는 작가도 있다.

등장인물을 더 수월하게 만들 수만 있다면 도구는 어떤 것도 괜찮다. 자신만의 방법을 선택하라. 여기에 언급된 도구 중 몇 가지만 쓰거나 전부 쓰거나 아니면 하나도 안 써도 상관없다. 도구는 중요하지 않다. 중요한 것은 효과다. 효과가 있는 것을 써라. 효과가 없는 것은 쓰지 마라. 인물을 만드는 자신만의 방식, 스타일을 찾아라. 자신에게 효과가 있어야 한다는 사실이 중요하다.

등장인물 창작에 가장 통찰력을 발휘하는 도구 중 하나가 '인물 전기'다. 인물 전기는 자유연상, 자동적 글쓰기 연습으로써 이야기가 시작되는 시점 이전까지의 인물 이력을 드러낸다. 인물 전기는 인물의 태도를 만드는 인격의 형성기에 그에게 영향을 준 신체적·감정적인 힘과 내면과 외면의 힘을 포착하고 규정하다. 이는 인물을 드러내는 과정이다.

기본부터 시작하라. 인물은 여성인가 남성인가? 이야기가 시작될 때 몇 살이었나? 어디에 사는가? 어느 나라, 도시에 사는가? 어디에서 태어났는가? 외동인가 아니면 형제자매가 있는가? 형제자매와 사이는 어떤가? 좋은가, 나쁜가? 집 안에 틀어박혀 지내는가, 모험심이 강한가? 인물은 어린 시절을 어떻게 보냈다고 말하는가? 행복했다고 생각하는가? 아니면 슬펐다고 말하는가? 병이나 신체장애 때문에 육체적으로 또는 의학적으로 힘들었는가? 부모와의 관계는 어떠했는가? 좋았는가, 나빴는가? 숱한 문제에 휘말린 불행한 아이였는가 아니면 사교적인 삶보다 내적인 삶을 선호하는 조용하고 소심한 아이였는가? 고집이 세고 제 마음대로였는가? 권위와 문제가 있었나? 사회적으로 활달하고 쉽게 친구를 사귀며 친척이나 다른 아이들과 잘 지냈다고 생각하는가? 어떤 유형의 아이라고 말하겠는가? 좋은 아이 아니면 나쁜 아이? 외향적이고 사교적인가 아니면 수줍고 학구적이고 내향적인가? 자신의 상상을 따라가라.

| 실전 연습 |

주요 인물 두세 명에 대한 인물 전기를 7쪽에서 10쪽 써라. 필요하면 더 많이 써도 된다. 인물들의 어린 시절에 초점을 맞추어라. 인물들은 각자 어디서 출생했는가? 아버지와 어머니의 직업은 무엇이었는가? 부모와의 관계를 각각 묘사하라. 각 인물은 형제나 자매가 있는가? 형제자매와 사이는 어떠했는가? 우애가 있고 서로 도왔는가 아니면 자주 다투고 으르렁거렸는가?

인물이 20~30년간 지속한 다른 관계들을 정의하고, 이 관계들이 인물의 성격 형성에 어떤 영향을 주었는지 알아보라. 헨리 제임스Henry James가 제시한 '발광 이론Theory of Illumination'을 명심하라. 모든 인물은 주인공을 빛내기 위해 존재한다.

인물 전기를 쓰기 전에 인물들에 대해 며칠간 생각하고 두세 시간을 할애해 작업하라. 전화, 텔레비전, 이메일, 비디오 게임, 친구 방문 등 모든 방해물을 차단해야 한다. 조명의 밝기를 낮추거나 부드러운 음악을 틀어놓는 게 도움이 될 수 있다. 그러고 나서 그 인물에 대한 생각과 말, 아이디어를 종이에 '내려놓기' 시작하라. 흘러나오는 대로 적어라. 문법이나 구두점, 철자나 악필은 염려하지 마라. 그냥 종이 위에 생각을 내려놓고 그 밖의 다른 것은 걱정하지 마라. 이 기록을 누군가 볼 일은 없을 테니. 이 일은 인물들을 찾아내고 '알아가기 위한' 도구일 뿐이다. 시나리오에 인물 전기의 내용을 일부분 포함하고 싶다면 그렇게 하라. 다만 인물을 그냥 종이에 내려놓으라. 자유연상하라. 인물 스스로 자신이 누구인지를 알게 하라.

인물의 직업 생활, 개인적이고 사적인 생활에 대해서도 똑같은 작업을 하라. 직업, 관계와 취미가 무엇인지 한두 쪽으로 적어라. '인생의 어느 하루'로 들어가서 그날의 모습을 적을 수도 있다. 그녀는 아침에 침대에서 나온 순간부터 밤에 침대로 돌아가기 전까지 무엇을 했는가? 그것을 한두 쪽으로 적어라. 더 쓰고 싶다면 더 써라. 덜 쓸 수 있다면 덜 써라.

인물의 삶에서 분명하지 않거나 자신할 수 없는 부분이 발견되면 그 점을 한두 쪽으로 써라. 필요하면 조사하라. 자신과 인물들 사이의 관계를 가장 친한 친구들과의 관계와 비슷하게 생각하라. 필요한 것을 결정하고 나서 그것을 정의하라.

만일 써야 할지 말지 망설여진다면 써라! 이것은 나의 시나리오고, 나의 이야기이며, 나의 인물이고, 나의 극적 선택이다. 과업을 완수하고 나면 인물들에 대해 마치 좋은 친구인 양 알게 될 것이다.

인물 전기는
작품에
깊이를 준다

수전 쿠겔

내가 일하는 영화 컨설팅 회사의 뉴욕 사무실에는 다른 가구들 곁에 작은 카우치 소파(침대와 소파의 중간 기능이 있는 긴 의자. _옮긴이)가 있다. 시나리오에 대해 상담을 하러 온 내 고객들은 사무실에 들어서자마자 그 카우치 소파에 털썩 앉곤 한다. 그리곤 당황스럽게도 그 소파에 등을 기대고 앉아 자신의 속마음, 불안감, 비밀 따위를 털어놓는다. 그들에게 수차례 나는 정신과 의사가 아니라 실은 시나리오 닥터이고, 사적인 문제 말고 작품에 집중해달라고 상기시켰다. 그리고 똑바로 앉아달라고 부탁했다. 당장!

　의사와 변호사부터 스타 배우와 어부까지, 지난 20년간 지구 절반을 돌 정도로 여러 나라를 다니며 고객들과 시나리오와 영화에 대해 상담했다. 그때마다 일관된 주제가 있었다. 고객들의 사생활에 대해 쓸데없이 알게 되었다는 사실은 별도로 한다. 내가 분석하기로, 그들은 공통적으로 자신의 작품에 등장하는 인물들에 대해 제대로 알지 못하며 관심이 없다.

인물 전개와 개연성, 공감이 부족하다는 나의 의견은 독립영화사와 할리우드 영화사 임원들도 공통적으로 동의하는 점이다. 검토자들은 시나리오를 펼칠 때 등장인물들이 목표에 다가서기 위해 어떤 장애물을 극복하는지, 그 과정에서 무슨 일이 벌어지는지에 대해 관심을 갖는다. 시나리오 속에 관객이 몰입하고 감정을 이입할 인물이 없다면 영화사에서는 퇴짜를 놓을 것이다. 영화 산업은 경쟁이 치열한 업계다. 시나리오가 영화로 제작되는 것은 고사하고 검토되는 것만도 힘겹다. 그러니까 등장인물이 제 역할을 못 하면 시나리오는 스크린 위로 옮겨지지 못한다.

입체적인 등장인물이어야 뇌리에 남는다. 신체적·정서적 특징, 외모, 성격, 지적 능력, 약점, 감정, 태도, 독특한 버릇, 유머 감각, 절망, 비밀, 소망, 희망과 꿈 모두 두드러져야 한다. 인물은 깊이가 있어야 한다. 소극적일 수도, 적극적일 수도, 아니 둘 다일 수도 있다. 그리고 교묘하게 상대를 다룰 수도 있고, 잘못된 상대에게 복수할 수도 있고, 지나치게 똑똑하거나, 재치 있거나, 갈등투성이일 수도 있다.

등장인물이 내리는 선택과 결정은 궁극적으로 인물의 배경과 동기에 바탕을 둔다. 작가가 인물이 진짜 어떤 사람인지, 왜 그렇게 행동하는지 알지 못하면 영화사 간부는 금세 파악한다. 이 사람은 시나리오 작성법조차 모른다고. 시나리오를 쓸 때는 영화사의 입장에서 그들의 요구를 이해해야 한다. 탄탄한 3막 구조, 흡인력 있는 플롯, 올바른 포맷 설정, 발전된 인물들은 기본이다.

인물들의 입장이 되어보자. 특히 인물 전기를 작성해 그들의 마음을 알아보자. 시나리오를 이제 막 쓰기 시작했든, 마무리 작업을 하는 중이든, 주인공과 조연 모두를 위한 인물 전기를 쓰면 성공으로 가는 어마어마한 비법이 된다. 인물 전기는 반드시 써야 하는 건 아니지만, 지극히 유용한 도구가 되어 인물 속으로 더 깊이 파고들 수 있게 도와준다. 인물 전기를 완료한 후에는 인물과 플롯 모든 면에서 신선하고 새로운 통찰력을 가지고 시나리오로 돌아갈 수 있다.

| 실전 연습 |

등장인물이 한 명씩 차례로 정신과 상담실의 카우치 소파에 눕는다고 상상해보자. 어쩌면 인물은 정신과를 처음 찾았을 수도 있다. 인물은 지나온 삶을 되돌아볼지도 모른다. 각 인물의 머릿속을 들

여다볼 수 있는 시나리오를 선택하라.

주연과 조연 모두를 위해 그들의 목소리로 인물 전기를 작성해보자. 이렇게 하면 3인칭으로는 불가능했던, 인물의 머릿속에 들어갈 수 있다. 1인칭 인물 전기를 쓰면 인물의 목표와 동기, 행동, 태도, 뒷이야기를 파헤치는 데 도움이 된다. 이를 통해 인물들이 어떤 부류에 해당하는지 이해할 수 있다. 또한 인물의 대사를 강화해 그들의 발화 양식, 속도, 비속어, 단어 선택에 차별을 둘 수 있다.

마음속에 떠오르는 모든 것을 편집하지 말고 적어보자. 시나리오 속의 특정 장면에 대해 생각하지 않는다. 인물 전기를 쓸 때는 시나리오를 읽지 않는다. 오직 인물들에만 집중하고 그들이 자신에 대해 직접 말하게 한다. 문장 구조나 비문, 불완전 문장은 걱정하지 마라. 인물들이 그냥 이야기하게 하라. 인물마다 적어도 한 쪽을 쓰되, 필요하다면 원하는 만큼 쓴다.

등장인물 각자에 맞춰서 이 장면을 설정해보자. 정신과 상담실의 모습이 어떠한가? 어둡고 칙칙한가 아니면 화사하게 꾸며져 있는가? 상담실의 모습과 분위기를 알면 인물에 대해, 그리고 이 특정 환경과 어떤 관련이 있는지 알 수 있다. 인물은 상담실 벽의 장식이나 정신과 의사의 책상 위 물건을 쳐다보는가, 아니면 손가락만 비비 꼬고 있는가? 정신과 의사는 인물의 말을 귀담아 듣는가, 아니면 졸음을 참는가? 상담실은 고요한가, 아니면 열린 창문으로 거리의 차들과 질주하는 소방차 소리가 들리는가? 인물은 적극적으로 말하는가, 아니면 비밀을 내놓기 꺼리는가?

정신과 상담실은 시끄러운 전화벨 소리가 사라진 안락한 장소가 될 수 있다. 카우치 소파는 인물이 자신의 생각과 감정을 드러내도록 긴장을 풀어줄 수 있다. 혹여 정신과 의사가 그리 윤리적이지 않다면, 전화가 방해하거나 타인이 불쑥 들어오는 등 몇몇 인물에게 새로운 상황을 부여할 수도 있다. 이러한 방해는 인물에게 긴장감을 일으키고, 결국 인물의 머릿속으로 들어가는 또 다른 방법이 될 수 있다.

이제 정신과 의사와 인물이 함께 있는 모습을 그리고 나서 이 의사를 마주한 인물의 반응을 상상해보라. 편안한가, 아니면 스트레스를 받는가? 어떤 인물에게는 마지막으로 누군가에게 속마음을 모조리 털어놓는 새롭고 인상적인 계기일 수 있는 반면, 또 다른 인물에게는 위협적이거나 섬뜩한 시간일 수 있다. 인물들이 지금의 자신을 만든, 인생의 특별한 사건들을 털어놓을 때 이 의사가 어떤 반응을 보일지 생각해보자. 불쌍하거나, 혐오스럽거나, 안타깝거나, 복수심에 불타거나, 신경과민이거나, 강박적인 인물에 대해.

다음 질문은 각각의 인물에 대해 생각할 수 있도록 고안한 것이다. 이 질문의 일부 혹은 전부를 인물에게 묻거나, 나만의 질문을 만들어볼 수 있다.

〈정신과 의사의 문진〉

여기에 온 기분이 어떤가요? 편안한가요? 전에 상담을 받아본 적이 있습니까? 있다면, 그때의 경험이 어떠했나요? 그때 왜 상담실을 찾아야 한다고 느꼈나요? 당시 어떤 사건이 있었나요, 아니면 오늘 여기로 오게 한 일이 과거와 관련 있나요?

자신에 대해 말해주세요. 자란 곳이 어딘가요? 태어난 고향을 설명하고 지금 사는 곳과 비교해보세요. 현재의 집에 대해 어떤 느낌이 드나요? 가족과 친밀한가요? 가족에 대해 말해주세요. 특별히 가까이 지내는 가족이 있나요? 그 가족과 왜 가깝다고 느끼나요? 경멸하는 가족이 있나요? 있다면 왜 그렇게 생각하나요?

인생에서 가장 중요한 사람들은 누구이고, 왜 중요한가요?

당신의 성격은 어떠한가요? 친구들과 가족이 당신에 대해 하는 말이 자신의 생각과 일치하나요? 자신의 어떤 면이 좋고, 싫은가요?

하루를 보통 어떻게 지내는지 말해주세요. 가장 좋아하는 일은 무엇인가요? 왜 그 일이 좋은가요? 하고 싶은 대로 하고 사는 편입니까?

사랑에 빠진 적 있나요? 지금 사랑하는 사람이 있나요? 왜 그 사람을 사랑하나요? 그 사람도 당신을 사랑한다고 생각하나요?

인생에서 정말로 갖고 싶은 것이 무엇인가요? 당신의 희망과 꿈은 무엇인가요? 되풀이하여 꾸는 꿈이 있나요? 그 꿈이 어떤 의

미라고 생각하나요? 가장 무서웠던 악몽을 말해보세요. 왜 비밀

을 털어놓지 않나요? 진실로 무서워하는 사람은 누구인가요? 그

사람은 어떤 일로 당신의 적이 되었나요?

만일 세상에서 다른 누군가가 될 수 있다면 누가 되고 싶은가요?

무엇이 자신을 변화시킬 수 있다고 생각하나요? 내가 당신에 대

해 신경 써야 할 이유가 있나요? 지금 앉아 있는 카우치 소파는

어떤가요?

인물들을
은유적 관계에 넣어
재미를 주자

스티브 캐플런

〈별난 커플The Odd Couple〉은 내가 좋아하는 작품 중 하나다. 이혼한 남자와 이혼을 앞둔 남자라는 안 어울리는 두 친구가 집을 함께 쓰기로 한다. 표면상으로 오스카 매디슨과 펠릭스 엉거는 친구이자 룸메이트다. 하지만 이야기가 전개되면서 이들의 관계는 변화를 겪게 된다. 점점 결혼한 지 오래된 부부의 모습을 닮아가는 것이다.

예컨대 다음 한 장면을 보자. 집에 들어오는 오스카를 앞치마를 두른 펠릭스가 문 앞에서 팔을 벌려 맞이한다. 그리고 여느 고집불통 남편에게 하듯, 펠릭스가 오스카에게 잔소리를 퍼붓는 모습이 이어진다. "지금 몇 시인 줄 알아? 어디에 있었어? 전화는 왜 안 했어? 지금 미트로프가 다 말라비틀어진 거 알기나 해?" 결국 오스카는 우리가 생각하던 말을 쏟아내고 만다. "잠깐만. 이 말을 녹음기에 기록했어야 했어. 아무도 내 말을 믿지 않을 테니까. 저녁시간에 늦는다고 너한테 전화라도 하라는 말이야?"

이는 내가 '은유적 관계metaphorical relationships'라고 부르는 기법이다. 은유는 직유처럼 두 가지 대상이 어느 면에서, 어떻게 유사한지 비교하는 유추 방식이다. 은유적 관계는 피상적 관계에 놓였거나 그렇게 인식되는, 핵심적이지만 다소 숨겨진 관계를 뜻한다. 작가는 결혼한 지 오래된 부부의 옥신각신하는 행동을 룸메이트인 두 독신 남성에게 접목해 즉각 우스꽝스러운 상황을 만들어낸다. 여기서 '은유적 관계'가 작동하는 이유는, 그들의 황당한 행동이 그 자체로 쉽게 알아볼 수 있는 데다가 그럴싸하기 때문이다.

돈 문제 때문에 다투는 연인을 상상해보라. 이제 이 연인이 자동차 뒷좌석에 앉은 아이들처럼 싸운다고 가정하라. 다투는 내용은 같지만, 그 연인은 다음과 같이 말하며 서로를 밀치고 혀를 내밀고 간간이 손가락질을 할지도 모른다. "안 했어!", "또 했지!", "안 했다고!", "또 했잖아!", "아니라고!", "또 했어!", "천 번을 말해도 아니야!", "만 번, 억만 번을 말해도 했어."(정지) "만 번, 억 만 번 더하기 일!" 은유는 이렇듯 진지하고 건조한 언쟁을 재미있게 만든다. 눈앞의 현실을 놓치지 않은 채.

둘 이상의 인물들 간 대화를 가져오라. 이제 그들 중 한 명이나 전부를 '은유적 관계' 속에 집어넣어라. 이들은 차 뒷좌석에 앉은 아이들처럼 서로를 은유적으로 대할 수 있다. 아니면 한 명만 은유적 관계 안에 있을 수 있다.

또는 은유적 방식으로 인물이 장면 전체를 처리하게 만들 수도 있다. 예컨대 드라마 〈사인펠드〉의 에피소드 하나를 보자. 제리 사인펠드는 한참 전에 도서관에서 빌린 책을 반납하지 않았다는 걸 떠올린다. 그가 책을 반납하려고 하자 한 사서가 자신이 '도서관 탐정'이라고 주장한다. 이때부터 에피소드 전체가 돌연 필름누아르가 되고, 모든 대사와 인물이 이 장르처럼 반응한다.

여기서 비결은 인물들이 장면 속의 현실을 파괴하거나 거부하지 않고 은유적 상황 속에서 정직하게 반응하게 하는 것이다. 예를 들어 〈별난 커플〉에서 펠릭스와 오스카는 결혼한 지 오래된 부부처럼 행동하지만, 펠릭스가 실제로 오스카를 자신의 남편이라고 생각해 '자기야라고 부르거나 키스하려 드는 것은 맞지 않다. 오스카는 친구이고 룸메이트다. 펠릭스는 오스카가 남편인 양 처신하는 것뿐이다. 은유적 관계에서는 표면적 관계의 현실을 유지하는 게 중요하다.

시점을 바꾸면
전혀 다른
이야기가 된다

마이클 레이 브라운

우리는 모두 학교에서 윌리엄 셰익스피어의 《햄릿Hamlet》을 배웠다. 각색영화만 60여 편이 넘는다. 이 희곡에 등장하는 로젠크랜츠와 길든스턴은 왕의 신하다. 이들은 몇 장면에 잠깐씩 나왔다가 다시 등장하지 않는다. 다른 신하가 결국 햄릿에게 고한다. "로젠크랜츠와 길든스턴은 죽었다"라고.

이 예상하지 못한 두 인물의 시점에서 이야기를 전개하면 어떻게 될까? 영국 출신의 세계적인 극작가 톰 스토파드Tom Stoppard는 이 작업을 연극 〈로젠크랜츠와 길든스턴은 죽었다 Rosencrantz and Guildenstern Are Dead〉에서 해냈다. 이 연극은 1990년에 팀 로스Tim Roth와 개리 올드먼Gary Oldman이 주연을 맡은 동명의 영화로 제작되었다. 스토파드는 셰익스피어의 원작과 똑같이 인간의 실존에 대해 탐구하지만 형식은 판이하게 다르다. 그는 탁구에서 공을 주고받듯 이야기를 전개하면서 훨씬 공감을 자아낸다. 13세기 덴마크에서 일어난 끔찍한 사건이 아니라 우리가 매일 마주하는 무기력함에 대해 말하는 것이다.

모든 이야기에는 시점이 있다. 인간의 조건에 대한 이 시점은 이야기에 의미를 부여한다. 관객(그리고 제작자)은 시점이 명료한 이야기를 선호하는 경향이 있다. 만약 주인공이 육체적으로나 도덕적으로나 위험을 무릅쓰고 낯선 세계로 들어간다면, 주인공은 우리의 대변인으로서 행동한다. 우리는 그 인물의 눈을 통해 이야기를 체험한다. 그 인물과 자신을 동일시한다. 바로 그 점이 우리를 이야기 안으로 끌어들인다. 그러다 만일 우리가 다른 시점으로 갈아타게 된다면 몰입은 깨지고 희석된다. 그 결과 이야기의 정서적 충격은 무력화될 수 있다.

내가 시나리오 컨설턴트로 일하면서 수많은 각본을 검토했을 때 한결같이 마주한 문제점은 초점 부재다. 나는 작가들에게 이따금씩 묻는다. "누구의 이야기입니까?" 시나리오의 처음 몇 쪽에 여러 등장인물이 소개되지만 이야기가 전개되면서 그중 누구도 두드러지지 않는 경우가 종종 있다. 주인공을 결정한 이후라 해도 작가는 이렇게 자문해봐야 한다. '내가 저 인물의 시점으로 이야기를 해야만 하는가?'

〈택시 드라이버Taxi Driver〉를 하비 카이텔Harvey Keitel(포주

역)이나 조디 포스터Jodie Foster(어린 창녀 역)의 시점에서 썼다면 다른 영화가 되었을 것이다. '미친 외톨이 총잡이'와 자신을 동일시하는 사람은 드물겠지만, 주인공을 연기한 로버트 드니로 Robert De Niro를 그렇게 몰아가는 증오와 절망감은 이해할 수 있다. 반면 〈펄프 픽션〉에서 시점 변화는 무엇보다 이 영화를 멋지게 만든다.

로베르 브레송Robert Bresson의 영화 〈당나귀 발타자르Au Hasard Balthazar〉는 새디스트 애인에게 능욕당하는 젊은 여성 이야기지만, 전체적으로 당나귀의 시점에서 이야기가 전개된다. 가브리엘레 살바토레Gabriele Salvatores의 영화 〈아임 낫 스케어드 I'm Not Scared〉는 이야기가 단순하지만, 강력한 시점 때문에 상당히 매력적이다. 유괴 사건을 발견하는 플롯에서 정작 주인공인 소년이 등장하는 장면이 거의 없다.

관객은 주인공이 무언가를 하고 있을 때 정보를 얻으면, 주인공과 자신을 동일하게 여긴다. 반면 주인공이 무언가를 하기 전에 먼저 정보를 얻으면, 주인공보다 더 많이 아는 우월한 입장에 있다고 여긴다. 이는 기대감을 높여서 관객을 끝까지 이끌고 갈 수 있다. 정보의 부재로 주인공이 위험에 빠진다면 더더욱 그러하다. 그러면 이러한 질문이 나온다. "시점을 바꾸면 작가는 통찰을 얻는가, 아니면 관객과 멀어지기만 할까?"

중심인물(그의 눈을 통해 관객이 이야기를 본다)이 반드시 주인공(그의 목적 달성을 위해 플롯이 진행된다)일 필요는 없다. 셜록 홈스 이야기에서 중심인물은 누구인가? 홈스가 아니다. 이야기를 들려주는 것은 늘 홈스의 조수인 왓슨 박사다. 왓슨의 시점이 홈스의 추리 방식을 훨씬 신비하고 놀라워 보이게 한다.

미스터리 영화는 흔히 탐정의 시점에서 전개된다. 탐정은 작가가 하고 싶은 질문들을 대신한다(작가가 올바른 질문을 할 만큼 똑똑하다면). 또한 탐정은 시시때때로 관객이 보지 못하는 것을 본다. 살인 영화가 가해자의 시점을 취한다면 관객은 살인자와 동일시할 수도 있다. 그 인물의 입장이 되므로 그의 가치관(또는 가치관의 부재)까지 끌어안게 된다. 그러면 악당의 범죄가 아무리 부도덕적이라 할지라도 궁지를 모면하기 위해서 악당을 지지하지 않을 수 없다. 이것이 올리버 스톤Oliver Stone이 감독하고 각본에 참여한 영화 〈내추럴 본 킬러Natural Born Killers〉가 논란을 일으킨 이유 중 하나다.

작품의 시점을 신중하게 골라야 하겠지만, 실험을 두려워하지는 마라. 예를 들어 살인미스터리 영화에서 경찰관이 아니라 희생자의 아내 혹은 남편의 시점을 택하면 이야기에 훨씬 더 개인적인 성격이 부여될 것이다.

시나리오 쓰기의 모든 것(개정판)

자신이 쓴 시나리오에서 몇몇 장면을 고른 후 조연 한 사람을 선택해 이 인물의 시점에서 그 장면들을(또는 시나리오 전체를) 다시 써보자.

우리는 모두 자신의 삶에서는 주인공이다. 작가는 조연을 중심 인물뿐만 아니라 주인공으로도 만들 수 있다. 그 인물의 고군분투에 원래 주인공보다 관객이 더 흥미로워할 수도 있다(어쩌면 주제에 훨씬 더 합당할 수도 있다).

예를 들어 쓰라린 이혼에 관한 시나리오를 쓰고 있다면 그 부부의 하나뿐인 아이의 눈을 통해 이야기해보자. 하물며 애완동물의 눈을 통해 이야기할 수도 있다. 하지만 명심할 것은 이 이야기는 책이 아니라 영화라는 점이다. 작가는 중심인물의 머릿속으로 들어갈 도리가 없다. 소설과 달리 영화는 시각과 음향이라는 물리적 측면에서 제약이 있다. 카메라의 뷰파인더를 통해 각 장면을 본다고 상상하고, 보고 들은 것만을 말하라.

그러면 다시 원래의 시점으로 돌아가더라도 이제는 다른 인물들에 대해 더 깊은 통찰이 생긴다. 그들의 내면으로 들어가 보았기 때문이다. 그러니 시나리오를 다시 쓸 때는 그들의 동기를 더 잘 이해하게 된다. 대사를 바꾸거나 평면적인 장면에 생기를 불어넣을 리액션을 덧붙이게 될지도 모른다. 모든 시점에서 이야기를 자유롭게 탐색하다 보면 거기서 오는 가능성들에 깜짝 놀랄 것이다.

조연에게는
조연의 동기와
목표가 있다

글렌 거스

로젠크랜츠: 그들이 우리에게 앙심을 품었다는 거지? 애초
부터 말이야. 우리가 그렇게 중요한 사람들이
라고 누가 생각했을까?

빈 무대에 두 남자만 덩그러니 서 있다. 그들은 길을 잃었
다. 그들은 혼란스럽다. 앞으로 무엇을 해야 할지 모르는 불확
실성이 자신들의 존재 의미를 더욱 불확실하게 만들었다. 그런
데 이들은 이상하게 시나리오 작가가 아니다.

두 사람은 톰 스토파드가 쓴 위대한 희곡 〈로젠크랜츠와
길든스턴은 죽었다〉에서 주연을 맡은 인물들이고, 당신이 시

나리오를 쓰는 중이라면 당신의 인생을 구제할 수도 있는 인물들이다. 이 희곡의 작가인 스토파드는 다른 누군가의 비극에서 조연이 되는 일의 철학적이며 감정적인 의미를 따진다. 너무나 명백해서 등한시하기 쉬운 진실을 조명한다. 시나리오 속의 모든 인물은 자신이 플롯을 위해 존재한다는 사실을 인식하지 않고 행동한다. 그들은 모두 자신이 스타이고 주인공이며 사건의 주축이라고 믿는다. 그들은 각 장면 속에 자신의 문제에 따른 의도를 품고 들어가서 자신의 필요에 따라 움직인다.

예를 들어, 해리가 샐리를 만났을 때 그들은 각자의 삶을 살고 있었다. 성난 열두 사람들(1957년 영화 〈12명의 성난 사람들 Twelve Angry Men〉에 등장하는 배심원 12인. _옮긴이)은 자신을 중심으로 배심원실이 돌아간다고 생각했다. 중심인물을 비롯해 그들의 하찮고 불운한 전달자들 역시 모두 장르의 요구 사항과 플롯의 장치를 망각한다.

따라서 어떤 장면을 쓰기 위해서는 각자의 관점에서 그 장면을 봐야 하고, 각 인물의 이야기에서 그 의미를 이해해야 한다. 장면은 이러한 순간에 이러한 이야기들의 충돌, 협상, 교환에 의해서만 만들어질 수 있다.

이를 위한 묘수는 각 인물의 욕구를 정의하고, 이러한 어렵고 복잡하게 얽힌 실타래로 이야기를 직조하는 것이다. 이와 같은 정신적 매듭을 솜씨 좋게 하기 위해 내가 찾아낸 최고의 방법은 '시나리오 속 각 인물의 이야기를 영화 전체의 이야기인 것처럼 검토하는 것'이다. 인물들이 있던 자리에서 돌연 사라졌다가 낯선 곳에서 다시 나타나지 않게 하라.

이것은 단순한 실전 연습이 아니다. 지금 우리는 가상의 인물들의 자존감을 높이기 위해 애쓰고 있는 게 아니다. 인물들이 인과관계에 따라, 목표와 장애물의 규칙에 따라 움직이지 않으면 영화가 허물어진다. 이야기는 말 그대로 인물로 만들어진다.

이를 제대로 터득한다면 다시는 해설(이를테면 인물이 다른 인물의 리액션을 자극하기보다 관객에게 알려주기 위해 말하는 것)에 기대지 않게 될 것이다. 게다가 배우들과 감독들이 작가를 좋아하게 만들 수 있다. 그들에게 물어보라. 이러한 작업은 그들의 일을 위해 필요한 과정이다. 작가는 '관객'을 위해 쓰지 않는다. 배우들과 감독들을 위해 쓴다.

물론 여기에는 잠재적으로 위험한 부작용이 있다. 즉, 주변 사건에 너무 관심을 가질 수 있다. 혹은 너무 많은 내용을 쓰고 싶어질 수도 있다. 인물의 행동에 일관성이 없거나 믿음이 안 간다거나, 안티드라마antidrama(극적인 요소를 일체 배제한 드라마. _옮긴이)가 되어버려서 플롯을 다시 짜야 할 수도 있다. 나는 이러한 '문제들'이 적당하면 유용하다고 믿지만, 문제가 지속된다면 '영화는 전혀 말이 안 돼도 잘 만들 수 있다'는 좋은 약을 처방받길 권한다.

하지만 말이 안 되는 영화라 할지라도 인물들에게는 관심이 필요하다. 그가 어떤 유형의 사람이라서, 혹은 패션 감각이 뛰어나거나 잘생겨서, 혹은 성격이 별나서 우리가 그 인물에게 관심을 갖는 게 아니다. 우리가 이해할 수 있는 무언가를 원하고, 그걸 갖기 위해 무언가를 하기 때문에 관심을 갖는 것이다. 이것이 바로 다음의 실전 연습이 다루는 내용이다.

| 실전 연습 |

각 인물이 등장하는 모든 장면에서 인물의 개요를 따로 순서대로 만들어라. 가능한 한 간결하게 그 인물이 장면에서 하는 일을 서술하라. 쓰는 동안 개요의 각 장면에 등장하는 인물들에 대한 다음 질문들을 스스로에게 묻고 대답하라.

- 이야기 전체에서 그들의 목표, 곧 원하는 것이 무엇인가?
- 이 장면에서 그들의 목표는 무엇인가?
- 장면 안에서의 목표는 그 인물들이 최종 목표를 달성하는 데 도움이 되는가?
- 이 장면에서 인물의 목표 달성을 방해하는 것은 무엇인가?
- 그들은 이 장면에서 어떤 행동을 취하는가?
- 이 행동과 목표는 그 순간 특별하고 구체적이고 실용적인가?
- 이 행동은 이전 장면에서 일어났던 일의 논리적 결과인가?

- 이 장면의 행동은 다른 이전 장면의 행동을 되풀이하는가?
- 이 행동의 결과로 무엇이 바뀌는가?

글쓰기의 길을 잃었을 때, 결정을 하지 못할 때, 영감이 없을 때 이 실전 연습은 수렁에서 우리를 빼내준다. 그리고 모든 시나리오 쓰기에서 가장 중요한 문장을 속삭여준다. '지금 일어나는 일이다.'

7장

주인공

전형적인 특질은
카리스마를
부여한다

제임스 보닛

호메로스의 서사시 《일리아드Iliad》를 읽으면서 이 이야기가 3,000년 동안 살아남은 이유를 헤아리다가, 문득 그 안의 주요 인물 전부가 인간의 중요한 속성을 극대화한 최고 아니면 최악의 사례라는 걸 깨달았다. 전형성을 갖도록 인간의 속성을 의인화했다는 말이다. 제우스는 가장 힘이 센 신이다. 아킬레우스는 가장 위대한 전사다. 트로이의 헬렌은 가장 아름다운 여인이다. 파리스는 가장 잘생긴 남자다. 기타 등등.

그 후 다른 위대한 이야기들을 보고 동일한 점을 발견했다. 아서 왕은 가장 기사다운 왕이다. 헤롯 왕은 가장 잔혹한 독재자다. 삼손은 가장 힘이 센 남자다. 위대한 이야기, 신화,

전설은 사실 전형적 요소들로 이루어져 있으며, 이 점이 바로 이야기에 불멸과 성공을 안겨준 진정한 비결이다.

어떤 인물에게 전형성을 띠게 만든다는 건 최고 혹은 최악의 사례로 만든다는 뜻이다. 그리고 가장 비범한 사례를 만들 수 있다면 가장 흥미롭고 기억에 남는 아이디어로 기록될 것이다. 전형성은 이야기의 모든 요소에 적용할 수 있지만, 특히 인물의 직업과 주요 속성에 적용할 때 효과가 있다. 이렇듯 전형적인 특질은 인물을 카리스마가 넘치게 할 수 있으며, 이는 작품에 힘을 실어준다.

해리 포터는 어린 마법사이지만 그냥 어린 마법사가 아니다. 이제껏 가장 유명하고 가장 강력한 어린 마법사다. 〈글래디에이터Gladiator〉에서 막시무스는 가장 위대한 검투사다. 셜록 홈스는 세계에서 가장 위대한 탐정이다. 드라큘라는 전형적인 흡혈귀다. 〈오셀로Othello〉에서 이아고는 왕을 가장 기만하는 신하다. 잭 더 리퍼와 한니발 렉터는 전형적인 연쇄살인범이다. 슈퍼맨은 가장 위대한 슈퍼히어로다. 이 이야기들은 모두 우리를 매혹하고 흥미를 불러일으킨다.

홈스의 주요 속성은 탁월한 연역적 추리력이다. 그는 이 방면에서 다른 어떤 탐정보다 노련하다. 아킬레우스의 주요 속성은 분노이고,《일리아드》는 그러한 인간의 속성을 드러낸다. 오셀로의 주요 속성은 질투다. 스크루지의 주요 속성은 무자비함이다. 아치 벙커(1970년대 미국 인기 시트콤 〈올 인 더 패밀리All in the Family〉의 주인공으로 반여성, 반흑인 등 우익적인 관점을 지닌 인물이다. _옮긴이)의 주요 속성은 편견이다. 돈 주앙의 주요 속성은 성욕이다. 맥베스의 주요 속성은 맹목적 야망이다. 히틀러는 이야기 인물로서 본다면 전형적인 과대망상증 환자다. 〈카사블랑카〉에서 릭의 주요 속성은 환멸이다. 그는 환멸에 빠진 애국자이자 연인이다.

이들은 모두 주요 속성의 전형적 화신이다. 그래서 성공했으며 기억에 남는다. 심지어 상업적으로도 효과적이다.

| 실전 연습 |

1. 중심인물(또는 어떤 인물이라도)의 직업(의사, 변호사, 전사, 탐정, 스파이 등)을 정하고, 주요 속성(편견, 오만, 자만심, 용기, 성실, 관대, 충성, 질투, 욕정, 탐욕 등)을 발견할 때까지 작업한다.

2. 연구와 자아성찰을 통해 자신 내면의 그러한 속성들을 살펴서 각 속성에 대해 가능한 한 많이 알아간다.

3. 중심인물을 그럭저럭 괜찮은 스파이가 아니라 위대한 스파이 또는 탐정, 변호사, 의사로 만들고 그의 직업적 역할에 대해 명확하게 묘사한다. 직업을 전형적으로 묘사해 또 다른 홈스, 아

킬레우스, 클래런스 대로Clarence Darrow(인권운동가로 활약한 미국의 변호사. "죄는 미워하되 사람은 미워하지 말라"는 유명한 말을 남겼다. _옮긴이), 슈바이처로 만든다.

4. 인물의 주요 속성도 이와 같이 작업한다. 새로 만든 인물을 그 주요 속성의 전형으로 발전시키는 것이다. 나폴레옹처럼 카리스마 넘치는 인물을 만드는 중이라면, 정보를 부풀리거나 천재적 면모를 부여해 인물이 그 속성의 전형이 될 때까지 작업한다. 드라큘라처럼 불멸의 존재를 만드는 중이라면, 피에 대한 갈망 같은 주요 속성을 부여해 그러한 특성의 전형으로 그린다. 하지만 완전히 형성된 인간의 맥락 속에 그러한 주요 속성이 자리해야 한다. 주요 속성만 있고 나머지 인간성이 없다면 정형화된 인물, 상투적인 인물이 된다.

5. 이 창작 과정 내내 자신의 감정을 관찰하고, 그중 무엇이 창조적인 결정을 할 수 있게 돕는지 확인하자. 분노와 갈망, 탐욕에 대한 진실 그리고 위대한 직업의 기능과 기술이 모두 우리 안에 있다. 직관과 시행착오를 통해 창조성의 무의식적 원천과 소통할 때, 우리는 그러한 속성을 진실하게 형상화할 수 있다.

그러니 직감을 따르고 천천히 시행착오를 거치며 이것저것 시도해서, 직업과 주요 속성을 표상하는 전형적 인물을 만들어내라. 소름이 돋고 등줄기가 서늘해질 때까지 속성들을 계속 조합하라. 그렇게 한다면 상징적인 인물을 창조할 수 있다. 그들에게 티셔츠를 입힐 수 있고, 그들에게 영향력과 의미를 부여할 수도 있다. 그 티셔츠 위에 해리 포터, 한니발 렉터, 아치 벙커, 스크루지라고 새긴다면 중요한 인간적 속성을 보여주는 특정 의미를 갖게 할 수 있다.

인물과 사건, 주요 속성이 정점에 이르러 심리적 연결고리를 만들면 카리스마가 생겨 사람들은 인물에게 끌리고 영향을 받는다. 무슨 의미인지 모른다고 하더라도.

이러한 카리스마를 갖춘 인물들은 신처럼 영원불멸해진다. 오이디푸스, 모세, 햄릿, 로미오와 줄리엣, 아서 왕은 결코 잊히지 않는다. 찰리 채플린Charles Chaplin의 떠돌이 캐릭터 트램프, 레트 버틀러(《바람과 함께 사라지다Gone With The Wind》의 남자 주인공. _옮긴이), 도로시, E.T., 드라큘라, 미키 마우스, 배트맨과 슈퍼맨 역시 잊히지 않을 것이다. 슈퍼맨이라는 글자를 어린 소년의 파자마에 새기면 소년은 자신의 힘이 세졌다고 느낄 것이다. 방 주변을 날아다니려고 하면서. 아인슈타인의 이름을 티셔츠에 새기면 똑똑해졌다고 느낄 것이다. 칭기즈칸을 가죽 재킷에 새겼다면 할리데이비슨 오토바이를 탈 준비가 된 것이다. 이런 게 바로 카리스마다.

주요 인물은
극적 진실을
추구해야 한다

빌 존슨

관객을 만족시키려면 이야기가 진실하게 들려야 한다. 진실하게 들리는 이야기를 만들려면 스토리텔러는 인물과 상황을 통해 자신이 설정한 '극적 진실'을 구현해야 한다.

〈오즈의 마법사〉에서 도로시는 집으로 돌아가는 길을 찾고 싶어 한다. 그리고 양철 나무꾼은 심장을, 허수아비는 뇌를, 겁쟁이 사자는 용기를 찾고 싶어 한다.

록키는 다른 사람이 되고 싶어 한다.

벨벳 토끼 인형은 진짜 토끼가 되고 싶어 한다(동화 《벨벳 토끼 인형The Velveteen Rabbit》의 주인공. _옮긴이).

해리 포터는 적응하고 싶어 한다.

이들 인물은 자기 자신을 설명하는 극적 진실을 가지고 있다. 이 진실들이 극적인 이유는 해결되어야 하기 때문이다. 도로시는 집으로 가는 길을 찾고, 록키는 다른 사람이 되고, 해리 포터는 적응하고, 벨벳 토끼 인형은 진짜 토끼가 될 수 있을까?

모든 이야기, 모든 주요 인물, 이야기의 배경조차 극적 진실을 구현할 수 있다. 역으로 극적 진실을 구현하지 않는 인물, 사건, 장면 묘사는 평범하고 중요하지 않게 보일 위험이 있다.

도로시가 열두 살이고 머리카락이 검다는 것은 일반적인 사실이다. 일반적인 사실은 설명한다. 반면 극적 진실은 인물이 어떤 사람이고 무엇을 원하는지를 상기시킨다.

인물이 자신의 극적 진실을 직접 밝힌다는 것은 시나리오의 첫 장면에서 '비밀을 무심코 말해버린다'는 뜻이 아니다. 이야기의 극적 진실, 인물의 극적 진실, 배경의 극적 진실(오즈뿐만 아니라 캔자스도 극적 진실을 가지고 있으려면)을 이해하려면 목적과 의미가 담긴 시각적 이미지를 만들기 위해 어떤 단어들을 사용해야 하는지 길잡이가 있어야 한다. 이는 필요한 단어를 경제적으로 구사해야 하는 시나리오 쓰기에서 필수적이다.

많은 작가가 지나친 설명을 피하려다가 극적 진실을 말하지 않는 바람에 평면적이고 기본적인 묘사에 그치곤 한다. 이를테면 이런 식이다. 여자는 금발이고 나이가 스물아홉이고 몸매가 탄탄하다. 남자는 서른두 살이고 체격이 다부지고 잘생겼다.

인물들은 이야기의 플롯상 맡은 배역이 있어서 장면 속에 존재를 드러낸다. 그런데 그 인물들과 사건들이 극적 진실을 전혀 구현하지 못하는 시나리오가 흔하다. 그건 완성된 케이크가 아니라 케이크 재료가 든 그릇과 다를 바가 없다. 이러한 이야기와 인물들은 만족감을 주지 못한다. 인물에 대한 극적 진실이 도입부에 나오는 시나리오도 간혹 있다. 이 경우 그 도입부가 이야기에서 가장 취약한 부분이 되어버리곤 한다.

많은 작가가 뻔하면 안 된다고 배운다. 그러나 도리어 이로 인해 모호함에 빠지는 작가를 나는 많이 보았다.

| 실전 연습 |

인물의 극적 진실을 구현할 수 있도록 다음의 도표를 추천한다. 인물의 정체에 대한 명료한 진술로 시나리오를 시작하라. 그러고 나서 인물의 '진실'이 드러나지 않는 모호한 문장을 하나 만들고, 그런 후에 인물의 진실을 극적으로 암시하는 문장을 하나 만들라.

인물의 진실을 이해하면 작가는 극적이고 암시적으로 서술할 수 있다. 독자가 있다고 생각하고 인물이나 배경에 대한 명료하고 직접적인 단어들로 이야기를 시작하라. 독자가 더 많이 알고 싶게 만들어라. 독자가 이야기 속 인물의 여정을 따라가고 싶게 만들어라. 그런 후 지면을 빠져나와 보면 독자의 상상 속에 집어넣은 것보다 더 큰 인물을 갖게 될 것이다.

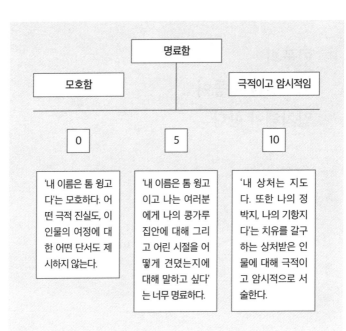

모호함	명료함	극적이고 암시적임
0	5	10
'내 이름은 톰 윙고다'는 모호하다. 어떤 극적 진실도, 이 인물의 여정에 대한 어떤 단서도 제시하지 않는다.	'내 이름은 톰 윙고이고 나는 여러분에게 나의 콩가루 집안에 대해 그리고 어린 시절을 어떻게 견뎠는지에 대해 말하고 싶다'는 너무 명료하다.	'내 상처는 지도다. 또한 나의 정박지, 나의 기항지다'는 치유를 갈구하는 상처받은 인물에 대해 극적이고 암시적으로 서술한다.

인물의
세계관과 행동이
일치해야 한다

로라 샤이너

처음에 주인공이 있었다. 그녀는 갈등을 겪고 있었고, 대담했고, 열정과 특색과 재주와 약점이 가득했다. 내 머릿속에서 그녀는 눈부셨고 A급 배우들이 탐낼 만한 배역이었다. 그런데 지면에 써놓으니 그만큼은 아니었다.

사실 그때 내 시나리오 초고에는 모든 인물이 바퀴 18개가 달린 대형 트럭에 치여 납작해진 보드판처럼 얄팍했다. 나는 작품을 쓸 때면 인물들이 '짜안' 소리를 내는 순간을 기다렸다. 그들이 스스로 숨을 쉬고 현실 속의 진짜 사람처럼 느껴지는 때가 오기를 조마조마해하며 기다린 것이다. 그러나 그런 일은 2막을 쓸 때까지, 아니 어떤 경우에는 수정 원고를 한창 쓸 때에도 일어나지 않았다.

　나는 내 인물들을 모르지 않았다. 나는 항상 이야기를 만들기 전에 집중적으로 '인물 탐구'를 하는 사전 작업에 많은 시간을 할애했다. 지금도 모든 작품을 쓸 때 사이드 필드의 저서 《시나리오 워크북The Screenwriter's Workbook》에 실린 실전 연습을 하면서 시작한다. 나는 인물들의 배경 이야기 전후를 알기 위해 상세한 인물 전기를 쓴다. 이들의 목표, 욕구, 동기 그리고 상처를 진심으로 알아간다. 질문지를 사용해서 정치적 관점부터 알레르기 질환까지 모든 미묘한 차이를 확인한다.

　이 모든 건 인물의 성격 변화를 제대로 정의하고, 세계관과 행동이 일치하는 입체적인 인물을 만들기 위한 귀중한 도구들이다. 하지만 인물의 내면과 외면을 안다고 해서 내가 그들의 머릿속을 근본적으로 아는 건 아니다.

　여러 해 전에 나는 소설을 쓰기로 결심했다. 나는 1인칭 시점으로 소설을 썼고, 주인공의 머릿속에 나를 집어넣었다. 그녀의 세계관은 나와 완전히 달랐음에도, 나는 그녀의 세계 속에서 나의 목소리가 아닌 그녀의 목소리로 글을 쓰는 나를 발견했다. 그녀는 즉시 튀어나왔다. 나의 방식을 그녀에게 적용할 필요가 없었다. 지면 위의 그녀에게는 약점이 있었고 찬란한 아름다움을 발하는 입체적인 인물이 되어 있었다. 결국 나는 인물을 탐구할 때에는 1인칭 서사 요소를 결합해야 한다는 것을 알게 되었다.

이제부터 내가 소개할 실전 연습은 나의 초고들을 급속히 좋아지게 만들었다. 이 실전 연습을 하기 전에는 '첫 번째' 초고의 이야기와 구조가 얼마나 탄탄하든 간에 인물들에게 바닐라향 같은 특별함이 없었다(해롭고 달콤한 향만 원한다고 오해하지 말 것). 제안을 받고 작업을 할 때 보면, 초고를 제출해야 하는 기한 내에 인물에게 돌아가 살을 덧붙이는 다음 과정을 할 여유가 없었다. 그런데 이 실전 연습 덕분에 나는 자신만만하게 초고를 제출할 수 있게 되었다. 이 실전 연습을 여러 클라이언트, 작가 친구와 공유했다. 이제 독자 여러분과 공유하게 되어서 기쁘다.

| 실전 연습 |

글을 쓰기 전에 주인공과 그 외 인물들의 일기 세 편을 써라.

• 첫 번째 일기: 인물의 전기에서 중요한 사건 하나를 고르고, 그 인물인 것처럼 사건 전후의 반응을 서술하는 일기를 쓴다. 당신의 삶에서 그 인물이 치유해야 하는 상처가 생겼던 순간(이를테면 부모의 죽음, 거절당한 순간, 마음을 닫아버리게 만든 트라우마)이 있다면, 바로 그 사건을 일기에 쓴다. 그 사건이 일어난 시점에서 일기를 써야 한다는 것을 잊지 마라. 인물이

당시 여덟 살이었다면 여덟 살짜리의 목소리와 관점에서 써야 한다.

- 두 번째 일기: 이야기 속에서 인물이 처음 등장하기 전의 순간에 대해 일기를 쓴다. 인물이 정신을 어디에 두고 있는지, 무엇을 느끼고 생각하는지, 그 순간 인물의 긴급한 문제나 관심이 무엇인지에 대해 집중하라.

- 세 번째 일기: 이야기에서 중요한 순간 하나를 고른다. 심각한 결정을 하는 순간, 갈수록 나빠져 혼란스러워지는 순간, 엄청난 갈등의 순간. 인물이 선택을 해야 하는 장면이 나온다면, 인물이 그 결정을 하기 직전의 순간을 일기로 쓴다(〈소피의 선택〉에서 소피가 결정을 하기 직전의 순간들). 인물을 혼란에 빠뜨리는 어떤 일이 벌어지는 장면이 나온다면, 인물이 혼란에 빠졌다는 걸 깨달은 직후의 순간을 일기로 쓴다(〈스파이더맨〉에서 피터 파커가 자신의 새로운 능력을 발견한 직후 또는 벤 삼촌이 죽은 직후).

더불어 단역을 포함한 모든 인물의 '두 번째 일기'를 쓰자. 이를 통해 가장 역할이 작은 인물들도 돋보이게 만들 수 있다.

주인공은
적대자를 통해
성장한다

스콧 앤더슨

흔히들 영웅은 악당과 정반대라고 잘못 생각한다. 하나는 좋고 다른 하나는 나쁘다고. 최고의 시나리오에서는 그렇지 않을 때가 많다. 그들이 싸울 때 악당의 힘이 더 세더라도(이야기 초반에는) 프로타고니스트(영웅)와 그의 안타고니스트(악당)는 공통점이 아주 많다.

"루크, 내가 네 아버지다"라는 대사에서 보듯 〈스타워즈〉는 주인공과 적대자의 공통점이 아주 많다. 이 작품 말고도 사례는 많다. 〈오즈의 마법사〉를 생각해보자. 걸치 아줌마와 도로시는 어떠한 점이 비슷할까? 가장 먼저 할 질문은 '걸치 아줌마는 누구인가?'이다. 그녀는 못된 노처녀 이웃이고 나중에 사악한 서쪽 마녀로도 등장한다. 그녀는 도로시한테서 토토를 빼앗으려 하는데 그 개가 자기 집 정원을 파헤치고 고양이를 쫓았기 때문이다. 도로시는 가족과 친구에게 도와달라고 하지만 결국에 토토를 지키기 위해 도망치기로 선택한다.

필름을 빨리 돌려 도로시가 오즈에 있는 자신을 발견하는 장면으로 넘어가자. 이곳에서 도로시는 허수아비(바보스러움으로 위장한 지혜), 양철 나무꾼(무정함으로 위장한 자비), 겁쟁이 사자(겁쟁이로 위장한 용기)를 만나게 된다. 이들을 통해 도로시는 지혜와 자비, 용기를 알아보는 법을 배우고 이 성격들을 내면화한다. 그 과정에서 에메랄드 시티가 어떤 곳(공동체)이며 마법사가 어떤 사람(평범한 인간)인지 알아간다.

도로시는 변화하는 모습을 보인다. 오즈의 마법사와 함께 열기구를 타고 집으로 돌아갈 기회를 포기하고 자신이 아니라 토토를 위해 토토와 함께 오즈에 머물기로 한다. 이러한 태도와 행동의 변화는 도로시가 지혜롭고 자비롭고 용기 있는 인간으로서 진짜 세상에 돌아갈 준비가 되었다는 것을 보여준다.

그렇다면 도로시는 걸치 아줌마와 어떤 점에서 비슷할까? 이러한 교훈을 배우지 못했다면 도로시는 권위적이고 이기적이고 유치한 자아를 가진, 다시 말해 걸치 아줌마 같은 어른이 될 수도 있다. 따라서 적대자는 단지 주인공에게 맞서는 누군가가 아니다. 주인공이 이야기에 내포된 교훈을 배워서 성장하지 못할 경우 앞으로 될 누군가다.

⟨더 록The Rock⟩은 숀 코너리Sean Connery와 에드 해리스Ed Harris, 니컬러스 케이지Nicolas Cage가 출연한 액션어드벤처 영화다. 영화는 해병 여단장인 험멜 장군이 아내의 묘에 무공훈장을 두고 가면서 시작한다. 그는 자신의 휘하에 있던 퇴역 군인들을 돕기 위해서 체제를 포기하고 법을 무너뜨린다. 영화의 시작 부분에서 굿스피드 박사가 약혼녀에게 아이를 원치 않는다고 말하는데, 직업상 나쁜 일을 겪은 후에 그 역시 세상을 저버릴 준비가 되어 있기 때문이다. 영화가 전개되는 동안 굿스피드 박사는 용기와 자비, 지혜를 찾아내고 세상에 대한 믿음을 회복한다.

그러면 러브스토리에서는 어떤 일이 벌어지는가? 이 역시 비슷하다. 러브스토리에서 적대자는 대개 악당이 아니라 애정 상대이고, 주인공은 사랑을 얻기 위해서 적대자의 가치를 받아들여야 한다.

⟨사랑의 블랙홀Groundhog Day⟩은 훌륭한 사례다. 뉴스 기상 캐스터인 필 코너스는 영화 초반에는 이기적이고 거들먹거리는 웃기는 남자이지만 마지막에 가서는 자상하고 관대하고 웃기는 남자로 변해야 한다. 그러나 이야기가 전개되는 내내 여주인공인 리타는 변하지 않는다. 그녀는 적대자이자 목표다.

주인공 둘 다 변화를 겪는 러브스토리도 있는데, ⟨해리가 샐리를 만났을 때When Harry Met Sally⟩나 ⟨사랑에 눈뜰 때The Sure Thing⟩가 그 예다.

기억해야 할 핵심은 장르가 무엇이든 간에 주인공의 변화는 그 이야기의 가치와 주제를 전달하며, 이러한 변화는 그들의 선택에 따라 전해져야 한다는 것이다. 그들이 좋은 사람이든 나쁜 사람이든 간에, 이러한 경험이나 변화의 순간을 거치며 주인공은 변화한다.

| 실전 연습 |

이 실전 연습은 작품 속 등장인물을 더욱 잘 이해하게 해서 인물의 성격 변화뿐만 아니라 이야기의 가치, 주제를 전하는 데 도움을 줄 것이다.

1. 이야기의 초반에 일어날 수 있는 주인공과 적대자 사이의 대화를 써보라. 여기에서 적대자가 주인공에게 자신들이 어떻게 그리고 왜 비슷한지를 설명하게 한다.

2. 이야기의 끝에 주인공이 적대자에게 이제 자신들이 어떻게 다른지를 설명하는 또 다른 대화를 써보라. 십중팔구 이 대화를 실제로 시나리오에 넣지는 않겠지만, 이를 통해 인물들을 이해하고 그들이 어떻게 변했는지(아니면 변하지 않았는지!)를 알게 될 것이다.

3. 이제 주인공이 배워야 할 점과 이야기 후반에 적대자에게 대항하기 위해 어떻게 변해야 할지를 생각해보라. 두 사람이 깨닫게 될 교훈 세 가지를 뽑아라. 주인공이 이 교훈들을 깨닫는 장면 세 개를 만들어라.

4. 이야기가 더 흥미진진해지도록 주인공이 적대자와 더욱 비슷해지는 몇 가지 사항을 만들어라. 이는 인물과 이야기 모두에서 갈등의 근원이 된다. 복수 이야기라면 주인공이 서서히 복수를 실행할 수도 있다. 주인공이 자신의 궁극적 목표에서 멀어지고, 변화하지 못하도록 가로막는 선택을 세 가지 설정해 그에 관한 각각의 장면을 만들어라.

　　　　　　　　　　　　　　　　시나리오 쓰기의 모든 것(개정판)

주인공과
반대되는 입장에서
생각해 보자

리처드 월터

작가의 일이란 작가가 만든 상황 속에서 등장인물의 마음과 몸 안으로 들어가 그가 하는 대로 행동하고, 그가 느끼는 대로 느끼는 것이다. 이는 영화 속 인생뿐만 아니라 현실 속 인생에서도 유용하다. 작가는 시나리오 속 인물들의 정신세계에 들어가야 하듯이 현실 속의 사람들, 즉 에이전트와 제작자, 감독과 배우의 정신세계에도 들어가야 한다. 체스를 하듯 작가는 질문해야 한다. 내가 만들려는 영화를 나의 상대가 만들었다면, 나는 어떻게 반응해야 할 것인가?

열렬하게 관심이 가는 화제 하나를 선택하라. 두 인물이 그 사안에 대해 논쟁하는 대사를 작성하라.

첫째, 공평하거나 이성적이거나 합리적이지 마라. 극예술은 극적이어야 한다. 격렬한 대사를 주고받게 하라.

둘째, 인물 한 명을 냉철한 주인공으로 설정하라. 그 주인공에게 대사 대부분을 주어라. 두 번째 인물은 보조적 역할에 그쳐야 한다. 코미디의 조연으로서 주인공의 대사를 받아쳐야 한다. 또한 이 조연은 독백보다는 대사를 주고받을 수 있게 도와야 한다.

셋째가 가장 중요한데, 자신의 의견과 완전히 반대인 관점을 주인공에게 부여하라. 임신 초기 3개월간은 여성에게 낙태를 선택할 권리가 있다는 주장에 찬성하는가? 그렇다면 주인공은 그 반대의 주장을 펴게 하라. 지구온난화가 틀렸다고 생각하는가? 인물은 옳다고 주장하게 하라. 불법 이민이 심각한 문제라고 생각하는가? 인물은 그것이 사소한 문제라고 주장하게 하라.

여기서 핵심은 비꼬거나 비아냥거리지 않고 진심이 어린 주장을 하는 것이다. 자신의 생각을 상대의 관점으로 보라. 상대가 당신을 이해하게 만들지 말고, 당신이 상대를 이해하도록 노력하라.

이 연습은 생생하고 존재감이 있으며 실제적이고 온전하며 인간적인 인물을 창조하는 데 많은 도움이 될 것이다.

주인공은
적극적이어야
한다

린다 카우길

신인 작가들이 가장 버거워하는 일 중 하나가 적극적인 주인
공을 만드는 것이다. 소극적인 주인공은 셀 수 없이 많은 시나
리오에 등장한다. 시나리오 작법 교사이자 시나리오 컨설턴트
로서 나는 이러한 시나리오들을 줄곧 봐왔다. 하지만 이 말을
곧이곧대로 받아들이진 마라. 크리스 콜럼버스Chris Columbus 감
독이 설립한 제작사인 1492 픽처스에서 1,000편이 넘는 시나
리오를 검토한 내 친구의 말에 따르면, 그것은 프로 작가와 초
보 작가를 가리지 않는 단연코 가장 흔한 실수란다. 할리우드
스튜디오 시스템의 맨 꼭대기에 오를 능력이 있는 작가들조차
이 실수를 저지르고 만다는 것이다.

소극적인 주인공은 잠시 동안 관객의 흥미를 끌 수 있다. 하지만 장면에서 장면으로 주인공이 이동하면서 플롯이 진행될수록 이야기는 박진감과 추동력을, 관객은 흥미를 잃어간다.

신인 작가들은 종종 강력한 주인공을 복잡한 이력을 가진 주인공으로 곡해한다. 그러고는 관객에게 인물들을 행동으로 보여주지 않고 대사로 말해준다. 오랜 경구인 "말하지 말고 보여주라"의 진짜 의미를 이해하지 못한다는 말이다. 플래시백falshback을 이용하거나 관객에게 인물의 뒷이야기를 '보여주어야 하는' 장면에서 말로 정보를 전달하고 만다. 인물에게 아무리 흥미로운 과거가 있더라도 이렇게 하면 관객의 관심을 끌지 못한다. 관객은 이야기를 듣고 싶어 하지 않는다. 이야기를 보고 싶어 한다. 관객은 행동하고 일을 벌이는 인물들을 원한다. 그리고 성격이 있는 인물을 보고 싶어 한다. 인물의 개성이 가진 힘은 이야기의 갈등에 의해 시험당하고 입증된다.

드라마에 액션과 갈등이 필요한 이유는 박진감과 추동력을 이끌어내 관객을 계속 집중시킬 뿐만 아니라 인물들을 시험에 빠뜨리기 위해서다. 압박에 못 이겨 나온 액션은 인물의 결단과 선택을 바탕으로 그들이 진짜 어떤 사람인지를 증명한다. 이런 걸 보기 위해 대중은 극장에 가는 것이다.

그럼 적극적인 주인공은 어떻게 만들 수 있을까? 간단하게 답하면, 주인공이 원하는 중요한 무언가를 얻기 위해 고군분투하도록 만드는 것이다. 신인 작가들은 주인공에게 너무나 추상적인 욕망을 불어놓곤 한다. "제 인물은 사랑을 원합니다"라고 학생들은 말한다. 그런데 주인공에게 '사랑'이 어떤 의미인지 작가 스스로 알지 못하면 플롯을 짤 수 없다. 로미오는 줄리엣을 원하고, 줄리엣은 사랑을 상징한다. 로미오는 두 가문의 갈등에도 불구하고 자신의 욕구에 따라 행동한다. 구체적인 욕구는 인물들이 목표를 위해 무엇을 하는지 그 이유를 명확히 설명함으로써 관객에게 추상적인 것을 실재하는 것처럼 받아들이게 한다.

'욕망want'을 강조하는 것에 대해 비판하는 이들이 간혹 있다. 욕망이 플롯을 단조롭게 한다는 것이다. 인물과 이야기를 끌어가는 게 욕망뿐이라면 그럴지도 모른다. 그러나 효과가 있으려면 욕망과 목표 모두 극적이고 위험해야 하며, 액션은 격렬해야 한다. 〈레이더스〉나 〈쥬라기 공원Jurassic Park〉을 생각해보라.

하지만 욕망은 이 방정식의 일부일 뿐이다. 위대한 작가들은 다원적인 갈망desire에 끌려가는 인물들을 만든다. 이 갈망은 욕망이고 욕구need다. 여기에 집중하면 인물의 또 다른 측면들이 드러나게 된다.

욕망은 인물이 의식적으로 원하는 분명한 목표다. 욕구는 인물이 행동하도록 동기를 부여하는 무의식적 욕망이다. 등장인물에게 원하는 게 무엇인지 물어보면 그 인물이 무엇을 그리고 왜 원하는지 알 수도 있다. 여기서 인물의 '왜'는 행동의 진짜 원인이 아닐 수 있다. 그러나 인물을 이해하는 방편은 될 수 있다.

욕구는 보이지 않는 곳에서 인물을 자극해 액션과 행위에 영향을 미치는데, 종종 깜짝 놀랄 만한 방식으로 표출된다. 영화 〈레볼루셔너리 로드Revolutionary Road〉에서 에이프릴은 불만족스러운 결혼 생활에서 벗어나고 싶어 한다. 하지만 목표는 남편 프랭크에게 회사를 관두고 가족 모두 파리로 이민 가자고 설득하는 것이다. 욕구와 욕망이 충돌하면서 에이프릴의 이야기는 고통스럽고 비극적인 결말로 치달아간다.

이따금 인물이 표출한 목표, 욕망 그리고 무의식적인 욕구가 충돌하면서 이야기에서 가장 흥미로운 부분을 만들어낸다. 〈카사블랑카〉부터 〈더 리더The Reader〉까지 영화는 이러한 목표와 욕망, 욕구의 충돌을 활용해서 이야기에 강력한 드라마를 부여하고 있다.

극강의 적대자가 없어도 주인공은 여전히 강력한 충돌과 맞닥뜨려야 한다. 그것이 〈잠수종과 나비The Diving Bell and the Butterfly〉이든 〈터칭 더 보이드Touching the Void〉이든, 매혹적인 이야기는 인물들이 극적 갈등과 지속적으로 부딪히면서 만들어진다.

인물의 정체성을 알고 있다면 다음의 간단한 질문 네 개를 통해 소극적인 인물을 적극적인 인물로 바꿀 수 있다.

1. **인물은 무엇을 원하는가?**

    주요 인물의 목표와 목적이 구체적이고 명확하며 달성하기 어려운지 확인하라. 이때 목표는 영화가 상영되는 내내 플롯을 밀고나갈 만큼 에너지가 충분해야 한다. 〈슬럼독 밀리어네어〉에서 자말은 라티카를 원하고 그녀를 얻기 위해서라면 어떤 일도 서슴지 않는다.

2. **인물은 왜 그것을 원하는가?**

    인물들의 목표에는 납득할 만하고 진실한 이유가 있어야 한다. 자말이 라티카를 원하는 것은 사랑하기 때문이다.

3. **인물은 왜 그것을 가질 수 없는가?**

    시나리오가 주인공과 적대자의 구체적인 관계에 바탕을 두고 있다면 이 질문의 답은 정반대여야 한다. 〈프로스트 vs 닉슨〉에서 한물간 토크쇼 사회자인 데이비드 프로스트는 평판과 위신 때문에 전직 대통령 닉슨에게 인터뷰를 제안하고 결정을 기다린다. 닉슨은 빠른 재기를 위해 인터뷰를 수락하고 별 볼 일 없는 텔레비전 유명 인사쯤은 쉽게 제압할 수 있으리라 확신한다. 사실 인물들 누구도 상대를 제대로 간파하지 못한 것이다.

4. 인물의 욕구는 무엇인가?

인물의 욕구는 더 많은 충돌을 일으키든가 아니면 그에 대한 해결책을 제시할 수 있다. 어느 쪽이든, 욕구는 일반적으로 등장인물의 성격 변화와 관련이 있다. 〈더 리더〉와 〈레볼루셔너리 로드〉에는 욕구에 의해 자신을 파괴하는 인물들이 등장한다. 〈슬럼독 밀리어네어〉에서 자말의 욕구는 지속되고 그에게 성취감을 준다.

모든 주요 인물에 대해 이 질문들을 하고 그 답을 가까이에 두라. 인물들이 어떤 사람인지 이해할 수 있도록 도와줄 뿐 아니라 그들을 이끌어가는 게 무엇인지 알려줄 것이다. 따라서 그들이 플롯을 밀고나가도록 할 수 있다. 이것은 소극적인 주인공을 적극적인 주인공으로 바꾸는, 오랜 세월에 걸쳐 효과가 검증된 확실한 방법이다.

복잡하고 모순된
주인공이
매력적이다

레슬리 리어

좋은 소설이 탁월한 인물로 시작되듯, 좋은 시나리오는 탁월한 인물(배역)로 시작된다. 오늘날 영화계에서 시나리오는 제작자보다 먼저 배우에게 전해지기도 한다. 유명 배우가 붙으면 시나리오는 영화로 제작될 기회가 훨씬 많아진다. 그렇다고 이야기에 생명을 불어넣을 배우를 마냥 기다릴 수는 없다. 작가는 자신의 이야기에 생명을 불어넣을 인물을 써야 한다.

그렇다면 사람들에게 지지받을 수 있는 인물은 어떻게 만들 수 있을까? 어떻게 하면 배우에게 황금빛 오스카상을 안겨 줄 수 있을까? 어떻게 하면 관객이 돈을 내고 우리의 주인공을 보게 만들 수 있을까? 작가는 인물을 피와 살이 있는 사람처럼 복잡하고 매력적으로 만들어야 한다.

첫째, 좋은 주인공은 심리적 욕구에 빠지는 치명적 약점이 있어야 한다. 주인공이 이러한 욕구를 알아채지 못해도 작가는 알아채야 한다. 강력한 인물은 이야기가 펼쳐지는 동안 변하거나 성장하기 때문이다.

둘째, 지면에서 행동을 촉발하는 어떤 일이 벌어지건, 주인공은 무언가를 바라고 그것을 갖기 위해 단계를 밟아가야 한다. 이 행동을 통해 주인공의 약점이 밝혀지고 결국 욕구를 충족하면서 지극히 중요한 변화를 이루는 것이다. 이야기에만 결말이 있는 것이 아니라 인물에게도 결말이 있어야 한다.

셋째, 인물의 인생 역정을 아는 것도 중요하지만 인물을 독특하게 만들 백만 가지의 다양한 세부 사항을 알아야 한다. 영화는 시각적인 매체이므로 주인공이 어떻게 느끼는지 행동을 통해 보여주어야 한다. 이를 위해 행동 동사를 활용한다. 올바른 단어를 선택하고 특별하지만 믿을 만한 행동을 그리기 위해서는 가능한 한 많은 세부 사항을 알아야 한다.

우리가 내일 또 새로운 하루를 시작하듯이 인물이 각 상황에 어떻게 대처할지 생각해보라. 세부 사항만 중요한 게 아니라 인물이 이 세부 사항들을 어떻게 대하는지도 중요하다.

| 실전 연습 |

1. 신체적, 심리적, 사회적 세부 사항 이 세 가지 항목으로 목록을 만들어라. 떠오르는 대로 대답하지 말고 더 깊이 생각하라. 이 일은 어쩌다가 벌어졌을까? 인물은 이 일을 어떻게 느끼는가?

〈신체적 세부 사항〉	〈심리적 세부 사항〉	〈사회적 세부 사항〉
나이와 성별	낙관론자/비관론자	가족
피부색	과민하다/태평하다	교육
머리(모양, 색, 숱)	성질(분노, 슬픔)	종교
패션 스타일	우울하다/행복하다	결혼 여부
치아(교정기, 색)	걱정거리	정치
눈(색, 안경)	휴식 방법	고향
키	좋아하는 장소	모임
자세	출생 순위	SNS
체격	지능	선호하는 음악
운동 버릇	내성적/외향적	좋아하는 음식
피어싱/타투	중독	독서 습관
보석	비판	언어
상처/흉터	통제	
잠버릇	완벽주의	
위생	버릇	
취미	꿈/악몽	
말버릇	행복한 기억	
성적 버릇	과거에 대한 정의	
알레르기	목표	
건강		
식습관		

2. 앞의 목록을 사용해서 등장인물의 모순적인 성격을 만들어라.

그는 벌레를 무서워하는 강한 전사인가? 그녀는 자신의 아이들과는 정작 말을 안 하는 아동심리 치료사인가? 그녀는 실수를 열심히 하려 하는가? 그녀는 타이핑을 할 줄 모르는 성공한 작가인가? 이처럼 대비되는 세부 사항은 인물을 인간적으로 느끼게 한다.

인물에 대해 많이 알수록 모든 상황에서 어떻게 행동하는지 보여주는 게 쉬워진다. 그녀는 무엇이 결핍되었는가? 그녀는 무엇을 욕망하는가? 그것을 갖거나 갖지 못할 때 그녀는 어떻게 반응하는가? 그녀는 어떻게 변하는가? 이 답들이 인물을 복합적이고 매력적으로 보이게 한다. 그리고 이러한 인물이 바로 이야기에 생명을 불어넣는다!

관객은
공감할 때
몰입한다

헬 애커먼

다음은 내가 새 학기 첫 시간에 즐겨 하는 실전 연습이다. 혼자서도 할 수 있다. 이 실전 연습은 서먹한 분위기를 깨는 데에도 좋다. 게다가 이야기의 DNA로 파고들어 근본적인 문제를 끄집어내는 기능도 한다.

신인 작가는 관객이 좋아할 만한 주인공이 영화에 반드시 있어야 한다는 훈계와 경고, 세뇌에 자주 시달린다. 우리는 이따금 자신을 다그쳐가며 대입 자기소개서에 어울릴 법한 성격으로 주인공을 다듬고, 인자하고 품위 있는 행동을 하게 만들어 맥 빠지는 등장인물을 만든다. 하지만 정작 우리에게 강렬한 인상을 남기는 건 몹쓸 짓을 하는 등장인물인 경우가 많다.

다큐멘터리 영화 〈철새의 이동Winged Migration〉을 잠시 떠올려보자. 영화를 보는 두 시간 내내 철새 무리는 놀라우리만치 친밀하게 느껴진다. 이는 철새들이 수천 킬로미터를 이동하는 동안 우리의 상상을 뛰어넘는 역경을 견뎌내기 때문이다. 이를테면 북극에서는 깃털 속에 알을 품는 동안 먹이도 없이 몇 주를 버틴다. 철새 무리는 이윽고 둥지를 틀기 위해 익숙하고도 따스한 프랑스의 목초지로 귀향한다. 한 농부가 머리 위로 지나가는 철새들에게 총을 겨눠 두 발을 쏘고, 총알을 맞은 철새 한 마리가 땅으로 떨어진다. 이름도 모르는 이 새의 사투에 우리는 모두 적극적인 참여자가 되고 만다. 세상에나! 가슴이 찢어진다.

이제 도너 파티Donner party에 대해 생각해보자. 그들은 1848년에 미드웨스트에서 캘리포니아로 새로운 터전을 찾아 나선 개척민 무리다. 고난과 역경, 결핍과 상실의 시간을 견디고 마침내 약속의 땅 언저리에 이른다. 산 하나만 넘으면 된다. 개척민들은 리노의 시에라 산맥 꼭대기에 당도하고 계속해서 이동하기 전에 하룻밤을 머물기로 한다. 그리고 눈보라가 몰아쳐 몇 달 동안 꼼짝 없이 산속에 갇힌다. 물자는 모조리 바닥이 난다. 그들은 짐승 가죽까지 먹어치운다. 이제 생각조차 하면 안 되는 카니발리즘cannibalism(식인 풍습)에라도 의지해야 할 상황이 온다. 기회는 아직 남았다. 개척민 몇몇이 라이플 장총을 들고 20센티미터 깊이의 눈을 헤치고 나간다. 그들이 총을 발사한다. 너무 기운이 빠져서 세 사람이 가까스로 장총을 나른다. 사냥감 새가 나타난다. 우리는 그 새가 죽기를 바랄까? 당연하다. 앞서 〈철새의 이동〉과 상황은 비슷한데 감정이 다르다. 왜일까?

친밀함이 도덕성을 이기는 법이다.

| 실전 연습 |

1. 살면서 실제 자신이 한 일 중 손발이 오그라들었던 경험 열 가지를 적는다(짤막하게 한 줄로 서술하라).

    예를 들어 누나의 애완 물고기에 라이터 기름을 먹여서 전기뱀장어를 만들려 했던 일, 중학생 때 술에 만취해서 체육관의 클라이밍로프를 너덜너덜하게 만든 일, 약혼녀의 부모님을 만나러 가는 길에 비행기에서 만난 남자와 마일하이클럽mile high club(비행 중인 비행기 안에서 성관계를 경험한 사람들이 가입한다는 가상의 클럽. _옮긴이)에 가입한 일 등등. 솔직해지자.

    만약 글쓰기 모임을 한다면 자신의 글을 큰 소리로 읽어보라. 청중은 고개를 돌리지 않고 당신의 솔직함에 분명 매료될 것이다. 이는 영화 속 인물도 마찬가지다! 관객 역시 솔직함에 매료될 것이다.

2. 경험한 일들 중 하나를 골라서 사건 중심으로 산문 두세 쪽을 쓴다. 독자는 결코 사건 속 사람들을 만난 적이 없으니 스토리텔링 기술을 모두 활용해야 한다는 점을 잊지 말아야 한다. 오감을 모조리 활용하라. 관객을 그 세계에 던져버려라. 사건과 인물 주변에 진실한 감정적 진실을 구축하라.

3. 이 이야기를 영화 줄거리로 각색한다. 영화 줄거리는 산문과 다르다. 동일한 지점에서 시작하고 싶은가? 관객은 자신이 보고 들은 것만 알게 된다. 작가로서 당신은 어떻게 하면 인물의 내면을 생동감 넘치게 보여주고 들려줄 수 있을까?

글이 막히면
인물에
집중하자

크리스틴 콘래트

작가의 벽은 창작의 흐름에서 천벌과도 같다. 양질의 시나리오를 써서 정해진 날짜에 주택담보대출금을 갚아야 하는 직업 작가로서, 나는 한 작품에 내 모든 시간을 바쳐 영감을 기다리는 호사를 부릴 여유가 없다. 아마 누구나 그럴 것이다. 작가의 벽은 그 즉시 정면으로 공략해 옆으로 치워버려야만 찬란한 페이드 아웃을 향해 나아갈 수 있다. 처음 글을 쓰기 시작했을 무렵부터 나는 가장 험난한 벽도 넘을 수 있도록 나를 도와줄 수 있는 기술을 수시로 익혔다. 바로 인물들을 문제적 장면에서 빼내고 영화에 결코 들어가지 않을 새로운 장면 하나를 쓰는 것이었다.

작가의 벽은 다음에 무엇이 나올지 확신할 수 없는 장면을 써야 할 때, 그 압박감에서 온다. 이러한 일이 터지면 우리는 플롯에만 시선이 꽂힌다. 그러고는 시나리오에 갈등의 원천, 즉 인물이 있다는 걸 잊어버리곤 한다. 블록버스터 영화 〈타이타닉〉에서 여주인공 로즈의 갈등은 간단하다. 그녀는 가라앉을 배에 타고 있다. 그녀의 갈등은 개인적 성격, 장점과 결핍에서 온다. 그녀는 사랑하지 않는 남자와 약혼했지만 그 관계를 깰 용기가 없다. 그녀의 어머니가 재정적 안정을 딸의 결혼에 의존하고 있기 때문이다. 그리고 그녀는 잭이 체포된 데 죄책감을 느낀다. 인물의 이 같은 성격에 초점을 맞추는 건 플롯 문제를 극복하는 좋은 방법이다. 인물과 플롯은 근본적으로 연결되어 있기 때문이다. 플롯을 완전히 배제함으로써 초점을 인물로 옮겨라. 인물들이 어떤 사람인지, 그들을 끌고 가는 게 무엇인지, 그리고 그들이 정말 원하는 게 무엇인지 보라. 잠시만이라도.

| 실전 연습 |

〈타이타닉〉의 두 중심인물인 잭과 로즈에 대해 골똘히 생각해보자. 종이에 둘의 이름을 쓰고 그 아래에 번호 1부터 10까지 적는다. 그리고 각 인물을 정의하는 속성 열 개를 적는다.

〈잭〉   〈로즈〉

1. _____   1. _____

2. _____   2. _____

3. _____   3. _____

4. _____   4. _____

5. _____   5. _____

6. _____   6. _____

7. _____   7. _____

8. _____   8. _____

9. _____   9. _____

10. _____   10. _____

잭에 대해 무엇이라고 썼는가? 그가 모험을 즐기는 사람이라는 것을 기억했는가? 그가 도박으로 배표를 땄다는 것도? 그가 가난한 하류층 출신임을 적었는가? 그가 '사교적으로 세련되지 못하다'는 것도? 로즈는 어떠한가? 그녀가 3등 선실에서 맥주를 마시고 춤출 때 얼마나 편안해했는지를 기억했는가? 그녀의 아버지가 사망했다고 썼는가? 가족의 돈이 바닥 난 것도? 그녀가 비싼 미술품을 좋아하고 수집했던 것도 기억했는가?

이제 영화에 나오지 않은 잭과 로즈의 장면 하나를 써보자. 그들을 뉴욕의 피자 가게로 데려가자. 그들은 무엇을 주문할까? 누가 훨씬 편안하게 느낄까? 어떤 취객이 로즈에게 맥주를 쏟는다면 어떨까? 계산서가 나오고 돈이 부족하다는 것을 알았을 때 잭은 로즈에게 어떤 제안을 하게 될까? 로즈는 그 제안에 어떻게 하고 싶을까? 위에 쓴 목록을 보고서 이 둘이 어떤 사람인가에 초점을 맞추어 연인으로서 둘 사이의 갈등, 혹은 각자의 갈등을 정하자.

잊지 말자. 이 장면은 시나리오에 결코 들어가지 않는다. 그러니 원하는 장면이라면 무엇이든 쓸 수 있다. 예를 들어 그들이 있는 피자 가게에 도둑이 들 수 있다. 혹은 잭이 과거에 알던 누군가를 만날 수도 있다. 혹은 로즈가 이탈리아어를 조금 할 줄 알며 피자 가게 주인이 유럽에서 자신의 아버지와 아는 사이였다는 게 밝혀질 수도 있다. 어떤 일도 벌어질 수 있다. '좋은' 장면을 만들겠다고 조바심 내지 말고 그냥 써라.

글이 막힐 때 이 실전 연습을 작품 속 인물들에게 똑같이 해보자. 그들을 그들이 놓인 상황에서 꺼내 이야기와 완전히 관련 없는 장면 속으로 떨어뜨려라. 바다에서 좌초되고, 박람회를 즐기고, 숲에서 길을 잃고, 취임식 무도회에 초대받고……. 이 과정은 원래 이야기와 상관없는, 인물들과 관련된 갈등이나 대사를 만든다. 이는 원래 이야기에서 다음에 무슨 장면이 이어져야 할지, 그리고 작가의 벽을 바로 넘어야 할지 결정하는 데 도움을 준다.

러브스토리의 감동은
인물의 변화에서
나온다

마이클 호지

러브스토리가 들어간 시나리오나 소설을 쓴 작가들과 작업할 때면 나는 다음 질문을 한다. "이 둘은 왜 사랑에 빠졌나요?" "인생에서 마주치는 수많은 사람 중에서 어째서 이 둘이 운명인가요?" "둘은 왜 서로에게 끌리고, 서로 상대에게 어울리며, 그리고 그들은 작가가 만들어놓은 온갖 장벽과 장애물에도 불구하고 왜 이야기의 마지막에는 함께하게 되나요?"

내 질문이 조금 많아 보일 수도 있지만 요점이 무엇인지 알 것이다. 현실에서와 마찬가지로 영화와 소설에서 두 사람의 멋진 외모, 성적 화학 작용, '마법'은 초반의 호감을 이끌어낼 수 있다. 하지만 진실하고 오래가는 사랑은 훨씬 더 깊은 데서 온다. 그러니 신빙성이 있으며 감정적으로 만족스러운 러브스토리를 쓰기 위해서는 주인공의 배경을 전개하며 시작해야 한다.

우선 자문해보자. 나의 작품 속에서 주인공의 상처는 무엇인가? 주인공은 과거의 어떤 사건이나 상황에 깊은 상처를 받았기에 그 상처를 마주하고 치유하기보다 억누르고 기억 속에 묻으려 하는가?

고전적인 러브스토리 몇 편을 사례로 살펴보자.

영화 〈타이타닉Titanic〉에서 로즈는 홀어머니 아래에서 자랐고(짐작컨대 아버지는 애초부터 부재했다), 여자는 혼자 힘으로 살아갈 수 없다는 말을 숱하게 들었다. 〈뷰티풀 마인드A Beautiful Mind〉에서 교수는 존 내시에게 "자네는 뇌는 두 개인데 심장은 절반밖에 안 되는군"이라고 말한다. 다시 말해 존은 사랑을 할 수 없는 사람이라고 확언했다. 그리고 〈슈렉Shrek〉에서 슈렉은 동키에게 사람들은 자기가 다가가면 뒤돌아서 달아난다고 말한다. "사람들은 내게 기회를 주지 않아."

이야기의 도입부에서 주인공들은 상처받고 고통받은 경험을 다시 겪을까 봐 두려워한다. 주인공들은 이러한 두려움을 절대 시인하거나 인정하려 들지 않는다. 하지만 이 두려움은 여전히 주인공의 행동을 설명한다. 인간은 약하고 두렵다고 느낄 때 보호받길 원하기 때문이다. 주인공들은 다시 그 고통을 받지 않기 위해 투명 갑옷을 입어 스스로를 보호한다. 그리고 두려운 감정을 내보이지 않기 위해 세상에 내놓을 '가면'(거짓 자아, 곧 페르소나persona)을 만든다.

그래서 〈타이타닉〉의 로즈는 거만하고 억압적이고 비도덕적인 얼간이와 교제해서 부양을 받는 여성으로 살아간다. 오로지 그 남자가 자신과 자신의 어머니를 부양할 수 있는 백만장자이기 때문이다. 〈뷰티풀 마인드〉의 존은 자신이 결코 다른 사람에게 받지 못하리라고 믿는 우정, 사랑 등의 감정을 스스로에게 주려고 환영을 만들어낸다. 그리고 슈렉은 가시철조망 울타리를 둘러친 늪에 사는데, 여기에는 '출입금지' 팻말이 붙어 있다(감정적으로 단절되어 있고 자신의 가면 안에 갇혔음을 보여주는 완벽한 이미지다).

그런데 이런 게 러브스토리 쓰기와 무슨 관련이 있을까? 단적으로 말하면 이렇다. 주인공의 러브라인 상대는 보호막인 가면 너머에 있는 그대로의 주인공을 사랑하게 되는 유일한 사람이기 때문이다. 〈제리 맥과이어Jerry Maguire〉에서 도로시 보이드가 말하는 멋진 대사처럼. "저 사람을 사랑해. 진심으로 사랑해. 그가 인생의 목표를 향해 노력하는 모습을 사랑하고, 거의 도달한 현재의 모습을 사랑해."

이러한 진짜 자아(인물의 본질)는 주인공이 영화 속에서 변화하게 되는 부분이다. 주인공이 갑옷을 모두 벗어던지고 거절당하고 버림받을지라도 용기를 낸다면, 진정한 사랑과 함께 영원한 행복을 얻게 된다. 그리고 용기를 내지 못하고 결국 위험을 감수할 의지가 없다면, 홀로 끝을 맞이하는 비극적인 주인공이 된다.

로즈는 잭 도슨을 만나면서 자신에게 어울리는 사람이 된다. 잭은 로즈가 열정적이고 독립적인 여성이라는 것을 알아본다. 그녀는 (자신의 가면을 상징하는) 헉슬리와 (자신의 본질을 상징하는) 잭 사이를 오가며 사랑의 줄다리기를 하는 동안, 점차 자신의 가면을 벗고 어울리는 사람과 함께하기 위해서 (육체적으로 그리고 감정적으로) 모든 것을 감내한다.

존이 머릿속에서 만든 환영과 얼리샤에 대한 진짜 사랑 사이에서 분열되는 동안, 얼리샤는 그의 곁에 머무르며 그의 본질을 지지한다. 그녀는 존의 손을 자신의 머리에 얹으면서 말한다. "아마 답은 여기에 없을 거예요." 그리고 그의 손을 자신의 심장에 대면서 말한다. "아마 여기에 있을 거예요." 그들은 진심으로 소통하고 있다.

러브스토리가 이렇듯 가면에서 본질로 변화하려면 연인들은 항상 가면의 차원에서 갈등하고 본질의 차원에서 공감해야 한다. 그리하여 주인공과 그의 진정한 연인이 싸우거나 거짓말하거나 오해하거나 헤어질 때, 그 이유는 언제나 두 사람이 스스로의 가면 속으로 숨어버리기 때문이어야 한다. 그리고 그들이 더욱 가까워지고 솔직하게 사랑을 표현하는 때는 두 사람이 서로의 가면을 벗고 잠시라도 자신의 본질을 내보이는 순간이다.

따라서 영화에서 러브신은 상처받기 쉬운 순간, 솔직한

순간, 감정적으로 친밀해지는 순간에 펼쳐지는 경우가 많다. 주인공이 투명 갑옷이 벗겨질 위험을 무릅쓰고 두려움, 즉 자신이 진짜 누구인지를 드러내기 때문이다. 다시 말해 주인공은 발가벗기 위해서 발가벗겨져야 한다.

이러한 가면에서 본질로의 변환을 인물의 성격 변화 character arc라고 한다. 물론 주인공의 상처와 믿음, 두려움, 가면과 본질의 관계를 알았다고 해서 러브스토리가 만들어지지는 않는다. 러브스토리는 인물을 성장하게 하고 관객을 더 높은 감정적 차원에서 감동시키는 훌륭한 도구다.

주인공 내면에 가장 깊게 자리한 욕망이 꿈꾸던 사랑을 얻는 것이라면 그가 성공할 수 있는 유일한 방법(그리고 진정한 완성을 이루는 유일한 방법)은 결국 자신 안의 가장 큰 두려움을 마주하여 가면을 벗고 진정한 자신이 되는 것이다. 그래야 진실한 사랑이라고 부를 수 있다.

| 실전 연습 |

등장인물과 러브스토리를 발전시킬 때 다음 질문으로 주인공을 재점검하라.

1. 주인공의 상처는 무엇인가?

2. 그것은 지난 사건인가, 아니면 계속 진행 중인 사건인가?

3. 그 상처를 관객에게 드러내는 방법은? 프롤로그 아니면 오프닝 장면에서? 회상 장면에서? 대사를 통해? 물건과 함께(사진, 헤드라인 등)?

4. 상처를 입은 경험 때문에 주인공에게 어떤 무의식적 믿음이 생겨났는가?

5. 그 믿음으로 인해 주인공의 내면 가장 깊숙한 곳에 자리한 두려움은 무엇인가?

6. 주인공은 자신을 보호하기 위해 세상에 어떤 가면을 드러내는가? 주인공의 본질은 무엇인가? 그의 가면 아래에는 어떤 진실이 놓여 있는가? 그는 진짜로 누구인가, 아니면 그는 누군가가 될 잠재성이 있는가?

7. 주인공은 이야기가 전개될수록 스스로 그 가면을 버리고 본질로 나아가는 중임을 보여주기 위해 어떤 행동을 취할 것인가?

8. 러브라인 상대는 주인공의 가면 너머를 보고 본질의 차원에서 소통하고 있음을 보여주기 위해 어떤 행동을 취할 것인가?

9. 클라이맥스에서 주인공이 자신의 가면을 완전히 포기하고 본질대로 완벽히 살면서 상대의 사랑을 얻게 된다는 것을 보여주려면 어떤 일이 벌어져야 하는가?

8장

고쳐쓰기

창작 나침반으로
탁월한 결말을
만들자

마이클 페이트 도건

완벽한 결말을 추구하는 것은 작가의 창조적 상상력이나 영혼 중 어떤 것과도 타협하지 않은 채 시나리오를 계약하기 위해 탐구하는 일과 같다.

　내게 시나리오를 처음 계약한 경험은 영화계에 소속되었다는 믿음을 주었다. 하지만 첫 번째 실패, 첫 번째 미완성 시나리오는 모든 것을 의심하게 했고 돌이킬 수 없는 패배감에 빠지게 했다. 그래서 나는 완벽한 결말을 찾기 위해 영혼을 팔아야 했다. 내게는 스토리텔링의 선택지를 발견하고 점검하게 도와줄 기술이 필요했다. 나는 고된 작업과 뼈를 깎는 연구를 거쳐 도구를 고안했는데, 바로 '창작 나침반'이다.

창작 나침반은 모든 선택지를 탐색해서 만족스러운 결론으로 이야기를 이끄는 법을 알려준다. 욕망은 플롯과 긴밀히 연결되어 있다. 욕구는 인물의 내면 가장 깊숙한 곳에 자리한 욕망이나 두려움이며, 내부로부터 발생하고 주제를 표출한다.

창작 나침반은 인물의 욕구, 목표가 달성되는지 여부에 따라 네 가지 결과를 가리킨다. 승리를 거두는 결말이나 비극적인 결말은 성공과 성공이 맞닿거나, 실패와 실패가 맞닿는 것이다. 곧 등장인물이 욕망과 욕구를 모두 달성하거나, 아니면 모두 달성하지 못하는 것이다.

하지만 하나의 목표 달성이 또 다른 목표 실패와 맞닿으면 현실적이며 탁월한 결말이 만들어지면서 인상이 더욱 풍부해진다. 이러한 결말에서 욕망은 욕구를 위해 희생되거나 욕구가 욕망에 의해 희생된다. 전투에서 이기지만 전쟁에서 지는 것, 또는 그 반대와 비슷하다.

| 실전 연습 |

창작 나침반 활용은 다음 다섯 단계로 진행된다.

1. 주인공을 정한다. 분투하거나 적응하거나 버티거나 실패할, 이야기의 주요 인물을 정한다. 여기서는 시나리오 작가를 예로 들겠다.

2. 등장인물의 욕망과 욕구를 쓰면서 목표를 정의한다. 간략한 구절 하나로 써야 한다. 예를 들어 주인공인 작가는 '계약'을 욕망하고 이야기의 진실성이란 '목표 유지'를 욕구한다.

3. 나침반의 글자판 하나가 다른 글자판 안에 들어가는 8방위표 나침반을 만든다. 안쪽 글자판은 인물의 욕망과 욕구, 그리고 달성 또는 실패를 표시한다. 바깥쪽 글자판은 일어날 수 있는 결말 네 가지를 가리킨다.

──────── ⟨창작 나침반⟩ ────────

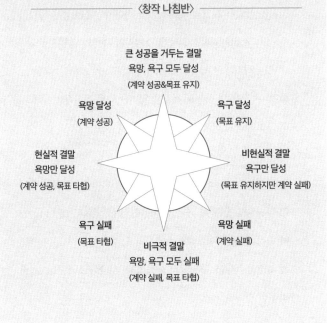

4. 왼쪽 위(북서)에 욕망 달성, 오른쪽 위(북동)에 욕구 달성을 적는다. 오른쪽 아래(남동)에 욕망 실패, 왼쪽 아래(남서)에 욕구 실패라고 적는다.

그러고 나서 네 가지 다른 유형의 결말을 가리키는 나침반의 방위 표시를 결합한다. '북쪽'은 큰 성공을 거두는 결말을 표시한다. 이 경우 주인공은 목표를 유지하면서 시나리오를 계약한다. '남쪽'은 비극적인 결말을 표시한다. 이야기를 타협했음에도 시나리오 계약에 실패한다.

여기서 현실적인 결말은 주인공이 '욕망'(시나리오 계약)을 달성하지만 상업적 측면을 고려하느라 이야기의 진실성은 양보하는 것이다. 비현실적인 결말은 주인공이 자신의 영혼(자신의 이야기)은 지키지만 시나리오 계약에 실패하는 것이다. 혹은 운좋게 시나리오와 작가의 목표를 알아본 다른 제작자의 눈에 띄어 그의 손에서 아카데미상 수상작이 될 수도 있다.

5. 마지막으로 개인적인 방식, 희망하는 이야기의 교훈이나 주제에 따라 어떤 결말이 가장 잘 어울릴지 선택한다. 일단 나침반이 특정 결말을 가리키면 주인공의 모험과 행위, 결정이 정해진 결말을 어떻게 구현할지 살을 붙여 시나리오 개요를 쓸 준비가 된 것이다.

결말로 이끄는
결정적 세부 사항에
집중하자

스티븐 제이 슈워츠

많은 작가가 첫 쪽을 다시 써야 한다고 생각한다. 사실 정작 다시 쓸 곳은 75쪽인데. 작가들은 자신만의 콘셉트를 부여하고, 2막에 멋진 세트피스set piece(스포츠 용어로, 미리 정해둔 틀에 따라 경기하는 것. _옮긴이) 상황 몇 개를 설정하고, 3막에 근사한 전제를 달고…… 그러고는 옴짝달싹 못하게 된다. 거짓으로 3막을 통과한 척하면서 시나리오 검토자들이 눈감아 주기를 바란다면, 다시 생각하라. 결말에 실망하며 극장을 박차고 나갔던 때를 떠올려 보라. 결말 앞의 모든 게 불현듯 아무것도 아니게 되지 않았던가.

결말을 다시 생각해내는 건 생각보다 쉽다. 문제들을 해결할 멋진 방법을 찾는 게 어렵다. 연인은 결혼하고, 경찰관은 강도를 잡고, 좋은 놈은 나쁜 놈을 물리친다는 것을 우리는 알고 있다. 하지만 이 모든 일이 어떻게 일어나는가? 인물들은 어떻게 그리 해나가는가?

이따금 이에 대한 답은 사소하고 기발한 세부 사항 속에서 발견할 수 있다. 즉 엄청난 깨달음은 내가 명명한 '도화선의 순간trigger moments'에 찾아온다.

영화 〈이터널 선샤인Eternal Sunshine of the Spotless Mind〉에서 짐 캐리Jim Carrey가 연기한 조엘은 옛 연인인 클레멘타인에 대한 이야기가 녹음된 카세트테이프를 받고, 이는 그가 기억을 되찾으려 하는 도화선이 된다.

〈프라이멀 피어Primal Fear〉에서 에드워드 노턴Edward Norton이 연기한 아론 스탬플러는 무심코 자신이 정한 규칙을 어긴다. 이 규칙에 따르면, 그는 또 다른 자아일 때 일어난 어떤 일도 기억 못 하는 걸로 되어 있다. 그러나 사소한 말실수 하나로 인해 '번뜩' 도화선의 순간, 대답을 하고 만다.

이러한 도화선의 순간을 어떻게 하면 찾을 수 있을까? 때때로 거꾸로 작업하는 게 도움이 된다. 아는 것으로 시작해서, 목표를 달성하기 위한 현명한 방법들을 찾는 데에 유용한 질문을 해보라.

1. 마지막 폭로로 시작한다. 이를테면 그 인물은 무엇이 가장 고통스럽거나 충격적이거나 놀랍거나 신나는지 알게 되는가?

2. 그 인물은 그것을 어디에서 알게 되었는가?

3. 어떤 물리적 단서가 인물을 그곳으로 이끌었는가?

4. 인물은 단서를 추적하게 만든 도화선이 무엇이라고 말하는가?

5. 어떤 사건 때문에 그렇다고 말하는가?

6. 그 사건으로 인해 어떤 문제가 일어났는가?

7. 주요 인물의 행동이 어떻게 그 문제를 일으켰는가?

8. 주요 인물의 어떤 목표가 이런 문제를 야기했는가?

9. 어떤 환경이 주요 인물의 세계에서 그 목표를 부추겼는가?

이 질문들을 통해 3막의 뜻밖의 엄청난 사실로 이어지는 새로운 방법을 적어도 2개 이상 찾아야 한다. 진실을 향해 인물을 몰아가는 적절한 세부 사항들로 시퀀스를 구성하면, 단순하게 그 답을 찾거나 설상가상 그저 말하는 것 이상으로 흥미로운 과정이 된다!

시나리오
낭독회를 통해
피드백을 얻자

제이스 바톡

영화의 본질은 초당 24프레임 속도로 깜빡이며 최면을 거는 이미지들의 연속이고, 캄캄하고 시원한 극장에서 낯선 사람들을 집단적 가상의 공간으로 실어 나르는 영상과 소리의 결합체다.

영화는 본질적으로 '시나리오' 속 모든 단어에 집중하는 관객이 있는 '극장'에서 봐야 한다. 내가 무슨 말을 하려는지 알 것이다. 영화는 연극에서 파생된 버릇 나쁜 덩치 큰 어린아이다. 고대 그리스에서 비롯된 연극이라는 예술 형식과 관련 있는, 망가뜨리며 웃으라고 성질을 내며 집어던지며 폭발에 열광하는 스펙터클 축제다.

햄릿은 우리에게 말한다. "연극이 바로 모든 것을 말한다 The play is the thing!" 병아리 시나리오 작가로서 우리는 쓰고 또 쓰고 고치고…… 그러다가 울어버린다. 하지만 우리는 자신의 시나리오를 살아서 숨을 쉬고 움직이는 것으로 생각하지 않는다. 대형 크레인으로 찍은 숏과 스타 영화배우의 얼굴이 없어도 지면 위의 어휘들로만 관객의 눈을 사로잡고 마음을 움직이게 할 수 있다고 생각하지 않는다.

우리가 쓴 글을 재능 있는 배우들이 큰 소리로 읽어 활기가 도는지 확인하는 과정은 기획 중인 시나리오에 가장 중요한 리트머스 시험이다. 유명 배우가 읽건 친구나 친척이 읽건 상관없다. 창피하면서도 아주 신나는 경험이 될 것이다. 극장을 하룻밤 빌려 프로듀서와 예비 투자자가 꽉 들어찬 객석 앞에서 하건, 거실의 접이식 의자에 둘러앉은 친구들과 애완견 앞에서 하건. 시나리오에서 무엇이 효과가 있고 효과가 없는지 즉각 파악된다. 이 과정은 전국의 평론가와 에이전트로부터 견뎌야 할 수많은 시험을 위한 첫 번째 주행시험이다. 그러니 스스로 문을 나서 이러한 과정을 겪어보길 권한다. 그래야 문제들을 고칠 수 있고 작업도 계속할 수 있다. 자신이 아닌 다른 누군가가 할 수는 없는 일이다.

시나리오 초고에서는 수많은 환상적인 것이 상상력을 조종한다. 독창적인 이야기를 구상하는 데 너무나 강력하고 중요한 환상이다. 그런데 따뜻하고 호의적인 관객(그러니까 타인의 홍을 깨는 무리가 아니라)의 분별 있는 안목으로도 이 초고의 환상들은 너무 멀리 간 것으로 보일 수 있다. 읽을 때마다 작가를 울게 했던 그 독백이 꼭 필요하지 않을 수도 있다. 작은 마을을 배경으로 한 독립영화 후반부에 배치된 칼싸움은 분위기상 나머지 이야기와 충돌할 수도 있다. 모든 인물이 각자 분량의 대사를 말하는 병원 장면은 아무런 대사 없이 침묵 속에서 이야기를 전개하는 게 더 효과적일 수도 있다.

관객들 앞에서 시나리오를 읽음으로써 얻는 반응과 기록은 그 어떤 작법 수업보다 중요한 가치가 있다. 그러니 자존심은 집에 두고 와라. 대신 자신의 의견을 밝히겠다고 기꺼이 온 친절한 사람들이 하는 말을 수긍하고 전부 기록하라. 당시엔 그들의 목을 조르고 싶더라도 탄산수를 죽 들이켜고 이마의 땀과 함께 절망감을 닦아내라. 낭독 후 열띤 극장이나 거실의 소용돌이치는 분위기를 뒤로하고 사람들이 몰려 나와도 그냥 미소 짓고 말하라. "와주셔서 고맙습니다." 일단 먼지가 내려앉고 스스로 상처를 핥아낸 후에는 이러한 기록들이 새로 쓸 초고의 뼈대가 될 것이다.

1. 대중 앞에서 시나리오를 발표하기 전에 최소한 3교에서 가급
   적 5교까지 수정하라. 그러면 적어도 오스카 수상작을 흉내라
   도 내기 시작할 수 있다.

2. 시나리오 낭독회를 열 공간을 찾고 사용료와 식비를 고려하라.

3. 배우를 많이 모아라. 배우들은 배역이 마음에 들면 어떤 작업
   이라도 한다. 그들은 깨진 유리 조각을 밟아서라도 당신에게
   좋은 인상을 남기고 싶어 할 것이다. 그래야 당신의 걸작이 투
   자를 받게 되면 그들의 이름이 캐스팅 명단에 오르내릴 테니
   까. 배우를 직접 섭외할 수 없다면 적은 비용으로 캐스팅 디렉
   터를 고용하는 방법도 있다. 아니면 온라인에 배역 명단을 올
   리거나 지역 극장을 찾을 수도 있다. 가까이에 재능 있는 배우
   들이 숨어 있다는 걸 알면 놀랄 것이다.

4. 날짜를 정하고 파티를 준비하라.

5. 독후감 모임, 이메일이나 커피 회동을 마련해서 메모를 주워
   모아라. 나는 이 방식을 추천한다. "당신의 생각을 이메일로 보

내주세요." 그리고 그 반응에 정말로 마음을 열기 위해 노력하라. 당신 자신을 어디로 이끄는지 알면 깜짝 놀랄 것이다.

6. 마지막으로 낭독회 몇 주 후에 다시 글을 쓰기 시작하라. 이번에는 정면으로 용과 부딪혀도 승리할 것이다.

장면을 어디서
끊어야 할지
파악하자

데버러 커틀러루빈스타인

단추를 잘못 꿰어 넣은 셔츠처럼, 자연스러운 결론에서 벗어난 장면은 프로답지 못하게 느껴진다. '버트닝buttoning'(단추 채우기)은 코미디 작법이나 연기에서 자주 사용하는 용어로, 한 장면을 마무리하는 재치 있는 대사를 가리킨다. 쇼러너show runner(텔레비전 프로그램을 '운영하는' 총책임을 맡은 작가나 프로듀서)와 협업하는 감독은 설정한 무언가에 대해 좋은 반응이 돌아올 때 "그장면에 딱 어울리는 멋진 단추"라고 표현한다.

버트닝은 작가의 도구 상자에서 마치 렌치처럼 거의 언급되지 않고 소홀하기 쉬운 도구다. 한 장면의 '단추를 채우는 순간'은 시나리오의 생명에 중대한 요소다. 어디에서 노래나 장면, 이야기를 끝내야 할지 모른다는 건 치명적이다. 버트닝은 인물들의 행동을 보완하고 일종의 박자를 부여하는(또는 박자를 강화하는) 음악적인 분위기를 드러낼 수 있다. 작든 크든 하나의 과제를 해냈다는 '아하' 깨달음의 순간을 만들고, 인물들을 더욱 가까이 느끼게 한다.

캘아츠 대학 영화과에서 감독이자 작가인 알렉산더 매켄드릭Alexander Mackendrick의 지도를 받아 처음 시나리오를 쓰기 시작했을 때, 나는 자주 오버라이팅으로 빠졌다. 이건 매켄드릭 교수님의 잘못이 아니다. 교수님은 간결체의 대가였다. 하지만 인물들을 탐구하다 보면 오버라이팅이 필요하다고 느껴졌다. 나는 쓸데없이 '많은 지방'을 주입했고, 그 결과 이야기가 앞으로 나아가지 못했다. 초기의 내 시나리오는 재활용 더미가 되어버렸다. 내가 너무 게을렀고; 나의 어휘들과 너무 사랑에 빠졌고, 장면을 끝내야 하는 순간에 대해 완전 무지했기 때문이다. 즉흥극은 내가 이 '단추'를 이해하는 열쇠가 되었다.

즉흥극은 보통 시작, 중간, 끝이 있는 짧은 장면으로 이루어진다. 막이 끝나고 객석에 불이 들어왔을 때 관객은 환호하거나 환호하지 않는다. 작가는 즉각적인 반응을 얻게 된다. 작가로서 당신은 마음속 깊이 어떻게 반응을 받는가? 즉흥극 전문가로서 작가들에게 즉흥극을 가르치는 내 누이는 공연 도중 거친 부분이 느껴지면 단추를 잠근다고 했다. 아마도 버트닝을 익히는 것은 사고방식의 문제가 아닐까? 그리고 즉흥극을 통해 작가는 몸을 풀고 정신적 근육을 키우는 게 아닐까?

서던캘리포니아 대학에서 영화감독, 각본가를 꿈꾸는 학생들을 가르칠 때 나는 그들이 배우들과 함께 즉흥적으로 장면을 연기하도록 시킨다. 즉흥극은 시나리오를 활기 있게 하며, 인물의 시점에서 바라보게 하고, 장면에서 끝내고 싶은(그리고 끝나야 하는) 지점을 알 수 있도록 한다. 즉흥극 수업은 글쓰기의 우연성과 박진감을 향상시키고, 장면의 끝과 시작을 더욱 잘 이해하도록 분명 도움을 줄 것이다.

| 실전 연습 |

작가들을 모으고 이들이 연기에 대한 불안감을 누그러뜨릴 수 있도록 도울 배우 한 명을 부르자. 여기서는 연기가 핵심이 아니다. 작가의 정신을 단련시키는 것이다. 작가들 중 지원자를 선정한다. 그의 시나리오 중 오버라이팅이라서 버트닝이 절실한 장면을 즉석에서 연기할 것이다. 오직 장소, 관계, 목표를 묘사하게 하라. 상반된 목표가 가장 좋다.

연기가 펼쳐지는 것을 보면서 작가는 자신의 장면에서 단추를 찾아내야 한다. "여기가 단추를 채울 지점이네요!" 그 장면이 너무 길면 또 다른 작가에게 버트닝이 필요한 지점을 찾는 과제를 맡겨라.

배우의 눈으로
고쳐쓰자

글렌 마자라

많은 영화, 드라마 작가 지망생이 내게 묻는다. "마감할 때라는 걸 언제 알게 되나요?" 또 다른 친구에게 시나리오를 읽게 하고 또다시 기록을 한다. 언제나 수정할 내용은 조금씩 생기고, 시나리오를 떠나보내기가 힘들다. 그만 마감할 때라는 걸 우리는 어떻게 알까?

내가 처음 로스앤젤레스에 왔을 때만 해도 시나리오는 아직 손에서 손으로 전달되었다. 이메일로 PDF 파일 보내기 같은 건 없었다. 나는 스펙 스크립트 하나를 마무리하면 출력하고 제본해서 나의 에이전트의 사무실로 차를 몰아서 주차하고 들어갔다가 다시 차를 타고 집으로 돌아왔다. 포맷에서 실수가 보이면 시나리오 전체를 다시 출력해야 했다.

신경과민 같은가? 나는 '꼼꼼하다'고 생각하고 싶다. 하지만 이건 거짓말이다. 그 시나리오에 좋은 점이 있긴 한 건지 나는 아무 생각이 없었다. 그건 너무나 끔찍한 경험이었다.

그 이후로 나는 많은 시나리오를 발표했고, 시나리오가 어떻게 읽히는지 알게 되었다. 특히 배우들이 어떻게 시나리오를 읽는지 알고 놀랐다. 이야기, 말맛, 기발한 표현, 이 모두가 시나리오를 읽는 배우에 의해 그럴듯하게 얼버무려진다. 그들은 장면들을 획 훑어보면서 자신이 얼마나 많이 나오는지 확인한다. 젊은 배우라면 자신의 대사 줄 수를 세고 있을지도 모르겠다. 하지만 영민한 배우들은 이렇게 하지 않는다. 그들은 자신의 순간, 자신이 사력을 다할 인물의 작은 한 토막, 자신이 맡은 배역이 인간적으로 흔들리면서 그 내면이 언뜻 드러나는 순간을 찾는다. 자신이 빛나는 순간, 좋은 성과가 나오는 순간, 연기할 순간을 찾는다. 관객은 멋진 표현이 아니라 이러한 순간에 공감한다. 우리는 남편이 바람을 피운다는 사실을 알게 된 젊은 아내의 얼굴에 스치는 상심과 배신감을 놓치지 않는다. 감독의 눈에는 그 숏에 적힌 대사가 보이지 않는다. 여기서 아내에게는 대사가 한 줄도 없을 수 있다. 최고 작가들은 배우가 잘 해낼 것을 알기에 굳이 쓰지 않을 수도 있다. 영특한 배우라면 그 대사를 없애도 되는지 물어볼 수도 있다. "제가 표정만으로 전달하면 안 될까요?" 그러면 그 배우의 말이 옳을 것이다. 배우의 표정이 모든 것을 말할 테니까.

그래서 시나리오를 다 쓴 후에 '끝'이라고 쓰고, 수백 번 가다듬고, 길이를 맞추기 위해 잘라내고, 각 장면을 최대한 줄이고, 장면들을 이리저리 옮겨보고, 이야기 속으로 깊이 빠져들고, 더 이상 말이 되는지 확신할 수 없고, 동사들을 잘 활용했는지조차 기억나지 않는다면 마지막으로 할 일은 바로 '배우 입장권'을 발급받는 것이다.

| 실전 연습 |

콜시트call sheet(촬영 장소와 시간을 알리기 위해 제작진 및 배우에게 보내는 지시서. _옮긴이) 1번의 주연 배우라 생각하고 자신이 쓴 시나리오를 읽어보자.

장면과 대사만 읽어라. 필요하면 다듬어라. 삭제하라. 단단히 조여라. 대사에 활력을 불어넣어라. 관련 없고 모호하고 느슨한 부분은 쓸어버려라. 그 자체에만 주목하게 하는 지나치게 꾸미는 글은 삭제하라. 그러면 인물이 25쪽의 이야기에서 떨어져 나가버리는 걸 발견하거나, 그가 한 장면에서 화를 내다가 다음 장면에서는 분노하는 대신 농담을 하고 있는 걸 발견할 수도 있다. 인물은 건너뛸 수 있는 트랙이 아니다. 인물을 통해 장면을 다듬고 시나리오 전체의 매듭을 묶어야 한다.

무엇보다도 등장인물이 행동을 이끌지 않고 수동적으로 구는지 알아내는 게 가장 중요하다. 여러 쪽에 걸친 장면에서 주인공이 오로지 "알았어", "뭐라고?", "나중에 전화할게"라는 말만 한다면, 어떤 뛰어난 배우도 그 장면에서 어떻게 해야 하느냐고 물을 것이다. 인물이 행동을 이끌지 않으면 중요한 순간을 만들 수 없다.

'배우 입장권'은 당신을 작가에서 배우로 바뀌게 한다. 다른 사람들이 당신의 시나리오를 어떻게 읽는지 알게 한다. 이제 세상 밖으로 나가야 할 시간이다. 당신의 어린아이는 태어나야 한다. 내보내기 과정을 시작해야 한다.

배우 입장권을 쓴 후에는 돌아가서 두 번째 주요 인물이 되어 시나리오를 읽어라. 다시 통독하되 그 인물의 눈으로 읽어라. 필요하면 생기를 주어라. 그가 안 나오는 장면은 보지 마라. 그리고 차례로 세 번째 등장인물, 네 번째 등장인물이 되어 통독을 이어가라. 이러한 다중 입장권은 작품에 깊이를 더하고 층을 더한다. 점원 2의 관점에서 시나리오를 다듬을 즈음이면 다 된 것이다. 내 말을 믿어라. 이 원고를 발송하고 나면 작가의 다음 지옥, 즉 평가 기다리기로 넘어간다. 축하한다.

막힐 때는
가장 처음 아이디어로
돌아가자

피터 마이어스

솔직히 나는 시나리오를 쓸 때 '연습'에 그리 신경을 쓰지 않는다. 나는 그냥 쓰는 편이다. 하지만 내게 오랫동안 효과가 있었던 작법 한 가지를 일러주겠다. 내가 작가가 되기 전, 아직 조각가였을 때 활용하던 방법이다.

이 작법은 장면이나 대사를 어떻게 끝낼지, 주제에 어울리는 멋진 로그라인을 어떻게 쓸지의 문제에 대한 해법이다. 작가가 전혀 꼼짝할 수 없을 때, 문제를 해결하거나 쓰고 싶은 것을 쓸 방법을 찾고 싶을 때, 즉 '어떻게 하면 될까'라는 질문에 대한 대답이다.

아래에 그 대답이 있다.

오도 가도 못할 때는 시나리오나 장면 속의 특별한 대사 한 줄을 쓰거나, 아니면 처음에 창작의 영감을 이끌어주었던 것으로 돌아간다. 물리적인 장소나 인물일 수도 있고, 음악일 수도 있고, 머릿속에 영감이 떠올랐던 그 순간이 될 수도 있다. 처음 영감을 주었던 데로 돌아가서 다시 그 영감의 순간을 불러일으키면 답이 찾아올 것이다. 이러한 과정은 내게 정말 필요했고 수많은 순간에 효과가 있었다.

작업 도중에 꼼짝할 수 없는 순간은 수시로 찾아온다. 무수한 샛길로 빠져서 자신이 원하는 곳에 도달하지 못하는 예술가는 모든 분야에 있다. 왜 그 특별한 여정을 시작했는지 놓쳐버리면 위험하다! 방황하다가 넘어질 수도 있다. 그 여정을 시작하게 했던, 내면의 진정한 창의적 목적으로부터 경로를 이탈하기 때문이다.

따라서 자신의 여정에 문제가 생기면 그 길의 출발점으로 돌아가라. 영감의 원천은 마르지 않는 샘과 같아서 아이디어가 마법처럼 그냥 나타날 것이다. 무엇에서 영감을 얻었든 흥미를 잃지 않으려고 부단히 노력한다면 말이다.

그밖에 내가 추천하는 또 다른 해결책은 이것이다. 무엇이든 간에 관심을 가진다. 관심이 갈 만한 것들을 찾아보라. 무엇이건 간에 더 깊이 소통해야 한다. 만일 사람이라면 그 사람에게 더 많이 말을 걸어라. 장소라면, 그곳을 다시 방문하라. 음악이라면 다시 틀어라.

작가가 사람들에 대해 쓸 확률은 99퍼센트다. 그리고 내가 사람들을 관찰하고 깨달은 것 하나는 이거다. 5분에서 10분간 누군가와 이야기를 나누었을 때 흥미로운 일, 내가 겪은 일, 영화에 적합하거나 심지어 영화의 주제가 될 만한 인생 이야기를 듣지 못하는 경우는 없다.

그러니까 본질적으로 우리 스스로가 영감의 원천이다. 왜냐하면 우리 자신이 바로 인생에서 무언가 재미를 찾고 있는 사람이기 때문이다. 이 점을 품고 있는 한, 거기로 돌아가는 한 우리는 결코 시나리오 한 편, 한 장면, 소설 한 장, 대사 한 줄에 그리 오랫동안 갇혀 있지 않을 것이다. 그러니 즐겁게 글을 쓰길 바란다.

생선 대가리는
마지막에 발송하자

폴 가이

고등학교 2학년 2학기에 로버트 존스 선생님이 문예창작을 가르치기 시작했다. 존스 선생님은 우리 학교의 학습주임이자 스페인어과 교사이자 학생생활지도 담당교사이자 학교신문 담당교사이자(나는 여기서 편집하느라 엄청 고생했다), 육상코치였고(나는 400미터와 800미터를 뛰었고, 뛰지 않을 때는 빨리 걸었다), 키가 195센티미터인 미국 토박이였다.

그때부터 3학년 내내 나는 문예창작 수업의 유일한 학생이었다. 선생님이 나를 위해 그 수업을 개설했다고 해도 틀린 말은 아니었다. 짐작대로 나는 선생님의 애완견 신세였다.

3학기 동안 나는 시 1,000편과 노래가사, 단편소설 등을 써서 제출했다. 존스 선생님은 그것을 전부 다 읽었다. 그리고 당시 선생님의 평가는 오늘까지 잊히지 않는다. 시 한 편에는 "갖다 없애버려라"라는 문구가 휘갈겨 있었다. 또 다른 글에 적힌 평가는 간결하지만 명료했다. "역겹다." 그리고 "네 이야기를 처리하기에 가장 적절한 방법"이라는 아리송한 문구와 함께 재가 담긴 봉투가 첨부된 적도 있었다.

아, 또다시 선생님의 애완견이 되었구나…….

그러한 경멸을 나는 당하고만 있었을까? 물론 그랬을 리 없다. 나는 선생님의 우편함에 생선 대가리를 집어넣었다.

쪽지가 돌아왔다. "생선 대가리가 맛은 있는데, 좀 질기더구나."

기어코 내 생선 대가리에까지 평가를 내리셨다.

지금까지도 존스 선생님은 나의 가장 좋은 벗이다. 우리가 SF와 판타지, 공포 영화를 좋아해서도 아니고, 우리 둘 다 〈2001 스페이스 오디세이2001: A Space Odyssey〉와 〈오즈의 마법사〉를 숭배해서도 아니고, 그가 내게 〈해럴드와 모드Harold And Maude〉를 소개해서도 아니고, 그가 〈동물원 이야기The Zoo Story〉 두 편을 연출하게 하고 그중 한 편에서는 진짜 칼을 쓰다가 내가 손을 다치게 만들어서도 아니다. 그 수업 때문이다.

어째서?

선생님은 1년 반 동안 내가 쓴 시, 가사, 단편소설을 빠짐없이 전부 읽을 만큼 나를 진심으로 대하셨다.

그래서 나는 어머나나 아버지가 아닌 다른 누군가를 독자로 가질 수 있었다.

그래서 나는 글쓰기를 계속할 수 있었다.

그리고 선생님이 의도한 게 아닐 수 있고 또한 당시에 나는 알지도 못했지만, 선생님의 가르침은 내 낯을 두껍게 만들어 비평에 귀를 기울일 수 있게 했다.

나는 포모나 대학에서 수많은 문예창작 수업을 들었다. 그곳에서 시와 가사, 단편소설뿐만 아니라 스케치코미디와 극본까지 내가 쓴 작품에는 교수와 동급생들의 통렬한(때때로 조롱 섞인) 비평이 가해졌다. 그러나 그들이 했던 말은 내 속을 뒤집지 못했다. 누구도 존스 선생님의 꽁무니를 따라가지 못했다. 나는 그 평가들 중 내 작품의 문제 개선에 도움이 되는 건 무엇이든 삼켰고, 나머지는 입안을 헹구는 양칫물처럼 도로 뱉어냈다.

5년간 영화 제작사에서 일하면서 제작하거나 해외에 배급하는 영화의 태그라인tagline(핵심을 찌르는 광고 문구. _옮긴이), 예고편, 새로운 영화 제목을 비롯해 마케팅과 홍보, 광고물에 들어갈 글을 쓰는 동안 나는 수백 편의 시나리오를 읽었고 그중 몇몇을 분석하고 평가했다. 나는 무엇이 효과가 있고, 무엇이 그리고 왜 효과가 없는지를 배우기 시작했다. 그리고 36시간 내에 〈네버엔딩 스토리The Never Ending Story〉를 윤색하라는 지시를 받았는데, 미국의 배급사로부터 투자를 받을 수 있을 정도로 그날 아침 독일어로 번역한 것처럼 읽히는 (대단한) 시나리오를 가져다가 우리말 구어체로 쓴 듯 자연스럽게 바꾸라는 업무 지시에도 마음이 상하지 않았다. 그 시절 나는 내 시나리오도 공동집필하고 있었다. 작업이 '완료'되었을 때 나는 시나리오를 5명에서 10명의 친구들(대부분 작가)에게 주고서 논평을 부탁했다.

내 아내 수전은 아직도 그때의 첫 논평을 기억하고 있다. 그 친구는 잔인했다. 그는 시나리오를 속속들이 들추고 파헤쳤다. 재능과 기술을 쏟아부은 모든 것, 인생의 몇 달을 할애해서 쓴 모든 것이 의심되었기에 우리는 완전 아수라장이 되었다.

그 시련이 지나간 후에 수전은 나를 위로하려고 내 방에 들어왔다. 놀랍게도 나는 책상 아래서 훌쩍이고 있지 않았다. 쓰레기통을 붙잡고 토하지도 않았다. 분노로 몸을 떨고 있지도 않았다. 나는 대신 바인더 노트에 휘갈겨 쓴 것을 깨끗이 옮겨 적고 있었다.

나는 고개를 들어 아내의 표정을 보았다. "왜?" 나는 대화의 달인처럼 물었다. "아니, 대단한데."

나는 그 평가를 기쁘게 받아들였고, 나중에 맞게 될 다섯 혹은 열 무더기의 평가도 환영했다. 검토자들이 내 작품이 좋다고, 더할 나위 없이 완벽했다고 했다면 나는 그 말을 좋아했었을까?

더러는 좋아했을 것이다. 심지어 지금은 더 많은 시나리오

시나리오 쓰기의 모든 것(개정판)

를 쓰고 더 잘 알아야 하는 프로듀서 겸 작가임에도(그리고 정말로 더 잘 알아야 하는 시나리오 컨설턴트임에도), 나는 여전히 내 작품이 얼마나 좋은지 응원해주는 말들이 더러 좋다(여전히 기대한다).

하지만 알지 않는가? 더 큰 범주에서, 즉 지각과 전문성의 범주에서 최고의 작품을 쓰고 싶은 욕망, 영화를 만들어 이 세상에 나의 존재를 알리고 상업적으로 성공한 작품을 쓰고 싶은 욕망은 그 논평들을 기쁘게 받아들이게 한다.

알다시피 시나리오 업계에서 경쟁은 날로 치열해지고 있다. 수많은 경쟁작을 물리쳐야 하므로 할 수 있는 한 완벽을 기해야 한다.

아직 시간이 있을 때 친구들이 지적한 점을 수정하라. 잠재적 구매자가 부족함을 알아보고 당신의 기회를 앗아버리는 것보다 그게 훨씬 낫다.

| 실전 연습 |

1단계

시나리오를 완벽하게 만들어라.

2단계

5~10명의 친구와 지인을 찾아서 시나리오를 읽어달라고 부탁

하라. 가능하면 프로 작가나 수많은 시나리오를 읽어본 사람을 찾아보라. 없다면 전업 작가가 되려고 노력 중인 작가들을 찾아보라.

이들이 다 읽으면 질문을 시작하라. "어떻게 생각하는가?" 이들의 논평에 끼어들지 말고 귀를 기울여라. 피드백을 주거나 어떤 방향으로 '유도'하지 마라. 싸우지 마라. 해명하지 마라. 움츠러들지 마라. 훌쩍이지 마라.

이들이 과도하게 칭찬하거나 배려한다 싶으면 최대한 솔직하고 정직하게 답해달라고 말하라. 글쓰기가 성역일 수도 있지만 치열한 몸싸움이 불가피한 스포츠와 비슷하다는 사실을 알려라. 그리고 자신의 실력을 최고로 끌어올리고 싶다고 말하라.

그들이 아무리 냉혹하게 말해도 시장은 훨씬 더 냉혹할 것이라고 말하라.

내가 시나리오를 컨설턴트하면서 작가들에게 하는 말을 변형해서 들려주어라. 그들이 시나리오가 완벽하다는 둥 허풍이나 떨기를 바라지 않는다면. 작가가 되고 싶다면 이러한 감싸기는 양측 모두의 시간을 허비할 뿐이다. 그 대신 시나리오를 더 좋게 만들 방법을 찾아라.

허심탄회하게 말해달라고(그래야 도움이 된다고) 용기를 주었으면 이들이 말하는 것 전부를 받아 적어라. 이렇게 하면 그들의 논평을 발끈하지 않고 편안하게 받아들일 수 있다. 재차 신랄한 평가를 해대며 비난하고, 잘난 체하고, 거들먹거리고, 오만한 이들의 입에 노트북을 쑤셔 넣고 싶어도 말이다.

그러면 그들의 논평을 다른 검토자의 논평과 비교할 수 있다. 오로지 한 검토자의 말이라고 지적을 무시해서는 안 된다. 특히나 절반이나 그 이상의 검토자들이 한 지적은 더욱 면밀히 살펴볼 필요가 있다.

검토자들에게 전체적인 질문을 한 후 구체적인 질문을 한다. 이때 절대 특정한 답을 유도하지 마라.

나는 대충 다음 순서대로 검토자들에게 질문을 하곤 한다.

- 무엇이 문제로 느껴지는가?
- 효과가 있었던 것은 무엇인가?
- 제목에 대해 어떻게 생각하는가?
- 길이에 대해 어떻게 생각하는가?(분량, 시나리오가 어떻게 읽히는지 둘 다)
- 너무 늘어진 장면이 있는가?
- 속도감에 대해 어떻게 생각하는가?(내가 똑같은 질문을 여러 다른 방식으로 묻고 있는 걸 눈치 챘을 것이다. 때때로 어느 대답이 더 다양하고 더 많은 정보를 품고 있기 때문이다. 더욱이 검토자들이 제정신인지 알고 싶은 마음도 있다)

- 시나리오는 무엇에 관해 말하는가? 주제는 무엇인가? 당신이라면 이 영화를 어떻게 묘사할 것인가?
- 로그라인은 무엇인가?(다른 질문들과 마찬가지로, 이 질문의 답은 시나리오의 시장성을 파악하게 할 뿐만 아니라 내가 생각하는 주제가 제대로 전해지고 있는지 여부를 알려준다)
- 태그라인은 무엇인가?
- 포스터에 대한 아이디어가 떠오르는가?
- 장르는 무엇인가? 서브장르는?(나는 코미디액션 영화를 썼다고 생각하는데 검토자들이 로맨틱코미디라고 생각한다면, 나는 궁금하다. 내가 호러뮤지컬을 썼다고 그들이 생각하면, 나는 정말로 궁금하다)
- 관련성에 대해 어떻게 생각하는가?
- 예산에 대해 어떻게 생각하는가?
- 분위기에 대해 어떻게 생각하는가?
- 신빙성에 대해 어떻게 생각하는가?
- 등급은 무엇일까?
- 무엇이 명료하지 않은가?

이제 구체적인 질문을 한다. 이를테면 '크리스토퍼에 대해 어떻게 생각하는가?', '크리스토퍼의 배경에 대해 어떻게 생각하는가?', '크리스토퍼와 세몰리나의 관계에 대해 어떻게 생각하는가?', '스

탠튼의 계획에 대해 어떻게 생각하는가?'

그리고 다시 전반적인 질문으로 돌아간다.

- 어떻게 읽히는가? 예컨대, 술술 읽히는가?
- 언어적 유머에 대해 어떻게 생각하는가?(이 질문은 코미디를 쓴다면 반드시 해야 한다)
- 시각적 유머에 대해 어떻게 생각하는가?
- 우스꽝스럽게 읽히는가?
- 큰 소리로 웃게 하는가?
- 긴장감이 있는가?
- 독자를 유혹하는 지점은 무엇인가?
- 당신이라면 예고편에 무엇을 넣고 싶은가?
- 관객층은 누가 될까?
- 당신이라면 이 시나리오로 만든 영화를 보러 가겠는가?
- 당신은 이 시나리오가 재미있는가?
- 이 시나리오를 계약하고 싶은가?
- 이 시나리오에서 가장 좋은 점은 무엇인가?
- 가장 나쁜 점은 무엇인가?
- 활자, 오타, 문법 문제, 구두점 실수, 포맷상의 문제가 있는가?
- 당신이라면 이 시나리오를 어떻게 계약할 것인가?

- 이것과 비교될 수 있는 영화는 무엇인가?

- 이런 종류의 영화에 적합하다고 생각하는 감독이나 제작자, 영화사는?

- 누구를 캐스팅할 것인가?

- 내가 주인공이 될 가능성은 어느 정도인가?(농담이다)

좋다. 이제 질의응답 시간은 끝났다.

휴! 재미있었다. 그럼 다음은? 이들에게 시간을 내어 시나리오를 읽고 논평해주어서 감사하다고 말하라. 이들의 논평을 다른 검토자들의 것과 비교한다. 시나리오를 예술적으로 그리고 상업적으로 향상시킬 변화들을 모색한다. 그리고 스스로 아직 어리다고 여겨지고 분노가 가라앉지 않으면, 정말로 이럴 때에만 그들에게 생선 대가리를 우편으로 발송한다.

9장

계약하기

5단계 공식으로
로그라인을
만들자

빌 런디

자, 정말로 멋진 시나리오를 한 편 마감했다. 공들여서 완벽을 기했다. 등장인물들은 활기를 띠고, 대사는 노래를 하고, 액션은 독자의 배를 한 방 칠 듯 힘이 넘친다. 세상에 내놓을 준비가 되었다. 계약을 따내거나 적어도 영화계의 주요 인사 눈에 들 거라고 자신한다.

하지만 여기서 당신은 매우 중요한 질문 하나를 놓치고 있다. '어떻게' 나의 시나리오를 읽게 만들 것인가? 당신이 부탁을 한다고 해서 덮어놓고, 간단하게 그걸 읽어줄 사람은 없다. 그들이 검토를 하는 이유는 다음 한 가지에 근거한다. '무엇'에 대한 이야기인가? 어떤 이야기이고, 관객을 사로잡을 지점은 무엇인가? 바쁜데도 두 시간을 내서 이 시나리오를 검토하고 싶게 만드는 무언가가 있는가?

이쯤에서 로그라인이 등장해야 한다. 초심자에게 로그라인은 그저 이야기의 줄거리를 요약한 한두 문장이다. 그러나 내가 볼 때 로그라인은 시나리오를 계약하기 위해 작가가 활용할 수 있는 가장 중요한 도구다. 그런데 로그라인 작성법을 모르는 작가가 많다. 너무 많은 걸 말하거나, 충분히 말하지 못한다. 아니면 흥미로운 로그라인을 만들 줄 모른다. 이를테면 '소년이 소녀를 만나고, 소년이 소녀를 잃고, 소년이 소녀를 되찾는다.' 별로다.

| 실전 연습 |

그렇다면 죽이는 로그라인, 누군가의 관심을 확실하게 잡아끌 로그라인은 어떻게 만들까? 여기에 매우 간단한 공식이 있는데, 나는 다음의 5단계로 구분할 것이다.

1. **제목으로 시작하라.**

좋은 제목은 그 자체로 판매 포인트다. 그런데 내가 수년간 들었던 피칭이나 질문 속에서 얼마나 많은 작가가 제목 쓰기를 잊어버리는지 알면 놀랄 것이다.

시나리오 쓰기의 모든 것(개정판)

로그라인을 쓸 때나 시나리오를 긴 형식으로 피칭할 때에는 항상 제목으로 시작하는 훈련을 하라.

2. 장르를 적시하라.

다음 단계 또한 많은 작가가 제목만큼이나 자주 잊어버리는 중요한 요소다. 바로 장르다. 곧장 장르를 적시하면 검토자나 청중이 무엇을 읽거나 듣게 될지 파악하는 데 도움을 준다. "코미디이고 ○○○에 대한 시나리오입니다"라고 말하면 듣는 사람들은 당신의 아이디어에 더 많이 웃거나 적어도 그럴 가능성이 더 높아진다. "액션스릴러이고 ○○○에 대한 시나리오입니다"라고 말하면 검토자나 청중은 흥분하거나 환호성을 지를 준비를 할 것이다. 실화나 다른 원작(책, 만화, 연극)에 바탕을 둔다면 이 점 역시 언급해야 한다.

3. 주인공과 주인공이 처한 상황을 소개하라.

제목과 장르를 썼다. 이제 엄밀한 의미의 로그라인에 파고들 준비가 되었다. '무엇에 관한 것인가?'라는 질문 외에, 좋은 로그라인은 이야기에 대한 정확하고 간결한 개요인 동시에 부차적인 질문들에 대한 대답이다.

부차적인 질문의 첫 번째는 '누구에 관한 것인가?'다. 중심인물

(곧 주인공)을 총괄하면서도 멋지게 소개하는 지점이다. 인물의 이름을 밝히지 말고 어떤 사람인지를 설명하라. 다음은 유명한 영화 사례들이다.

- 〈스타워즈〉: 순진하지만 야심이 있는 농장 소년
- 〈다크 나이트〉: 지극한 고통에 시달리는 억만장자
- 〈라이어 라이어Liar, Liar〉: 욕심 많고 상습적으로 거짓말을 하는 변호사

약간 장식을 하고 싶다면 도입부에서 주인공이 처한 상황에 대해 덧붙여도 된다. 그러면 이야기 변화와 주인공의 성격 변화 모두에 대한 개요를 알릴 수 있다. 이를테면 사건으로 인해 인물이 겪게 될 물리적, 감정적 여정 등.

- 〈스타워즈〉: 외딴 사막 행성 출신으로, 순진하지만 야심이 있는 농장 소년이……
- 〈다크 나이트〉: 자신의 재산과 전투 능력을 이용해서 비밀리에 자신이 사랑하는 도시에서 일어나는 범죄와 싸우는, 지극한 고통에 시달리는 억만장자가……
- 〈라이어 라이어〉: 고속승진해서 공동대표가 된, 욕심 많고

상습적으로 거짓말을 하는 변호사가……

4. 중심 갈등을 서술하라.

다음 단계는 중심 갈등을 서술하고, 주인공과 적대 세력을 개괄적으로 거론하는 것이다. '무엇에 관한 것인가?', 더 정확히는 '주인공에게 무슨 일이 일어나는가?'에 대한 대답이다.

이는 로그라인의 핵심이므로 이야기의 기본 플롯을 가능한 한 재미있고 간결하게 요약해서 전달해야 한다. 여기서 또한 주요 플롯에서 중요한 역할을 하는 주요 조연들도 소개한다. 앞에서 본 사례로 계속해 보자.

- 〈스타워즈〉: 외딴 사막 행성 출신으로, 순진무구하지만 야망이 있는 농장 소년이 거침없는 공주, 용병 우주조종사, 늙은 전사와 팀을 이루어 악한 은하제국의 막강한 군대에 저항해 오합지졸 반란을 주도하는 SF 판타지.
- 〈다크 나이트〉: 자신의 재산과 전투 능력을 이용해서 비밀리에 자신이 사랑하는 도시에서 일어나는 범죄와 싸우는, 지극한 고통에 시달리는 억만장자가 기형적이고 혼란을 좋아하는 미치광이로부터 사랑하는 여인과 심지가 강한 검사를 구하려 애쓰는 고전만화 〈배트맨〉을 각색한 누아르판타지.

- 〈라이어 라이어〉: 고속승진해서 공동대표가 된, 욕심 많고 상습적으로 거짓말을 하는 변호사가 '아빠가 종일 진실만을 말하게 해달라'는 아들의 생일 소원이 이루어지면서 삶이 완전히 혼란에 빠지는 코미디.

거의 다 왔다. 이 모든 것이 기본적인 이야기의 개요를 충분히 전달한다. 이제 마지막 요소, 로그라인을 돋보이게 해서 대중에게 내세울 때다.

5. 주인공의 성격 변화를 그려라.

'주인공이 무엇을 배우게 되나?' 또는 '주인공이 어떻게 변하는가?'라는 부차적인 질문의 답이다. 주인공의 성격 변화에 약간의 세부 사항을 덧붙여서 로그라인에 주요한 감정적 요소를 부여하고, 검토자나 청자가 이야기에 공감하게 하라. 앞에서 본 사례를 확장해서 변화가 로그라인에 통합되는 방식(밑줄 친 글씨)에 주목하라.

- 〈스타워즈〉: 외딴 사막 행성 출신으로, 순진무구하지만 야심이 있는 농장 소년이 거침없는 공주, 용병 우주조종사, 늙은 전사와 팀을 이루어 자신이 가진 줄 몰랐던 힘을 발견하여 악

한 은하제국의 막강한 군대에 저항해 오합지졸 반란을 주도하는 SF판타지.

- 〈다크 나이트〉: 자신의 재산과 전투 능력을 이용해서 비밀리에 자신이 사랑하는 도시에서 일어나는 범죄와 싸우는, 정의감과 목적의식을 가지고 고군분투하여 지극한 고통에 시달리는 억만장자가 기형적이고 혼란을 좋아하는 미치광이로부터 사랑하는 여인과 심지가 강한 검사를 구하려 애쓰는 고전만화 〈배트맨〉을 각색한 누아르판타지.

- 〈라이어 라이어〉: 고속승진해서 공동대표가 된, 욕심 많고 상습적으로 거짓말을 하는 변호사가 '아빠가 종일 진실만을 말하게 해달라'는 아들의 생일 소원이 이루어지자 삶이 완전히 혼란에 빠지면서 정말로 중요한 것이 무엇인지 알게 되는 코미디.

이제 있어야 할 것이 들어갔다. 이 5단계 공식을 사용하면 시나리오를 마케팅하는 주요 도구가 될 탄탄하고 매력적인 로그라인을 작성할 수 있을 것이다.

주의할 점이 있다. 이 기술을 사용해서 로그라인을 작성하는

데 문제가 있다면, 이야기 자체에 문제가 있는지 확인하는 계기가 된다. 내 경험상, 좋은 로그라인으로 요약할 수 없는 시나리오는 보통 재작업이 필요하고 아직 준비가 안 된 것이다. 주인공이나 중심 갈등이 제대로 규정되어 있지 않거나, 전체 이야기에 초점이 없어서 불필요한 서브플롯이 너무 많거나, 등장인물들이 초점을 가리고 있거나. 사실 이야기 속으로 곧장 들어가기 위해 시나리오를 쓰기 전에 이 공식을 활용하는 작가도 많다. 이 공식은 글을 쓰는 동안 노선을 지키고 있는지 확인하는 근거로도 활용할 수 있다.

처음 열 쪽으로
사로잡아라

켄 랏캅

시나리오를 다 썼다면 이제부터 힘겨운 과정이 남는다. 누군가에게 읽히는 것! 시나리오를 영화로 바꾸어줄 영향력이 있는 누군가에게 읽혀야 하는 것이다.

그 누군가에게 자신의 이야기를 납득시키려면 설득력과 열의, 열정을 시각적으로 소통하는 능력이 필수다. 이 과정이 바로 콘텐츠 아이디어를 제안하고 발표하는 '피칭'이다. 여기에는 지켜야 할 규칙이 몇 가지 있다.

1. 피칭은 2분 내로 끝내라.
2. 이야기 전체를 말하지 말고 듣는 사람을 사로잡을 한

가지, 특별하거나 남다른 것에 대해서만 말하라.

3. 명심하자. 영화는 갈등이나 음모에 빠진 사람들에 관한 이야기다. 피칭을 늘 이렇게 시작하라. "이 영화는 ○○한 남자(여자)의 이야기입니다."

4. 때로는 주인공이나 영웅보다 적대자나 악당에 대해 피칭해야 한다. 악당은 언제나 이야기를 액션으로 바꾼다. 그리고 대부분 악당이 주인공보다 매력적이다.

5. 마지막으로 피칭 상대가 시놉시스를 보내달라고 요청하면, 시놉시스 말고 시나리오의 처음 열 쪽을 보내라.

시놉시스에 이야기를 생생하게 담거나 풍자나 말맛, 비틀기와 반전, 독특한 기운을 고스란히 요약해서 전달할 도리는 없다. 그렇게 할 수가 없다. 대신 다음의 표지를 붙여서 시나리오 처음 열 쪽을 보내라.

○○○ 제작자 님께

우리가 지난 ○○월 ○○일에 나눈 전화 통화에서 제 시나리오 ○○의 시놉시스를 보내달라고 하신 줄로 압니다. 그러나 결례를 무릅쓰고 시나리오 처음 열 쪽을 보냅니다. 8분만 시간을 내서 이 열 쪽을 읽어주시기 바랍니다. 이 부분은 제 이야기의 내용뿐만 아니라 제 능력도 보여줄 거라 생각합니다. 이 시나리오의 나머지 부분도 읽어보고 싶으시

다면 바로 보내드리겠습니다. 제 연락처는 ○○○○이고,
이메일 주소는 ○○○○입니다.

(소속된 에이전트나 회사가 있다면 이름과 연락처를 여기에 넣는다.)

답변을 고대합니다.

(서명)

현재 수많은 스튜디오와 제작자가 이 방식을 사용한다.
시나리오 시놉시스가 아니라 처음 열 쪽을 요청하는 것이다

| 실전 연습 |

영화사 임원들에게 시나리오 전체를 읽히려면 처음 열 쪽에 다음
문제들에 대한 답이 있어야 한다.

1. 누가 주인공인가?

2. 주인공이 무엇을 원하는가?

3. 누구 또는 무엇이 주인공이 목적을 이루지 못하게 막는가?

4. 나는 왜 주인공에게 마음을 쓰는가, 그리고 주인공은 자신의
   목적을 달성하는가?

5. 나는 처음 열 쪽에 해당 장르를 구축했는가?(코미디, 액션어드벤
   처, 드라마 등등)

6. 나는 주인공을 안전지대에서 데리고 나와 결코 예전으로 돌아

갈 수 없는 상황에 놓았는가?

이 6가지 질문에 만족스러운 대답을 할 수 있다면 이 중요한

열 쪽을 다른 이에게 보여줄 준비가 된 것이다.

제작비를 잡아먹는 불필요한 부분은 생략하자

헤더 헤일

완전히 다른 관점에서 이야기해보자(스펙 스크립트 시장에서 흔히 소홀히 여기는 것들 말이다). 당신 돈이라면 어떨 것 같은가? 진짜로 당신 돈 말이다.

독립영화를 직접 제작해본 적이 있다면 내가 무슨 말을 하는지 알 것이다. 장면들은 시간이 없어서, 아니 더 정확히 말해 돈이 충분하지 않아서 크게 잘려나간다.

고예산 영화를 기획하는 중이라 해도 작가들은 시나리오의 핵심만 남겨야 한다. 모든 장면이 플롯을 전개하는 동시에 인물을 발전시키고 주제를 드러내야 한다. 당연 그 장르에 대한 관객의 기대도 모두 충족하면서.

리덕션 소스(육수, 와인 등을 끓여서 만든 풍미가 좋은 소스._옮긴이)라고 생각하라. 멋지고 다채롭고 맛있는 재료들(순간들, 인물들, 이미지들)로 시작한다. 어쩌면 따로 졸여야 재료의 풍부하고도 독특한 풍미를 끌어낼 수도 있다. 하지만 결국 모든 걸 한 냄비에 넣고 참을성을 갖고 부지런히 끓여야 한다. 몇 시간이고, 몇 날이고 진액으로 농축될 때까지 계속 끓여야 한다.

시나리오를 졸이는 방법, 이야기를 위해 영화적으로 반드시 촬영해야 하는 게 무엇인지 파악해보자.

| 실전 연습 |

1. 당신의 돈으로 영화를 만든다고 가정해보자.

당신이 막 복권에 당첨되었다고 치자. 세금을 내고(있는 줄도 몰랐던 친척들이 난데없이 출몰한 후에) 100억 원이 남았다. 이제 책장에서 십 년간 먼지에 쌓이던 그 멋진 100쪽짜리 시나리오에 돈을 댈 수 있다! 원한다면 0을 더하거나 뺄 수도 있지만(예산 10억 원짜리 독립영화인지, 여름 성수기 때 내놓을 예산 1,000억 원짜리 영화인지에 따라) 간단히 셈할 수 있게 하자.

100억 원 당첨금, 100쪽 시나리오 = 쪽당 제작비 1억 원

(명심하자. 이 돈은 당신 주머니에서 나온다!)

이제 이 새로운 관점이 상황을 어떻게 바꾸는지 알아보자.

2. 가장 먼저 시나리오를 한쪽으로 치워놓는다. 좋아하는 펜과 종이를 가지고 가장 효과적인 작업 환경을 찾아간다. 이를테면 조용한 해변, 시끄러운 카페, 허름한 동네 술집, 도서관, 비좁은 비행기 좌석, 아이들로 엉망이 된 거실 등 그 어디라도 된다. 시나리오나 노트북은 결코 가져가지 마라. 시나리오에서 가장 기억에 남는 순간 스물다섯 가지를 목록으로 만든다. 다음에 대한 것들이다.

- 가장 갈등이 풍부한 장면은?

- 가장 큰 울림을 주는 이미지는?

- 피칭하는 동안 웃음이나 관심을 받았던 부분은?

- 전체 이야기를 압축한 대사는?

- 예고편에 어울리는 순간은?(예고편 각본도 써라!)

- 자신의 주머니에서 돈을 꺼내야 한다면 이 이야기에서 없어서는 안 될 '시각적 액션을 일으키는 결정'은?

연대기적 시퀀스나 우선순위는 걱정하지 마라. 그냥 떠오르는 대로 적어라. 당신을 걱정시키는(또는 웃다가 쓰러지게 하는)

건 당신이 기억조차 못하는 장면들이다. 어쩌면 이것이 이 실전 연습의 가장 큰 교훈일 것이다(누가 쓴 거지, 뭐지, 이게 17교라고?). 작가조차 특정 장면(또는 인물, 서브플롯)을 기억하지 못하는데 관객 중에 누가 기억하리라 생각하는가? 아마 아무도 기억하지 못할 것이다. 촬영할 가치가 없다면, 귀한 돈을 없애면서 스펙 스크립트의 속도감을 늦추는 장면들을 촬영할 필요가 있을까? 죽은 글일 뿐이다. 작가 스스로조차 촬영하지 않을 글을 누가 위험을 감수하며 사들이겠는가?

3. 이제 시나리오를 바짝 졸이기 위한 스물다섯 가지 요소는 치워두자(열여섯 가지나 서른한 가지가 될 수 있다. 지나친 꼼꼼함은 버려라. 창조성은 요리처럼 정확한 과학이 아니다). 그리고 처음 이 시나리오를 쓰도록 영감을 준 것을 기억해내자. 생각하라. 기억이 나는가? 상심 때문이었나? 배신감? 모르는 사람의 충고? 여행하는 동안 스쳐갔던 이미지? 읽고 있던 것과 충돌하는 기억의 결합? 당신의 내면에 무엇이 있기에 이렇게 많은 시간을 들여 표현하게 된 건가?

시대와 장르를 달리해도 똑같은 주제나 양식이 당신의 글에서 계속 튀어오르는가? 모두 똑같은 이야기인가? 그 당시 당신의 인생에서 겪었던 문제인가? 고쳐쓰기를 할 때마다 원고에 일어나는 변화(이유와 누구를 위한 것인지)에 대해 일기를 쓰거나 영감을 추적해보길 권한다. 발전 과정에 길잡이가 되는 귀중한 행적이 될 수 있다.

4. 이제 마지막으로 불쌍하게 방치된 최종 원고를 펼친다. 장담한 다. 지금쯤이면 모든 게 달라져 보일 것이다. 무자비하게 잘려 나갈까 봐 무서운 부분들이 알아서 슬그머니 걸어 나가기 시작 할 것이다. 당신의 돈으로 만드는 영화라면 '안녕하세요?' '네. 당신은요?' '좋아요. 우리가 친구가 된 지 얼마나 되었죠?' 같이 뻔하고 지루한 해설 장면을 살리고자 간절히 바라지도 않을 것 이다. 그리고 갑자기 여주인공이 귀신이 출몰하는 대저택에서 자신의 잡지사로 이동하는 3쪽짜리 전환 장면이 가치 없어 보 일 것이다. 당신의 꿈인 해변가 별장이나 컨버터블 재규어, 그 리스 여행과 맞바꿀 가치가 말이다.

5. 시나리오에서 불필요한 지방을 들어냈으므로 이제 남은 것 을 확인하자. 최대한 간결하고 깔끔한가? 미장플라스mise-en-place(사전 준비)는? 미장센mise-en-scène은? (모든 것이 제자리에 있 고, 모든 것의 자리가 마련되었는가?) 시나리오에서 잡동사니의 위치를 제대로 잡아라. 깨끗하게 청소하라. 나는 한 숏에 한 문

장, 한 시점에 한 단락을 쓴다. 검토자의 눈으로 보라. 당신의 무기고에 있는 도구들을 활용하여 당신의 이야기를 영화적으로 펼쳐라.

문법과 구두법을 통해 카메라의 위치를 암시할 수 있고, 배우를 위한 약간의 여백을 남겨둘 수 있다. 위대한 글은 다시 쓴 글이다. 과정을 즐겨라!

에이전트는 늘 새로운 작가를 찾는다

미셸 월러스타인

할리우드에서 오랜 시간 동안 문학 에이전트로 활동하면서, 나는 신인 작가들이 글을 계속 쓰는 데 필수적인 에이전트와 연결되기가 얼마나 어려운지 알았다. 작가 대부분은 이 과정에서 좌절하여 엔터테인먼트 업계 전체가 자신을 들여보내 주지 않는다고 한탄한다. 로스앤젤레스나 뉴욕 지역에 거주하지 않는 작가들은 더더욱 어려움이 크다. 에이전트를 찾기 어려운 건 사실이지만, 한편으로 당신의 생각보다 훨씬 가능성이 열려 있다는 것도 분명하다.

　　에이전트들을 찾아내 도움을 받는 비결은 당신이 그들을 찾고 싶은 마음만큼이나 그들도 당신을 찾고 있다는 걸 이해하는 것이다. 이 점은 신인 작가 대다수에게 비밀로 부쳐져 있다. 할리우드 공동체는 끊임없이 새로운 아이디어, 새로운 시나리오, 새로운 작품을 진행할 새로운 작가가 필요하다. 프로 작가들은 예정된 작업이 있거나, 새로운 아이디어가 고갈되었거나, 온갖 개인적·사업적 문제가 있다는 이유로 작업을 그만둔다. 우리는 이 자리를 새롭고 흥미로운 작가 클라이언트로 메워야 한다. 내 말이 맞는지 영화제나 발표회나 작가 컨퍼런스에 참가해 확인해보라. 에이전트뿐만 아니라 제작사 대표를 비롯해 초청 인사의 라인업이 어마어마하다는 걸 알게 될 것이다.

이러한 행사에 참가하는 사람들은 진심으로 당신을 찾고 있다. 연단에 앉아서 할리우드에 대해 수다나 떨려고 오는 게 아니다. 영화와 드라마 사업에 대해 강연하러 오는 것도 아니다. 계약을 할 수 있는 전도 유망한 신인 작가를 발굴하러 오는 것이다. 자신들의 작가 목록에 추가할 놀라운 재능을 가진 작가를 찾고 있다. 창작의 세계에 영입할 반짝반짝 빛나는 새 시나리오를 찾고 있다. 당신을 찾는 게 이들의 일이다.

오늘날에는 이러한 전문가들에게 접근할 방법이 많아졌다. 온라인 정보가 게재된 참고 서적도 많다. 대개의 대학에 정보를 알려주는 영화 수업이 개설되어 있다. 지역 서점과 도서관에는 이름과 주소, 이메일 주소, 전화번호, 심지어 평판이 좋은 에이전트 수백 명의 명단이 실린 책이 넘쳐난다. 에이전트들에게 이야기를 요약한 한두 문단을 보내서 새로 쓴 시나리오를 검토해줄 수 있는지 묻는 편지를 안 쓸 이유가 없다. 연이어 전화 통화로 확인하는 것이 그 비결이다.

또 다른 방법은 작가 컨퍼런스와 피칭 발표회에 자주 참여하는 것이다. 여기에서는 할리우드 핵심부에 있는 사람들과 단독 대면을 할 가능성이 있다. 많은 행사에 등록하고 자신의 시나리오에 대한 답변을 준비하라. 여기서 만나는 모든 이에게 명함이나 이메일 정보를 물어보라. 그리고 차후에 시간, 도움, 충고, 당신이 받았다고 느껴지는 게 무엇이든 그에 대해 감사를 표하라. 이를 통해 지속적인 관계를 맺을 수도 있다. 이 사소한 이메일은 당신의 미래를 위해 필수적이다.

| 실전 연습 |

작가 컨퍼런스에 등록하고 참가 전에 피칭 연습을 수차례 확실하게 하라. 제출 준비가 끝난 시나리오를 피칭하는 것인지 확인하라. 누군가 당신의 아이디어를 마음에 들어 해서 전체를 보고 싶다고 한다면 지체 없이 그에게 시나리오를 발송해야 하기 때문이다. 어떤 행사에서 만났는지, 그가 당신의 시나리오에 관심을 보였다는 걸 상기시키는 간단한 표지를 덧붙여서. 2~3주 동안 기다린 후 전화로 다음 내용을 확인하라.

1. 시나리오를 받았는지.

2. 그 시나리오를 검토했는지.

3. 그 시나리오가 마음에 드는지.

만일 그 사람이 당신의 작품이 마음에 들지만 자신과는 맞지 않는다고 하면 또 다른 시나리오를 보내도 되는지 물어보라. 항상 다음 시나리오나 아이디어를 준비해두어야 한다.

글쓴이 소개

글렌 거스Glenn Gers

15년간 각본가로 활동했다. 그가 쓴 〈오프 시즌Off Season〉의 원안은 미국작가 조합상 후보에 올랐고 에미상 각본상을 수상했다. 케이퍼코미디 〈매드 머니Mad Money〉의 각본을 집필했고, 법정스릴러 〈프랙처Fracture〉를 공동집필했다. 또한 여성과 몸무게를 다룬 독립영화 〈외모Disfigured〉의 각본을 쓰고 연출하고 공동 편집했다. 공포 영화 〈이너 데몬스Inner Demons〉의 각본을 썼다.

글렌 마자라Glen Mazzara

드라마 〈호손Hawthorne〉의 총괄프로듀서이자 쇼러너였다. 또한 〈크래시Crash〉 시 즌 1의 원작자이자 쇼러너였고, 〈워킹 데드Walking Dead〉, 〈크리미널 마인드: 워 싱턴D.C.Criminal Minds: Suspect Behavior〉, 〈쉴드The Shield〉, 〈라이프Life〉, 〈내시 브리지 Nash Bridges〉의 극본을 썼다. 장편영화 〈헤이터Hater〉와 〈핸콕 2Hancock 2〉의 각본 을 쓰고 있다.

글렌 M. 베네스트 Glenn M. Benest

영화로 제작된 각본만 일곱 편 썼다. 현재 로스앤젤레스에서 프로 작가들을 위한 시나리오 쓰기 워크숍을 진행하고 있다. 이 워크숍에서 〈스크림Scream〉과 〈이벤트 호라이즌Event Horizon〉을 비롯한 영화 여섯 편이 제작되었다.

니컬러스 카잔 Nicholas Kazan

〈폐쇄구역At Close Range〉, 아카데미 각본상 후보에 오른 〈행운의 반전Reversal of Fortune〉, 〈다크 엔젤Fallen〉, 〈바이센테니얼 맨Bicentennial Man〉, 〈여배우 프란시스Frances〉, 〈마틸다Matilda〉를 비롯해 여러 편의 영화 각본을 썼다.

닐 랜도 Neil Landau

〈돈 텔 맘Don't Tell Mom the Babysitter's Dead〉, 〈멜로즈 플레이스Melrose Place〉, 〈천재소년 두기Doogie Howser, M.D.〉, 〈황야의 7인The Magnificent Seven〉, 〈인생이여 다시 한 번Twice in a Lifetime〉 등 텔레비전 드라마와 영화 각본을 썼다. 현재 UCLA 영화방송디지털미디어 학과에서 시나리오 쓰기와 제작 MFA 과정을, 고다드 대학에서 글쓰기 석사 과정을 가르친다. 《영화학교에서 배운 101가지101 Things I Learned in Film School》의 공저자다.

대니 루빈 Danny Rubin

오랫동안 홍보용 영화와 어린이 텔레비전 드라마 대본을 비롯해 연극 극본을 쓰다가 영화 각본을 쓰기 시작했다. 〈어두워질 때까지Hear No Evil〉, 〈S.F.W.So Fuckin What〉의 각본을 썼으며, 〈사랑의 블랙홀Groundhog Day〉로 미국작가조합상과 미국영화연구소 아너상, 영국아카데미 각본상, 런던비평가협회 작가상을 받았다. 《사랑의 블랙홀 쓰는 법How to Write Groundhog Day》을 펴냈다. 일리노이 대학 시카고 캠퍼스를 비롯한 여러 대학에서 시나리오 작법을 가르쳤으며 하버드 대학에서 글쓰기 강연을 했다. 노스웨스턴 대학에서 방송영화과 석사학위를 받았다.

대니얼 캘비시 Daniel Calvisi

스토리 애널리스트이자 프리랜서 작가다. 미라맥스 필름, 디멘션 필름, 20세기폭스에서 근무했다. 다수의 각본을 썼고, 개인 스토리 컨설턴트로 일했으며, 현재 각본가들을 위한 네트워킹 그룹과 온라인 커뮤니티의 대표다. 《스토리맵: 위대한 시나리오 쓰는 법 Story Maps: How to Write a GREAT Screenplay》을 썼다.

더글러스 J. 에보치 Douglas J. Eboch

영화 〈스위트 알라바마 Sweet Home Alabama〉의 원안을 썼다. 각본 〈오버로드 Overload〉는 칼 소터 기념 시나리오상의 베스트 뉴 보이스상을 수상했다. 현재 패서디나 아트센터 디자인 대학에서 시나리오 쓰기와 피칭을 가르치고 있으며, 전 세계에서 시나리오 작법과 크로스 플랫폼 스토리텔링에 대해 강연하고 있다.

데보라 커틀러루벤스타인 Devorah Cutler-Rubenstein

영화·텔레비전 드라마 창작과 비즈니스 업계 양쪽 모두에서 활동했다. 현재 노블하우스 엔터테인먼트의 자회사인 스크립트브로크에서 작가와 업계를 이어주는 일을 하고 있다. 서던캘리포니아 대학 영화텔레비전 학과의 외래교수이고, 《빅 아이디어는 무엇인가? 단편 쓰기 What's "the Big Idea?" Writing Shorts》를 썼다.

데이비드 스켈리 David Skelly

작가이자 감독으로 〈토이 스토리 2 Toy Story 2〉, 〈몬스터 주식회사 Monsters, Inc.〉, 〈카 Cars〉를 제작한 픽사 애니메이션 스튜디오의 스토리 개발팀에서 일했다. 〈잭과 벤 Jack & Ben〉의 각본을 썼으며, 텔레비전 애니메이션 시리즈의 에피소드를 쓰고 있다.

데이비드 앳킨스David Atkins

1990년부터 각본가로 활동했고 파라마운트 픽처스, 소니 픽처스, 워너브라더스, 드림웍스, MTV, 라이온스게이트, MGM에서 일했다. 조니 뎁Johnny Depp, 제리 루이스Jerry Lewis 주연에 베를린국제영화제 은곰상을 수상한 〈애리조나 드림Arizona Dream〉을 썼다. 또한 스티브 마틴Steve Martin, 헬레나 보넘 카터Helena Bonham Carter가 주연한 〈노보케인Novocaine〉을 쓰고 연출했다. 뉴욕 대학의 티시 예술대학원 영화과와 컬럼비아 대학 영화과에서 시나리오 쓰기와 연출을 가르쳤다.

데이비드 트로티어David Trottier

컬트코미디 영화 〈헤르쿨레스 리사이클드Hercules Recycled〉, 〈페니 프라미스The Penny Promise〉를 비롯해 각본 십여 편을 썼다. 시나리오 컨설턴트이며,《시나리오 작가의 바이블The Screenwriter's Bible》의 저자다.《스크립트 매거진Script Magazine》에 '닥터 포맷Dr. Format'이라는 필명으로 칼럼을 기고했다.

데이비드 프리먼David Freeman

소니 픽처스, MGM, 파라마운트 픽처스 등 여러 제작사와 시나리오를 계약했다. 로스앤젤레스와 뉴욕, 런던에서 시나리오 쓰기 강좌 '구조를 넘어서'를 열었다.

인터랙티브 서사에도 관심이 있다. 수백 가지 작법을 담은《게임에서 감정 만들기Creating Emotion in Games》를 썼으며, 그중 대부분은 시나리오 쓰기에도 적용된다.

래리 해머Larry Hama

텔레비전 애니메이션 각본을 썼고 '개발 지옥'(영화가 기획 단계에만 머무르고 제작으로 이어지지 않는 상태)에서 일했다. 영화 〈올 에이지 나이트All Ages Night〉의 각본을 공동집필했고, 마블 코믹스 시리즈《지 아이 조G. I. Joe》와《울버린The Wolverine》의 저자로 유명하다.

레슬리 리어 Leslie Lehr

작가이자 각본가로 그가 쓴 〈하트리스Heartless〉는 USA-TV에서 방영된 후에 유럽에서 6년간 방영되었다. 에세이, 소설, 논픽션을 다수 펴냈다. 현재 UCLA 작가 과정에서 학생들을 가르치고 있다.

로라 샤이너 Laura Scheiner

〈크로스드 더 라인Crossed the Line〉의 각본을 공동집필했고, 〈이브라이드e-bride〉, 〈구글드!Googled!〉를 썼다. 노블하우스 엔터테인먼트의 개발 부사장이었다. 4년 간 시나리오 컨설턴트로 스크립트브로커에서 일했고 이후 스크린플레이 새반트를 설립했다.

리처드 스테퍼닉 Richard Stefanik

《초대박 영화The Megahit Movies》, 《스토리 설계: 흥행하는 할리우드 영화 만들기 The Story Design: Creating Popular Hollywood Movies》의 저자로 상업적으로 성공한 영화들에서 공통적으로 발견되는 극적이고 익살스러운 요소들을 분석했다. 또한 소설 《엘릭시르Elixir》와 《함정Entanglements》 등을 발표했다.

리처드 월터 Richard Walter

시나리오, 소설, 논픽션을 쓴다. 또한 《시나리오 쓰기의 핵심Essentials of Screenwriting》의 저자다. 현재 UCLA에서 학생들을 가르치며 시나리오 쓰기 석사과정 학장이다. 전 세계에서 각본가들을 상대로 강연했다.

린다 시거 Linda Seger

무엇이 시나리오를 작동하게 하는가에 대한 자신의 박사 논문을 바탕으로 1981년부터 시나리오 컨설팅을 해왔다. 2,000편이 넘는 각본에 대해 자문했고, 6대륙 31개국에서 시나리오 쓰기를 가르쳤다. 《시나리오 거듭나기Making a Good Script Great》를 비롯해 작법서를 아홉 권 저술했다.

린다 카우길 Linda Cowgill

각본가이자 강연자이며, 《단편 시나리오 쓰기Writing Short Films》, 《플롯 설정의 기술The Art of Plotting》, 《시나리오 구조의 비밀Secrets of Screenplay Structure》의 저자다. 로스앤젤레스 영화학교에서 시나리오 창작을 가르친다.

마딕 마틴 Mardik Martin

저명한 각본가로 영화 〈비열한 거리Mean Streets〉, 〈성난 황소Raging Bull〉, 〈뉴욕 뉴욕New York, New York〉, 〈발렌티노Valentino〉 외 여러 작품의 각본을 집필했다. 또한 마틴 스코세이지Martin Scorsese가 감독한 다큐멘터리 3부작 〈이탈리아계 미국인 Italian-American〉, 〈아메리칸 보이American Boy〉, 〈마지막 왈츠The Last Waltz〉의 트리트먼트를 썼다. 2009년 작 다큐멘터리 영화 〈마딕: 바그다드에서 할리우드로 Mardik: Baghdad to Hollywood〉의 주인공이기도 하다. 뉴욕 대학과 서던캘리포니아 대학에서 학생들을 가르쳤다. 〈성난 황소〉는 2006년 미국영화연구소가 선정한 '영화 역사상 가장 뛰어난 작품' 4위, 미국작가조합이 선정한 '영화 역사상 최고의 시나리오 101편'에 뽑혔다. 2008년 아르파영화음악예술재단에서 평생 공로상을 받았다.

마이클 레이 브라운 Michael Ray Brown

시나리오 닥터이자 각본 분석·컨설팅 업체인 스토리센스의 창립자로, 30년 넘게 작가들의 성공을 돕고 있다. 상업영화 일곱 편에 스토리 애널리스트로 참여했으며, 〈리셀 웨폰Lethal Weapon〉, 〈브레이브하트Braveheart〉, 〈레드 코너Red Corner〉, 〈콘택트Contact〉, 〈하트의 전쟁Hart's War〉 등의 개발 과정에 기여했다. 틈틈이 시나리오 구조에 대해 강의한다.

마이클 아자퀴 Michael Ajakwe

미국유색인지위향상협회 연극상을 두 차례 수상한 극작가 겸 제작자로, 희곡 아홉 편을 쓰고 연극 열여섯 편을 제작했다. E! 네트워크 〈토크 수프Talk Soup〉

의 프로듀서 중 한 명으로 에미상을 받았고, 〈마틴Martin〉, 〈시스터 시스터Sister Sister〉, 〈파커스 가족The Parkers〉, 〈가르시아 형제들The Brothers Garcia〉, 〈이브Eve〉 등 시트콤과 쇼타임 드라마 〈소울 푸드Soul food〉의 각본을 쓰고 제작했다. 세계 최초 웹시리즈 행사인 LA웹페스트의 창립자이도 하다.

마이클 제닛Michael Genet

〈톡 투 미Talk to Me〉로 2008년 미국유색인지위향상협회 이미지어워드 영화 부문 최우수 각본상을 받았다. 또한 〈그녀는 날 싫어해She Hate Me〉의 각본을 공동 집필했다. 쇼비즈니스 업계에서 30년간 살아남은 자신의 경험담을 모아《내가 생각하는 나를 몰라야 한다They Must Not Know Who I Think I Am》를 출간했다.

마이클 페이트 도건Michael Feit Dougan

처음으로 크레디트에 이름을 올린 영화 〈퍼블릭 억세스Public Access〉로 1993년 선댄스영화제에서 최우수 작품상을 받았다. 현재 프리랜서 작가, 시나리오 닥터, 스토리 컨설턴트, 시나리오 쓰기 강사로 활동하고 있으며,《디지털 단편영화Developing Digital Short Films》의 공저자다.

마이클 호지Michael Hauge

스토리 컨설턴트이자 시나리오 컨설턴트다. 각본가와 소설가, 영화 제작자와 함께 작품 개발을 하고 있다. 대형 영화사와 방송국을 비롯해 유명 스타 배우들이 출연하는 작품을 대상으로 작가, 프로듀서, 배우, 감독을 지도했다.《팔리는 시나리오 쓰기 그리고 60초 안에 시나리오 팔기Writing Screenplays That Sell and Selling Your Story in 60 Seconds》를 썼다.

마크 세비Mark Sevi

〈죽은 자는 춤출 수 없다Dead Man Can't Dance〉, 〈딥 레인지Arachnid〉를 비롯해 열여

덟 편의 각본이 영화로 제작되었다. 시나리오 작법을 가르치는 한편, 영화계와 창작 기법에 대한 기사를 쓰고 있다.

마크 에번 슈워츠 Mark Evan Schwartz

로스앤젤레스 로욜라 매리마운트 대학의 영화텔레비전학교 시나리오학과의 부학장이자 부교수다. 열두 편이 넘는 장편영화와 텔레비전 영화의 각본을 썼고, 《시나리오 쓰는 법 How to Write: A Screenplay》을 펴냈다. 보스턴 예술대학에서 석사학위를 받았다.

매들린 디마지오 Madeline DiMaggio

작가이자 제작자, 시나리오 컨설턴트다. 시트콤과 단막 드라마, 텔레비전 파일럿, 연속극, 애니메이션, 케이블 영화와 장편영화 등 수십 편의 작품이 텔레비전에서 방영되고 영화로 제작되었다. 파라마운트 픽처스에서 일했으며, 현재아니스트 엔진필름의 공동대표다. 《드라마 극본 쓰기 How to Write for Television》의 저자이기도 하다.

메릴린 애틀러스 Marilyn Atlas

프로듀서이자 매니저로 영화계, 방송계, 연극계에서 활동하고 있다. HBO 영화 〈리얼 위민 해브 커브 Real Women Have Curves〉의 프로듀서로 참여했으며, 이 영화는 선댄스영화제에서 관객상을 받았다. 이 영화를 로스앤젤레스에서 뮤지컬 버전으로 제작하기도 했다.

메릴린 호로비츠 Marilyn Horowitz

호로비츠 체계의 창안자로 뉴욕 대학 교수이자 제작자, 각본가, 글쓰기 코치다. 《시나리오 쓰기에 대한 필살 질문 4 The Four Magic Questions of Screenwriting》를 비롯해 시나리오 작법에 대한 책을 다섯 권 발간했다.

미셸 월러스타인 Michele Wallerstein

각본가, 소설가, 직업 컨설턴트이고 오랜 시간 할리우드에서 문학 에이전트로 활동했다. 또한 미국 전역의 수많은 영화제, 피칭 페스티벌, 작가 컨퍼런스, 작가 그룹으로부터 강연자로 초청받고 있다.《당신 일에나 신경 써요: 할리우드 문학 에이전트의 글쓰기 경력 가이드MIND YOUR BUSINESS: A Hollywood Literary Agent's Guide To Your Writing Career》를 썼다.

바버라 시프먼 Barbara Schiffman

스토리 애널리스트 유니온 소속으로, 할리우드의 주요 영화 제작사와 케이블 방송사 에이전시에서 각본과 도서를 검토하고 있다. 또한 작가, 프로듀서, 감독을 대상으로 면접과 피칭에 대해 가르치고 있다.

배리 브로드스키 Barry Brodsky

에머슨 대학의 시나리오 쓰기 과정 학장으로 1998년부터 시나리오 쓰기를 가르쳤다. 또한 레슬리 대학의 문예창작 석사 과정과 보스턴 대학의 영화과에서도 시나리오 쓰기를 가르친다. 다양한 시나리오 공모전에서 인정을 받았다.

배리 에빈스 Barri Evins

시나리오 쓰기 교사이자 영화 프로듀서다. UCLA 프로듀서 과정, 미국영화연구소 시네스토리 등에서 학생들을 가르쳤다. 프로듀서로서 워너브라더스, 유니버설, 디즈니, 니켈로디언, 뉴라인, HBO에서 수많은 작품을 기획했고 각본을 제공했다.

밸러리 알렉산더 Valerie Alexander

미국작가조합 회원이며 2003년부터 영스토리텔러협회에서 전담 멘토로 활동하고 있다. 텔레비전 드라마 〈갱스터 주식회사Gangster, Inc.〉를 기획했다. 또한 소설《소셜 범죄Social Crimes》와 희곡 〈벌고 쓰는 일Getting & Spending〉을 영화 각본으로 각색했다.

베스 세르린Beth Serlin

독일 영화 〈비욘드 사일런스Jenseits der stile〉의 각본을 공동집필했으며, 이 영화는
1997년 아카데미 외국어영화상 후보에 올랐다. 이후로 여러 편의 독일 영화
각본을 썼다. 로욜라 메리마운트 대학의 조교수로 시나리오 쓰기를 가르친다.

보니 맥버드Bonnie Macbird

에미상과 시네골든이글상을 수상한 작가이자 제작자로서 할리우드에서 30년
간 활동했다. 4년간 유니버설 스튜디오에서 장편영화 개발 임원을 지냈고, 수
천 편의 각본을 검토했으며, 수많은 작가에게 멘토 역할을 하며 작품을 진행했
다. 디즈니 영화 〈트론Tron〉의 원안자이기도 하다.

브래드 리델Brad Riddell

MTV, 파라마운트 픽처스, 유니버설 스튜디오에서 장편영화 시나리오를 썼고,
더불어 여러 독립 제작사와 작업하고 있다. 켄터키필름연구소의 공동창립자이
며 서던캘리포니아 대학, 스폴딩 대학에서 시나리오 작법을 가르친다.

브래드 슈라이버Brad Schreiber

《무엇을 보고 웃을까?: 웃기는 시나리오와 스토리 쓰는 법What Are You Laughing
At?: How to Write Funny Screenplays, Stories and More》을 비롯해 대여섯 권의 책을 펴냈다.
영화 〈카우치The Couch〉의 각본으로 킹어서 시나리오작가상 후보에 올랐다. 현
재 스토리테크문학 컨설팅의 부대표다.

빌 런디Bill Lundy

텔레비전 영화 두 편의 각본을 썼고, 1997년 텔레비전 드라마 〈스타트렉: 보이
저Star Trek: Voyager〉에 참여했다. 현재 SF·공포물 각본 세 편을 옵션 계약했다. 최

고의 시나리오 컨설턴트이자 교사로 '로그라인 닥터'라는 별명으로도 유명하다. 스크린라이팅 엑스포, 스크립트라이터스 네트워크 등에서 학생들을 가르쳤다.

빌 존슨Bill Johnson

글쓰기 워크북인 《스토리는 약속이다A Story Is a Promise》, 《심층적인 인물 창조 Deep Characterization》를 썼다. 영화 리뷰를 통해 스토리텔링 원리를 탐구하는 사이트(www.storyispromise.com)의 웹마스터다. 스크린라이팅 엑스포와 미국 전역에서 열리는 글쓰기 컨퍼런스에서 스토리텔링을 가르친다.

빌리 머닛Billy Mernit

시나리오 작법서 《로맨틱코미디 쓰기Writing the Romantic Comedy》와 인기 블로그 '리빙 더 로맨틱코미디'를 통해 로맨틱코미디의 지도자로 불린다. NBC 드라마 〈산타 바바라Santa Barbara〉의 극본을 썼고, 현재 UCLA 평생교육원 작가 과정에서 시나리오 쓰기를 가르친다. 시나리오 컨설턴트와 스토리 애널리스트로 활동하고 있다. 소설 《당신과 나를 상상하라Imagine Me and You: A Novel》를 발표했다.

빌리 프롤릭Billy Frolick

드림웍스의 애니메이션 영화 〈마다가스카Madagascar〉 크레디트에 이름을 올렸다. 조너선 실버맨Jonathan Silverman이 주연을 맡은 영화 〈현실은 현실이다It Is What It Is〉의 각본을 쓰고 감독으로 데뷔했다. 저널리스트로서 《뉴요커The New Yorker》, 〈로스앤젤레스 타임스Los Angeles Times〉에 기고했다. 또한 《내가 정말로 하고 싶은 일은 감독What I Really Want to Do Is Direct》을 비롯해 책 다섯 권을 출간했고, 현재 뉴욕 대학 티시 예술대학원에서 시나리오 쓰기를 가르친다.

사이드 필드Syd Field

《시나리오란 무엇인가Screenplay》, 《시나리오 워크북The Screenwriter's Workbook》, 《시

나리오 작가의 문제 해결사The Screenwriter's Problem Solver》를 비롯해 시나리오 작법
에 관한 책 여덟 권을 집필했다. 서던캘리포니아 대학에서 글쓰기 석사 과정을
가르치고 있으며, 시나리오 쓰기와 스토리텔링 워크숍을 개최하고 있다. 20세
기 폭스, 터치스톤 픽처스, 트리스타 픽처스, 유니버설 스튜디오에서 시나리오
컨설팅을 했고, 많은 영화감독과 작업했다.

새러 콜드웰 Sarah Caldwell

《스플래터 영화: 저예산 공포영화 만드는 법Splatter Flicks: How to Make Low-budget Horror
Films》과《멋진 영화제작사 창업하기Jumpstart Your Awesome Film Production Company》,《시
나리오 작가가 되고 싶은 당신을 위해So You Want to Be a Screenwriter》(공저)를 썼다.
영화 산업에 대한 수백 편에 달하는 기사와 리뷰를 썼고, 공포 영화 작가들을
위한 웹사이트(www.constructinghorror.com)에 글을 기고한다. 캐니언스 대학
에서 시나리오 작법과 영화 제작을 가르치며, 스크린라이팅 엑스포 등의 행사
에 발표자로 종종 참여한다.

샘 잘루츠키 Sam Zalutsky

장편영화 〈위험한 소유You Belong to Me〉의 각본을 쓰고 연출했다. 현재 스폴딩 대
학에서 문예창작 석사 과정에서 시나리오 작법을 가르친다. 뉴욕 대학에서 석
사학위를 받았다.

수전 쿠겔 Susan Kouguell

각본가이자 프로듀서로《노련한 시나리오 작가The Savvy Screenwriter》를 썼다. 터
프츠 대학에서 시나리오 작법과 영화를 가르치며, 미국 전역에서 세미나를 열
고 있다. 영화 컨설팅 회사 수시티 픽처스의 대표로 대형 영화사를 비롯해서
전 세계 1,000여 곳의 클라이언트와 작업했다. 프랑스 영화감독 루이 말Louis
Malle과도 작업했다.

스콧 앤더슨 Scott Anderson

1990년대부터 각본가로 활동했으며 현재 보스턴의 에머슨 대학에서 학생들을 가르친다. 세계적으로 저명한 극작가 그룹인 하버드스퀘어 스크립트라이터스 대표를 지냈다.

스티브 캐플런 Steve Kaplan

뉴욕 대학, 예일 드라마 스쿨, UCLA뿐만 아니라 드림웍스, 월트디즈니, 아드만 애니메이션 등의 제작사에서 시나리오 쓰기 워크숍을 가르쳤다. 로스앤젤레스, 뉴욕, 밴쿠버, 런던, 시드니, 멜버른, 싱가포르에서 강연을 열었다. 그의 제자 몇몇은 〈섹스 앤 더 시티Sex And The City〉, 〈어글리 베티Ugly Betty〉, 〈빅 러브Big Love〉 등 드라마 극본을 쓰고 있다.

스티븐 V. 덩컨 Stephen V. Duncan

《장르 영화 시나리오 쓰기Genre Screenwriting》, 《시나리오 성공 가이드A Guide to Screenwriting Success》를 펴냈다. 에미상을 수상한 드라마 〈머나먼 정글Tour of Duty〉, 에미상 후보에 오른 〈재키 로빈슨의 야구코트 전쟁The Court-Martial of Jackie Robinson〉의 각본을 공동집필했다. 로스앤젤레스 로욜라 매리마운트 대학 영화드라마학과 교수이며, 시나리오학과 학장을 지냈다.

스티븐 리벨 Stephen Rivele

배우 윌 스미스Will Smith 주연의 〈알리Ali〉, 올리버 스톤Oliver Stone 감독의 오스카상 후보작 〈닉슨Nixon〉을 비롯해 여러 장편영화에 각본가로 참여했다. 〈카핑 베토벤Copying Beethoven〉, 〈단델리온 더스트Like Dandelion Dust〉를 공동집필했으며, 책을 일곱 권 출간했다.

알렉산더 우 Alexander Woo

HBO에서 방영된 시즌제 드라마 〈트루 블러드True Blood〉의 작가이자 총괄프로듀서, 쇼타임에서 방영된 드라마 〈슬리퍼 셀Sleeper Cell〉의 작가이자 공동프로듀서였다. 〈랙스LAX〉, 〈원더폴스Wonderfalls〉의 크레디트에 이름을 올렸다. 〈포비든 시티 블루스Forbidden City Blues〉, 〈디벙크드Debunked〉, 〈셔먼 가족의 밀랍 박물관에서In the Sherman Family Wax Museum〉의 각본을 썼다.

앤드류 오스본Andrew Osborne

글쓰기 교사이자 미국작가조합 회원으로, 선댄스영화제 개막작인 〈온 라인On Line〉, 트리베카영화제 개막작인 〈F 단어The F Word〉, 감독 데뷔작인 〈아포칼립스 밥Apocalypse Bop〉 등의 독립영화 크레디트에 이름을 올렸다. 디스커버리 채널에서 방영된 프로그램 〈캐시 캡Cash Cab〉의 스태프 작가로 에미상을 받았다. 또한 워너브라더스, HBO, MTV, 오리온에서 일했으며 다양한 연극과 인터랙티브, 코믹 북 프로젝트에 참여했다.

앨런 와트Alan Watt

각본가, 극작가, 소설가로 활동하고 있다. 〈로스앤젤레스 타임스〉 베스트셀러로 선정된 소설 《다이아몬드 독스Diamond Dogs》를 썼으며, 시나리오로도 각색했다. LA작가연구소의 설립자이자 크리에이티브 디렉터이며, 글쓰기 워크숍인 '90일간의 시나리오 쓰기', '90일간의 소설 쓰기'를 진행하고 있다.

앨리슨 버넷Allison Burnett

각본가이자 소설가로 미스터리스릴러 〈애스크 미 애니씽Ask Me Anything〉의 각본을 쓰고 연출했다. 또한 〈로스트Gone〉, 〈언더월드 4: 어웨이크닝Underworld: Awakening〉, 〈뉴욕의 가을Autumn in New York〉, 〈레드미트Red Meat〉, 〈피스트 오브 러브Feast of Love〉, 〈킬 위드 미Kill with Me〉 등의 각본을 썼다. 소설 《미지의 소녀 Undiscovered Gyrl》를 썼다.

에이드리어 월든 텐 보슈Aydrea Walden Ten Bosch

니켈로디언의 〈루디의 매직 분필Chalk Zone〉, 디즈니의 〈우당탕탕 잉양요Yin! Yang! Yo!〉, 하와이 필름 파트너의 〈파워 마스크Guardians of the Power Masks〉 각본을 썼다. 첫 실사 장편영화 〈무성영화관의 밤A Nigh At The Silent Theater〉 각본을 썼다.

에이미 홀든 존스Amy Holden Jones

작가와 편집자, 감독으로 활동하고 있다. 〈미스틱 피자Mystic Pizza〉, 〈은밀한 유혹Indecent Proposal〉, 〈베토벤Beethoven〉 시리즈, 〈겟어웨이The Get Away〉, 〈라이드The Ride〉의 각본에 참여했다. 또한 〈여름날 파티에서 대학살The Slumber Party Massacre〉, 〈러브 레터Love Letters〉, 〈말괄량이 철들이기Maid to Order〉, 〈진실과 탐욕The Rich Man's Wife〉의 각본을 쓰고 연출했다.

웨슬리 스트릭Wesley Strick

1970년대에 록 저널리즘으로 글쓰기를 시작했다. 1980년대부터 〈암흑의 차이나타운True Believer〉, 〈아라크네의 비밀Arachnophobia〉, 〈케이프 피어Cape Fear〉, 〈울프Wolf〉, 〈세인트The Saint〉, 〈리턴 투 파라다이스Return to Paradise〉, 〈둠Doom〉 등 할리우드 영화 열두 편의 원안을 쓰거나 각색하거나 공동집필했다. 또한 리메이크작 〈나이트메어A Nightmare on Elm Street〉, 스릴러 영화 〈로프트The Loft〉 등의 각본을 썼다. 2006년에 첫 소설《저기 어둠 속에Out There in the Dark》를 발표했다.

윌리엄 C. 마텔William C. Martell

영화로 제작된 각본만 열아홉 편을 썼다. 액션과 스릴러 장르를 비롯해 HBO 월드프리미어 영화 여러 편을 썼다. 《액션 시나리오 쓰기의 비결The Secrets of Action Screenwriting》을 썼다. 영화제에 심사위원으로 참석하고 있으며, 할리우드에서 나쁜 각본들과 씨름하고 있다.

윌리엄 M. 에이커스 William M. Akers

《시나리오 이렇게 쓰지 마라: 당신의 시나리오가 퇴짜 맞는 100가지 방법Your Screenplay Sucks! 100 Ways to Make It Great》의 저자다. 미국작가조합의 종신회원이고, 영화로 제작된 장편 시나리오 세 편을 썼다. 현재 밴더빌트 대학에서 시나리오 쓰기와 영화 제작을 가르친다.

제니퍼 스켈리 Jennifer Skelly

배우이자 작가이고 과학자다. 2007년부터 2008년까지 PBS와 NBC에서 방영된 애니메이션 시리즈 〈줄라 패트롤The Zula Patrol〉의 과학 자문을 맡았다. 또한 텔레비전 시리즈 〈주 클루스Zoo Clues〉, 〈온 더 스팟On the Spot〉, 〈애니멀 애틀라스Animal Atlas〉의 각본을 썼다. 남편이자 동료 작가인 데이비드 스켈리David Skelly와 함께 〈미스 트위글리의 나무Miss Twiggley's Tree〉를 영화로 각색했고, 애니메이션 에피소드 여러 편을 썼다. 캘아츠에서 스토리 개발을 가르치는 한편《작가들을 위한 애드리브Improv for Writers》를 집필하고 있다.

제이스 바톡 Jayce Bartok

배우로 시작해서 〈참을 수 없는 사랑The Cake Eaters〉을 통해 작가로 데뷔했다. 여러 차례 상을 받은 영화 〈폴 투 라이즈Fall to Rise〉의 각본을 쓰고 연출을 맡았다. 위스콘신에 사는 평범한 일가족이 미시시피 강의 괴이한 연쇄살인 사건에 연루되는 범죄실화 이야기 〈레드 리버Red River〉를 쓰고 있다.

제임스 V. 하트 James V. Hart

처음 쓴 장편영화 〈서머 런Summer Run〉이 미국영화제(지금의 선댄스영화제)에서 개봉되었다. 〈어거스트 러쉬August Rush〉, 〈후크Hook〉, 〈드라큘라Bram Stoker's Dracula〉, 〈머펫의 보물섬Muppet Treasure Island〉, 〈콘택트Contact〉, 〈툼레이더 2: 판도라의 상자Lara Croft Tombraider: The Cradle of Life〉의 각본을 썼으며 〈프랑켄슈타인Mary Shelley's Franstein〉의 제작에 참여했다. 고대 요정 전설에 바탕을 둔 애니메이션 스펙터클 영화 〈에픽: 숲속의 전설Epic〉의 각본을 썼다. 첫 소설 《후크 선장: 한 악명 높은 청년의 모험Capt. Hook: Adventures of a Notorious Youth》은 2006년 미국도서관협회 청소년 소설 10선에 선정되기도 했다.

제임스 보닛James Bonnet

미국작가조합의 이사로 두 차례 선임되었고 40편이 넘는 텔레비전 드라마와 영화에 출연하거나 각본을 썼다. 《신들에게서 불 훔쳐내기: 작가와 영화 제작자를 위한 스토리 완벽 가이드Stealing Fire from the Gods: The Complete Guide to Story for Writers and Filmmakers》를 썼다.

젠 그리산티Jen Grisanti

재능 있는 작가들이 영화 산업계에 입성할 수 있도록 컨설팅하는 젠그리산티컨설팅 주식회사를 2008년에 설립했다. 작가들이 자신의 재료를 빚고 피칭을 연마하고 경력에 집중할 수 있게 안내하는 일을 한다.

주디 켈럼Judy Kellem

각본가에게 컨설팅을 제공하는 할리우드스크립트 닷컴의 공동대표다. 이전에는 유니버설 스튜디오에서 연구원으로 일했고 20세기폭스에서 시나리오 심사를 했다. 뉴욕 시립대학에서 문학과 문예창작 석사학위를 받았다.

짐 스트레인Jim Strain

〈쥬만지Jumanji〉의 원안을 썼으며, 〈빙고Bingo〉의 각본을 썼다. 원안을 쓴 〈재퍼Zapper〉는 프리프로덕션 단계에 있다. 공저한 어린이 책 《에일리언의 크리스마스Alien X-Mas》를 스톱모션 애니메이션 영화로 각색하고 있고, 〈스페이스 캠프Space Camp〉를 공동집필하고 있다. UCLA 영화텔레비전 디지털미디어학과의 초빙 조교수로 대학원 수준의 시나리오 쓰기를 가르친다.

짐 허츠펠드 Jim Herzfeld

컬트코미디 영화 〈비디오테이프 대소동Tapeheads〉의 각본을 공동집필했다. 디즈니의 코미디 영화 〈미트 더 디들스Meet the Deedles〉로 장편영화 크레디트에 단독으로 처음 이름을 올렸고, 이후 〈미트 페어런츠Meet the Parents〉와 속편 〈미트 페어런츠 2Meet the Fockers〉의 각본을 썼다. 현재 텔레비전 시트콤과 장편영화 각본을 꾸준히 쓰고 있다.

찰스 디머 Charles Deemer

《시나리오 쓰기의 실제Practical Screenwriting》와 온라인 시나리오 쓰기 학습 프로그램인 스크린라이트의 저자다. 단편영화 각본 세 편이 제작되었고, 여러 편의 장편 영화 각본을 옵션 계약했다. 현재 스몰스크린비디오의 창작 감독으로서 자신의 디지털 영화를 만들고 있다. DVD로 출시된 작품으로 〈상속자들: 사일런트 코미디The Heirs: A Silent Comedy〉, 모큐멘터리인 〈가라오케 투나이트Karaoke Tonite!〉가 있다. 포틀랜드 주립대학에서 시나리오 작법을 가르친다.

챈두스 잭슨 Chandus Jackson

디즈니에서 SF·가족드라마 〈완료The Completion〉를 기획하고 각본을 썼으며, 드라마 〈제트 월드Jet's World〉의 각본을 쓰고 연출했다. 페이지국제시나리오상을 포함해 여러 각본상을 받았다. 현재 장편영화와 드라마를 기획하는 중이다.

칼 이글레시아스 Karl Iglesias

각본가이자 시나리오 닥터, 컨설턴트로서 완성된 각본에 대한 독자의 감응에 특히 정통하다. 《정서적 충격을 위한 글쓰기Writing for Emotional Impact》와 《시나리오 작가들의 101가지 버릇The 101 Habits of Highly Successful Screenwriters》을 집필했다. 현재 UCLA 평생교육원 작가 과정 등에서 글쓰기를 가르치고 있으며, 다수의 글쓰기 워크숍을 진행해왔다. 《크리에이티브 스크린라이팅 매거진Creative Screenwriting Magazine》에 시나리오 작법에 관한 칼럼을 정기적으로 기고한다.

캐리 커크패트릭Karey Kirkpatrick

전 세계에서 3억 3,000만 달러(약 4,070억 원)의 수익을 올린 영화 〈헷지Over the Hedge〉의 각본을 쓰고 공동연출했다. 또한 2000년 골든글로브상 후보에 오른 〈치킨 런Chicken Run〉, 〈은하수를 여행하는 히치하이커를 위한 안내서The Hitchhiker's Guide To The Galaxy〉, 〈샬롯의 거미줄Charlotte's Web〉 등의 각본을 집필했으며, 〈스파이더위크가의 비밀The Spiderwick Chronicles〉의 각본을 쓰고 프로듀싱했다. 작가 및 스토리 컨설턴트로서 〈엘도라도The Road to El Dorado〉, 〈스피릿Spirit: Stallion of the Cimarron〉, 〈마다가스카Madagascar〉 제작에 참여했다. 〈이매진 댓Imagine That〉을 연출했고, 〈인간이 얻을 수 있는 최고의 것The Best a Man Can Get〉을 제작, 연출, 공동집필했다.

케빈 세실Kevin Cecil

영국아카데미상과 에미상을 수상한 각본가다. 영국과 미국에서 여러 드라마를 공동집필했다. 작품으로는 드라마 〈블랙 북스Black Books〉, 〈하이퍼드라이브Hyperdrive〉, 〈슬래커 캐츠Slacker Cats〉, 〈리틀 브리튼Little Britain〉, 〈아만도 이아누치 쇼The Armando Iannucci Show〉가 있다. 또한 팀 버튼Tim Burton 감독의 영화 〈유령 신부The Corpse Bride〉와 〈노미오와 줄리엣Gnomeo and Juliet〉, 〈해적Pirates〉의 각본 작업에 참여했다.

켄 랏캅Ken Rotcop

전기 영화 〈우리 살아 있는 사람들을 위해: 메드가 에버스 이야기For Us the Living: The Story of Medgar Evers〉의 각본을 쓰고 제작했다. 이 영화로 미국작가조합상, 이미지 어워드, 닐 사이먼상을 받았다. 대형 영화사 네 곳에서 창작 책임자로 일했다. 《퍼펙트 피치The Perfect Pitch》 시리즈의 저자다. 또한 일명 '피칭계의 그랜드마스터'로서 할리우드의 작가, 개발자들을 대상으로 하는 최대 피칭 행사인 피치마트의 설립자이자 대표다.

콜린 맥기니스 Colleen McGuinness

NBC 의학드라마 〈머시Mercy〉, 〈미스 매치Miss Match〉, 〈노스 쇼어 하와이North Shore〉, 〈30 락30 Rock〉, 〈어바웃 어 보이About a Boy〉, 스티븐 스필버그Steven Spielberg 가 제작한 〈온 더 랏On the Lot〉 등의 크레디트에 이름을 올렸다. 현재 코미디 작가이자 제작자로 활동하고 있다.

콜먼 허프 Coleman Hough

각본가이자 극작가다. 〈풀 프론탈Full Frontal〉, 〈버블Bubble〉을 썼고, 두 편 모두 스티븐 소더버그Steven Soderbergh가 감독했다. 현재 로스앤젤레스에서 살며 서던캘리포니아 대학의 MPW 프로그램에서 시나리오 작법을 가르친다.

크레이그 켈럼 Craig Kellem

〈새러데이 나이트 라이브Saturday Night Live〉의 협력프로듀서이자 인사컨설턴트였다. 20세기폭스텔레비전에서 개발담당 임원이 되기 전에 페이크 다큐멘터리 〈루틀스The Rutles〉를 제작했다. 유니버설에서 코미디 개발국 부사장을 지내면서 작가 겸 프로듀서로 활동했다. 그 후 유니버설 아서 컴퍼니의 부사장이 되었고, 텔레비전 드라마를 개발하고 판매하는 공동제작자로 활동했다. 1998년에는 작가들의 작품 기획을 돕는 할리우드스크립트 닷컴을 설립했다.

크리스 소스 Chris Soth

서던캘리포니아 대학 석사학위 논문으로 〈파이어스톰Firestorm〉의 각본을 썼다. 〈아웃레이지 2Outrage II: Born in Terror〉와 감독 데뷔작인 〈세이프워드SafeWord〉의 각본을 썼고, 베스트셀러인 《백만 달러짜리 시나리오 쓰기Million-Dollar Screenwriting》를 집필했다. 서던캘리포니아 대학과 UCLA에서 학생들을 가르쳤다.

크리스티나 M. 킴 Christina M. Kim

텔레비전 드라마 〈로스트Lost〉 각본을 세 시즌 동안 썼다. 이 드라마 작가진의 일원으로 미국작가조합상을 받았고, 그녀가 쓴 에피소드는 드라마 부문 최고 에피소드 후보에 올랐다. 또한 텔레비전 드라마 〈고스트 위스퍼러Ghost Whisperer〉의 각본을 썼고, 의학 드라마 〈마이애미 메디컬Miami Medical〉과 〈NCIS 로스앤젤레스NCIS: Los Angeles〉, 〈하와이 파이브 오Hawaii Five-O〉의 각본을 쓰고 프로듀싱했다.

크리스틴 콘래트Christine Conradt
텔레비전용 영화 각본을 40편 넘게 썼으며 FOX, 라이프타임 등 여러 방송국에서 방영되었다. 〈서머스 블러드Summer's Blood〉, 〈스트립트 네이키드Stripped Naked〉, 〈호텔 캘리포니아Hotel California〉 등 여러 독립영화의 각본을 썼다.

킴 크리전Kim Krizan
아카데미상과 미국작가조합상 후보에 올랐다. 비평가들의 찬사가 이어진 영화 〈비포 선라이즈Before Sunrise〉와 〈비포 선셋Before Sunset〉의 각본가로 유명하다. 배우로서는 영화 〈슬래커Slacker〉, 〈멍하고 혼돈스러운Dazed and Confused〉, 〈웨이킹 라이프Waking Life〉에 출연했다. 《좀비 이야기Zombie Tales》에 실린 〈2061〉 코믹 시리즈를 썼다. 현재 로스앤젤레스에 거주하며 UCLA에서 글쓰기를 가르친다.

토미 스워들로Tommy Swerdlow
동료인 마이클 골드버그Michael Goldberg와 함께 〈쿨 러닝Cool Runnings〉 각본을 썼으며, 이를 계기로 이후 가족 영화 〈리틀 자이언트Little Giants〉, 〈레인저 스카우트Bushwhacked〉, 〈스노 독Snow Dogs〉을 집필했다. 2001년에는 텔레비전 드라마 〈브루털리 노멀Brutally Normal〉 극본을 썼다. 또한 〈슈렉Shrek〉 초안에 참여했다. 비록 이 영화는 8년 후에 개봉했지만 골드버그와 함께 만든 캐릭터인 동키는 살아남았다. 〈워리어스 웨이The Warrior's Way〉를 공동제작하고 시나리오 작업에 참여했다.

패멀라 그레이 Pamela Gray

시나리오를 쓰기 전에는 시인이었다. 〈베티 앤 워터스Betty Anne Waters〉, 〈뮤직 오
브 하트Music of the Heart〉, 〈워크 온 더 문A Walk on the Moon〉 등의 각본을 썼다. 《버
라이어티Variety》가 뽑은 '주목할 만한 시나리오 작가 10인'에 선정되었다.

폴 가이 Paul Guay

영화 〈라이어 라이어Liar, Liar〉의 원안을 구상하고 공동집필했다. 이 영화는 개
봉 당시 영화사상 코미디 영화로서는 6번째로 많은 흥행 수익을 올렸다. 이 영
화의 각본은 《스크립트 매거진》이 선정한 '지난 10년간 최고의 시나리오' 부
문에서 특별상을 받았다. 또한 〈꾸러기 클럽The Little Rascals〉, 〈하트브레이커스
Heartbreakers〉의 각본을 썼다. 현재 시나리오 쓰기 워크숍을 이끌며 시나리오 컨
설턴트로 활동하고 있다.

폴 치틀릭 Paul Chitlik

프로듀서이자 감독이고 여러 방송사와 제작사에서 각본을 썼다. 텔레비전 드
라마 〈환상특급The Twilight Zone〉으로 미국작가조합 각본상과 동성애차별반대연
합 미디어상 후보에 올랐고, 미국 동물보호 단체가 후원하는 제니시스상을 받
았다. 《시나리오 고쳐쓰기: 완벽한 시나리오를 위한 각색 가이드Rewrite: A Step-by-
Step Guide to Strengthen Structure, Characters, and Drama in Your Screenplay》를 썼다.

폴라 C. 브랜카토 Paula C. Brancato

각본가이자 프로듀서이며, 서던캘리포니아 대학에서 시나리오 쓰기와 시, 소
설 문학에 대해 가르치고 있다. 체코카를로비바리 국제영화제에서 수상한 영
화 〈섬웨어 인 더 시티Somewhere In the City〉의 총괄프로듀서였다. 또한 〈서브터퓨
지Subterfuge〉, 〈엘런 저지Ellen Jersey〉, 〈원팅The Wanting〉(16개 각본상)의 각본을 썼다.
감독을 맡은 단편영화 〈아버지의 딸Her Father's Daughter〉은 휴스턴국제영화제와
유색인종여성영화제에서 수상했고, 선댄스영화제 최종 라인업에 선정되었다.

피터 마이어스Peter Myers

각본가이자 프로듀서, 시나리오 컨설턴트로서 할리우드에서 제작자와 감독뿐만 아니라 동료 작가들과 함께 작업하고 있다. 그의 분석을 따라 각색한 시나리오로 영화 두 편이 2009년에 촬영되었다.

피터 브리그스Peter Briggs

자신이 기억하는 것보다 훨씬 오래전부터 글을 써왔고, 촬영 조감독으로도 일했다. 〈헬보이Hellboy〉를 공동집필했다. 원안을 쓴 〈에일리언 대 프레데터Alien vs. Predator〉는 '절대 찍지 말았어야 할 영화 50선'에 뽑혔다.

필라 알레산드라Pilar Alessandra

글쓰기 프로그램 온더페이지의 대표다. 드림웍스와 레이다 픽처스에서 선임 스토리 컨설턴트로 일했고 ABC디즈니, UCLA 작가 과정 등에서 작가들을 양성하고 있다. 《커피 브레이크 시나리오 작가: 10분간 시나리오 쓰기The Coffee Break Screenwriter: Writing Your Script Ten Minutes at a Time》의 저자이기도 하다.

하워드 앨런Howard Allen

저널리스트를 시작으로 배우이자 극작가, 감독, 각본가, 문예·연극 연출가로 활동했다. 제6회 시나리오 작가 엑스포의 강연자였다. 제작사인 코요테문필름을 설립해 운영하고 있다. 단편영화 〈이곳에서는 스페인어가 통합니다Se habla Español〉의 각본가이자 감독이다.

헬 애커먼Hal Ackerman

UCLA 영화학과에서 20여 년간 학생들을 가르치고 있으며 현재 시나리오 작법 과정의 공동학장이다. 《팔리는 시나리오를 써라Write Screenplays That Sell》를 썼다.

헤더 헤일 Heather Hale

파일럿 드라마 〈고스트 라이터Ghost Writer〉의 각본을 쓰고 연출, 제작했다. 또한 NBC 유니버설의 독립프로듀서로서, 국제영화텔레비전연합이 주최하는 아메리칸 필름마켓에 사전출품 자격을 얻었다. 에미상과 텔리상을 각각 2번 받았으며, 〈증거The Evidence〉는 '베스트 뉴 시리즈 파일럿'에 뽑혔다.

헤스터 셸 Hester Schell

저명한 연기 교사이자 감독, 작가, 프로듀서다. 여러 단편영화와 장편영화에 배우로 출연했고, 원안을 쓴 단편영화가 여러 영화제에서 상영되었다.《영화 캐스팅 비밀 폭로: 독립영화 감독을 위한 지침서Casting Revealed: A Guide for Independent Directors》를 썼다.

T. J. 린치T. J. Lynch

시나리오 〈지혜의 기원The Beginning of Wisdom〉으로 영화예술과학 아카데미협회가 주는 시나리오 부문 니콜 펠로십을 받았다. 영화 〈플럼 썸머A Plumm Summer〉의 원안을 썼다. 초보 작가들을 위한 시나리오 컨설팅을 하고 있다.

시나리오 쓰기의 모든 것

가장 비싼 시나리오 작가 95명의 노하우와 실전 연습

초판 1쇄 2016년 4월 29일
개정판 1쇄 2022년 6월 6일

지은이 마덕 마틴, 제임스 V. 하트, 사이드 필드 외
엮은이 셰리 엘리스, 로리 램슨
옮긴이 안희정

펴낸이 김한청
기획편집 원경은 김지연 차언조 양희우 유자영 김병수
마케팅 최지애 현승원
디자인 이성아 박다애
운영 최원준 설채린

펴낸곳 도서출판 다른
출판등록 2004년 9월 2일 제2013-000194호
주소 서울시 마포구 양화로 64(서교동, 서교제일빌딩) 902호
전화 02-3143-6478 **팩스** 02-3143-6479 **이메일** khc15968@hanmail.net
블로그 blog.naver.com/darun_pub **인스타그램** @darunpublishers

ISBN 979-11-5633-465-1 03800